U0041275

大唐雙龍傳
【修訂版】
黃易作品集
卷十四

【目錄】

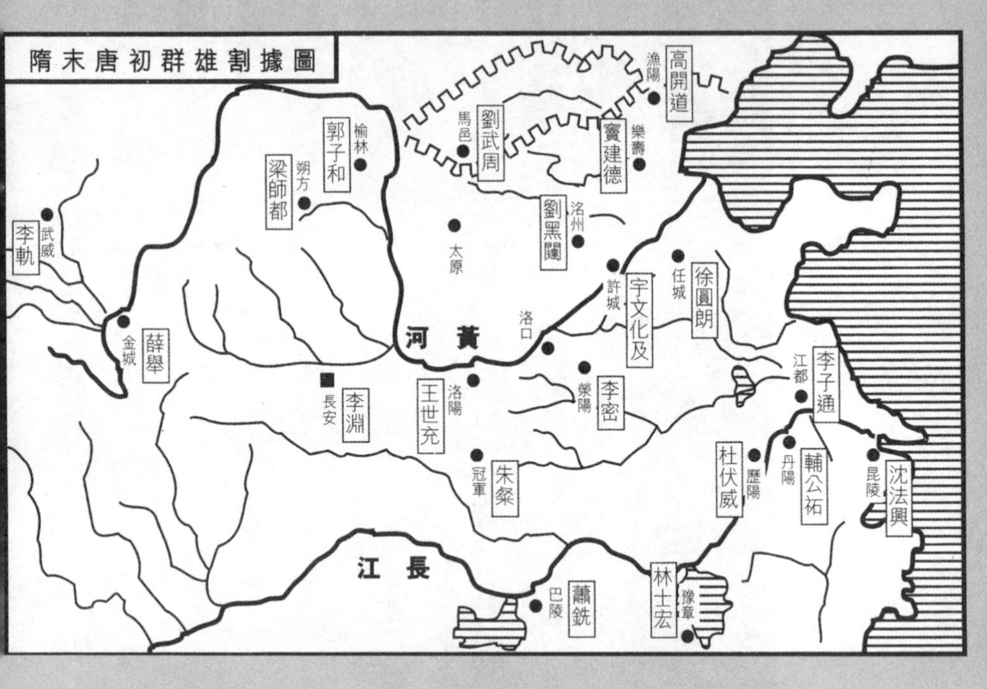
隋末唐初群雄割據圖
高開道
漁陽
劉武周
馬邑
竇建德
樂壽
郭子和
榆林
梁師都
朔方
李軌
武威
劉黑闥
洺州
太原
許城
任城
宇文化及
徐圓朗
洛口
河
黃
薛舉
金城
李淵
長安
王世充
洛陽
滎陽
李密
江都
李子通
朱粲
冠軍
杜伏威
歷陽
丹陽
輔公祏
昆陵
沈法興
江
長
蕭銑
巴陵
林士宏
豫章

第一章 神奇祕譜

第一章　神奇祕譜

師妃暄耐心解釋道：「在山海關出事前，一直和我聯絡的是金環眞，我與周老嘆從未碰面，我之所以能看破後來出現的周老嘆有問題，純粹是一種直覺，感到他口不對心。妃暄入城後，在暗裏追蹤他。今早子陵兄會在東市遇到妃暄，正因爲周老嘆在子陵兄監視的那間羊皮店內與同黨碰頭。這個冒充的周老嘆，是個不可輕視的人。」

徐子陵見她沒再步步進逼，反感失望，卻仍就著她的話題思索道：「假老嘆大有可能是眞老嘆的孿生兄弟，而周老嘆夫婦因此對他沒有提防，致著他道兒。否則以他們兩夫妻的造詣，除非是五明子和五類魔全體出動，否則沒法把兩人一網成擒。」

師妃暄訝道：「你見過眞的周老嘆嗎？」

徐子陵解釋一遍，師妃暄恍然道：「難怪你能騙倒他，因爲他不曉得你曾見過眞的周老嘆。這麼說他們已從周老嘆夫婦口中逼問出所有的事，包括曾否見過你們這類瑣細的事情，眞奇怪。」接著微笑道：「子陵兄有何妙計？」

徐子陵道：「成敗的關鍵，在乎能否在今晚再見假老嘆前，尋得金環眞夫婦被囚的地方。然後我們兵分兩路，一面去救人，另一方則全力出擊，務求一舉殲滅大明尊教的主力。」

師妃暄搖頭道：「寇仲的跟蹤是不會有結果的。今早假老嘆離開羊皮店後，大明尊教的人方才抵達，可知他們聯絡的方法根本不須直接碰頭。他們如此小心，怎會將寇仲帶往金環眞夫婦被囚的地方去？」

徐子陵長身而起，灑然笑道：「事在人爲。小姐可否留在這裏等候我們的消息，所有事交由我們去處理？」

師妃暄微一錯愕，顯是想不到他忽然離開，說走就走。暗感此爲徐子陵對她的反擊，秀眉輕蹙道：「你好像成竹在胸的樣子，妃暄眞的不明白爲何你那麼有把握。」

徐子陵莫測高深的微笑道：「世事無常，誰敢說自己眞有把握，小弟只是盡力而爲吧！」說畢飄然而去。

徐子陵回到四合院，寇仲正和朮文說話，朮文領命而去。寇仲生氣道：「我恨不得把假老嘆劈開來餵狼，他帶我在城內遊花園，差點把我累死，然後又回到他的狗窩去。」

徐子陵早知如此，坐到溫泉池旁，道：「你現在有甚麼打算？」

寇仲氣呼呼的在他旁坐下，怒道：「他奶奶的熊，有甚麼好打算的，我決定大幹一場。假老嘆肯定已以他的手法向同黨送出消息，老子我就給他來個意料不到的，布下天羅地網，將大明尊教的人一網成擒，再來個交換人質，以他娘的甚麼五明子、五類魔交換眞老嘆夫婦。哈！說起來仍是他們佔便宜。爲公平起見，我們該殺剩兩個才去作交換。」

徐子陵道：「你是要找古納台兄弟幫忙吧？」

寇仲理直氣壯的道：「不找他們找誰？誰叫他們是我們的兄弟。你不同意嗎？」

徐子陵笑道：「我比你更貪心些，我要同時把他們殺個片甲不留，又救回金環眞夫婦。」

寇仲大感興趣，興奮道：「計將安出？」

徐子陵道：「大明尊教爲何要生擒金環眞夫婦？」

寇仲道：「當然是爲邪帝舍利。」

又道：「差點忘記告訴你，玉成並沒有在南門留下回應的暗記。」

徐子陵見他臉色沉下去，道：「不要這麼快下定論，他可能是分身乏術。」

寇仲道：「最怕是今晚攻打莊園時，我們的人錯手把他幹掉。」

徐子陵道：「你怎樣看杜興和許開山這對結拜兄弟？」

寇仲並沒因徐子陵岔到別處去而有絲毫不耐煩，皺眉道：「聽你的口氣，似乎認爲他們兩人該有些分別，對吧？」

旋又點頭道：「我比較喜歡杜興，許開山城府太深了。會不會他們並非狼狽爲奸，而是杜興一直被許開山利用？」

徐子陵道：「這是一個可能性。我想說的是大明尊教本無意去惹師妃暄這個勁敵，只因魚目混珠的把戲湊巧被我們看破，才將計就計的打出假老嘆這張牌。」

寇仲道：「這麼說，許開山豈非是大明尊教的人？我敢肯定他不是大尊就是原子，因他的才智武功絕不在烈瑕之下。」

徐子陵道：「許開山是否大明尊教的人，今晚自有分曉。」

寇仲愕然道：「爲何能有分曉？」

徐子陵道：「道理很簡單，當晚在山海關燕山酒莊的大門外，我曾向許開山說出金環真和周老嘆的裝束樣貌，所以許開山該曉得我曾見過周老嘆。」

寇仲拍腿道：「我明白哩！若假老嘆曉得此事，可肯定我們已看破他是冒充的。」

對寇仲和徐子陵這種高手來說，只要看過一眼，立可把對方的相貌特徵、舉止神氣精確掌握，不會弄錯。除非像假岳山般既有全無破綻的面具，又有令人疑幻疑真的換日大法，才可把祝玉妍等騙得貼貼服服。

徐子陵道：「所以今晚很可能是我們將計就計，而對方卻計中有計。故此萬全之策，是先把金環真夫婦救出，從他們身上了解大明尊教的實力，再集中我們所有的力量，對大明尊教施以雷霆萬鈞的致命一擊。菩薩肯定會對我們非常感激。」

寇仲凝望他好片晌，訝道：「你很少對一件事這麼主動積極的，是否因爲有仙子她老人家參與？」

徐子陵沉聲道：「這是部分原因，更重要的是要爲志復他們三人找大明尊教的人償命。他們是因我們而死，不雪此恨，實難心安。回中土後，我們還要找辟塵、榮妖女和上官龍等人算賬。」

寇仲雙目殺機大盛，道：「快說出找尋金環真夫婦的妙法？」

徐子陵道：「此事必須央祝玉妍助我們。」

寇仲恍然大悟，叫絕道：「縱使諸葛再世，孫武復生，也只能像你這般的才智。我們立即去找祝玉妍。但怎樣找她呢？」

徐子陵道：「由我去找她便成，你先去見越克蓬，然後到南門看玉成是否有回應，我們再在這裏集合，研究下一步的行動。」

寇仲搖頭道：「趁有點時間，我該先到城外那莊園勘察形勢，假若根本既沒有村落更沒有莊園，我們可省點腳力，不用白走一趟。」

徐子陵潛進祝玉妍留宿的客棧，來到東廂，在關上的窗門彈指三下。祝玉妍不論在中外武林，均屬沒有人敢惹那個級數的高手，無論多麼自負的人，除非沒有別的選擇，否則絕不會觸怒她。縱使龍泉之主拜紫亭，明知這中原魔門第一大派的領袖在他的城內，仍要睜隻眼閉隻眼，詐作不知道；又或登門拜見，攀攀交情。後一行動當然還要冒點吃閉門羹的風險。祝玉妍在房內的機會很大，因她必須施展能感應舍利的魔功，以探索石之軒的所在。

果然祝玉妍的聲音傳出來道：「進來，房門是沒有上閂的。」

徐子陵推門入房，祝玉妍盤膝坐在椅上，露出俏麗的玉容，正深深凝視著他，目光冰寒，像沒有絲毫正常人的感情。可是徐子陵卻曉得這無情的背後，實蘊藏被長期壓抑著的豐富感情。她要和石之軒同歸於盡，亦是因愛成恨。

徐子陵關上門，施禮後坐到她左旁隔幾尺的椅子去，還未有機會道出來意，祝玉妍冷冷道：「你覺得婠兒如何？」

徐子陵心中浮起婠婠赤足的倩影，鮮明清楚至暗吃一驚的程度，淡淡道：「在婠小姐的領導下，陰癸派將可得保盛名。」婠婠的厲害，沒有人比他和寇仲更清楚。

祝玉妍點頭道：「和你交談確不用說廢話，爲甚麼來找我？」

徐子陵道：「晚輩是專誠來請祝宗主出手對付大明尊教。」

祝玉妍淡然道：「我要對付的只有一個石之軒，沒有空也沒有心情去另生枝節。」

徐子陵微笑道：「假若師妃暄在龍泉有甚麼不測，而湊巧祝宗主又在同一地方，究竟會有甚麼後果？」

祝玉妍皺眉道：「大明尊教竟敢冒開罪梵清惠之險，對付她的徒兒？」

徐子陵還是首次聽人說出慈航靜齋之主梵清惠的名字，更曉得祝玉妍看到問題的嚴重性。因為無論她如何否認，由於她與大明尊教一向密切的關係，肯定難以置身事外。徐子陵把大明尊教利用假老嘆引師妃暄到龍泉來的事詳細道出。

祝玉妍雙目厲芒大盛，冷哼道：「此事雖非衝著我而來，可是若師妃暄有甚麼三長兩短，梵清惠肯定會出山來大開殺戒。不過師妃暄豈是易與之輩，我仍犯不著為此另立強敵。」

徐子陵訝道：「前輩難道看不破大明尊教不但要把魔爪伸進中原，還要取你們陰癸派的地位而代之嗎？否則哪敢插手到前輩和石之軒的事情去？現在我們一方人強馬壯，要多少人有多少人，甚至可利用這裏最強大的勢力突利去重重打擊大明尊教或任何想幫助他們的人。如此良機祝宗主豈可失諸交臂？」

祝玉妍輕嘆道：「有些事，外人是很難明白的。若我和你們合作，掉過頭來對付塞外的同道，陰癸派勢將難保魔門之首的地位。」

接著輕輕道：「可是我並不反對你們去對付大明尊教。」

徐子陵道：「晚輩怎敢陷前輩於不義？晚輩來前，早想到一個兩全其美的方法，祝宗主既可幫我們一個大忙，更沒有人會因此懷疑宗主正與我們合作。」

祝玉妍「噗哧」嬌笑，白他千嬌百媚的一眼，俏臉冰雪溶解，大地春回，低罵道：「死小鬼，竟想到這麼刁鑽的招數，是否要人家扮鬼扮馬，詐作尋到石之軒的所在？」

徐子陵看得兩眼發呆，眼前的祝玉妍只像是婠婠的姊妹，充滿小女兒的動人情態。

祝玉妍不待他說話，回復冷漠，平靜的道：「好吧！路線須精確設計。記著！你們須待他們把金環眞或周老嘆押回囚禁處後，隔一天才可動手救人。還有個唯一的條件，是你們要把大明尊教的人殺得一個不留，肯答應嗎？」

徐子陵想起段玉成，苦笑道：「我們儘量依宗主的意思辦吧！」

寇仲探敵回城，已是日落西山的時分，順道往南門打個轉，仍不見段玉成任何暗記，一顆心不由直沉下去。隨他們運鹽北上的四名手下中，以段玉成天分最高，人又長得好看，故極得寇仲器重，若他背叛雙龍幫改投大明尊教，會令他很傷心。思索間，來到熱鬧的朱雀大街。由於四月一日的立國大典只餘數天，四方來賀，又或別有目的和趁熱鬧的人數不住添加，充滿大慶典來臨前的節日氣氛，其興旺之況，可以想見。

現在離開假老嘆的約會還有三個時辰，時間尙早，寇仲暗忖應否先去和越克蓬打個招呼？突然上方有人大喝下來道：「少帥別來無恙！」

寇仲愕然望去，只見一座兩層高磚木建築物的二樓露台上，兩人正圍桌對飲，俯瞰熱鬧的長街，好不自由寫意，正是北馬幫大龍頭許開山和「霸王」杜興。寇仲順眼一掃，發覺其下原來是所頗具規模的騾馬行，哈哈一笑，就那麼拔身而起，落在露台，安然坐下。許開山爲他擺放酒杯，杜興則欣然爲他斟酒，態度親切。

杜興哈哈笑道：「少帥果然名不虛傳，赫連堡、奔狼原兩役，令少帥的大名傳遍大草原每個角落。今天我們剛入城，又聽到少帥在花林販賣呼延金那小子的戰馬的消息，哈哈！」

許開山問道：「爲何不見鋒寒兄和子陵兄？」

寇仲舉杯道：「我們各忙各的，來！大家喝一杯。」

三人轟然對飲，氣氛熱烈，不知情者會以爲他們是肝膽相照的知交好友。

杜興抹去沾在鬚髯角的酒漬，道：「少帥似乎追失了狼盜，對嗎？」

寇仲微笑道：「我們不是追失狼盜，只是因爲事情的複雜，遠超過我們原先的估計，怕欲速不達，故讓崔望多呼吸兩口氣。」

杜興又爲他斟滿一杯，豎起拇指表示讚賞道：「他奶奶的熊，我杜興最佩服的是像少帥這種眞正的英雄好漢，面對千軍萬馬一無所懼，以前小弟有甚麼開罪之處，就以這杯酒作賠罪。他奶奶的！待會讓我杜興帶少帥到這裏最著名的京龍酒館湊熱鬧，那裏專賣各方名酒，更是漂亮妞兒聚集的地方，沒到過京龍，就像沒有到過龍泉。」

寇仲動容道：「竟有這麼一個好地方，定要見識見識！不過今晚不行。」

許開山道：「那麼明晚如何？但必須請鋒寒兄和子陵兄一起去湊熱鬧，大家兄弟鬧一晚酒，還有甚麼事能比這更痛快的。」

寇仲道：「明晚該沒有問題，我見過拜紫亭那傢伙後，就來這裏找兩位。」

杜興舉杯喝道：「喝！」三人又盡一杯。

寇仲直到此刻仍分不清楚兩人是友是敵，按著酒杯阻止杜興斟酒，笑道：「第三杯留待明晚喝吧。」

許開山欣然道：「少帥有甚麼須我們兄弟幫忙的地方，儘管吩咐下來，包保做得妥妥貼貼。小弟在這裏還不怎樣，杜大哥卻是無人不給足他面子的，辦起事來非常方便。」

寇仲裝出對杜興刮目相看的模樣，道：「杜霸王與馬吉交情如何？」

杜興不屑的道：「我杜興雖然出身幫會，現在更是北霸幫的龍頭，但做的是正行生意。有時朋友有命，不得不與馬賊或接贓的打打交道，心內卻最看不起這些沒有志氣的人。要在江湖上得人敬重，絕不能幹這些偷雞摸狗、傷天害理的勾當。」

寇仲笑道：「那就成哩！我不用再對馬吉客氣。咦——？」

目光投向人頭湧湧，車馬爭道的大街。兩人依他目光望去，一所專賣樂器的店舖外，站著十多名突厥武士，人人精神抖擻，其中一人特別長得軒昂英偉，氣度過人，腰佩長刀，儼如鶴立雞群。寇仲拔身而起，投向朱雀大街。那青年突厥高手眼神立即像箭般朝寇仲射去。

寇仲足踏實地，掀開外袍，露出名震中外的井中月，哈哈笑道：「這是不是有緣千里來相會？竟能在此與可兄續長安的未了之緣。」

途人紛紛避到兩旁，形勢大亂。

可達志伸手攔著一衆手下，踏前一步，手握刀把，豪氣干雲的長笑道：「少帥既然這麼好興致，可某人自是樂於奉陪。」

街上的人此刻全避到兩旁行人道去，擠得插針不入。車馬停塞下，兩人間可容十二匹馬並馳的空廣大街，此時再無任何障礙。街上雖有巡兵，可是兩人一是突厥頡利大汗寵愛的年輕高手，一是名懾天下的少帥寇仲，突利的兄弟，誰敢干涉阻止。「鏘！」兩人同時拔出寶刀，大戰一觸即發。

師妃暄面窗而立，映入靜室內的斜陽照得她像一尊完全沒有瑕疵的雕像，其美態仙姿只有「超凡脫俗」四個字能形容其萬一。徐子陵來到她身旁，心神不由被她有如山川靈動的美麗輪廓深深吸引。她一對美眸專注地觀看一雙正在窗外花園飛舞嬉逐的蝴蝶，似是完全不曉得徐子陵來到身旁。她仍作男裝打扮，臉膚白如美玉，充滿青春的張力和生命力。只要她置身其地，凡間立變仙界。

徐子陵暗怪自己不該打擾她寧和的獨處及清淨，卻又忍不住問道：「師小姐從這對蝶兒看出甚麼妙諦和道理？」

師妃暄淡淡道：「你想聽哪一個答案？眞的還是假的？」

徐子陵微笑道：「兩個都想得要命，更希望小姐賜告爲何答案竟有眞假之別？」

師妃暄美眸閃動著深邃莫測的光芒，油然道：「眞的答案是我並未試圖從蝶兒身上尋求甚麼妙諦，因爲牠們本身的存在已是至理。」

徐子陵朝飛舞花間的蝶兒瞧過去，點頭道：「我明白小姐的意思。當我不存任何成見，將萬念排出腦海外，一念不起的凝望那對蝶兒，心中確有掌握到某種玄妙至理的奇異感覺。假的答案又如何？」

師妃暄平靜地柔聲道：「子陵兄確是具有慧根的人，難怪能身兼佛道兩家之長。至於那假答案嘛，請恕妃暄賣個關子，暫時不能相告。子陵兄到這裏來找妃暄，該是有好消息賜告吧！」

徐子陵啞然失笑道：「小弟早就投降認輸，應是我來求小姐多加指點。」

師妃暄輕嘆道：「子陵兄可知妃暄爲何能感覺到周老嘆口不對心？」

徐子陵訝道：「這類靈機一觸的神祕直覺，難道可蓄意而爲？」

師妃暄理所當然的道：「那就是劍心通明的境界。」

徐子陵劇震道：「師小姐竟已臻達《慈航劍典》上最高的境界『劍心通明』？」

師妃暄終把目光從窗外收回來，美目深注的望向徐子陵，半邊臉龐隱沒斜陽不及的昏暗中，明暗對比，使她本已無可比擬的美麗，更添上難以言達的神祕。香唇微啓的柔聲道：「妃暄的劍心通明尚有一個破綻，那個破綻就是你徐子陵。」

徐子陵俊目神光大盛，一眨不眨的迎上師妃暄的目光，一字一字的緩緩道：「小姐肯坦誠相告，徐子陵既感榮幸又是感激，難怪小姐有自古情關難過之語。我的愛情預習，是否已勉強過關？小弟能否在縫補小姐破綻一事上，稍盡點棉力。」

師妃暄微笑道：「你這人很少這麼謙虛的。事實上你是個很高傲的人，尚幸是閒雲野鶴那種方式的高傲。」

徐子陵苦笑道：「原來我一向的謙虛竟是不爲人認同的，最糟是自己並沒有反省自察的能力。」

師妃暄含笑道：「你好像有很多時間的樣子，太陽下山啦！還有件事想告訴你：那個『踏茄踏蹼』的故事，是妃暄透過聖光大師說給你聽的。」

「鏗鏘」之音不絕於耳，爆竹般響起，中間沒半點空隙。兩刀出鞘，就像兩道閃電交擊，互相揮刀猛攻，完全不拘泥招數，以快打快，刀來刀往，像在比拚氣力和速度。你攻我守，我守你攻，場面火爆激烈，看得人忘掉呼吸，四周鬧烘烘的旁觀者倏地靜至鴉雀無聲，遠方傳來似像襯托的人聲馬嘶。只有高明如居高臨下觀戰的杜興、許開山之輩，才看出兩人的刀法均到了無招勝有招之境，化繁爲簡，水銀瀉地的尋隙而入。且雙方勢均力敵，攻對方一刀後就要守對方一刀，誰都沒有本事快出半線連攻兩刀。每一刀都以命搏命，其凶險激烈處，看得人全身發麻，手心冒汗。

「噹！」兩把刀忽然黏在一起，寇仲哈哈笑道：「好刀法，難怪可兄能打遍長安無敵手。」

可達志傲然笑道：「一天未能擊敗少帥，小弟怎敢誇言無敵手？」

兩人同時勁氣疾發，「蓬」的一聲，各往後退。

寇仲手上井中月黃芒大盛，刀鋒遙指可達志，心中湧起強大無匹的鬥志，暗忖此人的狂沙刀法確是厲害，今天若不趁機把他宰掉，他日必後患無窮。

就在此時，一個女子的聲音嬌叱道：「還不給我住手！」

可達志亦打得興起，擺開架勢，未肯罷休。

剛才雙方間的一輪狂攻，純是試探對方虛實，再拉開戰局時，拚的將是意志、心法、戰術和才智。值此大戰一觸即發的時刻，驟聞嬌叱傳來，可達志露出一絲無奈的苦笑，寇仲卻虎軀一震，愕然瞧過去。不施脂粉，樸素自然，但仍是美得教人屏息；她穿著連斗篷的寬大外袍，玉容深藏在斗篷內，不但沒有減去她的吸引力，還增添一種神祕的味道。

伴在她旁的是個靺鞨的年輕女武士，腰佩長劍，長得有可達志和寇仲那麼高，最具特色的是把秀髮結成兩條髮辮，先從左右角垂下，彎成半圓，再繞往後頸攏爲一條，絞纏直拖至後脊梁處，艷色雖比不上俏立在她身旁的尙秀芳，卻另有一股活潑輕盈、充滿生命力的氣息，頗爲誘人。她的臉龐在比例上是長了點兒，可是高眺勻稱的嬌軀，靈動俏媚、又亮又黑的美眸，卻掩蓋了她的缺點。不過此時她瞪著寇仲的目光充滿敵意，又隱帶好奇。「鏘！」寇仲和可達志不情願的還刀鞘內。街上的人紛紛猜到來者是尙秀芳，登時鬨動起來。

尙秀芳秀眉緊蹙，餘怒未消的道：「你們除憑武力解決一途之外，再沒有其他方法了嗎？」女武士打出手勢，一輛華麗的馬車徐徐駛至。

寇仲哪想得到會在這情況下與尙秀芳碰頭，心中隱隱感到尙秀芳對可達志並非沒有好感，所以才兩人一起責罵，登時心中有點不是滋味。

可達志乾咳一聲，尷尬的望寇仲一眼，道：「我和少帥只是打個招呼鬧著玩，不是認眞的。」

寇仲首次對可達志生出欣賞之心，因可達志大可將事情推到他這開啓戰端的罪魁禍首身上，不由老臉微紅的朝尙秀芳一揖到地，道：「是我不對，驚擾秀芳大家，請恕罪。」

馬車馳到她身後，女武士爲她拉開車門，尙秀芳揭開斗篷，烏黑柔軟的秀髮宛如清澗幽泉，傾瀉而流的秀瀑，自由寫意地垂散於香肩粉背。嫣然一笑，嬌媚橫生，看得在場以百計的人無不呼吸頓止，她以堪稱當今之世最動人的聲音語調，帶著微笑道：「算你們吧！明晚見。」

寇仲給她這顯露絕世芳華的一手弄得差點靈魂出竅，正想過去和她多說兩句，驀地有人叫道：「秀芳大家請留步！」尙秀芳正欲登車，聞言別過嬌軀，循聲瞧去。

一人排衆而出，手捧鐵盒，畢恭畢敬的朝她走過來。可達志和一衆突厥武士同聲喝止，把那人阻於人牆外。韃靼女武士則移到尙秀芳旁，貼身保護。此君渾身邪氣，深具某種妖異的魅力，正是大明尊教五明子之首的烈瑕。

烈瑕隔著攔路的可達志等嚷道：「不要誤會！我烈瑕是秀芳大家的忠實仰慕者，特來獻上《神奇祕譜》，請秀芳大家笑納。小弟更是少帥的朋友，少帥可以保證小弟不會更不敢冒犯秀芳大家。」

尚秀芳劇震道：「神奇祕譜？」

寇仲當然不曉得《神奇祕譜》是甚麼鬼東西，但看尚秀芳的神情，猜到該是愛好音樂者夢寐以求的瑰寶。以烈瑕的身份地位，在此刻出手的見面禮當不會差到哪裏去。這小子眞有辦法，追求美女更有投其所好的一手，打開始就在對方心中種下深刻的印象，還把自己搬上檯來，只有苦笑道：「烈兄該不至那麼愚蠢吧！」

可達志顯然聽過烈瑕的大名，動容道：「原來是回紇的烈瑕，要送禮給秀芳大家，交給我可達志就行。」

烈瑕臉上現出個受委屈的表情，帶點哀求的可憐語氣道：「可兄能否恩准小弟親手把祕譜呈上秀芳大家，順便爲祕譜解釋兩句？」

尚秀芳道：「請讓烈公子過來！」

可達志無奈答應，忽然間，他感到自己和寇仲均淪爲配角。

烈瑕既歡天喜地，又是戰戰兢兢，唯恐唐突佳人的來到尚秀芳前，隔五步停下，竟單膝下跪，把鐵盒高舉過頭，朗聲道：「祕譜奉上，請秀芳大家笑納。」

整段大街靜至落針可聞，卻沒有人有絲毫厭煩的神色。朱雀大街的交通完全癱瘓，人人爭相來看究竟發生甚麼事。寇仲不忘回頭後望二樓露台上的杜興和許開山兩人，當然特別留意許開山對烈瑕的反應，卻見兩人均是目不轉睛的在飽覽尚秀芳的秀色，似是對烈瑕沒有半分興趣。韃靼女武士代尚秀芳取過烈瑕的鐵盒打開，送到尚秀芳眼前。只有尚秀芳和女武士，可看到盒內所放的東西。

尙秀芳冰肌玉骨，滑如凝脂，白似霜雪般的玉手從舉起的寬袖探出，就在盒內翻閱祕譜，臉上現出驚喜神色，道：「這是龜茲卷，烈公子從甚麼地方得來的呢？」

烈瑕站起來，垂手恭立道：「祕譜共有十卷，龜茲卷外尙有高昌、車師、回紇、突厥、室韋、吐谷渾、黨項、契丹、鐵勒等九卷，囊括各地著名樂舞，乃五十年前有龜茲『樂舞之神』稱謂的呼哈兒窮一生精力搜集寫成。不過樂譜和評析均以龜茲譜樂的方法和文字寫的，幸好小弟曾對此下過一番工夫，只要秀芳大家不棄，小弟當言無不盡。」

寇仲暗呼厲害，烈瑕可說命中尙秀芳要害。雖未必可憑此奪她芳心，至乎完成他一親香澤的妄想，但確朝這方向邁出一大步。

果然尙秀芳像忘掉寇仲的存在般，喜孜孜的道：「我們登車詳談！」

烈瑕大喜若狂，向寇仲道：「遲些找少帥喝酒聊天。」

寇仲心中大罵，這小子已尾隨尙秀芳登上她的香車，韃靼女武士當然貼身跟進。

馬車開出，可達志與一衆突厥武士紛紛上馬。可達志策馬來到寇仲旁，目光先往上掃視杜興和許開山，苦笑道：「我也遲些找少帥喝酒聊天。」接著壓低聲音道：「我現在最想的就是一刀宰掉烈瑕這混蛋。」

兩人同時大笑，笑聲充滿無奈和苦澀。一刻前他們還不是你死就是我亡，此時卻生出同病相憐的感覺。

徐子陵離開聖光寺，一群候鳥在城市上空飛過，朝僅餘幾絲霞彩沒入地平線的夕陽飛去。這景象觸動了他內心深處某種難以形容的情緒，既非喜悅，亦非哀愁。他長長吁出一口氣，爲接觸到師妃暄深藏於內的另一面而心頭激動，但心境仍是那麼寧和靜謐。面對師妃暄時，每一刻都似在「驚心動魄」中度過，扣人心弦。更從沒想過自己膽敢這樣去冒犯和唐突仙子，但那感覺卻能令他顛倒迷醉，難以自已。只對師妃暄來說，男女之情只是她修行的部分，仙道途上的魔障；可是在他而言，則深具存在的意義。同時他心中亦掌握到，若他不能超越俗世有在她身旁，他才能感覺到生命的眞諦，感受到活著的意義。同時他心中亦掌握到，若他不能超越俗世男女的愛戀，將永遠不能與師妃暄達至水乳交融的精神聯繫。就像一個知道踏的是老茄子，另一方以爲踩到的是蛤蟆。

暗嘆一口氣時，有人叫道：「徐兄！」

徐子陵停步橋頭，微笑道：「蝶公子你好，想不到能在此見到你。」

陰顯鶴來到他旁，冷然道：「許開山既在這裏，我當然要來。」

徐子陵朝他望去，陰顯鶴冷漠如故，似乎人世間再沒有能令他動心的事物，包括許開山在內。問道：「陰兄準備刺殺許開山嗎？」

陰顯鶴冷然不語，微微頷首。

徐子陵心中一動道：「陰兄可否幫小弟一個忙，暫緩刺殺的行動？」

陰顯鶴皺眉道：「徐兄有甚麼用得著我的地方？」

徐子陵道：「陰兄可否由現在開始，暗中監視許開山，看他由此刻起至明日天亮，會幹甚麼事？」

陰顯鶴凝視他好半晌，緩緩點頭道：「徐兄著我這麼做，當有深意。」

徐子陵微笑道：「我想知道他是否大明尊教的人？」

陰顯鶴愕然道：「大明尊教？你們不是說過騷娘子和狼盜是他們指使的嗎？還要證實些甚麼？」

徐子陵正容道：「希望陰兄也像我們般，未得到確鑿證據前，不要妄事揣測。因爲我們得到消息，狼盜大有可能是拜紫亭的人。」

陰顯鶴失聲道：「拜紫亭！」

徐子陵道：「所以小弟才敢請陰兄幫這個忙。」

陰顯鶴點頭道：「我定不會有負徐兄所託。」

問明聯絡地點後，陰顯鶴幽靈般消沒在華燈初上的城內暗黑處。

回到四合院，寇仲正和不古納台研究戰略大計，把石子鋪排在溫池旁的草地上，說得興高采烈。徐子陵發覺很難投入他們的情緒去，因爲他此刻心中正填滿動人的愛情滋味。師妃暄終於親口承認他徐子陵是唯一令她鍾情的男子，她劍心通明的唯一破綻。

對師妃暄，他一直感到自己配不上她。她是屬於仙界的，任何凡夫俗子都沒資格匹配這仙子。在這一刻，石青璇變得遙遠而模糊，那是另一個令他曾動眞情的女子。

寇仲笑道：「陵少回來得正好，與老跋少說一天突厥話，果然不進則退，再說起來不知多麼辛苦。」

接著又唉聲嘆氣道：「冤家路窄，我不但碰上杜興和許開山兩個傢伙，更同時見到可達志那小子在街上楞頭楞腦……唉！」

徐子陵一震道：「你終與尙秀芳碰上面？」

寇仲向不古納台打出請忍耐片刻的手勢，續向徐子陵苦笑道：「你不用再擔心我會和尙秀芳鬧出事來。我和可達志兩個眼睜睜的瞧著烈瑕來個橫刀奪愛，獻上他娘的甚麼神奇祕譜。他奶奶的。來！先聽我們破大明尊教的妙計。」最後一句是用突厥話說的。

不古納台像豬鬃刷子的鐵頭一擺，興奮道：「這座莊園最有利我們的是位在村落之外，只要我們在谷丘布下伏兵，即可封鎖整座莊園。待你們放出訊號，我們立以快馬進擊，把對方殺得一個不剩。」

徐子陵問道：「你探過路嗎？莊園內住的是甚麼人？」

寇仲道：「光天化日下很難潛進去看個究竟。爲免打草驚蛇，我只在遠處山頭觀察，莊園雖大，人卻不多。」

徐子陵轉向不古納台道：「搜索深末桓夫妻的事有沒有進展？」

不古納台道：「他們該在城內。」

徐子陵指向圍著代表莊園那塊石頭三面的小石子道：「這是甚麼？」

寇仲道：「是不太高的山谷，不過山頭雜樹叢生，只一個入口。」

不古納台解釋道：「莊園是在一座山谷內，非常隱蔽，是易守難攻的地方。」

徐子陵皺眉道：「在這四面平野河湖的區域，這樣的形勢是否很特別？」

寇仲動容道：「你的話有道理，若我是拜紫亭，絕不容外人霸佔這麼一個地方建立有軍事防禦能力的高牆深院。我的娘！差點被假老嘆誆了。」

不古納台點頭同意，道：「這麼說，莊園該屬拜紫亭的，又或是與他關係密切的人。奇怪的是朮文在龍泉打滾這麼久，仍不曉得莊園的存在。」

寇仲狠狠道：「假老嘆分明想來一招借刀殺人。不過這麼做，豈非自揭身分嗎？」

徐子陵道：「這不單是借刀殺人，更是調虎離山，那樣他們可集中全力對付師妃暄。大明尊教的主事者比我們想像的更要卑鄙狡猾，用的全是煽風點火，挑撥離間的奸計，一副愈亂愈好的樣子。最好是中原正道與魔門互相殘殺，他們趁機混水摸魚，從中得利。」

寇仲恨得牙癢癢的道：「該怎樣狠狠教訓他們一頓？」

不古納台提議道：「不如我們來個夜襲小回院，進去殺人放火，給他們點顏色看。」

徐子陵道：「在城內鬧事，後果難測。一切須待老跋回來再說，否則弄得天下大亂，要找深末桓夫婦將更為困難。」

不古納台欣然道：「大哥著我要聽你們吩咐，你們怎麼說我就怎麼辦。」

寇仲摟著他寬厚的肩頭笑道：「有甚麼誰聽誰的。今晚我們先把假老嘆生擒活捉，你們的奇兵則按軍不動，等待我們進一步的好消息。」

三人商議好行事細節，不古納台離開。

寇仲笑道：「拜紫亭派出一個差點比你和我長得更高的女武士貼身保護尚秀芳，這女人美得很特別，非常誘人，見過包你不會忘記。」

徐子陵笑罵道：「又起色心啦！」

寇仲搖頭晃腦的道：「食色性也，此乃人之常情。唉！快給我想條絕計，好收拾烈瑕小子。」

他只是順口說說，並非認真，接著道：「老跋為何仍未回來？若他能在明晚見拜紫亭前有好消息，立可由古納台兄弟幫我們劫掉他的財貨，明晚就可和拜紫亭討價還價，多麼精采！」

見徐子陵沉吟不語，又道：「你跟我們的仙子有甚麼新的發展？有沒有碰過她的香手兒。」

徐子陵苦笑道：「眞不該告訴你這方面的事，滿腦子髒東西。」

寇仲大聲叫屈道：「碰手有甚麼骯髒的？除非你十多天沒有洗手。」

徐子陵沒好氣道：「不和你胡扯，有沒有再去南門？」

寇仲臉色一沉道：「我哪有空閒去？」

徐子陵曉得他對段玉成生出不滿，懷疑他忘情負義。拉著他往大門走去，道：「我們趁尙有點時間，先到南門打個轉，然後去找越克蓬吃響水稻，來吧！」

兩人一無所得的離開南門，段玉成仍沒有留下任何暗記。

徐子陵見寇仲臉色不善，開解他道：「至少他沒有出賣我們，否則大可和大明尊教的人合作布下陷阱暗害我們，又或做些提供假消息誘我們上鉤諸如此類的勾當。」

寇仲道：「這正是問題所在，假如他眞的留下暗記，著我們到某處會面，我們怎曉得那不是陷阱？」

徐子陵道：「到時再說吧。」

兩人沿朱雀大街漫步，朝外賓館方向走去。大街明如白晝，人車爭道，熱鬧繁華，不時有人對他們行注目禮，指點說話，顯是曉得他們是誰。

忽然一人攔著去路，施禮道：「少帥徐爺在上，敝主人請兩位移駕一聚。」

此人穿的是漢服，說的漢語帶上濃重的異族口音，外貌亦不像粟末靺鞨人的精細靈巧，嚴格來說該是粗豪得有點賊眉賊眼。

寇仲訝道：「貴主人是誰？」

那人壓低聲音道：「敝主鐵弗由，此次相邀絕無惡意。」

兩人聽得面面相覷。鐵弗由是靺鞨部裏另一支足可與拜紫亭分庭抗禮的勁旅黑水靺鞨的大酋，控制統萬，支持突利，曾在花林外連同深末桓和契丹昆直荒聯手伏擊他們，現在忽然客客氣氣的派人來請他們去見面，當然是有所圖謀。

寇仲以眼色徵詢徐子陵的意見，見他微微頷首，遂道：「請帶路！」

那人領他們進入左方一間鐵器店，鋪子早關門，兩名大漢爲他們開門，請他們直入內進。經過一個大天井，鐵弗由從後堂單獨一人出迎，這矮壯強橫的黑水大酋仍是羽冠彩衣，頗有王者之風，哈哈笑道：「小弟若有任何開罪之處，請兩位大人有大量，多多包涵。」

他的漢語說得非常好，兩人知道塞外諸族的領袖或王族人物，均精曉漢語，已是見怪不怪。

寇仲見他敢以單人匹馬表示誠意，心中暗讚，笑道：「那只是一場誤會！我們也是受人所託，絕無任何意思支持老拜立國。」

鐵弗由欣然道：「到裏面坐下再說。」

內堂布置簡單，在廳心的大圓桌坐下，自有下人送上羊奶茶，鐵弗由道：「兩位該未進晚膳吧？」

徐子陵道：「大王不用客氣，我們尚要趕赴一個約會。」

鐵弗由的手下全退到堂外，只剩他們三人。

鐵弗由道：「如此讓小弟長話短說，兩位若肯把五采石送給小弟，小弟保證在一個月內將八萬張羊皮送到山海關讓兩位點收。」

寇仲皺眉道：「大王可聽過懷璧之罪？若五采石為大王擁有，固能在靺鞨八部中聲威大振，卻會成為外族的衆矢之的，因福得禍，大王考慮過這情況嗎？」

鐵弗由微笑道：「我已和你們的兄弟突利可汗達成協議，他會全力支持我得到五采石。」

徐子陵嘆道：「假若突利和頡利言歸於好，又會是怎樣一番情況？」

鐵弗由臉色微變道：「你們是否收到風聲？照道理突利和頡利已成水火不容之局，沒有可能講和的。」

寇仲坦然道：「我們沒有收到任何風聲消息，純是猜測。突利雖是好漢子，卻不得不考慮龐大族人的前景和利益。他跟頡利的內鬥，令草原東北風雲變色，各部蠢蠢欲動，拜紫亭的立國是最明顯的例子。其中更有伊吾的美艷夫人和回紇的大明尊教在搧風點火，唯恐天下不亂。在如此情勢下，若得畢玄出頭斡旋，你猜會有甚麼後果？若屆時突利勸大王你將五采石歸還契丹的阿保甲，大王你將陷入進退兩難之局。不論是頡利或突利，均會不擇手段的阻止任何人憑五采石統一靺鞨八部。」

寇仲非是虛言恫嚇，因他曾親眼目睹突利知道五采石一事後，立即放棄進攻頡利，可知他絕不容靺鞨八部一統的局面出現。

鐵弗由呆了半晌，他終是才智過人的精明領袖，只因一統靺鞨的誘惑力太大，才利迷心竅，思慮不周。好片晌沉聲道：「你們打算怎樣處置五采石？」

寇仲道：「我要先問大王一句話，大王是否願見拜紫亭被滅族？」

鐵弗由再呆上片刻，搖頭道：「那對我們靺鞨將會是非常嚴重的打擊，令我們更難抵抗突厥人的擴張，只能看頡利的臉色行事。」

寇仲欣然道：「這就成哩！坦白說，直到這刻，我們仍不知該如何處理五采石。拜紫亭與我們是敵非友，可是我們更不希望龍泉城的民眾在突厥鐵蹄下玉石俱焚。只好隨機應變，看看有甚麼兩全其美之法。」

鐵弗由雙目神光大盛，凝注寇仲，緩緩道：「兩位和跋鋒寒於赫連堡抗拒頡利金狼大軍於統萬城外，我還以爲只是爲個人的榮耀，到現在始知兩位確是眞正的英雄好漢，捨己爲人，鐵弗由願交上你們兩位作朋友。」一拍胸膛道：「那八萬張羊皮就包在我鐵弗由身上。」

徐子陵道：「大王是否須以贖金去換羊皮？」

寇仲接著道：「是呼延金還是馬吉？」

鐵弗由略作猶豫，眼珠一轉道：「我跟呼延金和馬吉都沒有交情，只是透過契丹的阿保甲去交涉，一切按規矩辦事。」

兩人江湖經驗何等豐富，只一看他眉頭眼額就知他是在說謊，甚麼「交了你們兩位朋友」全是耍手段攀交情，其中沒有半點誠意。寇仲和徐子陵在中土固是叱吒風雲的人物，在塞外又有突利和別勒古納台兄弟兩大勢力作靠山，本身更是頂尖兒的高手，既然收拾不了他們自然要改爲籠絡。

寇仲不再逼他，甚至不追問他爲何與深末桓和阿保甲結成聯盟來伏擊他們，免他砌辭搪塞，道：「大王不須再插手此事，因爲我們絕不依大草原賊贓交易的規矩去辦，劫去羊皮者不但要把貨吐出來，還要殺人償命。」

兩人告辭離開，回到人潮洶湧的朱雀大街。只看看眼前的情況，立即明白突利爲何不容拜紫亭立國成功，更明白拜紫亭因何冒險立國。龍泉本身得天獨厚，氣候宜人，水土優越，只要立國成功，會營造出一個非常吸引人的氣氛環境，令各地想發財的人紛紛到這裏開業和從事交易，在這種情況下渤海國無論人口、收入和國力將不斷遞增，成爲東北最大的勢力。

寇仲湊到徐子陵耳旁道：「若我沒有猜錯，鐵弗由大有可能曉得深末桓夫妻躲在甚麼地方。」

徐子陵點頭同意，道：「韓朝安、呼延金和深末桓乃大草原三股最有實力的馬賊，所謂兔死狐悲，何況大家是同路人，你說他們會不會互相包庇？」

寇仲道：「這個可能性說大不大，說小不小。龍泉有多少地方？若沒有人包庇深末桓，他怎敢逃到這裏來？我早先猜的是拜紫亭，現在想想韓朝安亦非沒有可能。」

徐子陵道：「到哩！」

一座接一座的外賓館，林立兩旁，均是高牆院落，每座佔地寬廣，足可容納百人以上的使節團。所有外賓館均中門大開，人出人入，非常熱鬧。兩人一座座的找過去，忽然眼角白影一閃，他們驚覺地望去，赫然見到美麗的小師姨傅君嬙和高麗王御前首席教座金正宗從左方的外賓館走出來，雙方碰個正著。

傅君嬙這回沒有以帽子掩蓋玉容，見到兩人立即杏目圓瞪，嬌叱道：「停下來！」

兩人對視苦笑，無奈停步。

金正宗打量徐子陵，沉聲道：「是否徐兄？」

徐子陵微笑道：「正是小弟。」轉向傅君嬙道：「小師姨你好！」

傅君嬙猛一跺足，嬌嗔道：「還要叫這叫那，誰是你的師姨？大師姊沒有你這兩個忘恩負義的畜生兒子。」

寇仲心忖自己正因不是忘情負義的人，才會開罪你這個娘的小師妹。笑道：「小師姨怎麼不認我們也好，不過俗語有云一日爲娘，終生爲娘，長幼有序，我們心中口上都要恭稱你作小師姨。」

傅君嬙顯是拿他沒法，氣得俏臉煞白，更心知肚明憑她和金正宗沒法收拾兩人，跺足氣道：「現在本姑娘沒時間和你們瞎纏，遲些跟你們算賬。」

金正宗笑道：「有機會定要向少帥再請教高明。」

傅君嬙嬌哼一聲，拂袖去了，金正宗忙追在她身後。

瞧著兩人沒進街中的人流去，寇仲苦笑道：「誤會原來只會加深，不會消滅。只希望師公不會如她所說的親到中原來，否則我們就要吃不完兜著走。我情願對上畢玄的『赤炎大法』，也不願招架師公的『弈劍術』。」

徐子陵大有同感，對著畢玄儘可拚命一搏，對娘的師傅難道能以死相拚嗎？

兩人待要離開，一把熟悉親切的聲音從賓館傳來，叫道：「原來眞的是你們！」

兩人愕然望去。

風采依然的宋師道從外賓館步出，自有一股名門望族世家子弟的氣派。笑道：「他鄉遇故知的滋味確是無比動人。我兩個時辰前到達，君嬙在我面前罵足你們至少一個時辰，不過無論如何，宇文化及終於授首，君婥在天之靈該可安息。」

來到兩人中間，摟緊兩人的肩頭，橫過車馬道，往斜對街的一間酒舖走過去。

寇仲苦笑道：「那是一場很冤枉的誤會。」

徐子陵問道：「瑜姨呢？」

宋師道道：「傅大師親自出手將她救醒，不過身體非常虛弱。據傅大師說，君瑜至少要休息到秋冬之際，才能完全復元。來龍泉前，我一直在平壤陪她，起初她對我很冷淡，我要走時她卻希望我多留點時間。」

三人在店內角落的桌子坐下，喚來酒菜。

寇仲抓頭道：「我有十多個問題等著想向你老人家請教，不知該先問哪個才對？」

宋師道失笑道：「老人家這稱謂是我絕不肯接受的。只准叫宋兄，不准喚別的。」

久別重逢，恍如隔世，三人非常歡喜。宋師道對愛情的專一深情，義送傅君瑜返高麗的高尚情操和人格，贏得他們從心底湧出源源的敬意。

徐子陵舉杯和宋師道對飲，輕描淡寫的試探道：「宋兄為何不應瑜姨之請，在平壤多留一會兒？」

宋師道呆望空杯子，緩緩道：「她只視我為一個好朋友，眞正佔據她芳心的男子，是跋鋒寒而非我宋師道，何況我的心除你們的娘以外再容不下其他人。」

兩人聽得面面相覷，宋師道對傅君婥竟癡情至此，宋缺豈非要無後？

寇仲道：「會不會是你老哥看錯？瑜姨既肯出言留你，當然對你有點意思。唉！你這麼拒絕她，她或許會很傷心，甚至掉眼淚。」

徐子陵見他愈說愈露骨，只差手上缺把媒人婆的大葵扇。在檯下狠踢他一腳後道：「瑜姨和嫱姨均有種與娘非常酷肖的氣質，見到她們有點像見到娘復生的感覺。」

宋師道點頭道：「那就是傅采林的氣質。他令我想起爹，只有他們那級數的高手，才能有那種蓋世宗師的氣概。」

寇仲忘掉傅君瑜，精神大振的問道：「傅采林究竟是如何超卓的一個人物？當世三大宗師，我就只差未見過他。」

宋師道駭然道：「你不是和寧道奇、畢玄交過手吧？」

寇仲道：「勉強可這麼說，寧道奇單用一手來和我過招，畢玄則是重創跋鋒寒後在我們兩人聯手下知難而退。」

轉向徐子陵道：「我有沒有誇大？」

徐子陵搖頭表示沒有，向宋師道解釋道：「老跋沒事啦！宋兄不用擔心，他現在到城外辦事，這兩天該會回來。」

宋師道道：「傅采林是個追求完美的人，任何與他有關的事都非常講究。收的三個徒弟人人美若天仙，蘭心慧質。『弈劍閣』座落平壤最美麗的地方，彷如人間仙境。他的弈劍法更完美得至乎可怕的地步，唉！」

兩人齊聲道：「你和他交過手？」

宋師道苦笑道：「我是『天刀』宋缺的兒子，他怎肯放過我？不過我總算是他愛徒的救命恩人，所以他只守不攻。那並沒有甚麼分別，我情願他向我反擊。當你每一劍都被他封死，那種難過與無奈只有自己知道，不到十招我便吐血受傷，休息十多天才復元，最慘是信心方面的打擊，那比身體的損傷更深刻難忘。」

兩人爲之咋舌。宋師道得宋缺眞傳，本身資質優越，傅采林竟純以守代攻令他吐血受傷，如此劍法實是駭人聽聞，不敢相信。

寇仲道：「傅采林的劍法比之你爹如何？」

宋師道搖頭道：「很難說！爹是擅攻不擅守。傅采林的守是完美無瑕，攻是怎樣我仍無緣得睹。」稍頓續道：「他很關心你們和跋鋒寒，多次細問我關於你們的事。」

寇仲道：「聽你老哥的語氣，你和師公該是頗爲合拍，對嗎？」

宋師道微笑道：「幸好我是對生活非常考究和講求的人，故和他相處得分外投契。傅大師確是個非常特別的人，我不知如何去形容他。他的長相有點怪異，有副高大的骨架，一副仙風道骨的出塵之態。無論行住坐臥，尤其是手持弈劍，每個動作都是完美好看，不愧爲天下三大宗師之一。」

寇仲道：「假若小師姨的誤會不能解開，早晚有一天師公會找我們算賬，老兄可否爲我們想想辦法？」

宋師道欣然道：「這個當然沒有問題。君嬙是個可愛的女子，只是有些給傅大師寵壞，對我她仍算相當尊重，那場誤會的實情究竟是如何呢？」

寇仲解釋一遍。宋師道聽得眉頭大皺，道：「我當然明白你們，恐怕君嬙卻很難接受，皆因她三師姊妹關係一向非常密切，而最關鍵的問題是君婥曾傳你們一晚師門心法，這對傅采林而言是大忌。高麗人無不痛恨我們漢人，到現在傅采林仍不明白君婥爲何對你們這麼好。事已至此，我只有盡力替你們斡旋化解。」

寇仲道：「你有否見過韓朝安那傢伙？」

宋師道點頭道：「他和我居於同一座賓館，還一起吃過飯，對我很客氣有禮。」

寇仲喜道：「賓館這幾天有沒有多出些生面人？」他要問的是深末桓夫婦。

宋師道搖頭道：「並不覺得，你可否說得清楚點？唉！你好像忘記我才剛到。」

寇仲索性把來大草原的因由和所發生的事扼要說予他知道。當宋師道聽到師妃暄和祝玉妍同因石之軒而駕臨龍泉，驚訝得合不攏嘴。最後寇仲道：「有件事差點忘記告訴你，我到嶺南見過你爹他老人家，蒙他答應鼎力支持，更承諾若我能得天下，會把致致許我。」

宋師道欣然道：「那真該恭喜你，那我遲些回嶺南該沒有問題。」

徐子陵試探道：「宋二哥是否想返高麗多陪瑜姨一會？」

宋師道微一錯愕，搖頭道：「我只是想在大草原四處逛逛，領略塞外民族的風土人情，然後回中土去陪伴君婥。爹的心願，只好由小仲去完成。」

兩人暗叫不妙，卻又沒有辦法，此人用情之深，已達到情癡的地步。

宋師道道：「深末桓夫妻的事，我會留意，若有消息，立即通知你們，其他還有甚麼用得著我的地方？」

寇仲不想把他牽扯進紛爭去，表示再沒有其他事，約好聯絡的方法，分手離開。

經過連番轉折，時間不容他們去找越克蓬，忙趕返四合院，換上朮文爲他們準備的夜行衣，趕到城外。兩人藉林木掩護，在荒山飛馳，肯定沒有人跟蹤，再繞半個大圈，來到城南一處山頭，位置剛好在龍泉城和鏡泊湖中間，既可看到龍泉南門外著名的燈塔，又可看到馬吉在鏡泊湖畔燈火輝煌的營地。縱橫數十里的鏡泊湖像一面無邊無際的鏡子，反映著天上明月灑照的輕柔光色，馬吉營地旁多了兩艘船，雖遠比不上中土的巨舶大船，但因鏡泊湖連接附近河道，以之作撤退或運輸非常方便。兩人心中首次想到，那批弓矢大有可能從水道運來。

師妃暄的聲音從後方叢林響起道：「你們早來哩！」

兩人轉身望去，師妃暄盈盈俏立，一身夜行黑衣，緊裹她美好的身段，秀髮在頭上結髻，背掛色空劍，在夜風中衣袂飄飛，輕盈灑脫，在月色朦朧下更是美得不可方物，充盈著女性的溫柔嬌美。他們既嘆為觀止，大開眼界，又想起是首次和她並肩行動，心中湧起奇異的滋味。

三人避入山頭密林裏，寇仲大口喘氣道：「我很緊張！」

在密林的暗黑中，師妃暄訝道：「少帥身經百戰，甚麼場面未見過，為何緊張？」

寇仲嘆道：「仙子穿上夜行裝的樣貌不但是首次看到，以前更做夢都未夢及，所以很怕說錯話和做錯事，被妃暄你怪責。」

師妃暄沒好氣的道：「少帥若非懂得說笑就是假作緊張。」

轉問徐子陵道：「為何揀這條路線？」

徐子陵站在她另一邊，嗅著她的芳香氣息，心境平靜寧和，解釋道：「是祝玉妍的提議，她指出金環真最有可能被藏在鏡泊湖某海灣的船上，不但可進退自如，更可成為一個活動的偵察站，擴大搜索的範圍。」

寇仲讚道：「薑畢竟是老的辣，我是到站在這裏看見鏡泊湖，才想到這個可能性。」

師妃暄淡淡道：「她一心尋找石之軒，自然想得較周詳。」

徐子陵問道：「假老嘆方面有沒有動靜？」

師妃暄道：「這正是我提問的原因，假老嘆在暗記中約我於子時在鏡泊湖西北的鏡泊亭見面，說有重要消息相告。」

寇仲愕然道：「那豈非和他約我們的時間相同，他一個人如何分身？陵少沒猜錯，肯定他們在施調虎離山之計，眞正的目標是我們的師仙子。」

師妃暄微嗔道：「妃暄並非甚麼仙子，小心妃暄眞的責怪你。」

寇仲笑道：「小姐請息怒，我們今晚讓假老嘆空等一趟，找到金環眞和她的眞夫君就此了事。」

徐子陵沉吟道：「不要低估大明尊教的人，只是烈瑕便大不簡單，假若我們沒有中計，他必生出警覺，這對救他們夫婦的事有害無利。」

師妃暄同意道：「子陵兄說得對，我們照樣分頭赴約，看他們能使出甚麼手段來。」

寇仲失聲道：「太危險啦！」

徐子陵道：「師小姐可由我暗中押陣，你仲少獨自赴約，我看是撲空居多。若眞見到假老嘆，就動手把他拿下，必要時可以他來作交換俘虜。」

寇仲點頭道：「這不失爲正確的調兵遣將戰術，我只好作個小兵。哈！咦？來哩！」

一道黑影從龍泉方向飛掠而至，三人定神一看，均看呆了。竟然是久未露面的石之軒。怎會這麼巧的？他們簡直不敢相信自己的眼睛。

師妃暄低呼道：「不要妄動。」

三人居高臨下瞧去，石之軒以迅逾奔馬的驚人高速，像一陣風般在山下刮過，轉眼變成遠去的背影，朝鏡泊湖的方向投去，消沒在湖東北的密林帶。

寇仲深吸一口氣道：「我的老天爺，這是怎麼一回事？」若非有師妃暄在旁，他至少會爆一句從杜興處借來的「他奶奶的熊」。

徐子陵沉聲道：「至少證實祝玉妍感覺無誤，石之軒眞的在龍泉。」

師妃暄淡淡道：「他要殺人！」

寇仲和徐子陵愕然以對，不明白師妃暄從何得出這樣一個推論。

師妃暄平靜的道：「他把舍利藏在湖水深處的泥土內，那是水銀外另一個可使人感應不到舍利的方法。現在他去把舍利起出來，引出能感應舍利的祝玉妍，甚或金環眞和周老嘆，以絕後患。從此他將可安心吸取舍利的邪氣。」

寇仲不解道：「祝玉妍一直追在他背後，他要對付祝玉妍，只要停下來稍待便成，何須等到這裏動手？」

徐子陵道：「你的分析很有道理，但對石之軒卻不管用。他的人格分裂症極可能有周期性，每逢發作時，他的不死印法現出破綻。說不定離開統萬後，他分裂病發，迫於無奈下攜舍利千里逃亡，此刻穩定下來，當然要反擊。」

師妃暄訝道：「子陵兄的話非常透徹獨到。」

徐子陵嘆道：「因爲我曾和另一個深情自責的石之軒接觸過，故感受特別深刻。」

寇仲頭皮發麻道：「我已陣腳大亂，該怎辦才好？」

師妃暄斷然道：「事有緩急輕重之別，我們暫且拋開金環眞的事，全力助祝玉妍擊殺石之軒，去掉此人世間的大禍害。」

徐子陵點頭道：「理應如此。」

寇仲緊張的道：「祝玉妍駕到。」

另一道黑影鬼魅般從龍泉飛奔而至，正是他們期待的祝玉妍。徐子陵閃出林外，隔遠向祝玉妍打出召喚的手勢，又退回林內去。

祝玉妍先回頭一瞥，繼續前飛，繞個圈從另一邊登山入林，來到他們旁，見到師妃暄，從容道：「原來是梵清惠教出來的徒弟，名師出高徒，佩服佩服。」

師妃暄行晚輩之禮道：「妃暄謹代師尊向陰后請安問好。」

若不曉得慈航靜齋與陰癸派的長期對立，數百年抗爭不斷，定會以為師妃暄的師尊梵清惠與祝玉妍是多年深交。

祝玉妍轉向兩人微帶不悅道：「究竟是怎麼一回事？」

寇仲道：「一刻鐘前我們剛見到石之軒從山腳下走過。」

祝玉妍雙目立即異芒劇盛，縱使隔有重紗，兼林內黑漆一片，三人仍清楚看到。

徐子陵將剛才的分析說一遍給她聽，最後道：「我們的猜測是否正確，很快揭曉。」

師妃暄低聲道：「來哩！」

三道人影如箭般追來，只看其身法，便知是一等一的高手。敵人毫不停留的朝鏡泊湖方向掠去，消沒在石之軒進入的密林帶內。

寇仲倒抽一口涼氣道：「這三個傢伙武功非常高明，想不到大明尊教如此人才濟濟，隨便跑三個人出來都這般厲害。」

祝玉妍沉聲道：「他們並非三個隨便跑出來的人，而是大明尊教暗系五類魔中的濃霧、熄火和惡風。哼！大明尊教眞可惡，連我祝玉妍也敢算計！」

徐子陵忍不住道：「今早宗主說及大明尊教時，爲何沒有提起他們？」

祝玉妍淡淡道：「大明尊教分明系和暗系兩大系統，明系以善母和五明子爲首，專責宣揚宗教；暗系以原子和五類魔爲尊，專責剷除異己，是教內的劊子手。我當時仍未和他們鬧翻，故不願洩露他們的事。子陵見諒。」

三人心中湧起奇異的感覺，不可一世的「陰后」祝玉妍竟向人道歉。

寇仲乘機問道：「祝宗主可知周老嘆有個孿生兄弟？」

祝玉妍點頭道：「五類魔其中一魔就是暗氣周老方，周老嘆的孿生兄弟，所以當年善母庇護周老嘆夫婦，我也難興問罪之師。」

寇仲想再追問，祝玉妍打出阻他說話的手勢，默然片晌後道：「你們沒有猜錯，我感應到舍利哩！」

祝玉妍冷然道：「金環眞夫婦理應亦感應到舍利所在。因時間上的配合，大明尊教的人會誤以爲我是感應到舍利追出城外，所以必不顧一切盡起高手全速追來，以收漁人之利。我們就讓大明尊教的蠢才先打頭陣，三位有甚麼意見？」

寇仲道：「一切聽你老人家吩咐。」

祝玉妍嘆道：「唉！造化弄人，誰猜得到祝玉妍竟和梵清惠的徒兒合作對付石之軒呢？」

說罷掠出林外，在前引路。三人緊隨其後。寇仲和徐子陵並肩而馳，師妃暄稍墜後方。寇仲輕撞徐子陵一記，打個眼色，徐子陵微一頷首，表示感應到舍利所在。山野在四人腳下迅速倒退，不片刻穿過密林，來到鏡泊湖東北岸，馬吉營地的燈光在右方，湖水彷如一塊不規則的大鏡般在腳下延展。除馬吉的兩條船外，不見其他船隻。然而鏡泊湖河灣支流眾多，四岸雜樹叢生，將船隱於暗處容易方便。祝玉妍幽靈般立在林木暗黑裏，三人不敢打擾，靜立在她身後。

祝玉妍柔聲道：「石之軒在等我。」接著幽幽一嘆，道：「我一生中只曾對兩個男人動過眞情，最後都要設法毀掉他們，命運總愛戲弄人！」

寇仲首次感到她像普通人般，也有七情六慾、人的感情，憐意大生，道：「祝宗主身分特別，事事不得不以教派爲重，故不能像普通女子般享受到一般的男女愛戀。」

祝玉妍像變成一個多愁善感的小女子，輕輕道：「男女間的愛戀眞能是一種享受嗎？」

徐子陵道：「敢問曾令宗主動眞情的男子，石之軒外尚有何人？」

祝玉妍朝夜空望去，苦笑道：「我是否明知必死，所以忍不住眞情流露？」

聽到「眞情流露」四字眞言，徐子陵忍不住朝身旁的師妃暄瞧去，這仙子玉容平靜，秀眸閃爍著聖潔和智慧的采芒，卻不肯迎接他的目光。徐子陵立即產生失落的感覺，旋又把這種擾人的情緒排出腦海外。大戰當前，他必須在最巔峰的狀態下對付石之軒。

祝玉妍聲音轉柔，道：「另一個是魯妙子，唉！他太高傲啦！」

寇仲和徐子陵心叫可惜，若能在魯妙子死前告知他此事，魯妙子肯定會有一番奇異的感受。

祝玉妍回復平靜，像述說與她無關的事般淡淡道：「石之軒不死印法最厲害的地方，是任何進入他經脈內的眞氣均會被他化解轉化盜用，妃暄曾讀過印卷，是否想到應付之法？」

師妃暄道：「敝齋心法與石之軒魔功天性相剋，石之軒雖身兼佛門奇功，但只要妃暄把眞氣集中和局限在劍鋒間，務求只傷他筋骨要穴，當對他有一定的威脅。」

祝玉妍道：「這不失爲一個方法，妃暄須小心他憑幻魔身法作出的反擊，會令你難再堅持既定的戰術。你兩人又如何？」

寇仲道：「我們曾和他兩度交手，曉得他的厲害，到時會隨機應變。宗主還有甚麼指示？」

大敵當前，他們只有拋開以前所有恩怨，爲除去石之軒衷誠合作。

祝玉妍緩緩道：「我會利用石之軒急欲殺我的心態，先和他來個單打獨鬥，當我的天魔大法全面展開，會生出一個把他纏死的氣場，只要我把氣場逐漸收窄至某一範圍，便能與他同歸於盡，破掉他的不死印法。」

師妃暄問道：「石之軒曉得陰后這與敵偕亡的祕技嗎？」

祝王妍凝望在月色下閃閃泛光的鏡泊湖，沉聲道：「若非他顧忌這招『玉石俱焚』，陰癸派早臣服在他的淫威之下。」

寇仲一震道：「這麼說石之軒將不會容宗主把天魔大法施展至『玉石俱焚』的地步？」

他的震駭不是沒有理由，聽她語氣，曉得這位一向被尊崇爲魔門第一人的陰后，心底承認及不上石之軒，全賴這招「玉石俱焚」，教石之軒不敢妄動，勉強保住「邪道八大高手」首席的寶座。

祝玉妍道：「所以我須你們從旁協助，當他力圖破毀我的氣場時，你們必須全力出手，令他應接不暇，此事至關緊要。因爲若他曉得我會與你們聯手，勢將遠遁，直至練成舍利的聖氣後，始敢出世，那時縱使天下三大宗師聯手，怕亦未必能置他於死地。」

徐子陵道：「宗主施展天魔大法時，會否影響我們？」

祝玉妍搖頭道：「天魔大法只會針對石之軒一人，不過當你們與他眞氣交觸，他說不定可利用氣場對付你們。此正是不死印法最可怕的地方，根本不怕圍攻。」

忽然把目光投往左方密林外的山頭，道：「大明尊教的人中計出動啦！」

寇仲和徐子陵交換個眼色，心知肚明自己比之祝玉妍仍遜一籌。因爲他們聽到祝玉妍這句話，醒覺過來，連忙運功察聽，才勉強接收到遠方傳來的衣袂破風聲。師妃暄仍是那恬靜無波的動人樣子，無憂無喜，教他們猜想這或許就是劍心通明的境界。

儼有君臨天下之威的石之軒負手卓立兩座山頭間廣闊的平野，出奇地衣衫不覺半點濕氣，背上掛著的卻是個已經濕透的小皮袋，神色冷酷，似對從四方圍上來的敵人全不介懷，嘴角還露出一絲不屑和殘酷的笑意。祝玉妍和三人藏在石之軒左側山坡的密林處，隔遠觀戰。大明尊教來了三十二人，在五類魔的「濃霧」鳩令智、「熄火」闊羯、「惡風」羊漠的率領下，把「邪王」石之軒重重圍困，卻不立即動手。三魔的手下全是一流好手，以這樣的實力，確可把石之軒留下，可惜石之軒的不死印法配上幻魔身法，並不懼怕群戰。「濃霧」鳩令智瘦高長面，長相頗有點吊死鬼的味道，兩眼不時翻露眼白，武器是一根重鐵杖，看上去至少百斤以上。「熄火」闊羯中等身材，肩膊寬橫，容貌凶惡醜陋，獅子鼻頭紅點滿布，用的是雙刀，腳步沉實，該是擅長攻堅的悍將。「惡風」羊漠在三魔中長得算最順眼，白淨面皮，眼睛似醒非醒，還有幾分文秀之氣，背上長劍仍未出鞘。只看外表，三魔年紀均在三、四十歲間，不過練氣之士均能把眞實年齡隱藏。像石之軒和祝玉妍那個級數，橫看豎看都不應超過三十歲，事實上已是成名近一甲子的前輩高手。

石之軒目光掃過三魔，皺眉道：「為何還不動手？」

一陣嬌笑在寇仲等藏身的對面山頭響起，在七、八人的簇擁下，一位媚態橫生的半老徐娘從斜坡緩緩走下來，喘息細細的以漢語道：「石老哥不是剛和老相好碰過頭嗎？為何只剩得一人影隻形單？」

石之軒冷笑道：「原來是『善母』莎芳法駕親臨，為何大尊沒有侍奉左右？」

「善母」莎芳面如滿月，體形豐腴誘人，氣質高貴，穿錦靴，戴貂額，身穿紫金百鳳衫、杏黃金錢裙，頭結百寶花髻，長裙前裾拂地，後裾拖曳尺餘，雙垂紅黃帶，奇怪的是仍予人飄逸靈巧的感覺。她手捧一枝銀光閃閃，長約兩尺像飾物多過像武器的細棒，臉上掛著迷人的笑容，似是情深款款的瞧著石之軒。

在旁靜觀的祝玉妍道：「莎芳手上的銀棒叫『玉逍遙』，她的逍遙拆共有二十八式，但變化無窮，即使石之軒亦不敢小覷。想不到她竟會親自出馬，可知其對舍利的重視。」

寇仲和徐子陵心忖莎芳愈厲害愈好，最好和石之軒來個兩敗俱傷，他們可趁機撿便宜。不過若祝玉妍不須和石之軒同歸於盡，那時舍利誰屬，又會是另一個令人頭痛的問題。

「善母」莎芳的侍從由五男兩女組成，回紇戰士打扮，均備有弩弓勁箭，殺氣騰騰。莎芳儀態萬千的來到包圍圈外，包圍石之軒的戰士往兩旁讓開，使莎芳視線無阻的與石之軒對話。

莎芳斂起笑容，肅容道：「莎芳謹代大尊向邪王請安，假如邪王肯割愛讓出聖舍利，我們大明尊教的寶典《娑布羅乾》可任由邪王翻閱過目。」

石之軒仍是那副泰山崩於前而色不變的淡定模樣，冷然道：「廢話！我石之軒創的不死印法曠絕古今，倘若不信，就拿你善母從《娑布羅乾》演化出來的『逍遙拆』試試看。」

圍著石之軒的大明尊教眾多高手，沒有人哼半聲，顯然被石之軒的氣勢震懾。

「善母」莎芳倏地發出一陣銀鈴般的嬌笑，道：「邪王仍是豪氣如昔，唉！大家終屬同道，自相殘殺太沒意思啦！莎芳有一提議，只由我向邪王領教幾招，敢請邪王俯允。」

寇仲等心中均暗讚莎芳高明，發覺形勢有變，祝玉妍並沒與石之軒對上，立即改變策略，改群戰圍攻爲單打獨鬥，表面是冠冕堂皇，實質上卻是爲自己和手下著想，既免得石之軒借去手下的眞氣反過來對付她，又可令石之軒不能突圍逃走。不過她敢單挑石之軒，已是個非常有膽色的人。

石之軒仰天長笑道：「善母若肯和我單對一場，石之軒求之不得，怎會拒絕？」

「善母」莎芳媚笑道：「邪王快人快語，就以二十八拆爲限，莎芳若仍不能破邪王的不死印法，以後將永不過問聖舍利的事。」

石之軒淡淡道：「就此一言爲定，可是善母你二十八拆施畢之前，絕不能退。」

莎芳雙目殺氣大盛，冷哼道：「你有本事就在這二十八拆間取我莎芳的命吧！全部退到我這邊來！」

最後一句是向她一衆手下說的，三魔等不哼半聲，乖乖聽命，全退至莎芳身後二丈許處。莎芳左右五男兩女，亦往後退開。氣氛立趨緊張。兩大魔道頂尖高手，隔遠對峙。

莎芳身上的華服和飄帶，忽然無風自動的拂揚起來，嬌笑道：「邪王背上的是否聖舍利？」

石之軒反手一拍背上囊袋，微笑道：「正是！殺了我石之軒，它就是你的。」

那邊的祝玉妍沉聲道：「這是個沒有破綻的石之軒，就像遇上碧秀心前的石之軒。」

徐子陵心想那在長安遇上的石之軒該算是有破綻的石之軒，因為只要提到石青璇的名字，即可對他產生影響，最後更分裂出另一種截然相反的人格。不過現在再對他施展這套，恐怕不會起任何作用。

寇仲道：「我該很想石之軒成功宰掉莎芳，但事實上我卻頗為她擔心，這是否同情弱者的心態？」

祝玉妍道：「莎芳並非弱者，石之軒用的是攻心之術，令莎芳不敢施展全力，由此亦可看出石之軒對莎芳不無忌憚。」

包括師妃暄在內，都聽得心中佩服。暗忖祝玉妍不愧宗師級的人物，確是識見高明。

莎芳倏地移前，由於曳地長裙掩蓋著她雙腳的動作，使她有點像不著地的幽靈，往石之軒飄過去。人影一閃，石之軒忽然已抵莎芳左側，一掌往她頸側切去，動作行雲流水，瀟灑好看。莎芳冷哼一聲，往外旋開，手上爆起點點銀光，迎向石之軒削來的一掌。兩大武學巨匠，終於正面交鋒。「蓬！」掌棒交擊，狂刮起草泥，以兩人為中心向外激濺，聲勢驚人至極點。雙方退開。感受最深的是徐子陵，因他多次與石之軒交手，深悉此君的厲害，莎芳能力擋此招而無絲毫狼狽之態，便知她至少勝過仍在長安時的他。

師妃暄輕嘆道：「我們今晚的行動失敗啦！」

祝玉妍露出深思的神色，寇仲和徐子陵則愕然以對，尚未動手，師妃暄憑何預知結果？

莎芳嬌笑傳過來道：「莎芳自創出二十八拆後，從沒對手能把二十八拆由頭看到尾，邪王會不會是唯一的例外？」

腳踩奇步，玉逍遙在她手上靈巧得令人難以相信地畫出無數眩人眼目的光影銀輝，落在寇仲等人眼中，卻看破她以迅疾無倫的詭異手法，從不同角度趁石之軒進擊前向他虛點十五下，發出十五道凌厲的勁氣，有些直接攻擊石之軒的要害，一些看似擊在空處，實際上卻封死石之軒閃躲的變化。十五道勁氣，像十五枝氣箭，把「邪王」石之軒完全籠罩在內。寇仲和徐子陵哪想得到莎芳的玉逍遙神乎其技至此，心忖若換過自己下場代替石之軒，必然非常狼狽。假若莎芳的眞氣可以無有窮盡，永遠保持目前的強大，那天下將沒有人能擋得住她的逍遙拆。這當然是不可能的，但要支持至她眞氣枯竭的一刻，肯定非常難捱。

石之軒一聲長笑，身體在窄小的範圍內鬼魅般閃移，兩手化作漫天掌影，竟是以快對快，迎上莎芳的拆氣。一時勁氣轟鳴之音，連串響起，密集似長安太極宮燃燒的爆竹塔。「蓬！」兩人硬對一掌，二度分開。

祝玉妍點頭道：「妃暄說得對，石之軒沒法從莎芳身上盜取半分眞氣，所以縱勝亦會損耗大量眞元。在這種情況下，他今晚絕不肯冒險和我作生死決戰。」

寇仲和徐子陵恍然大悟，暗讚師妃暄蘭心慧質，眼力更是高明，在場中兩人交手的第一招，已看破石之軒就算能擊殺莎芳，勝來亦非常艱難辛苦，再無餘力應付祝玉妍，在這種情況下，只有遠颺一途。以他的幻魔身法，根本沒有人可以追上他，故師妃暄有今晚行動宣告失敗的結論。

退開的莎芳一個旋身，像變成千手觀音般玉逍遙幻化出千百記虛虛實實的拆影，把她的軀體緊裹在光影之中，全力主動進擊。石之軒冷哼一聲，動作似乎緩慢下去，一拳擊出，偏偏毫不遜於莎芳驚人的高速，當莎芳透過玉逍遙刺出八道氣箭，他的拳頭剛好命中虛實幻影中的眞主。「砰！」拳拆交擊，莎芳嬌軀劇震，往後飄退，顯是吃了暗虧。以三魔爲首的一眾手下全瞧得目瞪口呆，莎芳明明至少有三道氣箭命中石之軒的要穴，他卻像個沒事人似的，並施以最凌厲的反擊。祝玉妍等當然清楚看破石之軒雖不能盜用莎芳高度集中的拆氣，憑其不死印法在化解上仍是遊刃有餘。

石之軒一聲長笑，由守轉攻，倏地搶至莎芳身前，全力強攻。他不論拳擊指點，掌削肘撞，每一下動作都是清楚分明，似拙實巧，莎芳再無法射出拆氣，只能見招拆招，雖未露敗象，已應付得非常辛苦。不過在石之軒來說，這是非常耗力的打法。

「噹！」石之軒指尖點在玉逍遙的尖端，莎芳顯是不敵石之軒的指勁，劇震後撤。出奇地石之軒沒有乘勝追擊，反手負在身後，傲然道：「善母仍要鬥下去嗎？」

莎芳立定，雙目殺機大盛，狠狠盯著石之軒，一字一字的緩緩道：「不死印法確是名不虛傳，由此刻起，我大明尊教絕不再過問聖舍利，我們走！」

石之軒一聲長嘯，倏地橫移，鬼魅般逸往十丈開外，再拔身而起，投入附近的密林區去，轉瞬走得無影無蹤。

第二章 蟲鳴蟬唱

第二章　蟲鳴蟬唱

四人藏在密林內，瞧著石之軒和善母率眾先後離開，仍沒取任何行動。

寇仲狠狠道：「假若我們追在莎芳身後，肯定可找到她藏身的船隻，金環眞十有九成被囚船上。」

祝玉妍淡淡道：「那少帥爲何不去跟蹤？」

寇仲微笑道：「因爲跟蹤她是下下之策。儘管我們能找到那艘船，除非立即動手硬闖上船，否則明天船兒起錨開航，躲到支流或某一隱蔽湖灣，我們的跟蹤只是白費工夫，還不如以靜制動來得聰明點。」

祝玉妍皺眉道：「以你少帥的作風，莎芳顯然又負上不輕的內傷，何以你會放過殺敵救人的良機？」

寇仲嘆道：「還不是爲你老人家，若我們這麼跟在莎芳背後，莎芳不猜到我們間的關係才怪。」

祝玉妍微一錯愕，沒再說話。

師妃暄輕柔的道：「陰后有甚麼打算？」

祝玉妍仔細地打量她幾眼，點頭道：「妃暄有何提議？」

寇仲和徐子陵心中佩服祝玉妍的胸襟，並不因師妃暄是宿敵的徒弟或後輩的身分而恥於下問。師妃暄適才預見今晚行動沒有結果的先見之明，顯露出卓越的智慧，令祝玉妍低聲下氣向她求教。

寇仲和徐子陵都愛聽師妃暄說話，愛看她動人的神態，更是全神貫注在她身上。師妃暄凝望石之軒消失的方向，輕輕道：「陰后沒有窮追石之軒，此事必大大出乎石之軒意料之外，教他疑神疑鬼，難以安心。」

寇仲皺眉道：「有一點我眞不明白，石之軒現在的頭等大事，該是吸取舍利的邪……噢！不！該是聖氣，成功後才回中原統一兩派六道，爲何仍要冒險引陰后你出來，難道眞不懼你那招『玉石俱焚』嗎？」

祝玉妍唇角露出一絲苦澀的笑意，道：「這問題若在今晚見到石之軒前提出，我眞的無法給你一個肯定的答案，但此刻卻可清楚的告訴你，石之軒在利用我。」

寇仲一震道：「我明白啦！石之軒正不斷的吸收舍利的聖氣，我的娘！」

祝玉妍嘆道：「石之軒利用我對他造成的壓力來鞭策自己，等於古人的臥薪嘗膽，那種身處險境、須步步爲營的感覺，可令他無暇分心想起傷心往事。」

師妃暄道：「陰后對石之軒的分析非常透徹，若妃暄沒有料錯，石之軒明晚必然繼續向陰后挑釁，所以我們並非沒有第二次聯手除他的機會。」

寇仲笑道：「那我們現在應否回城好好睡一覺？」

師妃暄責道：「少帥好像忘記假老嘆的約會。」

寇仲哂道：「假老嘆如何能分身赴兩個不同地點卻同一時間的約會？且莎芳受傷，想對付師小姐亦有心無力，我們還是不要白走兩趟明智些。」

祝玉妍皺眉道：「你們在說甚麼？」

徐子陵解釋後，道：「祝宗主請先回城休息，雖然明知白走一趟，我們也要赴約，免令假老嘆生疑。」

祝玉妍略作猶豫，斷然道：「看在你兩個小子處處爲我著想的份上，我再向你們透露一些不應傳到魔門外的訊息。辟塵曾親口告訴我，除大尊和原子深淺難測外，名義上大明尊教武功最強雖首推莎芳，可是五明子中的烈瑕和五類魔的『毒水』韋娜，兩人均親得大尊眞傳，故該不在莎芳之下，若有這兩人出馬，配合其他人手，絕對不容小覷。」

寇仲欣然道：「太有趣哩！」

祝玉妍啞然失笑道：「我差些兒忘記替寇仲擔心只是多餘無聊之舉，唉！你們好自爲之吧！」說罷沒進林木深處，迅速遠去。

寇仲和徐子陵自然地把目光投向師妃暄，一副恭候命令聽從吩咐的樣子。

師妃暄微嗔道：「爲甚麼只懂看著我，你們不是最愛我行我素的嗎？」

徐子陵苦笑道：「小姐又來翻舊賬。」心中卻暗道我徐子陵正最愛看你這種女兒情態。只有當師妃暄顯露這類塵心，他才會更強烈感覺到她是一個也有七情六慾的人。

寇仲笑嘻嘻道：「妃暄愈來愈漂亮哩！」

師妃暄顯然拿他沒法，淺嘆道：「我們現在該不該分頭行事？」

徐子陵道：「祝玉妍說得對，我們不可輕敵大意。」

寇仲道：「兩個約會的地點，只相隔十多里，只要你們略爲遲到，我見不到人後可立即趕過來與你們會合。那時就算大明尊教傾巢而來，我們至少可自保突圍，只要能溜返城內便平安大吉。」

師妃暄道：「他們定有方法教你留下的。」

寇仲一拍井中月，微笑道：「那就要問問小弟背上的老搭檔，我會見機行事，隨機應變。」

徐子陵道：「就這麼辦。」

寇仲哈哈一笑，學祝玉妍般先沒入林木深處，再繞道赴約。

當剩下徐子陵和師妃暄兩人時，氣氛立時生出微妙的變化，一片奇異的沉默。師妃暄似欲沖淡這種「無聲勝有聲」的氣氛，低聲道：「妃暄之前曾勘察鏡泊亭的形勢環境，這座石亭臨湖建築，一邊是湖水，另一邊是密林，頗爲隱蔽。」

徐子陵攤開手掌，遞到她身前，輕輕道：「小姐可否把石亭的位置畫出來，那我們可分路赴會。」

師妃暄微一猶豫，伸出纖美的玉手，以指尖在徐子陵手掌先畫出鏡泊湖的形狀，再在北岸輕點幾下，道：「這是馬吉營地的位置。」然後再移往西北點一下，道：「鏡泊亭大約在這個位置上，地勢較高，並不難認。」說罷收起玉手。

徐子陵仍呆望著自己攤開的手掌，心中湧起奇妙的滋味，更曉得自己將永遠忘不掉她指尖畫在掌上的動人感覺。這還是他首次和師妃暄的「親密」接觸。

師妃暄微嗔道：「弄清楚了嗎？」

徐子陵終收起手掌，心忖假若此刻告訴她以後都不會洗手，她對自己這大膽的輕薄話會有甚麼反應？這當然只能在心中想想聊以自慰，不會付諸行動。微笑道：「非常清楚，小姐的纖指像色空劍般準確穩定。」

師妃暄淡淡道：「你的手掌很特別，是否練長生氣後變成這樣？」

徐子陵瀟灑地聳肩，輕描淡寫的道：「事實上我並不太清楚，好像是學會印法後，一雙手始生變化。橫豎仍有些時間，我們可否再好好閒聊幾句？」

師妃暄輕嘆道：「人家想不聽行嗎？」

徐子陵聽得心中一蕩，又暗暗警告自己，絕不可把師妃暄視作一般俗世女子，這會令她看不起他徐子陵。點頭道：「當然可以，一切由小姐決定。」

師妃暄回復平靜，淡然處之的道：「說吧！徐子陵。」

徐子陵生出把她擁入懷內的衝動，嚇得忙把欲望硬壓下去，長長吁出一口氣道：「小姐此刻有沒有甚麼特別的感覺？」

師妃暄沉默片刻，柔聲道：「你聽到蟬蟲的和應呼叫聲嗎？」

徐子陵略一錯愕，點頭道：「讓你一提醒，我忽然發覺像在一個蟬鳴蟲叫的汪洋中，牠們的聲音所組成的世界既豐滿又充滿層次感，美麗得教人感動。最奇怪是之前我卻完全忽略牠們。」

師妃暄欣然道：「不怕告訴你，妃暄真的很喜歡和你聊天，子陵兄對此有甚麼體會？」

徐子陵苦笑道：「體會太深哩！再來一次分離預習，我可能會有招架的辦法。問題是愛情就像一個陷阱，掉進去後可能永遠沒有方法爬出來，去領略陷阱外別的動人事物。」

師妃暄喜孜孜的道：「這個比喻真貼切，能否從陷阱跳出來，純看個人的決心和努力，更要看你是否把愛情視作人生的終極目標。在人世間所發生的一切，只是宇宙無常的其中部分。」

徐子陵灑然笑道：「小姐若任得自己陷身愛情，再從陷身處走出來，是否能破而後立的臻達劍心通明的境界？」

師妃暄唇角飄出一絲溫柔的笑意，白他一眼，似在說早曉得你會有此一問的動人模樣，漫不經意的道：「子陵兄指的是否仍是純精神的男女愛戀？」

徐子陵大感刺激，師妃暄這句話等於同時說出另一種有親密接觸的男歡女愛，那表示她至少曾想及與自己或許會發生這可能性。不過他眞的沒有佔領她仙體的任何意圖，所以不會趁機進逼。微笑道：「當然如此，小姐有甚麼好的提議？」

師妃暄破天荒的「噗哧」嬌笑，道：「人家仍在考慮嘛！」說罷盈盈去了。

寇仲來到龍泉城東門外著名的月池，這是個天然的溫泉，泉水從地底湧出，因池作半月形，故名月池。熱氣騰升，把湖旁的林木籠罩在水氣中，加上月色斜照，確有幾分可使人不寒而慄的鬼氣。寇仲並不相信鬼神，只欣賞到溫泉與月色合力營造出來如夢似幻的氣氛和美景。池水中間氣泡爭先恐後的冒出水面，呼嚕呼嚕在作響。月池寬廣只有兩丈許，溢出的池水形成熱泉澗，穿野過林的朝龍泉城方向流去。寇仲心忖找一晚和徐子陵來這裏夜浸月池，必是非常快意。又胡思亂想假若陪他浸浴的是國色天香的尚秀芳，該是如何醉人。忽感有異，定神看去，只見一團黑呼呼的物體，正在靠池邊的雜草處載浮載沉。

寇仲心中大爲驚懍，拔身而起，掠過池面，落到最接近物體的岸旁。看清楚點，更是心中發毛，赫然是具穿著衣衫的浮屍，衣服與今天見過的假老嘆相同，由於臉向池底，故看不到面目。寇仲怎都不能相信身爲五類魔中的「暗氣」周老方這麼容易死去，心想難道這傢伙詐死來算計我？哈哈一笑道：「池水這麼熱，老兄你能捱多久呢？」同時耳聽八方，看看是否中計被敵人包圍。再待片刻，心知不妥，倏地伸手下探，抓著周老方的腰帶，把他提離水面。周老方滾倒岸旁草地，面容向天，兩眼睜大，早氣絕多時。寇仲怎麼想都沒想過會有這情況出現，呆看著眼前再沒有半絲生命氣息的屍體，一時間亂了方寸。旋又深吸一口氣，回復冷靜，下手檢視他致死的原因，接著迅速離開。

徐子陵發出暗號回應，寇仲心情立即轉佳，因爲大明尊教比他們先前猜估的更要可怕，知道徐子陵「健在」，可敬的仙子當然亦該安然無恙。寇仲撲進林內，深進三丈許，拔身而起，落在一株老樹接近樹巔的橫幹上，徐子陵正安然寫意的坐在橫幹間，寇仲就那麼蹲下，從這角度看去，鏡泊亭安穩的立在湖畔，四周蟲鳴蟬唱，一片月夜和諧寧謐的氣氛。亭內空無一人。

徐子陵瞥他一眼，動容道：「你的平衡功夫大有進步，最難得是那種蹲在離地五丈多高只兒臂粗細的橫幹上，竟像蹲在平地般舒適自然的感覺。」

寇仲湊到他耳旁道：「你的仙子呢？」

徐子陵苦笑道：「仙子從來不是我的，將來亦非我的。至於她爲何沒有出現亭內，這該叫仙心難測，你問我，我去問誰？是否白走一趟？」

寇仲嘆道：「周老方變成一具浸在月池內的浮屍。他是被人在背心結結實實打了他奶奶的一掌，心脈盡碎，立即一命嗚呼，大羅神仙都難令他多呼吸一口氣。」

徐子陵失聲道：「甚麼？」

寇仲微笑道：「假若我們以爲周老方是眞老嘆，我們會否怒火中燒，立即到那神祕莊園殺人放火？」

徐子陵點頭道：「有道理！此計非常毒辣，既借我們的刀去殺人，更借別人的刀來殺我們。」

寇仲苦惱道：「那神祕莊園的主人必非善男信女，誰可告訴我他是何方神聖？」

徐子陵凝望著鏡泊亭道：「我敢以項上人頭打賭，假老嘆很快會現身亭內。」

寇仲道：「這叫英雄所見略同。月池的浮屍是周老嘆而非周老方。唉！周老方還算是人嗎？連攣生兄長都辣手殘害，雖然眞老嘆也非甚麼善長仁翁。」

徐子陵道：「會不會因莎芳承諾退出爭奪舍利，所以周老嘆夫婦對他們再無利用的價値，索性毀去肉票，同時又可一舉兩得的騙我們去打場冤枉的仗？」

寇仲道：「這麼說，大明尊教的人可能眞不曉得你能分辨出周老方是假的老嘆，照此推論，許開山當非是大明尊教的人。」

徐子陵皺眉道：「仍是很難說，打第一次我在燕山酒莊大門見到許開山，就感到他屬『邪王』石之軒的級數。若他高明至故意不把此事告訴周老方，藉此消除我們對他的懷疑，也不是完全不可能的。」

寇仲倒抽一口涼氣道：「若他高明至此，實在太可怕。」

徐子陵道：「你有沒覺得莎芳是故意放棄爭奪舍利，以鬆懈石之軒和祝玉妍兩方面的防備之心？」

寇仲一震，正要答話。

徐子陵低呼道：「目標來哩！」

周老方現身鏡泊亭，神情木然，頹然在亭內的石凳坐下，直勾勾的望著在月照下波光蕩漾的大湖。

寇仲湊到徐子陵耳旁道：「這傢伙眞會裝神弄鬼。」

兩人忽生警兆，朝後瞧去。師妃暄來到樹下，再無聲無息的像腳踏彩雲般升上橫幹，就那麼盤膝坐在徐子陵旁，香肩只差寸許便碰上徐子陵的膊膀。徐子陵還是首次與師妃暄處於這麼親近的距離，心中湧起無限的溫柔。

師妃暄盯著周老方的背影，輕輕道：「他的神情爲何如此古怪？」

徐子陵吁一口氣道：「他剛殺掉自己的孿生兄長，神態可能因此有異平常。」

師妃暄輕顫道：「甚麼？」

徐子陵別頭往她瞧去，入目是她靈秀和優美至無可比喻的輪廓線條，秀髮半掩著的小耳朵晶瑩潔白，更傳來健康的髮香，一時如履仙境，自然地湊到她耳旁輕聲扼要解釋。師妃暄秀眉輕蹙，似是有點受不了這麼親密的接觸，但也沒有避開的反應。

那邊的寇仲訝道：「妃暄不準備下去見他嗎？聽聽他有甚麼奸謀該是很有趣的事。」

徐子陵夾在寇仲和師妃暄中間，左邊是寇仲說話的聲音，右邊是師妃暄傳來清新和充滿生命力的芳香氣息，心中生出奇妙的感覺，想到在經歷了多少事情後，他們三人才能這麼同棲一枝樹幹之上，並肩作戰。他和師妃暄的交往絕非順風順水，打開始他們就站在勢難兩立的敵對立場，最妙是直到此刻情況仍未改變。和氏璧是他們初識的序幕，接著的事複雜至連他也感到難以盡述，概而言之，就像現在的眞實情況般他徐子陵是給夾在兩人中間處，左右做人難。一個是兄弟，另一個是値得自己崇慕尊敬踏足凡塵的仙子。我的娘！這確是筆難算的賬。

師妃暄終於說話，淡淡道：「這個是眞的周老嘆。」

寇仲劇震道：「那麼死的是周老方，這是不可能的。陵少怎麼看？你爲何像沒半點反應似的？」

徐子陵雙目亮起精芒，凝目亭內呆坐的周老嘆背影，微笑道：「妃暄怎會看錯呢？我等凡人看不到的東西，當然瞞不過她。」

寇仲一呆道：「我還是第一次聽到你喚一個女兒家的名字，這種感覺眞古怪。」

師妃暄佯作不悅的微嗔道：「我要警告你們兩兄弟，請守點口舌規矩。」

寇仲抗議道：「我要爲我的好兄弟打抱不平，因爲太不公平，爲何我能喚你作妃暄，我的兄弟陵少卻不可以？」

他們均以氣功收束聲音，聚音成線，故不虞周老嘆聽到。

師妃暄秀眉輕蹙，沒好氣的白寇仲差點令他翻身墜地的一眼，道：「我並不是指這個，而是他自稱凡人的可惡，明白嗎？打抱不平的寇大俠。」

寇仲還是初次有機會和師妃暄這麼朋友式的聊天，更知這仙子胸襟廣闊，明辨是非，不會眞的惱怪他言語無禮，登時生出爲之銷魂的感覺，很想再進一步欣賞她的女兒神態，無聲無息的輕拍徐子陵的肩頭，欣然道：「你以後可享有和我同等的特權啦！」

師妃暄淡淡道：「我要下去和他說話。」

寇仲裝作心中一寒，道：「這個會不會是周老嘆的鬼魂呢？因死不瞑目，寃魂不息，所以到這裏來託我們爲他報仇。唉！他肯定是沒有表情的苦臉鬼。」

師妃暄終忍不住嫣然一笑，以一個完美無瑕，動人至極的翻騰，投往鏡泊亭去。

周老嘆文風不動，沉聲道：「是否靜齋的師姑娘？」

寇仲聽到他的聲音，愕然道：「果然是眞老嘆。我的娘！究竟是怎麼一回事？」

師妃暄落在亭外，盈盈俏立，從容自若的道：「正是師妃暄，周前輩可否解釋爲何會從老方變回老嘆？」

周老嘆劇震轉身，大訝道：「原來姑娘早看破那畜生是冒充的？」

遠處樹幹上的寇仲湊到徐子陵耳旁道：「眞掃興！若他眞是冤魂不息的厲鬼，多麼刺激有趣。」

徐子陵爲之氣結。

師妃暄平靜的道：「前輩仍欠我一個解釋。」

周老嘆雙目凶光大盛，狠狠道：「我殺了那畜生，親手宰掉那畜生，他無論做甚麼我周老嘆都不會怪他，但他竟敢勾引自己的親嫂，我卻絕不會放過他，這可惡的畜生。」

徐子陵和寇仲聽得愕然以對，聽周老嘆的口氣，他和金環眞該非是大明尊教的階下之囚。

師妃暄顯然和他們想法相同，道：「你們是否打開始就在騙我？」

周老嘆雙目凶光轉爲茫然之色，嘆道：「我們是不得不和莎芳合作，只有他們才有能力和祝玉妍對抗。我和環眞已成天邪宗最後的兩個人，不借助別的勢力，如何能把聖舍利從石之軒處搶回來？只有聖舍利才可重振天邪宗。」

師妃暄不解道：「大明尊教不是要害你們夫婦嗎？爲何仍要和他們合作。」

周老嘆狠狠道：「那全是辟塵在弄鬼。唉！無論希望如何渺茫，只要有一線機會，我周老嘆絕不肯放過。」

師妃暄淡然自若的道：「我要走啦！」

周老嘆愕然道：「姑娘要走？我還有很多事要告訴你呢。」

寇仲和徐子陵亦大惑不解，師妃暄好應繼續問下去，弄清楚整件事，例如為何周老嘆忽然找兩具屍體來魚目混珠？無端端的弄出個周老方來頂替周老嘆？大尊和原子是誰？諸如此類的問題。

師妃暄輕描淡寫的道：「因為我不再信你們說的話。」說罷就那麼離開。

寇仲和徐子陵由不明白改為心中叫妙，師妃暄的一走了之，等於把周老嘆這個湯手熱山芋交到他們手上。周老嘆呆在亭內，雙目不住轉動，似在思索揣測師妃暄的說話和行動，方寸大亂。寇仲和徐子陵看得直搖頭，本性是不能改的，周老嘆夫婦是最好的例子。

好一會後，破風聲起，久違了的金環真現身亭內，道：「她真的回城去了。」

周老嘆冷哼道：「這妮子太厲害，看穿我們要利用她。」

金環真嬌笑道：「夫君大人啊！我早說騙不倒她，只有你才天真得以為自己可以辦到。」說罷取出火熠燃點，然後送出訊號。寇仲和徐子陵精神大振，朝鏡泊湖迷濛的深遠處瞧去。

寇仲在徐子陵的耳旁道：「不論來的是甚麼人，他奶奶的熊，我們就下去痛快一番，舒舒筋骨。」

徐子陵點頭同意，周老嘆要對付師妃暄，但因師妃暄沒有中計，他們當然不用再對這種恩將仇報的人客氣。一艘兩桅風帆，從左方一個湖灣駛出來，緩緩而至，船上烏燈黑火，在月色下船頭隱見人影幢幢。

寇仲又道：「若見到烈瑕那小子，先幹掉他才輪到其他人。」

大型風帆駛至，緩緩靠岸，四道人影從船上掠下，落在周老嘆和金環真身前。暗裏窺視的寇仲和徐子陵立即目瞪口呆，來人竟非大明尊教的人，而是「魔師」趙德言、暾欲谷、康鞘利和香玉山四人。怎想得到他們已抵龍泉，且和周老嘆夫婦勾結起來狼狽為奸。兩人更由此想到趙德言和天邪宗必是關係密切，否則不會既有尤鳥倦與他合作在前，現今周老嘆夫婦又與他聯成一氣。

趙德言皺眉道：「究竟發生甚麼事，那小賤人沒有上當嗎？」

周老嘆頹然道：「她丟下一句不信我的話就那麼回城去，唉！」

暾欲谷冷笑道：「只要她仍在龍泉，她休想能逃回中原去，那兩個小子有沒有中計？」

周老嘆道：「這個很難說，因為師妃暄竟曉得有周老方，假若她把此事告訴那兩個小子，恐怕他們不會中計。」

香玉山點頭道：「計畫該已失敗。」

暗裏的寇仲恨得牙癢起來，湊到徐子陵耳邊道：「我要幹掉他！」

徐子陵搖頭道：「來日方長，這個險不值得冒。」

只是趙德言和暾欲谷兩大高手，已教他們窮於應付，何況多出康鞘利、金環眞和周老嘆三個亦非易與的人。

趙德言環目掃視，似在察看是否有人隱藏在附近，斷言道：「上船再說。」

到風帆離岸遠去，寇仲捧頭道：「事情愈趨複雜，究竟是怎麼一回事？」

徐子陵沉聲道：「我一直不明白大明尊教的人為何敢引妃暄到草原來，因為妃暄若有不測，必會惹出寧道奇和慈航靜齋的人。現在明白啦！頡利要對付的是李世民，李世民一旦失去妃暄的支持，肯定再難鬥得過有頡利支持的李建成和李元吉。」

寇仲皺眉道：「可是莎芳若非有金環眞助她，如何能找到石之軒？」

徐子陵道：「這或只是一場誤會，大明尊教純因追在祝玉妍背後，誤打誤撞的碰上石之軒亦說不定。」

寇仲苦笑道：「我想得頭痛起來，不如回家睡覺好嗎？」

徐子陵道：「對不起！今晚你可能沒空睡覺，看！」

寇仲看去，只見馬吉營地旁其中一艘船揚帆開出，卻沒有任何燈火，一副鬼鬼祟祟的樣子。

寇仲嘆道：「希望搬弓矢會比搬海鹽輕鬆點吧！」

兩人以堪稱天下無雙的水底功夫，迎上駛過來馬吉方面的船，貼附船側，把頭探出水面，以他們的敏銳的感官，待到有人察看時才縮入水內，仍是從容輕易。

寇仲低聲道：「他們可能不是去迎接運弓矢的船，否則不應以這種緩慢的速度行舟，只升起他娘的一張半帆。」

風帆緩緩劃破湖面，朝鏡泊湖南岸方向開去。

徐子陵道：「管它到哪裏去，當搭便宜船就成。」

寇仲嘆道：「這種便宜船不坐也罷。待會還要用兩條腿跑回龍泉，甚麼便宜都補不回來。哈！愛情確是法力無邊，把你這小子的情聖本質全逼出來，逗仙子的功力比我更要深厚，小弟可否跟你學點本領傍身？」

徐子陵沒好氣的道：「閉上你的鳥口，還說甚麼一世人兩兄弟，竟來取笑我。」

寇仲裝出正經樣子，道：「我是認眞的，只是因替你開心得太興奮，說話有點冒犯，陵少大人有大量，勿要與後學斤斤計較。哈！我從未想過師妃暄可以這麼誘人的。咦！」

趙德言那艘風帆出現在前方岸邊密林的暗黑陰影裏，馬吉的船則筆直朝它駛去。兩人忙縮進水內，從外呼吸轉作內呼吸，貼附船底，除非有人潛到水裏，否則縱使畢玄在船上，仍難發覺他們的存在。馬吉的船緩緩靠岸，泊在趙德言那艘風帆後。兩人冒出水面，全神竊聽。

馬吉的聲音響起，以突厥話向趙德言、暾欲谷和康鞘利逐一問好，然後道：「諸位終於來哩！我給那三個小子不知弄得多麼心煩。」

暾欲谷道：「入艙坐下再說。」

兩人忙從水底潛過去，改爲貼附趙德言的座駕舟。兩人耳力何等靈銳，追著敵人的足音進入船艙，心中暗喜，能親耳竊聽敵人主帥的對答，還有甚麼意外收穫能比這更令人感到珍貴。

趙德言等人坐下後，康鞘利笑道：「那三個小子怎樣煩你？」

馬吉嘆道：「他們不知從何處得到消息，竟曉得我有批弓矢要賣給拜紫亭，我用盡方法去瞞他們，不過這三個小子出名神通廣大，最怕是功虧一簣，最後仍被他們截著弓矢。」

趙德言沉聲道：「你有把這情況知會拜紫亭嗎？」

馬吉道：「馬吉不敢冒這個險。」

暗中偷聽的寇仲和徐子陵爲之愕然，且糊塗起來，知會拜紫亭爲何是冒險？

康鞘利淡淡道：「馬吉你不用再爲此煩惱，大汗有命，立即取消這次弓矢的交易。」

馬吉愕然道：「那我怎樣向拜紫亭交代？」

暾欲谷哂道：「有甚麼好交代的？你再拖他三天，然後祕密撤走，其他的事都不用理。」

趙德言接著道：「那三個小子再來逼你，就把他們要的八萬張羊皮設法歸還他們，金子由我們付。」

寇仲和徐子陵同時心中一震，猜到突利已和頡利言和，其中一個條件當然是突利著頡利把八萬張羊皮找回來。

馬吉失聲道：「甚麼？」

趙德言有點不耐煩的道：「不要問為甚麼，你照大汗的吩咐去做就沒錯。不是有困難吧？」

馬吉道：「確有點小問題，首先是八萬張羊皮如今是在拜紫亭手上而非我馬吉的手上。其次是他們不但要羊皮，還要把拜紫亭私吞平遙商的一批貨取回來。最後是他們似乎不但要貨，更要我交出劫貨的人。唉！這三個小子實在欺人太甚。」

趙德言陰惻惻的道：「終有一天我會教他們後悔做人，但不是今天。有本事他們就找拜紫亭和伏難陀算賬吧！哼！你只要辦妥八萬張羊皮，其他的事都和你沒有關係。」

馬吉頹然道：「好吧！以拜紫亭的作風，這可能會是一個相當駭人的數目，說不定要我以弓矢作交易。唉！」

暾欲谷笑道：「馬吉你不會那麼容易被人明吃吧！弓矢絕不能交到拜紫亭手上，否則你只好把頭顱送給大汗，讓他作箭靶來練射術，明白嗎？」

馬吉忙道：「明白！」

趙德言道：「那批貨現在哪裏？」

寇仲和徐子陵忙豎起耳朵，不敢錯失半句話。

馬吉道：「明晚應抵小雀河和鏡泊流的交匯點，後晚可抵達此處。」

暾欲谷道：「立即派人到小雀河把他們截停，再從陸路運走，不得有誤。」

寇仲和徐子陵在水底互擊一掌，悄悄潛離，他們要立即趕去請別勒古納台兄弟出馬，先一步把弓矢搶到手上。那時他們要風可以得風，要雨可以有雨，拜紫亭和馬吉均會被他們玩弄於股掌之上，生命將會變得更有樂趣。

寇仲在他的西廂睡床上給足音驚醒，艱辛地睜開眼睛，已是天光日白的時刻，可是幾晚沒覺好睡，他感到尚未睡夠。

朮文的聲音在門外道：「寇爺！少帥！」

寇仲擁被坐起來，皺眉道：「甚麼事？」

朮文推門而入，神色有點緊張的道：「突厥的可達志在南廳待寇爺見他。」

寇仲立時精神起來，心忖難道這小子如此好鬥，大清早跑來找自己再戰？問道：「陵少呢？」

朮文道：「徐爺剛出門，著少帥你睡醒後等他一會，他會回來找你去吃早點。」

寇仲笑罵道：「好小子！重色輕友，一早就捨棄我這好兄弟。」

連忙起身梳洗，手執井中月去見可達志。腰掛狂沙刀的可達志臨窗傲立，呆看著四合院中庭園林的景致，不過寇仲敢肯定他心事重重，視如不見。

來到他身後，寇仲循禮打招呼道：「可兄你好！」

可達志緩緩轉過身來，目光落到他手上的井中月，雙目射出銳利的神色，道：「少帥的井中月不但名字改得好，更是罕世的寶刀，可否讓小弟欣賞。」

寇仲毫不猶豫的把井中月遞前，可達志探手抓著刀把，從鞘內抽出刀刃，橫舉側斬三刀，訝道：「眞奇怪！爲何此刀只在少帥手上時，才能發出淡淡的黃光？」

寇仲聳肩道：「恐怕要問老天爺才成。」

兩人對望一眼，同時大笑。

可達志欣然把井中月插回鞘內，看著寇仲把寶刀擱在旁邊的小几上，道：「子陵兄仍未起床嗎？」

寇仲咕噥道：「那小子大清早不知滾到哪裏去？我也在打鑼打鼓的通緝他。」

可達志給他的話惹得笑起來，有感而發的道：「少帥不但是個値得尊敬的敵人，更是位有趣的朋友。至今我仍很懷念在長安時與少帥把酒談心的情景。」

寇仲笑道：「你老哥那種尊敬不要也罷，有誰比你更積極想幹掉我？」

可達志訝然失笑道：「少帥眞坦白，不過今天我來找你，只把你當作個有趣的朋友，全無動干戈之念。」

寇仲訝道：「我正爲此奇怪，因爲你現在並不太尊重我，不當我是個敵人，哈！」

可達志雙目殺機大盛，閃爍生輝，沉聲道：「我想和你合作幹一件有趣的事，就是宰掉烈瑕那小子。」

寇仲一呆後，奇怪的打量他道：「憑你老哥手上的狂沙刀，這種事何須請人幫忙？」

可達志頹然道：「問題是此事必不能教秀芳大家曉得，否則我要吃不完兜著走。」

寇仲雙目厲芒暴現，道：「昨晚發生甚麼事？」

可達志嘆道：「雖非少帥想像的那樣，但也差不多哩！秀芳大家整晚與那渾身妖氣的小子研究樂譜，到早上他才離開。哼！烈瑕竟敢不把我可達志放在眼內，我定要他爲此飲恨。」

寇仲一震道：「他們沒幹過甚麼吧？」

可達志肯定的道：「我可保證他們只是在研究樂譜，若他敢沾秀芳大家半個指頭，我會不顧一切進去把他的臭頭砍下來。」

又道：「你是怎樣認識他的？烈瑕是近年在大草原冒起的人物，最愛四處拈花惹草，甚麼人的賬都不賣，不過確有兩下子。」

寇仲道：「我是在花林碰上他，給他纏著吃過一頓飯。可兄知不知道他是大明尊教的五明子中人？不是我長他的志氣，要殺他並不容易。一個不好，殺他不成，反被他向尙秀芳告發我們，我們那時就麻煩哩！」

可達志苦笑道：「我正爲此頭痛，無論如何，我們絕不可令秀芳大家傷心，你老兄有甚麼方法可做得乾乾淨淨？」

寇仲翻舊賬道：「你現在該明白當日我勸你不要碰沙芷菁的氣惱心情吧？」

可達志苦笑道：「事實上被你老兄警告時，我暗下決定不再碰沙芷菁，並非怕你報復，只因爲我尊敬你，視你爲有資格的對手。」

寇仲對可達志敵意大減，哈哈笑道：「這才像樣。他奶奶的熊，怎樣才有方法神不知鬼不覺的把烈瑕幹掉，事後尙秀芳又不會懷疑到我們身上，頂多只會懷疑是老跋和陵少幹的。哈！我們這樣做似乎欠點風度，捨情場而取戰場去爭勝。」

可達志冷然道：「成則爲王，敗則爲寇，這小子對女人頗有一手，最怕他使些卑鄙手段得到秀芳大家的身心，那時不講風度都要遲啦！」

寇仲嘆道：「可兄確很有說服力。你敢不敢放手大幹，一不做二不休，索性把大明尊教連根拔起？」

可達志一對銳目亮起來，道：「少帥有甚麼好提議，可某人必定奉陪。」

寇仲道：「暫時我只能想到三個對付那小子的方法。」

可達志欣然道：「竟有三個之多，少帥眞教小弟喜出望外。」

寇仲微笑道：「在說出來前，小弟先要弄清楚兩件事。」

可達志愕然道：「哪兩件事？」

寇仲舉起一隻手指道：「第一件是你怎會曉得我藏身這裏？小弟出入均非常小心。」

可達志道：「小心有啥用？龍泉有多大，是宗湘花告訴我的。」

寇仲抓頭道：「宗湘花？」

可達志耐心的道：「宗湘花是拜紫亭座下的首席女劍士，就是昨晚伴在秀芳大家身旁的標緻韃鞨女。」

寇仲發現寶藏的呼嚷道：「原來她叫宗湘花，確是非常出衆的美人兒。」

可達志點頭道：「很少女人有這麼長的腿，即使在突厥仍屬罕見。」

寇仲笑道：「我們究竟算是志同道合還是臭味相投？一說起女人，我再不覺得你是我的敵人。」

可達志失笑道：「甚麼都好，不過聽說拜紫亭和宗湘花暗裏有一手，所以宗湘花從不對其他男人假以詞色，第二件要弄清楚的事是甚麼？」

寇仲湊近點故意壓低聲音道：「你這小子是否情不自禁的愛上尙秀芳呢？」

徐子陵在南門附近的一間食店與陰顯鶴碰面，店內鬧烘烘的擠滿客人，孤傲不群的陰顯鶴與這環境更是格格不入。

兩人在一角說話，陰顯鶴道：「出乎我意料之外，許開山獨自離開朱雀大街杜興的騾馬店後，直赴城西一所華宅過夜，整個晚上沒有離宅半步，我來前他仍在那裏。」

徐子陵大惑不解，若他眞是大明尊教的人，沒有理由不找莎芳等見面商量，除非宅內有祕道，他可偷偷溜到別處去。

陰顯鶴道：「徐兄是否猜想宅內有暗通別處的祕道？這可能性並不大。不瞞徐兄，我對跟蹤躡跡頗有一些心得，昨晚連地底的動靜也沒有放過，他若從地道離開，該瞞不過我。而且我查出那華宅屬龍泉一位名妓慧深所有，應與大明尊教沒有關連。」

徐子陵頓感迷失，一時間再弄不清楚許開山是怎樣的一個人。

陰顯鶴道：「我有個提議。」

徐子陵欣然道：「蝶公子賜示。」

陰顯鶴道：「我明白徐兄是怕冤枉許開山，卻讓眞正的凶手逍遙漏網，對嗎？」

徐子陵點頭同意。

陰顯鶴道：「只要找到狼盜，便有可能找出他們背後的指使者是否許開山，不如我們暫時放過許開山和杜興，全力偵緝狼盜，會是對症下藥。」

徐子陵給他提醒，喜道：「好主意，我現在有九成把握肯定狼盜是拜紫亭的人，但問題是沒有人見過崔望的眞面目，如何把他找出來？」

陰顯鶴冷笑道：「假若崔望是拜紫亭的人，値此立國在即的時刻，崔望就算不在龍泉也該在附近。此事確令人費解，飲馬驛被殺的全是回紇人，那崔望本身肯定亦是回紇人，回紇人怎肯爲靺鞨人賣命？」

徐子陵心中一動，說出城外那深藏谷內的大莊園位置，道：「這地方頗爲邪門，說不定狼盜是躲在那裏，否則大批回紇人在龍泉現身，會惹人懷疑。」

陰顯鶴道：「這是一條線索，我不信崔望能永遠躲起來。」

徐子陵道：「若有甚麼發現，千萬勿要獨自行事，你要當我們是兄弟才行。」

陰顯鶴露出一絲罕有的笑意，道：「兄弟？這名詞對我非常新鮮，放心吧！若有發現，我定會先通知徐兄和寇兄。」

兩人商量好一切配合行事的細節，各自離開。徐子陵順步走到南門，沿城牆巡視，終有發現，在一株大樹見到段玉成以利刃畫下的暗記，說明見面的地點和位置。徐子陵將暗記抹毀，匆匆離開。

可達志在廳內來回踱步，最後在一張椅子頹然坐下，又示意寇仲坐在他旁，搖頭苦笑道：「你這句話比你的井中月更難擋。當日我受命保護秀芳大家到龍泉來，心底裏決定即使要付出性命，亦絕不容秀芳大家受到任何傷害，那會是令我終身抱憾的事。你信也好，不信也好，我對秀芳大家從沒有非分之想，但對她的技藝和才華確實佩服得五體投地。唉！小弟並非守身如玉之輩，事實上還非常風流，但見到她時，心裏卻只有崇慕尊敬之意。所以分外不能忍受像烈瑕這種人接近她，因爲他根本不配。」

寇仲動容道：「我相信你。因爲你是那種高傲得視任何人爲無物的人，不屑說謊。」

可達志呆看他半晌，緩緩道：「多謝！想不到你這麼明白我。」

又道：「我尚未弄清楚少帥爲何要到龍泉來？」

寇仲把狼盜和八萬張羊皮的事說出來，笑道：「你的大汗恨不得要吃我的肉喝我的血，你老哥卻來與我合作，不怕大汗不高興嗎？」

可達志灑然道：「將在外，君命有所不受。我的目的是要好好保護秀芳大家，誰敢怪我？他日我若與少帥交手，絕不會留情。」

寇仲道：「彼此彼此！」

兩人對望一眼，相視大笑。

寇仲喘著氣笑道：「我那三個方法，都不太見得人，可兄勿要笑我。第一個窩囊的方法，就是我們兩人陪伴秀芳大家時，由跋鋒寒和徐子陵下手殺烈瑕，那我和你可把事情推個一乾二淨。」

可達志皺眉道：「勿要誤會我取笑你，只要秀芳大家曉得是跋兄和徐兄下手的，你又怎脫得了關係？」

寇仲道：「所以說這方法不太見得人，但仍非全無可取之處，只要沒人曉得是老跋和陵少幹的便成。最大的問題是烈瑕這小子神出鬼沒，不容易在既定的時間內找到他，且要讓人曉得他是在哪段時間內被宰掉。」

可達志道：「我不能親手取那小子狗命，會是很大的遺憾。」

寇仲道：「那便不選此法，唉！恐怕第二個方法你亦聽不入耳，我就跳到第三個方法。」

可達志截斷他道：「何不說來聽聽？」

寇仲道：「第二個方法是由老子我收拾他，而你則置身事外，還裝作與小弟勢不兩立的樣子，那秀芳大家怎都不會懷疑到你可達志身上。」

說罷暗嘆一口氣，這麼做等於與尚秀芳一刀兩斷，以後只能反目相向。

可達志搖頭道：「這怎麼行！第三法如何？」

寇仲暗鬆一口氣，道：「第三個方法是搞大來做，把大明尊教的人殺個人仰馬翻，逼烈瑕出手反擊，我們裝作迫於無奈下把他幹掉，秀芳大家該難怪責我們。」

可達志沉吟片刻，點頭道：「這不失爲一可行之計。不過若胡亂殺大明尊教的人，加上大明尊教到現在仍沒有甚麼特別惹人注目的惡跡，似有點說不過去，少帥有甚麼妙計？」

寇仲道：「這個包在我身上，你要負責的是好好監視烈瑕，不讓他有單獨接觸秀芳大家的機會。今晚我們見面再說。」

可達志微笑道：「現在我的心情好很多啦！在龍泉我還有點影響力，有甚麼事要辦，少帥儘管吩咐，我可達志以狂沙刀作保證，絕不會壞少帥的事。」

寇仲起身送他出門，欣然道：「若有事情須你老哥出馬，我是不會客氣。」

可達志剛上馬離開，宋師道即駕到，道：「你託我的事，有點眉目啦。」

師妃暄聽畢，秀眉輕蹙道：「趙德言和周老嘆夫婦暗中勾結，仍可以理解。但爲何周老嘆要殺周老方？更令人不解是金環眞大可直接引我到龍泉來，何須中途換上周老方，橫生不必要的枝節？其中定有些關鍵的地方我們沒有想破。」

徐子陵很喜歡看師妃暄用心思索的神情，她深邃莫測的美眸，射出發自內心的智慧光輝，俏臉像蒙上一層聖潔的霞彩，形成一股凜然不可侵犯，超俗脫塵的仙姿美態。兩人坐在亭內，偌大的寺院杳無人跡，只主殿方向傳來木魚敲擊的清音。

師妃暄見徐子陵默然不語，訝道：「子陵兄在想甚麼哩？」

徐子陵很想說正在飽餐秀色，當然不敢說出口。探手輕撫冰涼的桌面，道：「不知是否與寺有緣，我在寺院裏的遭遇總是不平凡的，使我對寺院的感覺特別深刻。剛才我步入寺門，忽然被寺堂宏偉的規模震懾，覺得這座寺堂是宇宙的化身，自亙古以來就是這樣子，以後亦不會改變。進入寺堂後，等於把過去和將來連起來，因爲我正是它們的現在。」

師妃暄露出深思的神色，輕嘆道：「有時眞有點害怕和你交談，因爲你總能說出些引得妃暄思索的話，令我生出微妙的感應。所以才說你是妃暄唯一的破綻，假若我能以平常心來待你，我或可臻達劍心通明的境界。」

徐子陵微笑道：「若妃暄有意爲之，恐怕永難成功。唯一的方法是任由事情自然發展，憑妃暄的智慧和多年修行，必能在某一剎那進入劍心通明的至境。」

師妃暄靜若止水的道：「子陵很少這麼放開懷抱地坦白說出心想的話，不過卻說得隱含奧理。」

徐子陵靈台一片清明，湧起這宇宙捨師妃暄再無他物的奇異感覺，所有其他事物，包括甚麼石之軒、狼盜、塞外各族生死存亡的鬥爭，群雄爭霸的中土等，全不關重要。此刻他最想探索的，是眼前這仙子芳心內的奧祕，把心神放在其他事上純屬浪費。這感覺如汪洋大海般把他淹沒，幾令他窒息，強烈得教人難以相信。忽然間，他醒悟到自己終嚐到愛情既痛苦又迷人的滋味。以前他一直抑制自己，可是經過這兩天來的親近，終於決堤。

師妃暄柔聲道：「因何又裝啞巴？」

徐子陵啞然失笑道：「裝啞巴？不！而是小弟有時心神恍惚，有時則缺乏表達之詞，所以被妃暄你誤會。」

師妃暄現出一個沒好氣，充滿少女氣息的表情，道：「近朱者赤，近墨者黑，你和寇仲日夕相對，所以沾染不少他說話的壞習慣，眞想揍你一頓。」說到最後一句，罕有地毫無戒心的甜甜淺笑，宛如盛放的鮮花般的燦爛。

徐子陵一震道：「看來你很快可抵達劍心通明的境界，你剛才那笑容肯定是從那境界降到這凡間來的。」

師妃暄出奇地沒霞生玉頰，淡淡道：「我要修正剛才的話，你徐子陵青出於藍，超越寇仲。」

徐子陵失笑道：「這算不算惡評如潮？」

師妃暄香肩微聳，搖頭道：「不是惡評，而是恭維。純瞧你徐子陵從甚麼角度去看。就像那個踏蟆或踏茄的故事。」

徐子陵開懷笑道：「縱使只能和妃暄多相處幾天，無論代價是分離之痛，又或永誌在心的深刻苦楚，仍是值得的。」

師妃暄平靜下來，秀眸像兩泓深不見底又清澄得不含半絲雜質的潭水，深深地凝注他，柔聲道：

「當幫妃暄一個忙好嗎？不要騎騾找騾，更不要騎上騾子後不肯下來。因為十方世界空曠清淨，本無一事，哪來騾子？」

徐子陵一呆道：「沒有騾子的心是甚麼心？」

師妃暄道：「是平常心。假若子陵能把分離視作相聚，失正是得。妃暄將可無牽無掛，探窺天道。否則不如放棄清修，長伴君旁，免受相思的折磨。」

徐子陵聽得虎軀劇震，不敢相信自己的耳朵。這是自和師妃暄相識以來，這仙子首次坦白說出愛上他徐子陵，而非「你是人家唯一破綻」那類可作任何詮譯譬解的禪語。更令他震撼的是師妃暄把脆弱的一面展露在他眼前，暗示假若他要像俗世男女般矢志要得到她，她大有可能拋棄一切以身相許。當然她並沒有鼓勵徐子陵這樣去做，否則無須有請幫她一個忙的軟語。騎騾找騾者，並不知要找的騾正給自己騎著，且不懂下騾，最終當然一無所得。男女的繾綣纏綿，生死不渝，無論使人如何顛倒沉迷，到頭來仍像生命般只是一場春夢。師妃暄追求的是某一永恆而超乎徐子陵理解的目標。

徐子陵發呆好半晌後，緩緩道：「我忽然覺得很輕鬆開心，感到不論是甚麼心事，都可拿出來說給你聽，而妃暄你則不會怪我無禮。我徐子陵只是個凡夫俗子，像一般人因感到生命的無常，美好的事物錯過就永不回頭，遂因驟聞妃暄決定返回靜齋一事後，不顧一切的向妃暄提出這連自己都感到過分的要求。哈！可是我卻沒有感到後悔。」

師妃暄微笑道：「當然不用後悔，除師尊外，徐子陵你是我在修行之道上最深刻的遇合；以前如此，現在如此，將來亦如此。妃暄走時，不會向你道別，因為妃暄不想我們間有個刻意的分離，如你所說的一切順乎自然，有若天成。」

徐子陵灑然笑道：「既分離過一次，當然不須另一次，希望我不是那永遠騎在騾背不知下騾，更不曉得要找的東西就在胯下的呆子。妃暄你會是我生命中最美麗的一片回憶，沒有這段回憶，生命只是空白。」

師妃暄喜孜孜的道：「子陵的話很動人，妃暄會銘記心中，就如佛經禪偈。還記得蟬蟲鳴唱的事嗎？既可以是茄，也可以是蛤蟆；可以是騾，可以非騾。妃暄可否貪心點，再託子陵另一件事？」

徐子陵隱隱感到師妃暄下定決心，隨時會告別塵世返回靜齋，不再踏足人間，欣然道：「只要不是逼寇仲放棄爭霸大業，我必盡力為妃暄辦到。」

師妃暄秀眸射出令徐子陵心顫的深刻感情，緩緩道：「請好好照顧石青璇，不要讓她受到任何傷害。」

徐子陵愕然道：「妃暄這麼說，是否認定合我們和祝玉妍之力，仍沒法除去石之軒？」

師妃暄目光緩緩掃視園林內的花草樹木在朝陽斜照下投射地上的蔭影，秀眸異彩漣漣，使人聯想到起她高逸出塵的內心世界，深情的道：「在敝齋山門入口處的牌坊有一對對聯，寫的是『家在此山中，雲深不知處』，妃暄不知為何要告訴你，但卻想讓你知道。或者是因妃暄再沒有甚麼可傾訴的事。」

徐子陵長身而起，一揖到地道：「感謝妃暄，我徐子陵絕不會有負所託，今晚辦不到的事，終有一天徐子陵會給你辦妥。」說罷灑然而去。

師妃暄平靜地目送他的背影消失在寺院的行廊盡處，香唇逸出一絲動人的笑意。

寇仲把宋師道迎入南廳，心中想的卻是尚秀芳。雖有徐子陵屢次提醒警告，可是當見到尚秀芳後，他再不能控制自己的情緒，烈瑕只是個引發燎原大火災的火種。可達志顯然也像他般不濟，故而兩人有合作對付烈瑕的行動，想想也覺荒謬。若給徐子陵曉得，不被他責難才怪。他感到正徘徊於險峻高崖的邊緣，一個不好，將會失足掉下萬丈深淵。

坐好後，宋師道喝著寇仲奉上的香茗，道：「我費盡唇舌，始能勉強說服君嫱，她要和你們兩人三口六面的談一次。照我看她該是有條件的，你最好和子陵商量妥當才去見她。」

寇仲道：「時間地點如何？」

宋師道道：「正午外賓館，我會出席作你們間的緩衝。」

寇仲苦笑道：「只要不是逼我們自盡，我們只有乖乖答應的份兒，哪有資格和她討價還價？」

宋師道嘆道：「問題若這麼容易解決當然皆大歡喜。只是你們要找的深末桓夫婦，有極大可能確實托庇於韓朝安翼下。」

寇仲一震道：「你老哥查到甚麼呢？」

宋師道道：「我一向看不起憑武力掠奪的人，故與韓朝安沒甚麼話好說。昨晚我暗中留意，韓朝安所居的一座賓館，確多出一批不懂說高麗話的生面人，其中還有個相當冶艷的女人。」

寇仲心中叫苦，深末桓乃是他們不能放過的人，在這種情況下，如何與傅君嫱和解？嘆道：「韓朝安與傅采林究竟是甚麼關係？以傅采林的名聲，怎會容許弟子與馬賊同一鼻孔出氣？」

宋師道道：「嚴格來說，韓朝安並非馬賊，而是海賊。」

寇仲愕然道：「海賊？」

宋師道道：「這要從整個朝鮮半島的形勢說起。半島上有三個國家，就是高麗、新羅和百濟，自楊廣三征高麗慘敗後，半島上的國家自身間展開變化無常的複雜鬥爭。新羅王金眞興是類似拜紫亭既有野心又雄才大略的君主，力圖統一半島，故不斷擴張。新羅位於南部偏東處，佔有漢江口之利，遂大力發展海上貿易，主要與中土沿岸名城大做生意，使國力大增，惹得居半島南部偏西的百濟和國力最強佔據半島北部的高麗聯手對付他。韓朝安就是高麗王高健武派出來專在海上攔截打劫新羅商旅的人，目的是破壞新羅的經濟。」

寇仲恍然道：「我明白哩！高麗這麼支持拜紫亭，除了是希望有個強大的渤海國作她和契丹與突厥間的緩衝，更須在新羅與中土間取得賊船維修和補給的海口據點。唉！眞令人頭痛。」

宋師道分析道：「新羅一向是親中土的，現在中土大亂，新羅失去依靠，若非有金眞興支撐大局，早給仇視漢人的高麗和百濟瓜分。不過高麗本身並非沒有內憂，近年在高麗以東崛起的一個地區大酋叫蓋蘇文，外號『五刀霸』，高麗王高健武也要忌他三分。」

寇仲大感興趣，道：「五刀霸？是否沒有人能擋他五刀？」

宋師道笑道：「只因他愛隨身攜帶五把長短不同的寶刀，因而被稱爲五刀霸。此人殘忍好殺，視人命如草芥，在高麗東有龐大的勢力，高健武也不得不看他的臉色。若非有傅采林坐鎭，恐怕蓋蘇文早起兵作反。」

寇仲頭痛的道：「天下烏鴉一樣黑這句話確沒有錯，何處始有安樂和平的土地？」

宋師道拍拍他肩頭道：「你和子陵仔細商量，千萬不要爽約。我沒得交代事小，以後再難有機會心平氣和的坐下說話事大。」

寇仲依依不捨道：「你要到哪裏去？爲何不待子陵回來大家齊去吃點東西？」

宋師道起立道：「我要去見秀芳大家，想一道去嗎？」

寇仲心叫饒命，連忙推辭，送他到門外。

徐子陵滿懷連自己都弄不清楚的滋味，趕回四合院去。忽然一輛馬車駛至身旁，垂簾掀開，露出美豔夫人巧笑倩兮的如花玉容，嬌呼道：「徐公子移駕登車如何？」

徐子陵心中苦笑，心知一波未平一波又起，麻煩再次臨身。

美豔夫人收回投注窗外的目光，別過頭來嫣然一笑，微聳香肩道：「終於到龍泉哩！眞好！」

徐子陵於登車後直到坐在她香軀旁的此刻，仍弄不清楚她葫蘆內賣的是甚麼藥！事實上他的心神正緊繫在之前與師妃暄的「話別」，一時難以容納其他物事。師妃暄終於要離開他重返仙山。「家在此山中，雲深不知處。」這兩句鎭門偈語恰是他和師妃暄愛情的最佳寫照，既實在又虛無。在瞬那間發生，在同一瞬那結束。令人再弄不清楚如何開始，如何終結，既無始，亦無終。因爲開始和結束融爲一體。我的娘！誰能不魂爲之銷？自己究竟是傻瓜？還是體會到愛情最高境界的幸運兒？恐怕他永遠難以斷定。

美豔夫人訝道：「徐公子有心事嗎？」

徐子陵淡淡笑道：「龍泉確是座令人難忘的奇異城市，敢問夫人有何指教？」

御車者是位體格魁梧健碩的年輕漢子，觀其氣度神采，絕非平庸之輩，應是這位伊吾美人兒貼身護衛一類的人物。此時他把車子緩緩駛進橫街，朝這泉橋交織的城市東面開去。美豔夫人今天打扮樸素，淨黃色的衣裙配上繞項纏膊的肩掛，秀髮在頭上束成美人髻，玉簪橫貫，另有一番清新美態。不過她的美麗與師妃暄的不食人間煙火是截然不同的，她有種打從骨子裏透出來的狐媚和含蓄的野性，對男性有極大的煽動和引誘力。

美艷夫人忽抿嘴輕笑，瞟他一眼道：「徐公子長得眞好看，奴家從未見過有男人比公子更文秀瀟灑的，誰家女兒見了能不心動？」

徐子陵爲之愕然。雖說大草原上的女子風氣開放，大膽熱情，說話直接，可是像她這般肆無忌憚的當面對初識的陌生男人品頭論足，還直言自己心動，則坦白至令人大吃一驚。徐子陵苦笑道：「夫人只因尚未見過『多情公子』侯希白，他才眞是儒雅多才的風流人物，小弟只能算是勉強作數的。」

美艷夫人「噗哧」嬌笑道：「徐公子說話很有趣，公子你坐在奴家身旁，奴家哪有空去想別的人？」

馬車駛離車道，在一座石橋旁的河邊林蔭裏停下。駕車漢子默然安坐，彷似變成一具石像。徐子陵雖沒有心情和她調笑，心底卻不得不承認這伊吾美女確是顰笑生春，非常誘人。劍眉輕蹙道：「夫人有甚麼話，何不坦白點說出來？」

美艷夫人野性的美目水波流轉，含笑道：「徐公子不耐煩啦？讓奴家長話短說，五采石是否在公子身上？」

徐子陵心叫來了，嘆道：「是又如何？」

美艷夫人香肩微聳，道：「公子爲何不把五采石交給拜紫亭？」

徐子陵灑然道：「今晚我們見到拜紫亭，當會如夫人所託把五采石交給他。」

美艷夫人舉起纖柔潔美，能令任何男人生出遐想的潔白玉手，攤開道：「奴家改變主意哩！請徐公子物歸原主。奴家會對三位的仗義幫忙，永記於心。」

徐子陵目光不由落在她動人的玉掌上，只見紋如刀割，整而不亂，當得上紋理如花的讚語。同時大感頭痛，皆因五采石是他們與拜紫亭討價還價的其中一項重要籌碼，還她不是，不還她更不是，一時間進退兩難。

美艷夫人見他呆望自己玉掌，柔聲道：「公子若想把五采石據爲己有，奴家絕不會怪責公子，只會怪自己瞧錯人。」

這番話比大罵徐子陵更凌厲，徐子陵心念電轉，暗嘆一口氣，探手外袍內袋，掏出五采石，放到她掌心上，仍以兩指捏著不放，微笑道：「夫人是五采石的原主嗎？」

美艷夫人露出一個動人的甜蜜笑容，五指收束，捏著五采石下方，指尖與徐子陵輕觸，欣然道：「公子可知這顆五采石的來歷？」

徐子陵迎上她那對散發野性和異彩的美目，微笑道：「願聞其詳。」

美艷夫人道：「這是波斯正統大明尊教立教的象徵，原名『黑根尼勒』，意思是『光明之石』，五十年前被光明使者拉摩帶到大草原來，之後發生很多事，輾轉多手，到最近落進奴家手中。」

徐子陵不眨眼的正視著她，皺眉道：「那原主豈非是拉摩？」

美艷夫人欣然道：「拉摩正是家師。」

徐子陵一呆鬆手，美艷夫人以充滿歡喜欣賞的神色橫他一眼，取去五采石，納入香懷中柔聲道：「謝謝徐公子，更感謝少帥和跋鋒寒，奴家絕不會忘記此事。」

徐子陵苦笑道：「夫人可否給小弟一個較爲滿意的解釋？起初因何要託我們把五采石送給拜紫亭？若五采石成爲裝飾拜紫亭王冕之物，如何還可物歸原主？」

美艷夫人嬌嗲道：「都是尊神的指示嘛！公子對這解釋滿意嗎？」

徐子陵愕然以對，這也算是解釋？不過五采石已安返她手上，確是不爭的事實。忽然間他只想離開這個能令人頭痛的美女愈遠愈好。她令他想起紀倩，美艷夫人比紀倩少去那份江湖氣，卻另多一股使人迷惑的氣質。嘆道：「夫人請小心，回紇大明尊教的人傾巢而來，你現在的處境未必會比在統萬時好上多少。在下告退啦！」

寇仲在南廂屁股尚未坐熱，敲門聲再度響起。朮文前去應門，寇仲則移到窗前，凝神望去，心想假設來的是石之軒，自己究竟該逃走還是硬著頭皮應戰？

門開，朮文一震施禮道：「原來是御衛長大駕親臨。」

寇仲心忖誰是御衛長，旋即虎軀亦微震一下，只見尚秀芳在長腿女劍手宗湘花陪伴下，跨進院落來。寇仲此時反希望來的是石之軒，因爲至少尚有一拚之力。但卻又大感奇怪，她不是一夜沒睡？爲何還有精神氣力來找他？且宋師道豈非要撲空？這回眞是硬著頭皮直迎上去，笑道：「秀芳大家和宗御衛長鳳駕光臨，令小弟蓬壁生輝，哈！請賞光進來喝口熱茶，哈！」

朮文移到一旁，以免阻擋著從與大門相對的南廂廳中昂然步出的寇仲與尚宗兩女的視線。尚秀芳像剛從溫泉浴後走出來的樣子，不施半點脂粉，身穿湖水綠色的裙褂，秀髮披肩，仍是美得那麼令人心醉，白他風情萬種的一眼，道：「你的好兄弟呢？」

寇仲心叫救命，尙秀芳的鑿穿戰術比他的更要厲害得多，只用眼瞟兩記已打得他潰不成軍，七零八落。這樣下去，究竟如何了局？苦笑道：「我也想找他，進來再說吧！」

宗湘花道：「秀芳大家有約在身，只是湊巧路過來和少帥打個招呼。」

她的態度雖客氣有禮，但仍有種冷冰冰拒人於千里之外的感覺，且隱含敵意。寇仲的眼順道下掃她那對長腿，故意氣她，這才回到尙秀芳令他再難移離的俏臉上，微笑道：「我是否該說今晚見？」

尙秀芳微嗔地橫他一眼，轉向宗湘花道：「宗侍衛長請稍待片刻，我和少帥有幾句話說。」

就那麼輕移蓮步，來到寇仲旁，牽著他少許衣袖，朝前方的南厢走去。寇仲像中魔法般乖乖隨她而去。

徐子陵茫然在街道上的人潮中舉步，返回四合院去。開國大典一天一天的接近，大草原各族來賀的使節團與靺鞨各族來湊熱鬧的人從四面八方湧入龍泉，情緒氣氛不斷高漲，禍患危機亦同步醞釀。可是他卻發覺自己對眼前一切失去思索和深究的興趣。假設他現在立即趕往聖光寺去，懇求師妃暄永遠不要離開他，以後的日子會是怎樣？旋又暗嘆一口氣！因爲他曉得他絕不會將這妄想付諸實行。

師妃暄的離去，最大的問題是使他感到再沒有甚麼事情可戀可做，甚至於大草原也失去吸引他的魅力。在統萬城當他初遇美艷夫人，他確感到她秀色可餐，看著她不但不會沉悶，且是賞心悅目。但剛才他卻只想快點離開她，這使他明白到沒有人或物能彌補師妃暄離開後留給他的空缺。他沒有情緒低落，只是生出空虛無聊的感覺，無論幹甚麼事情，均不能分散他心裏孤獨和遺憾的失落感覺。這是他「犧牲」自己，「成全」師妃暄必須付出的代價。忽然間他曉得自己正陷身在曾說過的愛情陷阱中，沒有氣力爬出去！那是失去一切後的孤獨。他不如也就那麼消失掉，以後沒有人知道他在哪裏，甚至以爲他已死了。這可怕的想法令他湧起不寒而慄的震懼，他搖頭把這想法送走。以往縱使一人獨處，他也從沒有寂寞的情緒，可是此刻無聊和寂寞正侵襲他的心神。

石青璇倏地浮現心頭。唉！他是否眞如師妃暄所說的，不肯爲自己的幸福去爭取，去奮鬥和努力？一切都會過去，時間可令人從不習慣變爲習慣。他也有點恨自己，爲何不能像師妃暄般看破一切。世上所有事物均如春夢秋雲，瞬息幻變，轉眼後了無遺痕。然後他想起「蟲鳴蟬唱」，剎那間喧嚷的人聲車馬聲，潮水般湧進耳鼓內去。他改向朝聖光寺舉步。

甫跨進門檻，尙秀芳把寇仲扯停，在宗湘花和朮文視線不及的門旁，香肩輕柔地偎進他懷內，柔聲道：「少帥還有空想人家嗎？」

寇仲心中苦笑，記起在赫連堡面對金狼兵的千軍萬馬，自以爲必死的一刻想起她的情景，不過問題是當時他還想起宋玉致和楚楚，登時生出肝腸欲斷的痛楚。這色藝雙全的美女就像一團烈火，可以將他融化，將鋼鐵煉成繞指柔。他感覺到她香肩柔軟嫩滑的肌膚內充滿生機和活力的灼人青春，鼻內更滿是她誘人的芳香氣息。眼前的小耳朵晶瑩潔白，圓美耳輪的弧線和渾圓的耳珠造成全無瑕疵的結合。天地旋轉起舞，忽然間他發覺雙手把她緊摟懷內抵著自己，且重重痛吻在她香唇上，銷魂蝕骨的激烈感覺直把他送到九霄雲外。尙秀芳嬌軀抖顫起來，玉手似拒還迎無力地按上他寬敞肩膀，香唇卻作出熱烈的反應。好片晌後忽然扭動身子，把他推開。

唇分。尙秀芳急劇地喘息著，紅霞滿臉，嗔道：「你……」

寇仲呆若木雞，仍未從剛才的迷人滋味回復過來，更不明白自己爲何失控至此，心中亂成一團。

尚秀芳舉手理好給他弄得散亂的秀髮，神色逐漸回復平定，又風情萬種的嫣然一笑，以能令天下男子顛倒迷醉的風姿露出個怪責他大膽冒犯的清晰表情，右手探前輕拍他臉頰，柔情似水的道：「不說啦！今晚見！」

徐子陵駕輕就熟穿林過園，來到師妃暄聖光寺幽靜雅樸的禪室外，立刻聽到有若天籟的甜美聲音傳出來淡淡道：「子陵是否有話漏掉呢？」

徐子陵微微一笑，背著靜室在門外石階第二級油然坐下，閒話家常的道：「小弟適才遇上大明尊教的美艷夫人，不知如何竟然想通一些事，很想與妃暄分享。」

師妃暄欣然道：「妃暄正留心聽著。」

徐子陵面對聖光寺林木蔭深不染俗塵的寧靜後院，道：「妃暄說過不明白金環眞夫婦爲何不直接引你到龍泉來，還要詐作雙雙被殺，後更畫蛇添足的找個周老方來掉包。」

師妃暄的聲音從後方室內傳來，卻仍似在耳旁輕語的柔聲道：「此事與美艷夫人有何關連？」

徐子陵道：「這要從美艷夫人的來歷說起，她的師尊是五十年前從波斯來的拉摩，拉摩本身是波斯正統大明尊教的人，攜來代表該教的五采石。五采石原名『光明之石』，是大明尊教的立教之寶。」

師妃暄的聲音再在身後響起道：「拉摩攜此寶東來大草原，當然有重要的理由，對嗎？」

徐子陵沒有回頭，曉得冰雪聰明的師妃暄猜到他的想法，沉聲道：「拉摩是要對付一個或多個從波斯逃到大草原來的叛教者，不過拉摩的任務顯然失敗，因爲那些叛徒在回紇落地生根，創立另一個大明尊教，還計畫入侵中原，榮姣姣和上官龍便是他們的先頭部隊。現在的大尊，若非那叛徒本人，就是他的繼承者。」

師妃暄來到他身後，神態自如的在比他高一級的石階坐下，微笑道：「子陵的猜測雖不中也不遠矣，可是我尚未看到與金環眞夫婦的關係。」

徐子陵別過頭瞧著她淡然道：「關鍵就在周老方身上，因爲他是回紇大明尊教五類魔之一。這代表頡利和大明尊教無論是攜手合作，還是各自行動，他們均有一個共同目標，就是務要置妃暄於死地。」

師妃暄露出用心思索的動人神情，沒有理會徐子陵凝注在她俏臉上的目光，道：「請你繼續說下去。」

徐子陵把視線投回院落去，再移往在寺院上空飄過的一朵浮雲，道：「金環眞和周老嘆的任務是要把妃暄引到山海關加以殺害。他們夫婦之所以要詐死，正是爲了可在事後脫身卸責。豈知這麼巧，我們剛好在同一時間出現山海關，登時破壞了頡利的計畫。假若杜興肯說實話，他或會告訴我們頡利當時大有可能正暗藏在山海關某處，否則如何能安排那次在燕原集差點使我們三人中伏的陷阱？」

師妃暄點頭道：「你把複雜的事情看得很通透，既準確又有想像力。」

徐子陵苦笑道：「我該是遲鈍才對，想這麼久才想通這麼多。金環眞夫婦當時該是潛離山海關，繼續追蹤石之軒，所以唯有靠周老方出馬，引妃暄到龍泉來。」

師妃暄皺眉道：「周老方扮周老嘆告訴我金環眞給大明尊教擄去，豈非硬要嫁禍自己所屬的教派嗎？」

徐子陵悠然道：「虛則實之，實則虛之，何況大明尊教根本不怕背上殺死師妃暄的罪名，這只會令他們一舉成名，他們就像頡利般，不怕任何壞後果。」

師妃暄道：「如此說子陵是否認爲大明尊教在此事上是與頡利合作？但爲何周老嘆又要殺周老方？」

徐子陵搖頭道：「大明尊教肯定和頡利是對立的。」不由想起烈瑕向尙秀芳獻樂卷一事。

師妃暄訝道：「那爲何周老方能配合得如此完美無瑕？」

徐子陵沉聲道：「他是依一個深悉頡利計畫的人的指令行事。這個人很可能有明暗兩個身分，暗的身分就是大明尊教的大尊或原子，明的身分是東北的黑道大豪和杜興的拜把兄弟，集黑暗和光明於一身。」

師妃暄輕吁一口氣，道：「許開山！」

徐子陵雙目亮起精芒，緩緩道：「安樂幫幫主因發現他的祕密，故遭到滿門滅口的大禍。」

第三章

長街遇伏

黃易作品集

第三章　長街遇伏

師妃暄秀眸異采漣漣，輕聲道：「美艷夫人剛才找你爲的是甚麼事？」

徐子陵苦笑道：「她是爲五采石而來，我已如她所願將五采石還她。」

師妃暄訝道：「她不是請你們把五采石送給拜紫亭？」

徐子陵道：「她只是藉我們爲她押送五采石到龍泉來。當時她成爲衆矢之的，室韋、靺鞨、契丹、突厥各族均欲奪得此石。她隨從衆多，目標明顯，不得已下唯有兵行險著，讓我們接替她，轉移目標。現在目的已達，當然須將五采石取回。」

頓一頓續道：「美艷夫人正與大明尊教展開生死存亡的激烈鬥爭，不過看來她視此爲教派中的家事，不願外人插手其間，故不肯進一步透露箇中內情。」

師妃暄思索道：「頡利若要在山海關對付我，大可在你們離開後實行。」

徐子陵道：「頡利只能在對付你或對付我們兩者中揀選其一。且他已從歷史深悉，無論他的軍力如何強盛，由於人數與中原相比太過懸殊，純靠武力絕不足征服和統治中土這麼廣闊的一片土地，所以定下以李建成爲傀儡供其操控的策略，就如劉武周和梁師都。而凡阻礙他們這個目標的人或物均要除掉。」

師妃暄點頭同意。徐子陵的推斷合乎情理，可以想像若師妃暄被害，中原以慈航靜齋爲精神領袖的白道勢力將受到嚴重的打擊，對李世民的損害更是無法估量。頡利更可嫁禍陰癸派，一石二鳥，使中原武林掀起軒然大波。至於寇仲，則成爲頡利要入主中原除李世民外的另一個最大障礙，皆因他有雄霸嶺南的宋缺撐腰，本身又具號召力。即使成功剷除李世民，留下寇仲這心腹大患，仍有機會令頡利的雄圖霸略功虧一簣。所以在兩個選擇中，權衡輕重下，頡利選擇先除寇仲，再看有沒有機會收拾師妃暄。

師妃暄柔聲道：「子陵對此有甚麼好的應付提議？」

徐子陵長身而起，移到安坐石階的師妃暄面前，從容道：「眼前由於頡利和突利止息干戈，頡利絕不會主動破壞與突利間的和平氣氛，故改變策略，暫時不來對付我們三人，可是對妃暄卻沒有這樣的顧忌。昨晚擺明是個對付妃暄的陷阱，只是妃暄沒有中計而已。」

要伏殺像師妃暄這種特級高手，天時地利人和缺一不可，必須把她引到一個難以脫身的環境，始有可能辦到。周老嘆大有可能早一步制服周老方，從他口中逼問出大明尊教對付他和寇仲的計畫，於是將計就計，希望他兩人悲憤急怒下魯莽的硬闖神祕莊園，與莊園的人來個大火拚。至於留下暗記另行知會師妃暄，則可能是周老嘆所爲，這亦解釋了周老方難以分身的疑惑。

徐子陵續道：「周老方該是從許開山處曉得周老嘆夫婦與妃暄的聯絡手法，所以周老方才可冒充乃兄而不露出破綻。」

師妃暄盈盈起立，欣然道：「下一步該怎辦？」

徐子陵畢恭畢敬的打拱道：「小弟懇請仙子恩准，讓我送仙子回到那刻有『家在此山中，雲深不知處』的門坊外。」

師妃暄啞然失笑道：「這是我第二次想揍你一頓。」

徐子陵開懷哈哈笑道：「妃暄不用認眞，我只是和你開個玩笑，妃暄考慮一下也無妨，只當是個『小習作』就成。」說罷大笑去了。

徐子陵回到四合院，寇仲正失魂落魄的坐在溫泉池旁，見徐子陵回來，勉強振起精神佯罵道：「好小子，滾到哪裏去啦！現在是甚麼時候？宋老哥和我們約定午時正去跟小師姨講和，趁還有點時間，我們立即去找越克蓬。」

徐子陵訝然審視他，奇道：「發生甚麼事情，爲何你的神色這麼古怪？」

寇仲站起來搭著他肩膀朝街門走去，嘆道：「剛才有三位貴客臨門，其中之一當然是師道兒，另兩位你猜是誰？」

徐子陵劍眉蹙起，道：「這麼多可能性，教我怎猜得到？」

寇仲頹然道：「秀芳大家是也，這回你要設法搭救我。」

徐子陵一震道：「發生甚麼事？」

寇仲苦笑道：「你答應不罵我，我才敢告訴你。」

徐子陵在街門前止步，目光灼灼的審視寇仲，好半晌嘆道：「看你的樣子這麼惶然悽慘，做兄弟的怎再忍心罵你。情之爲物最是難言，可以令人變蠢變傻，說吧！」

寇仲垂頭像個犯錯的小孩子似的以微僅可聞的聲音道：「我親了她香噴噴的小嘴兒。」

徐子陵失聲道：「甚麼？事情竟這麼嚴重，我的娘！」

寇仲苦笑道：「你的娘也是我的娘。我當時糊塗得不知自己在幹甚麼！最糟是直至此刻仍期待一錯再錯，唉！怎辦才好，此事該如何了局？我總不能對她說我只是一時糊塗而親她嘴兒，請她大人有大量不要記小人之過。」

徐子陵沉吟道：「除吻她外你這小子有沒有再動手動腳？」

寇仲忙道：「當然沒有。我是非常尊重她的，吻她只因她當時挨到我胸前來，使小弟一時情不自禁而已！」

徐子陵嘆道：「坦白說，這種事我雖是兄弟，也很難幫你，只知若你與尚秀芳發展下去，會很難向宋玉致交代。因爲尚秀芳身分不同，反是宋玉致較易容忍楚楚，肯讓你納她作妾。」

寇仲駭然道：「你不幫我誰來幫我？快運用你聰明的小腦袋幫我找出解決的辦法！」

徐子陵苦笑道：「不知是否因這裏遠離中土，所以做甚麼事犯甚麼錯均像不用負擔責任和後果似的。但男女間的事誰能插手幫忙？我只能勸你懸崖勒馬，不要對尚秀芳有進一步的行動或發展。希望她因醉心鍾情於塞外的音樂寶藏，將你這小子忘掉了事。」

寇仲慘然道：「我很痛苦！」

徐子陵道：「另一個是誰？」

寇仲道：「是可達志那小子，專誠來告訴我烈瑕昨晚在尚秀芳處逗留整夜。你不要誤會，他們只是研究祕譜。」

徐子陵皺眉道：「就只告訴你此事那麼簡單，這不像可達志的作風。」

寇仲知道很難瞞他，只好把不想說出來的亦全盤奉上，苦笑道：「他和我商量如何修理烈瑕那混蛋，而事後秀芳大家又不會怪責我們。」

出奇地徐子陵沒有罵他，思索道：「要收拾烈瑕絕非易事，一個不好我們反要陰溝裏翻船。且最大的問題是烈瑕並無明顯惡跡，所謂怒拳難打笑臉人，難道我們能以他追求尚秀芳作罪名，捉他出來狠揍一頓？」

寇仲得他附和，興奮起來道：「不是揍一頓，而是幹掉他一了百了，更可削弱大明尊教的實力。」

徐子陵道：「差點忘記告訴你，玉成終於留下暗記，著我們申時在朱雀大街南門處一所飯店碰頭。」

寇仲喜道：「約的是公衆場所，肯定不會是陷阱。算他吧！你一早出門不是去見師妃暄嗎？她答應委身下嫁，對吧？」

徐子陵沒好氣道：「少說廢話，走吧！」

兩人來到街上，朝外賓館方向進發。

徐子陵道：「我也是見過三個人，除妃暄外尚有陰顯鶴，眞奇怪，我請陰顯鶴寸步不離的在暗中監視許開山，他卻整夜在一位叫慧深的龍泉名妓家中度過，沒有離開。這個人眞令人難猜虛實。」

寇仲道：「你似乎認定許開山是大奸大惡的人，我卻對他感到糊裏糊塗的。」

徐子陵把向師妃暄說過對許開山的分析無有遺漏的邊走邊說出來，最後道：「說不定玉成可爲我們證實此事。」

一粒豆大的雨點打在寇仲額上，惹得他抬頭望天，嚷道：「今天發生太多的事，令人一時忘記觀天，這是他奶奶的烏雲蓋頂，快走。」

不過十多步，驟雨嘩啦啦的灑下來，兩人無奈下避到一所專賣羊奶茶和燒酪餅的食店內，躲雨兼填飽尚未吃早點的肚子。

寇仲邊吃東西邊嘆道：「這是否好事多磨？每次我們去找越克蓬，總有些事發生，讓我們去不成。」

他對此只是說說就算，跟著壓低聲音道：「我對尙秀芳的行爲，算不算行差踏錯？不過我眞的有些不忍心拒絕她，辜負她的深情好意。唉！你沒見過她新春日孤零零一個人悼念亡母的淒清模樣，教人更不忍心稍微傷害她。」

徐子陵正凝望大雨滂沱下的街景，一輛馬車冒雨駛過，他從寇仲的話想起因娘親被親父加害以致心如死灰的石青璇，有感而發的道：「事實上我並沒眞的深責你，因爲尙秀芳對任何男人來說均是難以抗拒的女子，我只是爲你擔心，怕你泥足深陷後難以取捨。現在只要你再踏前一步，肯定會身墜深崖，當前是懸崖勒馬的唯一機會。辦好事後，我們立即離開，否則你終會出事。」

雨勢漸歇，只有零落的雨點。

寇仲苦笑道：「但往後這幾天卻最難捱！想起她我就心兒卜卜跳。如此動人的美女。唉！我的娘！陵少你定要寸步不離的守著我，拉我拖我，不讓我掉到深淵去。」

徐子陵皺眉道：「這怎麼成？難道她約你私下見面，我可以不識趣的坐在旁邊又聽又看嗎？最後還是要靠你自己把持得住，別人如何幫忙？」

寇仲道：「假如你是我，會怎麼做？」

徐子陵氣道：「說到底你仍是對尙秀芳難以割捨！宋玉致可非一般女子，而是高門大閥的千金之軀，你就算想納妾亦須得她同意點頭。問題是尙秀芳乃天下景仰尊崇的才女，怎甘心在這種情況下做你的小妾。你有坦誠告知她關於你和宋玉致的婚約嗎？沒有的話就是欺騙的行爲。」

寇仲苦著臉道：「給你說得我像罪大惡極的情場騙子，不是這麼嚴重吧？今天的事情發生得太突然哩！唉！我有機會便依你之言向她如實稟告，聽任發落，但又怕她一怒之下改投烈瑕懷抱，那會使我以後不再想做人。」

徐子陵伸手抓著他肩頭，嘆道：「我的話說重了。坦白說，當我對著石青璇時，我眞的沒想過師妃暄，反之亦然，所以該沒有資格怪你。我的不幸中的大幸是她們兩個都不會嫁給我。你的問題剛好相反。你說得對，尙秀芳若被烈瑕這邪人得到，會是令人難以忍受的事，我們要從詳計議。」

寇仲得到徐子陵在這方面罕有的諒解，登時精神大振，興奮起來道：「我和可達志那傢伙商量出一條叫趕狗入窮巷的妙計，就是對大明尊教展開全面的掃蕩，先拿死剩的四個五類魔祭旗，見一個殺一個，何愁烈瑕等不反抗？那我們就師出有名順手將烈瑕除去。」

徐子陵道：「除非我們能證明狼盜是大明尊教的人，否則我們如何師出有名？」

寇仲道：「單是上官龍殺害志復等三人的深仇大恨，我們已師出有名。上官龍是大明尊教的人，這可是祝玉妍親口證實的。不要想那麼多，只要你陵少不反對我幹掉烈瑕就成。他奶奶的熊，我們又不是官府查案，需甚麼證據？見到玉成後問上兩句立即進行蕩魔大計。還有半個時辰，我們橫豎順路，先去向越克蓬打個招呼。」

兩人正要結賬離開，一人跨檻進來喜道：「終找到兩位哩！」

兩人愕然瞧去，竟是他們正在研究如何除去的烈瑕。

這小子春風滿面的來到兩人桌子坐下，欣然道：「昨晚是愚蒙一生中最快樂的時間，不但能得睹秀芳大家的仙顏，更得聞她妙手奏出來的仙韻。兩位代我高興嗎？世間竟眞有如此內外俱美、色藝雙全的女子。若她肯與愚蒙共諧白首，我減壽十年也心甘情願。」

兩人聽得面面相覷。

寇仲悶哼道：「烈兄此話頗爲矛盾，若眞的減壽十年，豈非少去十年與她相處的機會？」

烈瑕像醒覺過來的細審他的神情，訝道：「少帥不是爲此妒忌吧？據聞宋缺之所以肯全力支持你，是因爲你肯作他的快婿。唉！大家兄弟，千萬不要因任何事傷和氣。」

寇仲給他命中要害，登時啞口無言。

徐子陵淡淡道：「烈兄請先答我一個問題。」

烈瑕欣然道：「子陵請指教。」

徐子陵沉聲道：「上官龍和榮姣姣是否你大明尊教的人？」

烈瑕沉靜下來，凝神瞧著徐子陵好半晌後，露出一絲落在兩人眼中充滿邪氣的笑意，點頭道：「可以這麼說，也不可以這麼說。嚴格而言，他們只屬我們在中土的分支，並不用聽我們的指示，他們只向中土道祖眞傳的辟塵道長負責。此可是我教的一個祕密，不過兩位問到，我烈瑕豈敢隱瞞？」

徐子陵爲之語塞，除非祝玉妍肯出來指證他，否則憑甚麼來戳破他的謊話？

寇仲狠狠道：「你這小子倒推得一乾二淨，希望你不是在說謊，否則我們會要你好看。」

烈瑕一臉冤屈的嚷道：「我怎敢騙你們？還有甚麼懷疑誤會，大家一併說清楚，免得影響我們的交往。」

徐子陵嘆道：「這可是你的要求，五采石究竟對你有甚麼意義？」

他們愈和烈瑕接觸，愈發覺難對付他。若許開山確是大明尊教的大尊或原子，那烈瑕跟他正是採取相同的戰略，就是避免與他們正面為敵。

烈瑕苦笑道：「子陵是否見過美艷那賤人，受到她唆擺？」

寇仲和徐子陵交換個眼色，均看出對方心中的驚懍。只憑徐子陵一句話，烈瑕立即推斷出徐子陵見過美艷夫人，並猜出他問這句話以證實他是否說謊的背後用意，思考的敏捷，才智之高儁，令人刮目相看。徐子陵感到自己落在下風，心忖這般下去，如何還能師出有名的進行蕩魔之舉？只好點頭表示見過。

烈瑕壓低聲音道：「你們千萬不要信她說的任何話，因為她是伏難陀的女人，更千方百計助拜紫亭立國，偷搶拐騙無所不為。唉！這女人眞難纏，專來破壞我的事。」

寇仲和徐子陵再次你眼望我眼，同時想起管平，心忖烈瑕的話不無一點道理。

寇仲皺眉道：「她和你有甚麼嫌隙？為何偏要針對你？」

烈瑕挨到椅背，無奈地搖頭苦笑道：「這叫因愛成恨，在跟伏難陀前，她曾是我的女人。唉！愚蒙的醜事都要抖出來哩！」

寇仲和徐子陵同時失聲道：「甚麼？」

烈瑕俯前低聲道：「此女貌美如花，卻毒如蛇蠍，千萬不要碰她。她的武功或者比不上我們，可是騙人的本領，我們肯定望塵莫及。」

寇仲和徐子陵唯有苦笑以報，因為他們再難抓著烈瑕的把柄。

徐子陵很想向他質問周老方的事，終於忍住，以免暴露己方的祕密，道：「我們有個約會，遲些再和烈兄喝酒聊天。」

烈瑕笑著站起來道：「如此不打擾兩位，今晚見！」說罷欣然去了。

寇仲愕然向徐子陵道：「今晚見？那是甚麼意思？」

徐子陵拉他站起來苦笑道：「那代表我們今晚和拜紫亭、伏難陀同檯吃響水米時，他會是座上賓客之一。不用擔心，他有張良計，我有過牆梯。玉成或可助我們找出對付大明尊教的方法。」

寇仲嘆道：「我多麼希望自己是個橫蠻無理的人，就不須聽他這麼多的廢話。」

午時已至，兩人無暇去找越克蓬打招呼，匆匆應約而去。

兩人轉進朱雀大街，只見行人如鯽，車馬爭道，頗有寸步難移的擁擠盛況。關乎到靺鞨族以至整個大草原命運的渤海國立國大典，將在三天後太陽昇離地平的吉時舉行，要來的人均該來了。寇仲搭著徐子陵的肩頭享受摩肩擦踵的繁華都會樂趣，四周鬧烘烘的，店舖其門如市，盛況空前。不同種族的人說不同的話，構成民族大融和的熱鬧場面。

寇仲湊到徐子陵耳邊道：「你說今早見過三個人，一個是師妃暄，一個是陰顯鶴，另一個是誰？」

徐子陵道：「是美艷夫人，唉！」

最後一聲嘆息，是因烈瑕的話，使他弄不清楚美艷夫人是正是邪，會不會眞如烈瑕所說的不但是個騙子頭頭，更是伏難陀的女人。

寇仲明白他的心情，他自己也爲烈瑕那番話感到心中忐忑難安，如此一位千嬌百媚的女郎，竟是這樣一個蛇蠍美人，實教人惋惜。當然此事仍有待證實。皺眉道：「竟然是她，是湊巧碰上還是她來找你？」

徐子陵邊邁步往前，朝王城和外賓館的方向行進，邊答道：「我在回家途上給她截著登上馬車，她向我討回五采石，我只好還給她。」

寇仲失聲道：「甚麼？」

徐子陵苦笑道：「情和理當時均在她那一邊，我能怎樣做呢？」扼要的解釋一遍。

寇仲道：「這女人眞不簡單。沒有五采石就沒有五采石吧！只要古納台兄弟成功奪得那批箭矢，哪到拜紫亭不俯首低頭。」又道：「老跋爲何去這麼久仍未回來？」

徐子陵道：「他定有很多的理由。除非是遇上畢玄，誰能奈何他，打不過就逃，該不用擔心他。」

一陣小孩的歡叫聲從左方傳來，兩人循聲瞧去，原來是一群七、八個十二、三歲許的小孩子，到熱鬧的大街玩耍，在人群中左鑽右穿，奔跑追逐，正嬉鬧著的朝他們的方向走來。

徐子陵莞爾道：「以前我們在揚州也是這般在人堆中擠鑽，目的只有一個，當然是別人的錢袋，希望這群天眞活潑的小孩，不要是我們的徒子徒孫。」

寇仲笑道：「他們似乎看上我們的錢袋哩！」

話猶未已，小孩們來到兩人旁，其中之一躲到寇仲身後，發出小孩天眞響亮的笑聲，抓著寇仲外袍的後襬，上氣不接下氣的笑道：「抓不著！抓不著！」其他小孩一擁而上，團團繞著兩人你抓我逐，鑽來鑽去，情況混亂，更不斷扯他們的衣衫。

在小孩們歡樂的渲染下，兩人停下步來，童心大起，相視而笑。就在此刻，兩人忽感不妥。前後左右均有人逼近，殺氣驟盛。他們均是身經百戰，在一般的情況下，縱使誤陷重圍，亦可先一步發動攻守之勢應付敵人，可是現在前後纏著七、八個無辜的小孩，將他們活動的空間完全封閉，甚至拔身而起亦會令孩子受傷，何況在時間上也來不及了。刺殺者掣出隱藏在外袍內的兵器，絲毫不理孩子的安危，一時刀光四起，向兩人攻至，配合得無懈可擊。由於事情來得太快太突然，街上的行人弄不清楚發生甚麼事，看見刀光閃閃的都是本能地的朝四外避開，令混亂的情況更混亂。

在電光石火間，兩人均想到這是敵人精心布置的陷阱，以卑劣的手段利誘小孩，教他們纏在兩人身邊嬉玩，然後從四面八方發動攻擊。部分小孩感覺到危機驟生，自然而然擠進他們懷中或抱緊他們，以求保護，使他們更是有力難施，心中叫苦。刀光連閃，寇仲瞧著刀鋒的一點精光，從正面循著一道弧線，照他面門刺來，刀氣把他完全籠罩，若在沒有任何牽絆的情況下，他可以往旁閃開，可是現在兩條腿均給小孩抱著，除非他忍心震傷他們，否則縱使能夠脫身，時間上亦會慢上一線。正面攻來者面貌陌生，但刀法已達一流刀手的境界。不過這一刀仍難不倒他，問題是還有右側劃頸劈來的一刀和從後方朝他背心疾刺的長劍。最可怕是背後那看不到的劍手，才是他寇仲的勁敵，劍鋒離他尚有尺許的距離，可是他整個背脊像浸在寒凍的冰水裏，顯示出此人的功力即使及不上他寇仲，然所差無幾。寇仲由於在敵人進攻時來不及拔出井中月，暗嘆一聲，直挺挺的朝前倒下去，帶得兩個小孩和他一起往地面仆去。

徐子陵的情況比寇仲更不堪，一個小孩驚惶失措的挨在他懷中，兩個在後面扯著他外袍下襬，餘下三個小孩兩人跌坐在他和寇仲之間，一個則滾倒在他左側。眼前刀光像風捲狂雲般翻騰而至，前方攻來者左右手各持一把鋒尖泛紅的淬毒匕首，其人身材不高，作男裝打扮，但徐子陵卻曉得是第二回與對方交手。她雖把本該冶艷絕倫的玉容弄得黑而粗糙，徐子陵仍從她的手法一眼認出是深末桓的妻子木玲，既狠且辣，完全不顧及他懷內孩子的安危。同時向他突襲的尚有三人，兩人從後方攻來，其中一人肯定若非深末桓亦是與他同級的高手，用的是兩把短柄斧，車輪般轉動著攻來，狂猛無儔，若給劈中，保證筋裂骨碎，甚麼護體眞氣都捱受不住。另一人功力雖遜上幾籌，亦屬一流好手，用的是雙鉤，分取他頸側和右腰眼。餘下一個刀手則封死他左方，搠脅而至，在腹背受敵的形勢下，對他威脅極大。

剎那間，他兩人被逼入進退不得的絕境，最令人難受是被捲入刺殺攻勢中的無辜小孩肯定沒有人能倖免，敵人的狠毒，令人髮指。深末桓此次行動可說計畫周全，因曉得他們午時必來赴會，故設下唆教小孩纏戲的毒招，當小孩在兩人身邊嬉玩，移至戰略位置的敵人發動雷霆萬鈞的突襲猛攻，務求一舉置他們於死地。

徐子陵狂喝一聲，神功發動。他心知在這樣的情況下自己是必傷無疑，只盼能夠傷而不死，又能使小孩們倖免大難。羊皮外袍寸寸碎裂，朝敵射去。

「叮！叮！」寇仲在倒向地上時，忽然扭身變成臉孔朝天，兩手揮擊，同時命中前方和右側攻來的刀鋒，並爭取得避開從後方刺來的長劍少許空隙。抱著他雙腿的小孩滾坐地面，使他縱有千般絕技武功，一時亦無法派上用場。兩名刀手悶哼一聲，往後跌退，傳入他們刀內的螺旋勁乃寇仲畢生功力所聚，豈是易捱。豈知後方攻來的劍手功力之強，變化之巧妙大大出乎寇仲意料之外，竟沖飛而起，來到寇仲上方，長劍原式不變的從上疾刺而下，筆直插向他心臟要害。對方雖改變臉容，又黏上鬍子，但寇仲仍可從對方無法改變的眼神感到這凶狠的刺客十有九成是高麗的韓朝安。寇仲兩手一時來不及收回來擋格，雙腳又因受小孩的抱纏用武無地，只能勉強藉腰力將上身硬往右扭。長劍朝胸直刺。

徐子陵羊皮袍的上半截被他以勁氣逼成碎片，朝敵彈去，每片均含蘊凌厲眞勁，足可傷敵，若割中對方眼鼻等脆弱部分，更可造成永久的傷害，不怕敵人沒有顧忌。最妙是下截袍襬脫離時，使兩個小孩

「咕咚」一聲跌坐地上，也令他們避開後方攻來的雙斧雙鉤。功力較次的刀手和鉤手忙往旁閃移，避開碎片，再變招進攻；木玲和深末桓則仍原式不變的攻來，只憑口吐勁氣，吹掉襲面的布片，對其他襲體的布片純以護體眞氣應付。微妙的變化，使徐子陵從絕境中尋到一線生機。

徐子陵暗捏不動根本印，身子扭轉，把迎著木玲淬毒匕首的小孩轉到安全的位置，口吐眞言沉喝一聲「臨」，有如在洪爐烈火般的戰場投下冰寒的雪球，以木玲和深末桓的悍狠，仍在驟聞下心神大受影響，軀體一震，手上攻勢緩上少許。徐子陵正是要爭取這丁點的間隙。木玲左右兩把淬毒匕首變成分往他耳門和肋下劃來，招式精奇奧妙，即使在一對一和沒有羈絆的情況下他仍要小心應付，何況從後方變成左側的深末桓雙斧亦正像車輪滾般朝他攻至。徐子陵雙手分彈，迎向兩邊攻勢，然後憑右腿保持平衡，左腿曲提，再閃電踹向深末桓下陰處。

雙方乍合倏分。木玲左匕首成功刺向他右脅下要害去，深末桓則以斧柄下沉截著他可致他老命的一腳，另一斧給徐子陵封個結實。徐子陵眞氣激送，使木玲的淬毒匕首在造成更大傷害前彈離脅下，但再也無法避過接踵攻來的單刀雙鉤。鮮血激濺，刀子刺入左臂，劃頸的一鉤落空，另一鉤則在他左後肩劃出一道深深的血痕，衣衫裂碎。這還是徐子陵上身迅速連晃，方能避過要害。木玲和深末桓二度攻至。一聲慘嚎，刀手被徐子陵反攻的一掌掃在肩頭，往橫翻滾跌開，刀子未及深進便給拔出來，帶起一股由徐子陵體內流出的鮮血。

另一邊的寇仲亦處於生死存亡的關口，他背脊尚差尺許觸地，敵劍搠胸直進，他兩手合攏，堪堪夾著深進達兩寸的敵劍，心知若給這該是韓朝安的劍手在體內吐勁，定可把自己心脈震斷，忙兩手傳出眞勁，猛朝對方攻去。敵人雄軀劇震，無法催逼內力，借勢抽劍飛退。寇仲反手拍向地面，強忍胸口鑽骨摧心的痛楚，另一手拔出井中月，帶著兩個小孩回彈立起時寶刀旋飛一匝，叮叮兩聲，把二度攻來的兩刀盪開。井中月化作黃芒，疾射攻向徐子陵的木玲。

「蓬！」徐子陵雙掌先後拍在深末桓攻來的兩斧，震得對方左右兩斧都無法續攻，另一腳側踢那鉤手，逼得他倉皇急退，卻無暇應付木玲的匕首。幸好寇仲井中月劍到，「嗆鄉」清響，木玲硬被逼退。寇仲妄動眞氣，胸前傷口血如泉湧。混亂的戰況似波浪般以他們爲中心往四方蔓延，路人競相走避，有些朝對街走去，橫過車馬道，弄得交通大亂，馬嘶人嚷。一隊鞣鞨巡兵呼喝著從王城方向馳至，更添緊張擾攘的氣氛。

鮮血從左臂涔涔流下，痛楚令徐子陵難以舉臂，右拳擊出，寶瓶氣發。此招含怒出手，到鉤手察覺有異，高度集中的寶瓶氣命中他胸口，鉤手應拳噴血拋飛，跌到車馬道。疑是韓朝安的劍手刺客立即掠向鉤手，將他提將起來，發出尖嘯。衆敵應嘯聲分散遁逃，或掠上屋頂，或逃進橫巷，轉眼走個一乾二淨。徐子陵感到一陣失血力竭後的暈眩，孩子此時才懂哭喊，這可使他放下心來，曉得他們沒有受傷。途人團團圍著他們指點觀看，較勇敢的走過來把孩子扶起牽走。

寇仲勉強站定，運功止血，移到徐子陵旁低聲問道：「有沒有傷及筋骨？」

徐子陵回過神來，見寇仲胸膛傷口仍有鮮血滲出，只要傷口往左稍移寸許，肯定可要他的性命，搖頭道：「還死不了。木玲的匕首淬有劇毒，換過別人必死無疑。」

寇仲低聲道：「我們絕不能示弱！」

徐子陵點頭同意，値此強敵環伺的當兒，若讓任何一方的敵人曉得他們嚴重受創，肯定沒命回中原去。只石之軒已不肯放過他們。

鞅鞨兵馳至，領隊的軍官大喝道：「誰敢當街械鬥？」

圍觀者紛紛爲他們說話，一致讚揚他們捨身維護衆小孩的義行。

寇仲還刀鞘內，強顏笑道：「我們寇仲徐子陵是也，就算有甚麼違規的行爲，今晚自會親向大王解釋。」

鞅鞨兵被他們聲名所懾，立即改變態度，反問他們有甚麼要幫忙的地方。

徐子陵見自己和寇仲均是滿身血污，微笑拒絕對方的好意，扯著寇仲往一旁走去，湊到他耳邊低聲道：「你說小師姨有沒有參與這次突襲刺殺？」

寇仲強忍胸口的痛楚，嘆道：「很難說！先找間店舖買套新衣，這樣去見敵人怎成樣子？」

他們渾身浴血的模樣，看得迎面而來的人駭然避道，兩人心中的窩囊感，不用說可想而知。自出道以來，他們從未這般失著狼狽。他們身上多處負傷，寇仲以胸膛的傷口最嚴重，徐子陵則以脅下和左臂傷得最厲害。即使懷有極具療傷神效的長生氣亦休想能在短時間內完全復原。對方兵器均蓄滿具殺傷力的勁氣，侵及經脈，外傷內傷加上大量失血，若非他兩人內功別走蹊徑，早趴在地上不能起來。在這危機四伏的城市中，往後的日子絕不好過。

徐子陵道：「敵人必派有人觀察我們當前的情況，若露出底細，後果不堪設想。」

寇仲哈哈一笑，故意提高聲音道：「今趟算是陰溝裏翻船，幸好只是皮肉受苦，我們定要討回公道。」

徐子陵在一間成衣店外停步，一個街口外就是傅君嬙落腳的外賓館，灑然笑道：「換過新衣，我們去尋他們晦氣。」

寇仲領頭步進成衣店去，心知肚明若深末桓等尚敢於此刻來襲，將會發覺他們均是不堪一擊。

兩人離開成衣店，換上新衣，除臉色較平常稍爲蒼白點，表面實看不出他們身負重創。成衣店的老闆及店夥們均曉得剛才街上發生的事，一方面佩服他們拚死維護小孩的義行，另一方面更因他們是對抗頡利大軍的英雄，所以非常熱情，不但分文不收的供應合身衣服，更讓他們用舖後天井的溫泉井水洗滌血污。寇仲因羊皮外袍是楚楚親手縫製，故雖沾血破損，仍不肯捨棄，取回滅日弓和井中月，將外袍交由成衣店修補清潔。天空仍是灰濛濛的，像兩人此刻的心情。

寇仲嘆道：「離開山海關時，還抱著遊山玩水的心情到大草原來，以爲可以輕輕鬆鬆過段日子，豈知先有老跋差點送命在前，更有我們今日的險況，事前哪能想及？」

徐子陵左臂暫時報廢，如與人動手，僅得右手可用，但卻會牽動脅下的傷口，只兩條腿仍任他差使。聞言苦笑道：「你看這條毒計會不會又是香玉山在暗中籌畫的？」

兩人此時橫過車馬道，來到外賓館門外，寇仲聽罷立定，沉吟道：「你這猜測大有可能，只有那天殺的小子如此明白我們的稟性，想到利用小孩子纏身這著辣招。深末桓一向是頡利的走狗，趙德言則對我們恨之入骨，他們易容改裝後來狙擊我們，正是不想突利曉得是他們幹的。他奶奶的，此仇不報非君子。」

徐子陵壓低聲音道：「假若韓朝安待會來試探我們的傷勢，例如美其名曰較量試招，我們該怎麼辦？」

寇仲下意識地按按胸膛陣陣牽痛的傷口，狠狠道：「我們可否直斥剛才的事乃他所爲，那麼他只能砌詞狡辯，拿我們沒法。」

徐子陵搖頭道：「這不失爲一個辦法，卻絕不明智。首先以我們的作風，定會跟他翻臉動手，變成自取其辱。其次更重要的是讓韓朝安曉得我們知道他和深末桓夫婦狼狽爲奸，以後會更有所提防。」

寇仲頭痛道：「不知是否信心受到挫折，我的腦袋空白一片，想不出任何辦法來，你有甚麼好主意？」

徐子陵微笑道：「來個實則虛之，虛則實之如何？說到將話弄得失實誇大，小弟自愧弗如，當然由你老哥出馬。」

寇仲聞絃歌知雅意，哈哈一笑，扯著徐子陵進外賓館去。

傅君嬙在外賓館的主廳會見兩人，金正宗和韓朝安兩人陪伴左右。宋師道是安排這「和談」的中間人，見他們遲到近一刻鐘，皺眉輕責。

兩人目光先後掃過正等得不耐煩的傅君嬙，氣度沉凝的金正宗，瀟灑自如的韓朝安，三人神態各異。傅君嬙鼓起香腮，一副悻悻然不能釋懷的樣子，卻不知是在怪他們遲到還是因爲宇文化及的舊恨。金正宗表面不露任何內心的感受，可是他們仍感到他深藏的敵意。反是剛對他們進行刺殺的韓朝安態度熱誠，使人感到他是欲蓋彌彰，貓哭耗子假慈悲。就這麼看去，眞分不清楚傅君嬙和金正宗是否曉得或同意韓朝安對他們剛才的作爲。

韓朝安顯然不曉得兩人看破他是突施刺殺的罪魁禍首。

寇仲苦笑道：「諸位請恕我們遲來之罪。剛才在朱雀大街遇伏，我們同受重創，差點來不成。」

宋師道大吃一驚道：「你們受了傷？」目光灼灼的在他們身上巡視。

傅君嬙冷笑道：「誰那麼本事能令你們受重傷，傷在哪裏呢？就這麼看卻看不出來。」

徐子陵特別留意金正宗的反應，見他露出錯愕的神色，似乎對刺殺的事並不知情。若他沒有在此事上同流合污，傅君嬙理該沒有牽涉其中。

寇仲一掃身上新簇簇的衣服，笑道：「我們本來滿身血污的見不得人，全賴這身新衣遮醜。哈！可以坐下嗎？現在我兩腿發軟，誰都可輕易收拾我們。」

韓朝安雙目閃過驚疑不定的神色，顯然兩人「示弱惑敵」的策略奏效。

宋師道忙道：「坐下再說。」

衆人分賓主次序坐到設在廳心的大圓桌，傅君嬙在金正宗和韓朝安左右伴持下坐在面向大門的一邊，兩人背門坐另一邊，和事佬的宋師道居中而坐，形勢清楚分明。徐子陵見韓朝安不住留神打量自己，心中好笑，曉得對方因自己中了木玲淬毒的一劍，理該劇毒攻心而亡，偏偏他的長生氣不懼任何劇毒，故像個沒事人似的，更令韓朝安懷疑他們的「重傷」是裝出來的，以引深末桓等再來對付他們，其實是個陷阱。此正實則虛之，虛則實之的上上之計。

金正宗沉聲道：「究竟是誰幹的，少帥可否說得詳細點？」

傅君嬙嘟長嘴兒，帶點不屑他們裝神弄鬼的意味道：「你們眞有本領，身受重傷還可談笑自如。」

寇仲先壓低聲音，神祕兮兮的向傅君嬙道：「小師姪的心臟給刺了一劍，裏面仍在淌血，哈！幸好我的長生氣有起死回生之力，勉強捱到這裏來，讓嬙姨見我可能是最後的一面。談笑自如則是不得不裝模作樣，以免被刺客看破我們傷得這麼嚴重再來撿便宜。至於小陵的傷勢，由他自己報上吧！」

徐子陵為之氣結，寇仲的誇大實在過分。

傅君嬙大嗔道：「胡言亂語，誰是你的嬙姨？」

心知肚明那一劍沒能命中寇仲心臟的韓朝安終忍不住，眉頭大皺道：「少帥請恕在下多言，直到此刻，我們和兩位仍是敵非友，少帥這麼坦白，不怕我們乘兩位之危嗎？」

寇仲愕然向宋師道道：「宋二哥不是說嬙姨肯原諒我們嗎？大家既是自己人，更是同門一家親，我們怎可隱瞞眞相？」

傅君嬙見他始終不肯放棄「師姪」的身分，生氣道：「再說一句這種無聊話，我以後不和你們交談哩！」

寇仲和徐子陵交換個眼色，均心中暗喜，因從傅君嬙口氣聽出雙方間的嫌隙確有轉圜餘地。

宋師道責道：「小仲不要惹怒君嬙，我已將你們放過宇文化及讓他自行了斷的為難處清楚解說。」

金正宗不悅的道：「少帥仍未答在下先前的問題，當今龍泉城內，誰有能力伏擊重創兩位。」

寇仲嘆道：「他們不是夠本領，而是夠卑鄙。」

當下把遇伏情況加油添醋，眉飛色舞的詳說出來，少不了把傷勢誇大至他們早該死去多時，命赴黃泉的地步。聽者中以韓朝安的眉頭皺得最厲害。

說罷寇仲壓得聲音低無可低的道：「這批刺客最有可能是大明尊教的人，因為其中一個刺傷小陵的是個易容改裝扮作男人的女子。」

徐子陵補充道：「也有可能是深末桓的妻子木玲。」

眾人沉默下去，傅君嬙和金正宗都沒有特別的反應，宋師道則虎軀輕震，模糊地掌握到兩人的策略，因他曉得韓朝安與深末桓夫婦的關係。

兩人均心中奇怪。徐子陵故意提出木玲，是在測探傅君嬙和金正宗的反應。若他們與刺殺的事無關，除非他們根本不知道韓朝安跟深末桓夫婦同流合污，否則怎都該有點異常的反應，例如朝他瞧去諸如此類，應是自然不過的行爲。

寇仲正容道：「這都是題外話，我們此次前來，是想聽嬙姨有甚麼吩咐。」

衆人目光集中到傅君嬙俏臉上，這高麗美女雙目亮起來，盯著寇仲道：「若不想我追究你們，你們須答應我三件事。」

寇仲恭敬的道：「嬙姨賜示，只要我們辦得到，絕不會令嬙姨失望。」

他這番話發自眞心，因傅君婥的關係，他們最不願與傅采林爲敵。

傅君嬙目光掃過徐子陵，然後回到寇仲處，沉聲道：「第一個條件，就是你們以後不能再自稱是我們弈劍門的弟子，我更不是你的師姨。」

寇仲無奈地苦笑道：「師姨你不用請示師公就逐我們出門牆嗎？唉！好吧！以後我再不敢喚你作嬙小師姨，只喚嬙姨算了。」

傅君嬙嗔怒道：「仍要耍賴皮？」

金正宗爲之莞爾，向韓朝安搖頭失笑。

宋師道打圓場道：「少帥正經點好嗎？江湖有謂不拘俗禮，長幼忘年也可以兄弟相交往，以後喚句傅姑娘這問題即可迎刃而解。」

他不愧世家大族出身，說話兩面討好，使人聽得舒服。

寇仲從善如流地哈哈笑道：「下一個條件請傅姑娘賜示。」

傅君嬙臉容稍霽，道：「第二個條件是若寇仲你他日一統中原，絕不能對高麗用兵。」

寇仲欣然道：「這個即使姑娘沒有吩咐，小弟也不會對娘的祖國動兵，事實上我根本不是個愛動干戈的人。嘻！嬙——噢！姑娘看我的長相像有皇帝的運道嗎？是不是太抬舉我了？」

金正宗嘆道：「少帥可知你已成了大草原最有影響力的漢人？看好你的大有人在，頡利現在最顧忌的人再不是李世民，而是少帥你。」

寇仲和徐子陵恍然大悟。之所以有這次和談，宋師道的居中斡旋，只是促成的一個因素，更重要的是寇仲的聲望和勢力正不住膨脹。寇仲不但以鐵般的事實證明他是無敵的高手，更是匡助突利擊敗金狼軍運籌帷幄的軍師。現在寇仲在中土更有名懾中外的「天刀」宋缺為靠山，大草原則有突利、菩薩和古納台兄弟作盟友，誰敢再輕視他。所以高麗人不願與他為敵，至少不敢與他正面衝突，韓朝安亦只能在易容改裝的情況下刺殺他，更很有可能把傅君嬙和金正宗都蒙在鼓裏。

宋師道喜道：「兩個問題均解決，君嬙請說出第三個條件。」

傅君嬙淡淡道：「第三個條件更簡單，我知五采石仍在你們手上，只要將五采石交出來，你們偷學九玄大法和弈劍術的事我可代師尊答應一筆勾銷，以後誰都不欠誰。」

寇仲和徐子陵同時心中叫苦，面面相覷，乏言以應。誰想得到她第三個條件會是與她沒有直接關係的五采石。

宋師道訝道：「究竟有甚麼問題，為何你兩個面有難色？」

徐子陵頹然道：「若五采石仍在我們手上，我們會立即交給嬙姑娘，只恨今早美艷夫人來找過我，要我將五采石還她，現在五采石已經回到她手上去。」

傅君嬙三人同時露出震驚神色，似乎五采石回到美艷夫人手上，乃最壞的情況。

宋師道插入道：「竟會這麼巧的？」

轉向傅君嬙勸道：「我明白他們的爲人，既然五采石歸還美艷夫人，君嬙可否略去這條件？」

傅君嬙搖頭道：「這是三個條件中最重要的，何況他們一向謊話連篇，我怎知他們不是騙我？」

韓朝安道：「解鈴還須繫鈴人，兩位只須向美艷要回五采石，即可完成全部三個條件，以後大家可和平共處。」

這番話若由金正宗說出來，寇仲會覺得易接受點，可是換過出自韓朝安這以卑鄙手段務要置他們於死地，口是心非者之口，寇仲只聽得心中發火，冷然道：「韓兄以爲美艷是我們的甚麼人，說要回五采石就可要回來？」

傅君嬙聞言玉容立即沉下去。

宋師道聽到雙方間的火藥味，做好做歹的道：「五采石對君嬙有甚麼用處？是否眞非要回來不可呢？得到後是否送給拜紫亭？若是如此，何不讓拜紫亭自己去處理？」

金正宗嘆道：「我們正是不想五采石落到拜紫亭手上。」

寇仲和徐子陵心中恍然，高麗雖支持拜紫亭立國以作爲他們和突厥、契丹兩族間的緩衝，卻不願見到拜紫亭統一靺鞨，變成威脅高麗的強鄰。事情錯綜複雜的程度，想想也會教人頭痛。

寇仲乘機問道：「美艷和拜紫亭無親無故，該不會白白將五采石送給拜紫亭吧？」

傅君嬙冷哼道：「你們曉得甚麼呢？美艷一向和伏難陀關係密切，所以在花林才有託你們三個傻瓜迗五采石予拜紫亭之舉。現在見你們遲遲不肯將五采石交出來，所以出面向你們討回五采石。氣死人啦！」

寇仲和徐子陵給罵得你眼望我眼，同時心中震動，因爲烈瑕似乎在美艷與伏難陀的關係上沒有說謊。

宋師道道：「他們只是不明眞相下致有無心之失，君嬙可否不把此事看得過分認眞？」

傅君嬙氣憤難平的道：「他們辦不到就是辦不到。看在宋公子份上，我可寬容他們三天。只要他們能於立國大典前把五采石迗到我手上，我答應過的絕不反悔。」

寇仲苦笑道：「傅姑娘可知我們正身負重傷，別人不來找我們麻煩，我們就額手稱慶了，哪還有本事去找人家的麻煩？」

傅君嬙大嗔道：「還要瘋言亂語？信你們眞受傷的就是呆子，你們好自爲之！條件我是絕不會更改的。」說罷氣鼓鼓的拂袖走了。

剩下五個男人你眼望我眼。宋師道無奈攤手，表示盡了人事。寇仲和徐子陵卻是有苦自己知，想不到這招對付韓朝安的實則虛之會有這樣的反效果，會與傅君嬙誤會加深。

徐子陵見金正宗泛起無奈的神色，似在同情他們，又似惋惜他們與傅君嬙關係破裂惡化，生出希望，道：「兩位可否幫我們勸勸嬙姑娘，讓她明白縱使拜紫亭得到五采石，亦難以統一靺鞨，因爲突利絕不容這情況出現。」

金正宗嘆道：「這是另一個我們不希望出現的情況。拜紫亭人雖精明，但對伏難陀卻是盲目的崇信。事情起因在伏難陀以天竺神算占得他爲統一大草原的眞主，其中最重要的徵兆就是靺鞨人失去久矣的五采石會重回他手上。假如此事眞的發生，後果實不堪想像。」

寇仲和徐子陵至此才明白五采石的關鍵性，如若五采石落入拜紫亭手上，拜紫亭還不以爲自己是老天爺揀選的眞主，因而不自量力的大興干戈，對自顧不暇的高麗當然有害無利。

韓朝安起立擺出逐客的姿態道：「君嫱本以爲可因取得五采石立下大功，豈知兩位竟把五采石交回美艶，失望之情可想而知。」

寇仲嘆一口氣道：「好吧！讓我們想想有甚麼辦法？」

宋師道送兩人到門外，低聲問道：「你們的傷勢是否眞如你們所說般嚴重？」

寇仲苦笑道：「我只是誇大少許，邊走邊說如何？」

宋師道與兩人轉入朱雀大街，朝南門方向舉步，訝道：「爲何這麼坦白說出來？還要加油添醋。」

寇仲嘆道：「這就是『空城計』，當別人以爲我們故意誇張事實，我們便能僥倖成功。」

宋師道問道：「誰幹的？」

徐子陵答道：「是韓朝安夥同深末桓夫婦幹的，若非曉得我們與嫱姨午時之約，哪能安排得這麼妥貼？」

宋師道雙目殺意大盛，精芒電閃，沉聲道：「韓朝安這狗娘養的，竟敢完全不把我放在眼裏，你們看君嫱是否同意？」

寇仲沉吟道：「到現在我們仍不明白韓朝安爲何這樣做？更不清楚嫱姨是否同意或參與。」

徐子陵分析道：「韓朝安肯向深末桓提供一個安身之所，可說盡了對他們夫婦的道義，再無必要助他們來行刺我們。其中定有些我們不明白的道理。」

宋師道冷哼道：「管他們哪門子的道理，殺人償命，欠債還錢，你們打算如何反擊？」

寇仲道：「目前當務之急是要迅速復原，否則在龍泉勢將寸步難行。二哥可否助我們暗中摸清楚韓朝安那狗娘養的虛實，最好能查清楚嫱姨是否與他同流合污。我們傷癒的一刻，韓朝安和深末桓將大難臨頭。」

宋師道嘆道：「我怎可以離開你們，你們療傷時也須人護法。」

寇仲哈哈一笑，伸手搭著他肩頭，笑道：「我們的療傷法與別人不同，在鬧市亦可進行，二哥陪我們多走兩步後必須回去，否則我們的『空城計』就不靈光。小陵！療傷開始！」

徐子陵挽上宋師道的左臂，感覺到寇仲把眞氣送進宋師道的經脈內，忙收兩人結合後澎湃的眞氣緩緩引進，在奇經百脈、三脈七輪分別運轉一周，再以宋師道作橋樑輸回寇仲體內，療治他嚴重受損的經脈。

宋師道乃天資卓越的人，兼之得宋缺眞傳，瞬那間掌握到其中的精微奧妙，大訝道：「你們的療功法確是前所未聞。唉！你們怎能辦到的？原來竟眞的傷得這麼重，但表面可看不出來，只是臉色差些。」

眞氣在三人體內來而復往，循環不休。借助宋師道精純深厚的眞氣，當然比兩個重傷的人自行療傷優勝百倍。隨著人流，三人談笑自若的邁開步子，漫遊車水馬龍的熱鬧長街。

兩人回到四合院，朮文氣急敗壞地截著他們道：「別勒爺剛送來緊急消息，說他們無法找到那運弓矢到龍泉來的船隊，若在黃昏前仍沒有收穫，只好放棄回來。」

寇仲苦笑道：「所以說禍不單行，我們今晚對著拜紫亭時將處於完全捱揍的下風，還要繼續『裝傷』，好令他那美女衛士不好意思找我們動手過招，否則我們會當場出醜。」

朮文道：「事情說不定會有轉機！」

徐子陵搖頭道：「我們定在某些地方犯錯，所以他兩兄弟找不到那批弓矢，良機一去不返，我們在此事上只好認輸。」

寇仲皺眉道：「我們手上的籌碼現在買少見少。若要靠馬吉替我們贖回羊皮，我們的面子該放在哪裏？」

朮文聽得一臉茫然，兼之另有要事，告退離開。

兩人來到溫泉池坐下，寇仲邊解衣服，邊笑道：「窮可風流，餓可快活。聽說凡溫泉均有活膚生肌的神奇療效，不如我們浸他娘一會的溫泉，先拋開一切煩惱。」

徐子陵駭然瞧著他胸口的劍傷，道：「你這小子原來傷得這麼厲害，虧你還不住打哈哈。」

寇仲把外衣隨手揮開，落在院內草地上，苦著臉道：「每個哈哈都是有代價的，那是蝕骨鑽心的痛楚，但不死撐行嗎？哈！哎唷！」

片刻後兩人浸在溫熱的池水裏，只露出大頭。

熱氣騰升。寇仲運氣行功，道：「假若玉成是另一個陷阱，我們必死無疑。我不是害怕，不過尚未讓韓朝安和深末桓安息就一命嗚呼，教人死難瞑目！你怎麼說？」

徐子陵苦笑道：「我最擔心的並非這件事，而是怕今晚沒法玉成祝玉妍與石之軒同歸於盡的美事。

我幾敢確定在明天日出前，我們仍難和人動手，否則會傷上加傷。」

寇仲道：「在浸進池水之前，我也像你那麼悲觀，但現在的感覺卻是另一回事，每寸肌膚都像貫滿生機，似爲生命的成長和變化歡呼喝采。哈！這叫關心則亂，因爲你怕我們的仙子要獨力去冒險。兄弟！拋開你的雜念吧！那才能發揮換日大法的奇效。」

徐子陵愕然道：「你倒瞧得通透，哈！說得好！不過這可能證明你沒我傷得那麼厲害。」

寇仲點頭道：「襲擊你的是敵人的主力，所以你傷得比我厲害才合道理。我的娘，今晚將會是我們出道以來最難應付的一夜。」

徐子陵沉吟道：「馬吉能否贖那八萬張羊皮回來，尙是未知之數，但平遙商人那批我們曾拍胸口保證給他們取回來的貨則肯定泡湯。唉！怎會找不到那批弓矢的？難道昨晚馬吉曉得我們在旁偷聽，故意胡亂說個地方？」

他們原本的大計是取得那批弓矢後，既可與拜紫亭講條件，更可威脅馬吉供出狼盜的祕密。因爲若弓矢落到拜紫亭手上，頡利必不肯放過馬吉，故不怕馬吉不乖乖的聽話。

寇仲搖頭道：「馬吉怎能曉得我們在旁偷聽？唯一的可能性是他對趙德言等說謊。」

徐子陵輕輕撥動溫泉池內的水，增強熱度，皺眉道：「馬吉豈敢向頡利撒可能被揭破的謊話？我看事情另一個可能性是被人捷足先登，把弓矢劫走。」

寇仲一震道：「你的猜測不無道理，誰人那麼本事？」

徐子陵分析道：「能劫去弓矢者，必須具備三個條件，首先是曉得正有這麼一批貨在運來龍泉途中。其次是線眼廣布，在龍泉四周有任何風吹草動都瞞不過他。最後則是要有能力辦到這件事。」

寇仲吁出一口氣道：「拜紫亭？」

徐子陵閉上虎目，運功吸取泉水的熱氣，激發三脈七輪生命的神祕力量，緩緩道：「這不是拜紫亭一向的作風嗎？假若狼盜眞是他的人，那下手的會是狼盜。」

寇仲抓頭道：「狼盜怎敢劫馬吉的東西？」

徐子陵道：「狼盜是沒有特定的樣子，他們甚至可扮作古納台兄弟，嫁禍給我們。咦！有人來哩！」

敲門聲響。朮文從東廂急步走出，前往應門。兩人定睛瞧著，均猜不到誰人登門造訪。門開，只見朮文全身一震，退後三步，又避到一側，恭敬施禮道：「小人拜見大王！」

兩人心中劇震，面面相覷，竟是拜紫亭龍駕光臨。

十多人大步進入院內，領頭者寬額大耳，懸著兩個大耳垂，獅子鼻，中等身材，儀態優雅得像中土高門大族的世家子弟，謙和中隱含高人一等的傲氣，並擁有一對使人望而生畏、精明而眸神深邃的眼睛，膚色玄黃，滿臉堆著凝固不動的微笑，年紀看上去只在三十許間，既有氣勢亦予人有點霸道的感覺。最使人難忘的是他的裝束打扮，頭頂有垂旒的皇冕，身上的龍袍用眞絲黑緞縫製而成，繡滿雲龍紋，就像統一戰國的秦始皇嬴政從陵墓復活走出來，回到人間。陪他來的是十多名龍泉武士，其中包括美女衛長宗湘花。

拜紫亭利目一掃，找到寇仲和徐子陵浸泡在院心的溫泉池內，打出手勢，著其他人於原處候他，大步朝溫池走去，呵呵笑道：「少帥和徐兄請恕本王保護不周之罪，竟容宵小奸邪在鬧市中以卑劣手段對兩位無禮，還誤信謠言以爲兩位傷重垂危，幸好現在親眼看到兩位浴樂融融，壓在心頭的大石始能放下來。」

寇仲點頭施禮微笑道：「該是大王怪我們未能恭迎，無禮失敬才對。」

接著壓低聲音道：「大王可否幫我們一個忙，勿要把此中情況宣揚出去，最好還揑造一下我們的傷勢，說得愈嚴重愈好，希望可引得凶徒再來襲擊我們。」

拜紫亭負手傲立池旁，微笑道：「少帥胸口那一劍只要右移半寸，拜紫亭可能沒有機緣像現在般得睹少帥笑談虛者實之實者虛之之道時的神態風采。」

寇仲漫不經意的搓揉傷口，苦笑道：「坦白說，這一劍確差點要我的命，現在仍令我痛楚難熬，但亦激起我的鬥志。受傷有受傷的打法，更可以是修行中最精采的片段，日後將會回味無窮。」

徐子陵心中暗讚，寇仲愈來愈有高手的風範，拜紫亭更是個不能輕視的敵手。兩人甫碰面即唇槍舌劍，你來我往，內中的凶險比眞刀眞槍的生死搏擊有過之無不及。若給拜紫亭看破他和寇仲的虛實，他們極可能見不到明天昇離大草原的朝日。

拜紫亭拍手道：「說得好！在草原上，受傷的狼是最凶險的。」

接著沉下臉去，冷哼道：「究竟是誰幹的？究竟是何方神聖敢到我拜紫亭的地方來撒野？」

當他說這番話時，神態睥睨，自有一股君臨天下的氣勢，其軀體似可長向虛空，與天比高。

寇仲雙目精芒劇盛，淡淡道：「此等小事，怎須勞煩大王？這批匪類若能夠活過今晚，我寇仲兩個字以後任人倒轉來寫。」

昂首望向拜紫亭，剛好拜紫亭也正朝他望來，給寇仲把他眼神捕個正著，毫釐不差。

拜紫亭龍軀微顫，一點不讓的迎上寇仲電射上來的目光，點頭道：「少帥的身體雖受傷，信心卻是絲毫無損。以前無論甚麼人在我面前說得兩位如何了得，天下少有，我只會覺得誇大失實，現在才知天下間眞有如兩位般的人物。拜紫亭今晚爲兩位特設的洗塵宴，兩位不會因忙於殺人而缺席吧？」

徐子陵心中翻起千重巨浪，暗爲寇仲精采的招數歡呼喝采。只有完全拋開生死之念，才可純以精神氣勢令拜紫亭處處受制，落在下風。兩人打開始便較量高下，互尋對方的破綻空隙，表面雙方雖是客氣有禮，事實上笑裏藏刀，毫不相讓。拜紫亭一直步步進逼，待到寇仲以精確至分毫不差的時間速度捕捉到他下射的眼神，始令拜紫亭落在下風。那等於瞧破拜紫亭的招數，掌握到他遁去的一。

不過拜紫亭亦非省油燈，把話題轉到今晚的宴會，以守爲攻，看寇仲的反應。

徐子陵插入道：「我們怎可有負大王的雅意？今晚必準時赴會。」

拜紫亭目光移到他身上，後退半步施禮道：「如此拜紫亭再不打擾兩位清興，今晚恭候兩位大駕。」

寇仲露出疲憊的神色，瞧著拜紫亭離開後關上的大門，頹然道：「他若再多留片刻，我肯定支持不下去；他的氣勢一直緊鎖著我，說不定一言不合就下手將我們幹掉，幸好他始終摸不透我的虛實。眞奇怪，爲何他半句不提五采石？是否因曉得美艷那動人的娘子早把五采石要回去？」

徐子陵伸出右手，與寇仲左手相握，兩人同源而異的眞氣立即水乳交融地在體內經脈往還流通。思索道：「我始終感到美艷不像是烈瑕所說的那種人，所以不要對她這麼快下定論。」

接著嘆道：「我明白你剛才是不得不裝模作樣，可是把話說得那麼滿，不怕以後難以交代嗎？」

寇仲雙目閃閃生輝，回復精神，道：「我並非故意誇張，而是心裏眞的有那種想法。正如我所說的受傷有受傷的戰略和打法，假若我們能在這樣的劣勢下反擊成功，宰掉深末桓，那種成功的感覺是多麼動人。」

徐子陵皺眉道：「事實上你只比我好一丁點兒，如若全力出手，正痊癒的傷口必再次迸裂，單是流血足令我們消受不起，何況我們再沒有多少血可流。」

寇仲道：「所以我才說受傷有受傷的打法。要知道如果我們淪爲被動，在這人家的地方我們這兩條外來龍是逃無可逃，避無可避。虛則實之的策略只能支持一陣子，當敵人發現我們龜縮不出，只要略作試探，我們勢將原形畢露。所以大頭鬼定要撐到底，當足自己沒有受傷似的，才能置諸死地而後生。」

又壓低聲音道：「說不定當祝玉妍曉得我們目前那麼易吃，又再無利用價值，她會順手除去我們這兩個陰癸派的心腹之患。橫豎沒有用，留下來幹甚麼？」

徐子陵點頭道：「你的話很有道理，聽你的口氣，似乎眞想到受傷的打法，何不說來聽聽。」

寇仲道：「經過一輪療傷，我們受損的經脈接近痊癒，問題只在身體的創傷和嚴重失血的後遺症。所以只要我們的外傷不再加重或再流血，施展借力打力的本領，並非沒有應敵的把握。」

徐子陵道：「你倒說得輕鬆，事實上任何劇烈的動作，我們都消受不起。」

寇仲道：「這叫窮則變，變則通，一個人不行，兩個人加起來就是另一回事。」

徐子陵道：「說清楚點。」

寇仲湊到他耳旁道：「靈感來自溫泉池，剛才我運功對抗拜紫亭時，泉水的灼熱使我因運功而引發的痛楚大爲舒緩，更使我的身體保持活力，氣血暢行，令拜紫亭窺不破我的虛實。你的長生氣灼熱比得上溫泉池水，對我的助力更遠勝百倍，只要在激戰時你以長生氣對我作出支援，由我這傷得較輕的人動手，肯定可使人大吃一驚。」

徐子陵一震道：「這確是受傷後的高明打法，唯一的問題是在群戰的情況下，我自顧不暇，恐無餘力對你作出支援。」

寇仲道：「所以必須配合主動出擊的戰略，使敵人無法形成圍攻的形勢。哈！想想看！若深末桓給我們宰掉，誰還敢認爲我們傷重不能動手？否則石之軒會是第一個不放過我們的人，他儘可先收拾我們兩個小子，再從容對付祝玉妍。」

徐子陵訝道：「原來你眞的要去殺深末桓。」

寇仲鬆開握著他的手，爬上池邊，笑道：「我少帥寇仲何時說過的話不算數，你這小子因心念師妃暄到神智不清，快醒過來動腦筋，看如何能幹掉深末桓那小子？這是保命的唯一方法。來吧！見玉成的時候到了。」

兩人跨出院門，來到街上。大雨後的天空灰濛濛的，街道濕滑，低處尙有未去的積水，顯然這模仿長安的城市，在去水這項工程上仍未出師。

徐子陵生出感應，臉上擺出個輕鬆的笑容。其實他身上大小傷口均隱隱作痛，並不好受。低聲道：「有人在監視我們，其中一個是坐在對街討錢的流浪乞丐，瞥我們一眼後立即垂下頭去。另外還有兩夥人，一夥就在斜對面食店靠門左方第一張桌子，一夥藏在這邊左方那輛停在行人道旁的馬車內，不清楚有多少人。」

寇仲訝道：「你愈來愈厲害哩！我只捕捉到食店內那三個傢伙的監視。這是送上門來的便宜，我們先拿那討錢的開刀，來個殺雞儆猴的下馬威，否則恐怕沒命去見玉成。」

徐子陵伸手搭上寇仲寬肩，隨他橫過車馬道，往那戴著帽子把頭垂得說有多低就有多低，衣衫襤褸的流浪漢子走過去。

寇仲微笑道：「怎樣找個方法將深末桓引出來，再以滅日弓一箭奪其狗命，他的飛雲弓就是你的。」

徐子陵哂道：「他的飛雲弓染滿無辜者的鮮血，乃不祥之物，還是讓箭大師拿它在亡妻墓前焚燒拜祭好哩！」

兩人來到坐地的流浪漢前，寇仲掏出一枚在龍泉流通的仿隋朝通寶銅元，拋向空中，銅元陀螺般旋轉，再落到流浪漢身前地面，就在他的討錢瓦缽之旁，仍轉動好半晌才停下，發出輕微清越與地面的碰觸聲。

流浪漢知被看破偽裝，不敢抬頭，伸手去拿銅元，沙啞著聲音以漢語道：「多謝兩位大爺！」他的指尖剛觸及銅元，寇仲的腳似快似緩的伸出，往他的手背踏去。徐子陵搭在他肩頭的手送出眞氣，牛刀小試的助他照拂胸口嚴重的創傷，否則如此妄動氣勁，傷口不重新迸裂才怪。流浪漢心想縮手，卻發覺寇仲眞氣下壓，本是靈活自如的手掌有如被千斤巨石壓著，竟動彈不得。魂飛魄散下，手掌給寇仲踩個結實。他另一手自然往寇仲的腳脛削去，寇仲眞氣攻至，沿腳脈攻侵其身，使那削至半途的手頹然軟垂。那人抬起頭來，雙目射出既凶毒又驚惶的神色，運勁猛掙，豈知不掙猶可，這掙扎立惹來一陣錐心裂肺的痛楚，令他額角冷汗直冒，手骨欲折。

寇仲卻不但對他的痛楚無動於中，還似完全不曉得自己的腳正踩著人家的手般，若無其事的朝搭著他肩頭的徐子陵笑道：「人家說十指痛歸心，若把手掌毀去，豈非一次徹底解決這痛歸心的問題？頂多是五指痛歸心而非十指那麼慘。」

徐子陵有點不忍的朝那人道：「我們問你幾句話，倘乖乖的老實答了，我們立刻放人，保證你手腳齊全。」

兩人自小混混開始搭檔多時，深懂心戰之術，一唱一和，層層下壓的去摧毀對方抵抗的意志。

寇仲像此時才看到那人般，定神瞧道：「昆直荒在哪裏？有機會定要和他坐下來喝杯響水米酒，暢談近況。」

那人渾身一震，顯是因寇仲看出眞相而大感驚駭。只有徐子陵知道寇仲最多只有五成制敵把握，但這小子就如他的井中月般，最愛出奇制勝，大膽搏他娘的一鋪，說得似十成十的樣子。首先他們從他不純正的口音聽出他是契丹人。其次，契丹諸族無不畏懼突利，只有阿保甲這契丹大酋，敢不賣突利的賬，於花林外聯同深末桓和鐵弗由伏擊他們。昆直荒是阿保甲手下負責辦此事的將領，此人由他派來打探他們，該是順理成章的事。寇仲把踏著那契丹人的腳完全放鬆，那人的手回復自由，卻不敢抽回去，恐懼神色從他雙眼直噴出來，顯示他防衛的堤防跡近崩潰。

寇仲微笑道：「是漢子的就答是或不是，只要說出眞話，請代我向昆直荒問好。」

那人更不敢把從寇仲腳底下的手縮回來，頹然點頭道：「是！」

寇仲移開大腳，拍拍那人的肩頭笑道：「早點說不是沒事嗎？」

扯著徐子陵回到街上，朝坐在食店的那夥人走去，低笑道：「我感覺有點像回到揚州那段令人難忘的歲月，本領不夠，只好靠偷搶拐騙過活。」

徐子陵笑道：「搶拐騙與我無關，我只是個小扒手。」

寇仲哂道：「自命清高怕已變成你的一個老毛病。我是老實人，只懂說老實話，勿要見怪。」

徐子陵啞然失笑道：「自命清高的老毛病？說到底就是指我不肯助你去爭霸天下，還說甚麼兄弟？但人各有志，我不來怪你，是因為我懂得尊重別人的志向。」

寇仲開懷笑道：「趁還有點時間，不如我們去聖光寺覓眞仙，只有在眞仙跟前，陵少你才會顯露你的眞面目。」

兩人立定食店門外，朝內瞧去，估據門旁第一桌的三名外族壯漢，爲他們的來勢所懾，竟同時迴避他們的目光。

徐子陵目光落在其中一人手背上的刺青，心中一動道：「崔望身體好嗎？」

三漢同時輕震，雖微不可察，但怎瞞得過他兩人？暗叫可惜，因爲若能暗中跟蹤，大有可能尋得崔望的巢穴，但現在他們是心有餘力不足。

其中一人答道：「徐爺誤會啦！我們是烈爺的手下，那日在花林還隔遠見過兩位大爺。」

兩人更無懷疑，只有在中土長期逗留者，漢語才可能說得這般道地，且帶上東北口音。

另一回紇漢子道：「烈爺著我們在這裏聽候他的吩咐。」

寇仲微笑道：「少說廢話，三位兄台請！」

三人你眼望我眼，接著如獲皇恩大赦般狼狽地溜掉。

寇仲搭著徐子陵回到街上，那輛可疑的馬車早去遠，寇仲欣然道：「這可說是個意外收穫，你怎麼看？」

徐子陵思索道：「崔望的手下，大有可能也是烈瑕的手下。我們在兜兜轉轉後，終回到最初的起點，許開山既是大明尊教的重要人物，更是狼盜的幕後策畫者。」

寇仲興奮道：「只要證實烈瑕和狼盜有關，我們可公然找烈瑕祭旗。哈！這算不算假公濟私，不過老寧曾說過凡事均以後果為重，總言之是為世除害就成。」

徐子陵苦笑道：「無論中外，都要講理。一天你未找到確鑿的罪證，只是憑空猜想，仍難入烈瑕以罪。」

兩人轉入橫街，切到前方的朱雀大街。

寇仲低聲道：「還有沒有跟蹤的傻瓜？」

徐子陵搖頭道：「沒有感應。」

寇仲沉吟道：「我想到個殺深末桓的方法，不知是否可行？」

徐子陵淡淡道：「小弟洗耳恭聽。」

寇仲油然道：「但卻要兩個假設成立，我的殺奸大計才可施行。第一個假設是美艷夫人私下保留五采石，並沒有交給伏難陀或拜紫亭。第二個假設是深末桓想把五采石搶到手。只要兩個假設均屬事實，我們可以美艷為餌，把深末桓這大魚引出來，以滅日弓賜他一死。」

徐子陵皺眉道：「美艷和我們非親非故，怎肯聽我們的擺布？且我們根本不知她藏身何處。跟蹤管平不會有用，他絕不會直接去找她的。」

還差兩個巷口就到朱雀大街，人車明顯多起來，氣氛熱鬧。寇仲推徐子陵轉入橫巷去，站定。此時若有跟蹤者趕上來，肯定瞞不過他們。笑道：「其他事由我去花精神，你先說這兩個假設可否成立？」

徐子陵搖頭道：「很難說，真的很難說。」

寇仲微笑道：「有甚麼好為難呢？找美艷問個明白不就成了。假設五采石仍在她手上，那就代表她並非為拜紫亭或伏難陀討回五采石，而是為她自己。若實情如此，我有七、八成把握可以說服她作釣大魚的餌。」

徐子陵道：「今晚尚有石之軒這令人頭痛的問題，我們已是應付不暇，更自身難保，你仍要分身去做這近乎不可能的事，算不算是好大喜功，又或不自量力？」

寇仲否認道：「我只是積極進取。誰敢傷我的好兄弟徐子陵，我寇仲絕不會放過他。且正因深末桓等想不到我們在這種劣勢下仍會主動反撲，深合出奇制勝的要旨。你必須支持我。」

徐子陵心中一陣感動，明白到他因自己傷得更嚴重而動真怒，不惜一切的進行反擊。點頭道：「好吧！我該怎樣支持你？」

急劇的蹄聲從遠而近，一名騎士旋風般在巷外掠過，迅即勒馬回頭，奔進巷內，甩蹬下馬鬆一口氣道：「終找到兩位老兄。」赫然是與跋鋒寒齊名的突厥高手可達志。

寇仲笑道：「你不是聞得我們身受重傷，故趕著來殺我們吧？」

可達志灑然牽馬來到兩人身前，先向徐子陵打個招呼，又上下打量兩人，訝道：「表面真看不出來。只是臉色蒼白點。不過拜紫亭說少帥胸口那一劍，差點要掉少帥的命。究竟是誰幹的？」

寇仲壓低聲音道：「是深末桓和韓朝安幹的好事，他奶奶的熊，這口氣我怎都下不了。」

可達志點頭道：「我也有點從其行事的卑鄙無恥猜到是深末桓，少帥有甚麼用得著小弟的地方，儘管吩咐，韓朝安這小子我早看他不順眼。」

徐子陵訝道：「深末桓夫婦不是一直爲你們大汗辦事，可兄不怕大汗不高興？」

可達志冷哼道：「只看他既要爭奪五采石，又與韓朝安暗裏勾結，兩位該曉得他是甚麼貨色。」接著微笑道：「不是早說好嗎？在龍泉我們是並肩作戰的夥伴。」

寇仲和徐子陵對望一眼，均感意外，更有些敵友難分的奇怪感覺。

寇仲待一夥三名市民走過後，目光投往巷口外人來人往的街道，沉聲道：「我們要殺死深末桓，可兄是否感興趣？」

可達志欣然道：「不瞞兩位，小弟剛接到指示，著我不要讓深末桓活著回戈壁，你說我是否感興趣？」

兩人心中同時一震，翻起驚濤駭浪。殺死深末桓，可能是突利和談的一個條件，也大有可能是頡利的意思，而事實上這更是一石二鳥的上上策略。深末桓夫婦可被利用的價値，隨著頡利和突利的修好，變得愈來愈低。狡兔死，走狗烹，聲名狼藉的深末桓夫婦肯定會帶給頡利很大的負面影響，削弱他在大草原的威信，處死他們，既可討好突利以示誠意，更可在各族間重建正面的威望。更厲害處是不讓逐漸接近成功的古納台兄弟獨得此殊榮。再深一層去看，頡利在奔狼原之敗後，即全面改變策略，採的是近交遠攻之計，先團結大草原所有力量，然後組成聯軍，大舉南下侵犯中原。更可美其名是要收拾李世民，還可對突利說是助他的兄弟寇仲得天下。能因應時勢作出這種決斷，難怪頡利能成爲大草原的霸主。這些念頭刹那間在兩人腦海閃過，既無奈又爲難。

寇仲暗嘆一口氣，以殺深末桓的事勢在必行，只好暫時拋開一切，辦妥此事再說其他。點頭道：「好！可兄是一言九鼎的人，我信任你。」

可達志肅容道：「可達志絕不會辜負少帥的信任，此事該如何進行？」

寇仲道：「拜紫亭一方是否曉得我們和可兄現在的關係？」

可達志微笑道：「這麼祕密和令人難以相信的事，小弟怎肯揭破！他剛才找我說話，故意使我知悉你們受到重創，正是借刀殺人的陰謀。」

寇仲心中暗罵，亦猜到拜紫亭對頡利突利兩叔侄言和一事，仍是蒙在鼓裏。

緩緩問道：「他有否提到五采石？」

可達志道：「那是他夢寐以求的妄想，怎會略過不提？對少帥剛才沒有立刻將五采石送他，他顯得耿耿於懷。但說到底他還是不希望我幹掉你們後，把五采石私吞了。」

寇仲和徐子陵均抹過一把冷汗，曉得之前在四合院時拜紫亭確有殺人奪石之心，只因看不破寇仲虛實，又對突利與他們的關係心存顧忌，故不敢輕舉妄動。

徐子陵插入道：「伏難陀有甚麼反應？」

可達志搖頭道：「到龍泉後我從未見過他。」

寇仲和徐子陵爲之愕然。

可達志壓低聲音道：「伏難陀行事一向詭祕莫測，他的天竺魔功據聞已臻登峰造極的化境，否則以拜紫亭的桀驁不馴，哪肯尊他爲師，對他言聽計從？這條借我之刀殺兩位的毒計，很可能是他想出來的。」

寇仲道：「可兄的情報非常管用，至少令我們曉得五采石仍未落在拜紫亭手上，我們殺深末桓的大計可依原定計畫進行。」

可達志一呆道：「五采石不是在你們手上嗎？」

寇仲解釋一遍，道：「美艷將是我們對付深末桓至乎烈瑕那可惡小子的一個關鍵人物。烈瑕暫且讓他多苟延殘喘幾天，可兄能否先查清楚美艷在甚麼地方落腳？我們辦妥一些事後約個時間地點再碰頭。」

可達志昂然道：「這個包在我身上，事實上我對此女一直留心，故只是舉手之勞。」

徐子陵忽然道：「可兄與杜興是否熟稔？」

可達志愕然望向徐子陵，似要從他的神色看破他心內的想法，點頭道：「可以這麼說，唉！我有點不老實哩！我和他有很深的交情，未得意前他曾照拂過小弟，就是他把小弟舉薦給大汗的。哈！不知如何，我竟不想瞞騙你們，看來我是有些愛和你們相交，這是否叫識英雄重英雄？」

寇仲苦笑道：「希望我們能永遠是好朋友，只恨大家都曉得只能在龍泉才有這種好日子。」

可達志笑道：「將來誰也難逆料，明天的事明天想好啦。」

轉向徐子陵道：「徐兄為何忽然問起杜興？」

徐子陵道：「因為我們懷疑杜興的拜把兄弟許開山是大明尊教的重要人物，如能瞞著許開山約杜興出來大家開心見誠的談一次，說不定對事情會有幫助。」

可達志虎軀微顫，沉吟片晌後：「我試看待會能否找他一道來見兩位，不過兩位最好有些較實在的證據，否則很難說動杜興。」

寇仲心中叫妙，徐子陵此著確是高明，道：「我們雖非憑空揣測，但卻沒有抓著許開山任何痛腳，不過談談總對老杜有利無害。否則將來被許開山拖累，才不划算。」

三人約好見面的時間地點，可達志上馬離開。

寇仲向徐子陵苦笑道：「我們又一次猜錯，深末桓並非頡利指示來行凶的。」

徐子陵道：「深末桓一爲私仇，次爲韓朝安。他本身更爲要統一室韋，故要先翦除我們，再全力對付古納台兄弟。正因他有這種野心，頡利再容不下他這頭走狗。」

寇仲看看天色，道：「時間差不多哩！我們去見玉成吧！」

第四章 敵友難分

第四章　敵友難分

段玉成坐在館內一角的桌子，臉色陰沉，到寇仲和徐子陵兩人分別在他左右坐下，雙目仍凝視蕩漾杯內的響水稻酒。依然是英俊和輪廓分明，只稍嫌瘦削的面容像沒有生命的石雕。兩人見他神態異常，均感不妥。

寇仲愕然瞧他好半晌後，見他全無動靜，隨意點了酒菜後，湊近他道：「玉成！你有心事嗎？」

因已過午膳的繁忙時刻，晚膳則尚有個把時辰，十七、八張桌子，只三桌坐有客人，包括他們在內。酒館一片午後懶洋洋的寧靜。

段玉成舉酒一飲而盡，似爲某事狠下決心般，將空杯倒轉覆在桌面上，沉聲道：「兩位幫主，我要脫離雙龍幫，這是玉成最後一次稱你們爲幫主。」

兩人聽得面面相覷，無論他們事前如何猜測，仍想不到他開口就是決絕的話。

寇仲雙目精芒大盛，淡淡道：「合則留，不合則去，假若你是自己決定，而不是受大明尊教的妖女蠱惑蒙蔽，一切悉從尊便。我不會有第二句話。」

段玉成眼睛電芒驟現，迎上寇仲銳利的眼神，一點不讓的瞪著他，冷冷道：「我曾是你的手下，你要打要罵我絕無怨言，但卻不可侮辱她們，她們更不是妖女，而是在這混濁黑暗的世界裏掌握光明的人。他們都死了嗎？」

寇仲苦笑道：「我也希望你說的是事實。你最後一句指的是志復他們嗎？他們都不在啦！唉！你可知是誰害死他們的？」

段玉成緩緩道：「是你害死他們。」

寇仲失聲道：「甚麼？」

徐子陵柔聲道：「我們怎樣害死他們呢？」

段玉成一字一字的道：「若非你們和我們分開上路，他們就不用死。」

兩人聽得你眼望我眼，乏言以應。他若要這樣去想，已到不可理喻的田地。不過段玉成的話確令兩人生出內疚，因爲若非他們挑選他四人同行，包志復三人不會遇難。

寇仲嘆道：「但直接害死他們的不是貴教的上官龍嗎？」

段玉成冷哼道：「他只是個叛徒，如非辛娜婭救我，又悉心爲我治療，我今天恐怕再難坐在這裏和兩位說話。我話至此已盡，念在昔日傳藝之情，我只有一句話，就是你們立刻離開這裏。」倏地立起，頭也不回的匆匆決絕離去，剩下兩人呆坐一角。

美酒上桌。寇仲舉杯大喝一口，苦笑道：「他奶奶的！我開始不敢再小覷大明尊教。玉成肯定不是傻瓜，在四人中資質稱冠，我的娘！你看他現在改變得多麼徹底，是我再不認識的段玉成。」

徐子陵低聲道：「老兄！你好像忘記傷不宜酒這金科玉律。」

寇仲放下酒杯，把聲音壓至低無可低的湊近他道：「這口酒一半是喝給敵人看的，一半是爲自己喝的。唉！玉成怎會變成這個樣子。你有留意他剛才看我們的眼神嗎？這小子的功力大有長進，我們想收拾他並不容易。」

又皺眉沉吟道：「辛娜婭！這名字有點耳熟。」

徐子陵搜尋腦袋內的記憶，道：「祝玉妍曾提起過這名字，她是五類魔中的毒水，與烈瑕同爲大明尊教中得大尊親傳絕藝的超卓人物，武功不在善母莎芳之下。」

寇仲一拍額頭道：「記起哩！唉！宗教可以是比刀槍劍戟更難抵擋的另一種侵略形式。不過玉成仍能保持一點靈明，至少沒有出賣占道他們先赴長安的祕密，剛才又勸我們立即離開。你有沒有辦法可使他回復正常，從這種邪教病痊癒過來？」

徐子陵搖頭道：「無論宗教和愛情，均對寂寞空虛的心靈有無比的威力，令人盲目的失去分辨是非的理智，兩者加起來更是威力無儔。兄弟！我們並非神仙，對很多事均無能爲力。」

寇仲點頭道：「你說得對，玉成因爲新婚妻子被隋兵姦殺，一直活在極大的傷痛中，現在就似在苦海浮沉掙扎多年後，忽然泅上個美麗的海島，其他事再不放在心上，唉！我很痛苦，好兄弟忽然成爲敵人。」

足音響起。一人昂然而入，竟是契丹大酋阿保甲手下得力戰將昆直荒，穿的是掩人耳目龍泉人摻有靺鞨風格的改良漢服。兩人心中大懍，只看昆直荒能這麼快到這裏找他們，可知契丹人在這裏頗有勢力，耳目衆多。

昆直荒從容來到桌前，微笑以突厥話道：「我可以坐下嗎？」

寇仲暗叫不好，又不得不硬著頭皮裝出笑容，道：「歡迎還來不及，夥計，取酒來。」

昆直荒欣然坐下道：「還是泡一壺茶好點，兩位絕不宜酒。」

寇仲和徐子陵更是心叫不妙，知他來意不善，且曉得他們傷勢不輕。他的消息大有可能來自深末桓，因為他們曾在花林外聯手伏擊兩人，到現在仍有聯繫毫不出奇。昆直荒既在這裏，與他們結下深仇的呼延金亦該離此不遠。不過他們尚未陷於無力反擊的下風，剛才他們在四合院外露了一手，把監視他們的三夥人嚇退，所以昆直荒雖從深末桓處證實他們確受重創負傷，仍摸不清楚他們目前痊癒的情況，故進來試探摸底。

寇仲哈哈笑道：「你老哥真古怪，我們若喝酒喝出禍來，不是正中你下懷嗎？」

昆直荒微一錯愕，泛起笑容道：「我們和兩位素無嫌隙，只因五采石起爭端，兩位若肯將五采石交出，大家以後就是朋友。」

這次輪到兩人愕然，接著暗罵深末桓卑鄙，因他竟沒告訴昆直荒五采石給美艷夫人收回去。同時更感進退兩難，如實話實說，反會令昆直荒更深信他們因傷重不能動手，所以謊稱五采石不在身上，如此則後果難測。倘正面衝突，他們就算能僥倖逃生，肯定傷上加傷，大幅延長復原的時間。

寇仲見昆直荒的目光扮作漫不經意地掃過給他喝掉大半的酒杯，曉得他在審查自己剛才的那口酒真來還是假作，登時信心大增，從容道：「若我們肯在你老哥一句話下就把五采石交出，呼延金就不用被我們放火燒營，更不會有花林郊野一戰，昆直荒你不覺得在說廢話嗎？」

徐子陵檯下的右腳朝寇仲探去，到兩腳相觸，內力立即源源輸送，讓寇仲有隨時動手的力量。現在他們最害怕的是昆直荒來個搶攻，那寇仲在得不到支援下，勢將無所遁形。

昆直荒冷哼道：「我昆直荒敢到這裏來和兩位說話，當然有十足把握。我只是不想被人說是乘人之危，才好言相勸。兩位不要敬酒不喝偏要喝罰酒。」

他這番話改以漢語說出，充滿威嚇的意味，但兩人均心知肚明對方仍未摸清他們的傷勢，故以言語試探他們的反應。

寇仲得徐子陵暗裏支援，雙目精芒大盛，倏地探手伸指，朝隔桌的昆直荒眉心點去，指風破空之聲，嗤嗤作響。

昆直荒哪想得到負傷的寇仲敢主動出手，臉色一沉，喝道：「這是甚麼意思？」說話時，右掌急削，指勁掌風交觸，發出「砰」的一聲清音。

昆直荒上身微微一晃，顯是吃了暗虧。寇仲沒晃動分毫，卻是心底懍然，想不到他在倉卒還招下，能將自己的指勁完全封擋，功力招數均非常高明。

寇仲笑道：「甚麼意思？當然是秤秤你老哥有否說這樣狂話的斤兩和資格。」

知他精通漢語，遂改以漢語對答。指化為掌，往昆直荒的手抓過去。昆直荒知道退讓不得，否則寇仲會乘勢追擊，立即反抓過去。兩手在桌子上方緊握。眞氣正面交鋒。

昆直荒虎軀劇震，色變道：「你的受傷是假的。」

寇仲微笑道：「知道得太遲啦！」

只有徐子陵始知寇仲再支持不了多少時間，大量的失血和經脈的損傷，寇仲若妄動眞氣堅持下去，必然加重傷勢。

唯有充當和事佬的道：「五采石根本不在我們手上，昆直荒兄肯否相信？」

寇仲見好就收，他佔住虛假的上風，要收手就收手，淡淡道：「老兄你是否曉得突利已和頡利講和，五采石即使讓你奪回去，最後恐怕仍要被迫交出來，免得突厥有對你們用兵的藉口。」

昆直荒虎軀再震。兩人你一言我一語，全是攻心的厲害招數。

寇仲此時捱至強弩之末，勁力轉弱，昆直荒還以爲對方是放過自己，慌忙鬆手，道：「此話是否當眞？」

寇仲暗舒一口氣，心叫好險，正容道：「我們見你像個人的樣子，不似呼延金那種姦淫擄掠無惡不作之徒，才坦誠以告。你曾聽人說過我寇仲會說謊嗎？」

昆直荒深吸一口氣，轉白的臉色回復正常，顯示他功底深厚。沉聲道：「美艷不是託你們將五采石送交拜紫亭，爲何又要取回？」

徐子陵道：「恐怕只有她能給你答案。」

他們有十分把握昆直荒肯打退堂鼓，說到底阿保甲一族與他們並沒有解不開的仇怨，就算有又如何？昆直荒只能拋開個人恩怨，以大局爲重。突利既與頡利重修舊好，對東北諸族再無任何顧忌，看誰不順眼均可揮軍教訓，在這種情況下，若殺掉他的兄弟寇仲和徐子陵，後果可想而知。

昆直荒神色陰晴不定片刻後，點頭道：「兩位均是英雄了得的人，我當然相信你們說的話。唉！若非五采石是關乎我們契丹人榮辱的象徵，敝上豈願與兩位爲敵？」

接著壓低聲音道：「小心呼延金和深末桓，他們聯合起來務要置你們於死地。今天偷襲你的正是他們。」

兩人心叫厲害，昆直荒腦筋轉動的靈活度，快得出乎他兩人意料之外。他不但掌握到突利頡利叔姪言和後的整個形勢，還立即把握這唯一的機會，向他們示好，以化解花林伏擊的恩怨。且更藏借刀殺人之計，因爲呼延金對一向討厭他的阿保甲而言，再無利用價値，遂望寇仲和徐子陵能把他除去，以免威脅到阿保甲的地盤。

寇仲毫不訝異的道：「呼延金躲在哪裏？」

昆直荒掃視另兩檯客人，最近一張距他們有六、七張桌子遠，不虞聽到他們蓄意壓低的聲音，爽脆的道：「呼延金藏在城外北面五里的密林帶，不過他今晚會到城內來見深末桓，至於地點時間，就只他兩人知道。」

徐子陵道：「呼延金有多少人？」

昆直荒答道：「只有十多人，但無不是眞正的高手。」

寇仲微笑道：「老兄的情報非常管用，請！」

昆直荒亦知自己不宜久留，迅快道：「深末桓已離開高麗人住的外賓館，改躲往別處，若我收到進一步消息，必通知兩位。」長身而起，施禮離開。

寇仲苦笑道：「我現在才明白甚麼叫一邊是喜，另一邊是憂。」

徐子陵頹然同意。喜的是小師姨沒有包庇深末桓，所以深末桓要遷離安全的外賓館，憂的是不知深末桓躲到哪裏去。

寇仲捧頭道：「這回想不找美艷那娘子出來作誘餌亦不成啦。」

徐子陵起立道：「找些事來頭痛並非壞事，至少我們沒空去想玉成。走吧！我們好該去探探好朋友越克蓬，看他近況可好。打個招呼後，便赴可達志和杜興之約。」

寇仲仰攤椅背，張開手道：「我很累，可否小睡片刻？」

徐子陵把酒錢放在桌上，微笑道：「坦白說，我亦是求之不得，我現在最想的是偷個空兒去見師妃暄，和她說幾句心事話兒。」

寇仲坐直身體，不能置信的瞧著徐子陵，訝道：「愛情的力量竟然他奶奶的這麼巨大，我從未想過你說話會比我更坦白，但現在你做到啦！」

徐子陵啞然失笑道：「快滾起來停止說廢話，時間無多，我們去見越克蓬吧！」

寇仲跳將起來，摟著他肩膊走出門外，來到人車川流不息的街道，右面就是南城門，仍不住湧進各地來趁熱鬧的人。

寇仲道：「你儘管去見你的仙子，小弟是這世上最通情達理的人。在愛情上，你比我更勇敢，我通常是一蹶不振，你老哥卻是屢敗屢戰，佩服佩服。」

徐子陵帶著寇仲朝朱雀大街北端外賓館的方向走去，哂道：「你好像忘記自己現在是如何不濟，我們能分開嗎？」

寇仲一拍額角道：「說得對！我是樂極忘形哩！唉！玉成！我眞的不明白。」他仍因玉成的突變耿耿於懷，鬱鬱不樂。

爲分他心神，徐子陵道：「你猜深末桓和呼延金的結盟，會不會是頡利在背後一手撮合的呢？」

陽光溫柔地灑在他們身上，睽違近半天的太陽，有點畏縮的在厚薄不勻的雲層後時現時隱，長風從東北方朝龍泉吹來，但天邊處仍有大片烏黑的雨雲，使人感到好景不長。

寇仲思索道：「很難說，看頡利的樣子，他是梟雄人物，該不會爲小失大，致損害與突利仍屬脆弱的關係，且冒開罪畢玄之險。你怎麼說？」

事實上徐子陵只是故意找話來說，聳肩道：「你說得很有道理，我只因呼延金是不願向突厥臣服的阿保甲的盟友，而深末桓則向爲頡利的走狗，雙方理應充滿敵意，才想會不會有人穿針引線，使他們能聯手對付我們。」

寇仲靈光一現，低聲道：「會不會是馬吉那傢伙？」

徐子陵一震道：「可能性很大。」

馬吉是大草原勢力最大的接贓手，與深末桓和呼延金均有密切聯繫。在目前的形勢下，頡利一方無論如何痛恨寇仲、徐子陵和跋鋒寒，都唯有硬咽下這口氣。可是馬吉卻曉得寇仲等絕不會放過他，不但要交出羊皮，還要供出劫羊皮者，所以只好先下手為強，透過呼延金和深末桓來幹掉他們。呼延金和深末桓亦沒有選擇的餘地，跋鋒寒是他們最大的威脅，加上寇仲和徐子陵，形勢更不得了。先發制人，後發制於人，在生死存亡、新仇舊恨的龐大推動力下，呼延金和深末桓以前就算有甚麼嫌隙，也只好暫且拋開，好好合作以求生存。言者無心，聽者有意下，兩人豁然醒悟。

寇仲湊到他耳旁道：「他們肯定會在今晚我們宴畢離宮時動手。」

徐子陵點頭同意，那就像他們今早赴會遇襲時的情況，敵人既能清楚掌握到他們的時間和路線，且敵人更不會放過趁跋鋒寒不在，而兩人又身負重傷的黃金機會。至於拜紫亭，他恨不得有人能除去他們這兩個突利的兄弟，當然不會干涉。

忽然有輛馬車駛近兩人，車內傳出聲音道：「兩位大哥請上車。」

兩人鑽入車廂，馬車開行。

可達志笑道：「小弟不得不用此手段，皆因這裏耳目眾多，敵人的探子耳目若雜在街上行人中監視我們，神仙也難察覺。小弟將以種種方法，擺脫跟蹤者，認為絕對安全後，才去見杜大哥。」

兩人心叫邪門，總是好事多磨，爲何每次想去見越克蓬，總是橫生枝節去不成，連打個招呼的空閒也沒有。馬車轉入橫街。

寇仲欣然道：「你老哥辦事，我當然放心。你與杜霸王說過我們見他的原因嗎？他有甚麼反應？」

可達志苦笑道：「他先罵了我一輪像狂風掃落葉不堪入耳的粗話，說我誤信你們離間他們拜把兄弟的謊言。幸好接著沉吟起來，自言自語的說你們該不會是這類卑鄙小人。他說『他奶奶的熊，敢以三個人力抗頡利的數萬金狼軍，應不會下流至此。寇仲那類小子我見得多，最愛無風起浪，唯恐天下不亂。你把他找來，讓我面對面痛斥他一頓』。」

寇仲愕然道：「這樣還算『幸好』，我的娘！」

當可達志復述杜興的說話時，徐子陵可清晰容易的在腦海中勾畫和構想出杜興說話的語氣和神態。可達志的談吐，確是精采生動。

馬車駛進一所宅院，又毫不停留的從後門離開。

可達志笑道：「他肯私下見你們，顯示他並非不重視你們的話。他這人雖是脾氣不好，強橫霸道，卻最尊重有膽色的好漢子，人也挺有情義，只是你們沒發現到他那一面而已！」

寇仲心忖杜興的情義只用在頡利一方，所以差點害死他們。道：「有沒有查到美艷的下落？」

可達志道：「我將此事交由杜大哥去辦，憑他在龍泉的人緣勢力，肯定很易獲得消息。」

徐子陵問道：「可兄與呼延金是否有交情？」

可達志雙目寒芒一閃，冷哼道：「我從未見過他，只知他愈來愈囂張狂妄，恐怕他是活得不耐煩了。」

寇仲訝道：「杜興不是和他頗有交情嗎？他說過爲查出誰劫去我們的八萬張羊皮，曾請呼延金去斡旋。」

杜興同時擁有突厥和契丹族的血統，故兩邊均視他爲同族人。

可達志哂道：「誰眞會與呼延金這種臭名遠播的馬賊講交情？說到底不過是利害關係，希望他不要來劫自己的貨或動受自己保護的人。呼延金最錯的一著是與阿保甲結盟，在大草原上，誰人勢力驟增，誰就要承受那隨之而來的後果。拜紫亭正是眼前活生生的好例子。」

馬車加速，左轉右折，但兩人仍清楚掌握到正朝城的西北方向駛去。

寇仲微笑道：「那他與深末桓結盟，算不算另一失著？」

可達志愕然道：「消息從何而來？」

寇仲輕描淡寫的答道：「昆直荒，呼延金的前度戰友。」

可達志露出個「原來是他」的恍然表情，嘆道：「阿保甲果然是聰明人，明白甚麼時候該攪風攪雨，甚麼時候該安分守己。要在變幻無常的大草原生存，必須能變化萬千的去找機會，在被淘汰前迅快適應。咦！又下雨哩！」

驟雨突來，打得車頂噼卜脆響，由疏漸密，比今早兩人遇刺前那陣雨來勢更凶。忽然間馬車像轉到一個水的世界去。徐子陵生出異樣的感覺。誰能想到會和這勁敵共乘一車，大家還並肩作戰？因頡利的野心和突厥遊牧民族的侵略特性，他們與可達志注定是宿命的敵人，終有一天要生死相拚。但現在雙方的確是惺惺相惜，且儘量避說謊話，表示出對另一方的信任，不怕對方會利用來打擊自己。唉！這是不是叫造化弄人？戰爭殘酷無情的本質，令朋友要以刀鋒相向。

寇仲咕噥道：「我今早起身曾仰觀天上風雲，卻看不到會有場大雨，登時信心受挫，懶再看天。回想起來，剛才天上飄的該是棉絮雲。他奶奶的熊！兩個一起幹掉，如何？」

可達志雙目變成刀鋒般銳利，由嘴角掛著一絲若有若無的笑意擴展至燦爛的笑容，露出雪白整齊的牙齒，笑道：「成交！」

寇仲呆看著他好半晌後，向徐子陵道：「我發覺無論在戰場上或情場上，均遇上同一勁敵。」

徐子陵也不得不承認可達志是個很有性格和魅力的人，當然明白寇仲的意思。

可達志沒好氣的道：「我們的勁敵是烈瑕，收拾他後才輪到你和我。」

寇仲先瞥徐子陵一眼，壓低聲音湊近可達志道：「我們以暴力去對付我們的共同情敵，算不算以衆凌寡，不講風度？」

可達志啞然失笑道：「這正是我們突厥人勝過你們漢人的一個原因。我們的一切，均從大草原而來，在這裏只有一條眞理，可用『弱肉強食』一句話盡道其詳。我們合群時比你們更合群，無情時更無情。只有強者才能生存，弱者只能被淘汰或淪爲奴僕。」

寇仲不由想起狼群獵殺馴鹿的殘忍情景，嘆道：「既然你們突厥人勝過我們，爲何從強大的匈奴至乎你們突厥，到今天仍沒有一個大草原的民族能令我們臣服於你們的鐵蹄之下。」

可達志從容道：「問得好！我們也不住問自己同一問題。答案則頗爲分歧，有人認爲是中原疆域地廣人多，且地勢複雜，又有長江黃河的天險，故易守難攻。也有人認爲是你們文化淵源深厚，凝聚力強。但我卻認爲全不是關鍵所在。」

徐子陵忍不住問道：「眞正的問題在哪裏？」

可達志雙目爆起精芒，一字一字的緩緩道：「眞正的問題是尙未有一個塞外民族能統一大草原，將所有種族聯結起來，那情況出現時，在無後顧之憂下，我們會勢如摧枯拉朽的席捲中原。不過我們這夢想只能在一個情況下發生，否則鹿死誰手，尙未可料。」

寇仲皺眉道：「甚麼情況？」

可達志微笑道：「就是我們的對手中沒有像少帥你這種軍事上的天縱之才。奔狼原一役，令少帥成爲我們最畏敬的人，否則我不會坐在這裏和你稱兄道弟。在突厥只有眞正的強者才被尊重。」

寇仲苦笑道：「你倒坦白，這是否暗示貴大汗絕不容我活著回中原呢？我該高興還是擔憂？」

馬車駛進一個莊園，停下。足音響起，兩名打傘大漢甫把車門拉開，可達志以突厥話喝道：「你們退開，我們還有話要說。」

衆漢依言退到遠處，御者亦離座下車。寧靜的車廂內，三人六目交投，氣氛沉重。

可達志先望徐子陵，然後把目光移往寇仲處，嘆道：「在這一刻，我眞的當你們是朋友，所以實話實說。在畢玄親自出手無功而還後，大汗改變想法，故與突利修好講和，任你們返回中原與李世民爭天下，我們亦趁此機會統一草原大漠，然後等待最好的時機。」

徐子陵道：「我們爲何不可以和平共處？」

可達志冷笑道：「你們可以嗎？仇恨並不是一天間建立起來的。你們自秦皇嬴政開始，每逢國勢強大時，對我大草原各族均是順我者昌，逆我者亡。楊廣是最現成的例子，弱肉強食這大草原規條，置諸四海皆準，唯強者稱雄。所以對付烈瑕這種奸小人，何須和他講甚麼仁義道德？他肯同樣的來和你們講和平道理嗎？少帥千萬不可有婦人之仁，否則肯定會敗於李世民之手。李世民就像我們般，對朋友雖有義，對敵人卻絕對無情。」

寇仲道：「我不是姑息烈瑕，只是想到何不把戰場轉移到情場去，來個公平決戰。我現在已有點喜歡你這小子，就算讓你成為最後的大贏家，以後仍可安安穩穩的睡大覺。」

可達志苦笑道：「有些事我真不想說出來，因為想想都足以令人心中淌血。今早秀芳大家親送烈瑕到宮門外時，眉梢眼角含蘊的風情，讓我產生很大的危機感，否則怎會去找你商量應付之計？烈瑕肯定不是甚麼善男信女，他對付你時更不會講風度。少帥快下決心，否則我們的合作就此拉倒。」

寇仲伸手輕拍他肩頭，笑道：「哪會拉倒這般兒戲？大家是歷盡滄桑的成年人嘛！我們抽絲剝繭的將烈瑕這個壞蛋的真面目暴露出來，先由老許開始。哈！是聽杜霸王爆粗話的時候哩！」

大雨下個不休，使人分外感到室內安全舒適的窩心滋味。四人在廳角的大圓桌坐下，侍從奉上香茗，退出廳外。

杜興銅鈴般的巨眼在寇仲和徐子陵臉上巡視數遍後，沉聲道：「聽說你們懷疑我的兄弟許開山是大明尊教的人，更是狼盜的幕後指使者，最好你們能拿出真憑實據來，否則莫要怪我杜興不客氣。」

寇仲微笑道：「若我有真憑實據，早就去找許開山對質，把他的卵蛋割下來，何苦要偷偷摸摸的和你見面說話。」

杜興臉上變色，正要發作。

徐子陵淡淡道：「若我們能開心見誠的交換雙方所知，說不定真的有證據可憑。」

可達志幫腔道：「他們肯找杜大哥你商談，顯示他們對大哥的信任和尊重。」

杜興神色稍霽，語氣仍是冰冷，哼道：「有甚麼是我不知道的？」

雨聲淅瀝，打在屋頂、簷頂和窗上，聲音多變而層次豐富。

寇仲淡淡道：「你知否大明尊教五類魔之一的周老方，李代桃僵喬扮他的孿生親兄弟周老嘆，引我們的師仙子到龍泉來試圖加害？」

杜興面容不變的道：「這和我的拜把兄弟許開山有甚麼關係？」

寇仲微笑道：「霸王老兄你是記憶力不好，還是故意善忘？竟記不起周老嘆夫婦那兩條假屍是由他帶回山海關的。」

杜興揮手哂道：「我的記憶力尚未衰退，有勞少帥操心。我不是記不起，而是覺得這沒有問題，你道有甚麼問題？」

可達志放下心來，曉得杜興有聽個清楚明白的誠意，因爲直至此刻，仍未爆半句粗話。他自己是信足八、九成。因他深悉兩人的厲害，在長安他已領教過。

寇仲悠閒地挨到椅背處，輕描淡寫的道：「他當時做的兩件事，一是帶回周老嘆夫婦的假遺骸，一是馬吉那手下的屍體，三條屍說出兩個不同的故事。但都是在杜霸王的指示下幹的，小弟有否說錯？」

杜興雙目電芒大盛，顯示出深不可測的氣功，嘴角逸出一絲笑意，平靜的道：「我開始有點明白徐兄之前因何會有開心見誠之語。好吧！馬吉手下一事確是我杜興布的局，想把兩位引到燕原集找馬吉，是不懷好意的。」

可達志拍桌喝采道：「敢作敢認，杜大哥確是了得。」

寇仲亦鼓掌道：「事情愈來愈有趣哩！你可知若非狼盜誘我們朝燕原集的方向走去，我們絕不會跌進燕原集的陷阱去。這是否巧了他娘的一點兒？」

杜興啞然笑道：「我杜興既做初一，當然不管他十五。你奶奶的熊，你們三個呆子追蹤的是由我和開山扮的假狼盜，何巧之有？根本是蓄意的安排。」

寇仲拍桌讚嘆，失笑道：「竟給你耍了那麼他奶奶的一著。」

徐子陵把從聆聽屋外風雨的注意力收回來，輕描淡寫的道：「最關鍵之處，是周老嘆夫婦屬趙德言的人，又只有周老嘆夫婦才曉得與師妃暄保持聯繫的手法和暗記。請問杜霸王，你的拜把兄弟是否有機會直接或間接獲得這祕密的情報？」

杜興終於色變，沉聲道：「周老方既是周老嘆的親兄弟，他很有可能是爲周老嘆辦事。」他的神色顯示出許開山確是知情者。

寇仲笑道：「周老嘆昨晚剛把親弟幹掉，你說他們兩兄弟關係如何？」

杜興搖頭道：「這推理並不足夠。人與人之間的關係複雜迷離，前幾天我還在動腦筋看如何能除掉兩位，現在卻是情同兄弟般說話，說不定過幾天大家又動刀弄斧，以性命相拚？照我看周老嘆兄弟狼狽爲奸的可能性仍是極大。」

可達志道：「這方面我會比杜大哥更清楚。周老嘆和周老方兩兄弟二十多年前因爭奪金環眞交惡，勢如水火，周老方更曾率眾伏擊周老嘆，將他重創，若非言帥施以援手，他早性命不保。」

杜興沉聲道：「達志你坦白告訴我，是否連你也在懷疑我的拜把兄弟許開山？」

可達志苦笑道：「我只是照事論事吧！」

杜興厲聲道：「爽脆點答我，你何時變成扭扭捏捏的娘們？」

可達志雙目精芒大盛，迎上杜興的目光，斷然道：「是的！我懷疑你的兄弟許開山，因爲我肯定寇仲和徐子陵都不是會誣衊他人的卑鄙之徒。大哥你對許開山的了解比我們任何一人更深入，最後的判斷當然該由你作出。」

杜興急促的喘幾口氣，透露出心內激動的情緒，好半晌平復下來，轉向寇仲道：「你們怎曉得周老嘆夫婦正和我們合作？」

寇仲道：「這是誤打誤撞下得來的消息，所謂百密一疏，周老嘆想騙我們去做傻事，反因此露出馬腳。」

杜興搖頭道：「開山不是這種人，唉！我要進一步查證。」

徐子陵道：「究竟是誰劫去那八萬張羊皮？杜霸王現在應沒有爲呼延金隱瞞的必要吧？」

兩人目光全集中到杜興身上，看他如何回答。心中均有點緊張，若杜興坦然承認是他幹的，那他們不得不反目動手，爲大小姐討回喪生兄弟的血債。在目前的情況下，這是最壞的發展，因可達志絕不容他們傷害杜興的。而問題是朝這方向發展的可能性非常大。

杜興微笑道：「你們是不是在懷疑我？」

可達志道：「我可以保證不是杜大哥幹的，否則我不會安排這次會面。」

寇仲道：「究竟是誰幹的？若非爲這批羊皮，我和陵少今天絕不會坐在這裏。」

杜興道：「乍看似是我們布的一個局。事實上我是當大小姐負傷回到山海關才曉得此事，並加以利用。若是我杜興做的，怕甚麼當面承認。」

寇仲仍是那一句話，道：「誰幹的？」

杜興望向可達志，後者點頭道：「比起許開山的問題，這只是件小事。杜大哥和許開山關係太深，不宜自己調查，少帥和子陵兄正是最理想的人選。當然，一切仍由杜大哥作最後決定。」

杜興微一點頭，沉吟片刻，道：「好吧！說出來沒甚麼大不了，劫羊皮的是個不清楚大小姐和你們關係的人，到曉得闖禍時，羊皮已落入馬吉手上，事情再不由他控制，而是由我們操縱。」頓了頓哈哈笑道：「就是韓朝安那小子，想不到吧？」

兩人失聲道：「甚麼？」

寇仲不解道：「怎會是韓朝安？他不是專劫海路商旅的嗎？何時變成在陸路上攔途截劫的強徒？」

杜興微笑道：「這並非呼延金那小子透露給我知道，而是馬吉洩漏出來的，故千眞萬確。你們先前猜的除我外還有誰？」

徐子陵道：「當然是拜紫亭，他是中間人，只有他清楚大小姐收貨的地點時間，從而掌握她把貨運去山海關的路線。」

杜興欣然的豎起拇指讚道：「了得！差些兒給你猜個正著。」

可達志不解道：「大哥不是說是韓朝安下手的嗎？爲何現在像是拜紫亭亦脫不掉關係，卻又仍是差了些兒？」

杜興淡淡道：「你們能猜到是拜紫亭，雖不中亦不遠矣。韓朝安已成伏難陀的信徒，此事乃開山告訴我的。」

可達志一呆道：「此事當眞？我尚是首次與聞，像韓朝安那種人，怎肯信一個從天竺來的妖僧說的話？」

杜興道：「男人誰個不好色，伏難陀有本《愛經》，專講男女歡好之道，韓朝安想跟他學『愛經』，當然要做走狗。哈！我只是在說笑，眞正的原因是韓朝安向『五刀霸』蓋蘇文靠攏，而伏難陀則早和蓋蘇文勾結，所以韓朝安有時會爲伏難陀作鷹犬。」

寇仲愕然道：「竟是那個身掛五把刀不嫌累贅的傢伙？」

杜興岔開去感觸嘆道：「若非頡利和突利講和，我們今天怎會毫無芥蒂的聊天？」

徐子陵道：「伏難陀爲何要劫大小姐的八萬張羊皮？關於這方面的消息，是否全出自許開山之口？」

杜興沒有答他，沉聲道：「頡利肯和你們化敵爲友還有另一個原因。」

寇仲與徐子陵交換個眼色，同聲道：「請指點。」

杜興道：「三天前中土有消息傳來，宋金剛先大敗李元吉，逼得他倉皇竄回關中。接著宋金剛揮軍南下，李世民率兵從龍門渡過黃河，迎擊宋金剛，唐軍數度接戰，均爲金剛所敗，最後李世民採取堅壁清野的策略，閉營築壘以拒金剛精騎，看準金剛軍糧不足，不能作持久戰的弱點。」

寇仲心中劇震，久違了的中土爭霸軍情，終經杜興之口，傳進他耳內。宋金剛乃精明的統帥，當明白迅速南下之不利，問題是他軍中有部分是突厥人，可以想像他很難拂逆突厥將領的意見，不得不依從突厥人慣用速戰速勝、以戰養戰的消耗戰術。故一旦遇上善守的李世民，立吃大虧。

杜興續道：「宋金剛終於糧盡，往北撤返，李世民全面出擊，先在呂州挫敗金剛，接著乘勝追擊，一晝夜行軍二百多里，先後十次交鋒，直追至雀鼠谷，八戰八捷，大破金剛，俘斬數萬人，金剛退至介州，在城西背城列陣，南北長七里。李世民派李世勣與之作戰，詐敗佯退，金剛追擊時，世民親率精兵繞到後方強攻，兩面夾擊，金剛不敵潰敗，被李世民收復晉陽。」

寇仲和徐子陵恍然大悟，掌握到杜興說話背後的含意。假若敗的是李世民一方，宋金剛攻入關中，那頡利定會不顧一切，揮軍進擊，甚至請出畢玄，把寇仲和徐子陵除掉，好使中原再無強勁對手。可惜事與願違，勝的是李世民，只好改變策略，不但與突利修好，更放寇仲和徐子陵返回中土牽制李世民，最好來個兩敗俱傷。否則若讓李世民勢如破竹的席捲中原，下一個他要對付的肯定是頡利。頡利現在手上擁有的只是個爛攤子，奔狼原與宋金剛兩場敗仗，使東突厥元氣大傷。更頭痛的是因與突利交惡，令大草原各族蠢蠢欲動，形勢混亂。所以他頡利目前當務之急，是儘量爭取時間，先統一大草原，再圖謀中土。在這種形勢下，他當然不肯冒開罪突利之險，來對付寇仲和徐子陵。晉陽是李閥的老家根據地，更是關中的屏障，如若失守，突厥大軍隨時可以南下關中。更重要是這個區域屬關中的資糧來源地，其存亡關乎李閥的命脈。平遙正是區內的經濟重鎮，其重要性可想而知。

寇仲沉聲道：「李世民目前是否在晉陽？」

可達志搖頭道：「李世民派手下李仲文留守，自己則率兵速速趕回長安去。」

寇仲嘆道：「洛陽危矣！」

杜興沉聲道：「少帥有甚麼打算？」

寇仲瞥徐子陵一眼，嘆道：「還可以有甚麼打算？誰想得到英明神武的宋金剛敗得這麼快這麼慘，眼前只能見步行步。」

可達志微笑道：「只要少帥同意，小弟可安排少帥與大汗坐下來好好商談。」

寇仲愕然道：「甚麼？」

望向徐子陵，旋又搖頭道：「這不是我寇仲的作風，要勝就要憑自己的力量，才勝得有意思，多謝可兄的好意。」

杜興哈哈笑道：「好漢子。事實上頡利早曉得少帥是甚麼人，不過若大家能坐下來以酒漱口談笑，並非壞事，對嗎？」

寇仲苦笑道：「遲些再說吧！眼前最重要的是看今晚如何幹掉深末桓和呼延金兩個小子，其他一切留待明天再說。老杜你仍未答陵少剛才的問題呢。」

徐子陵心中暗嘆，寇仲「洛陽勢危」的判斷，絕非無的放矢。李世民不派如李世勣又或李靖等夠份量的大將鎮守太原，只讓名位不彰的李仲文留守，正是要集中全部力量攻打天下三大著名堅城之一的洛陽，更看準頡利暫時無力親征或支持其他傀儡南下。他匆匆趕返長安，正為攻打洛陽安排備戰。勝敗的關鍵，在於寇仲能否助王世充守穩洛陽，令戰無不勝的李世民吃敗仗。徐子陵最不願見到的事情，迫在眉睫。洛陽若破，寇仲縱能不死，李世民必對他窮追猛打，直至將這勁敵除去。寇仲能在此等險劣情況下，仍一口拒絕頡利不安好心的所謂援助，可見他是能堅持民族大義的人。

杜興又喝一聲「好漢子」，始悠然往徐子陵瞧來，道：「消息主要是從開山處聽回來的。至於伏難陀因何這麼做，照我猜是此人野心極大，故不斷以卑鄙手段囤積財富，從而擴展勢力。」

可達志訝道：「在大草原上金子作用不大，就算伏難陀富可敵國，始終是個外人，沒有同血緣的族人支持，能有甚麼作爲？」

杜興聳肩道：「這個很難說，或者他把金子帶回天竺，建立他的妖僧國也說不定。」

寇仲點頭道：「杜霸王言之成理，言歸正傳，你老哥可有美艷的消息？」

杜興搖頭道：「我早告訴達志，美艷行蹤詭祕，我雖發散人手查探，恐怕今天內仍難有結果。」

寇仲斷然道：「既是如此，我們索性不去想她。目前只剩下一個殺深末桓和呼延金的機會。」

杜興興致盎然的道：「願聞其詳！」

寇仲道：「我們兩人受傷的事，已街知巷聞，深末桓比任何人更清楚我們確被他們成功重創，所以必會盡快再來一擊，而最佳的機會，就是我兩人今晚赴宴離宮的一刻，既有伏難陀在他們的一方，我們離開的路線和時間，又全在他們的掌握中，若你是他們，肯放過這機會嗎？」

杜興搖頭表示換作是他亦絕不肯放過這千載一時的良機。接著微笑道：「你們是否真的身負重傷？表面我絲毫看不出來，只是臉色沒以前般好看。」

寇仲淡淡道：「我們真的傷得很厲害。若你老哥和達志兄立即全力出手，大有機會幹掉我們。要不要試試看？」

杜興啞然失笑道：「百足之蟲，死而不殭，何況是出名打不死的寇仲和徐子陵？不要說笑啦！」

可達志皺眉道：「少帥把事情說得似乎過分輕鬆容易。假若今晚大草原三股最厲害的馬賊，精心設下一個刺殺布局，你們能保不失已非常難得。倘武功深淺難測的伏難陀親自出手，就算加上我可達志和杜大哥，頂多來個平分秋色，那還要兩位的傷勢不致影響武功才行。跋鋒寒能否及時趕回來？」

徐子陵道：「老跋能趕回來的機會很小。」

寇仲笑道：「事情的趣味性正在這裏，所謂出奇制勝，我們的奇兵正是兩位，你們有多少人可用？我要的是真正的高手。」

杜興道：「可動用的人手大約在一百至一百二十人間，都是身經百戰，訓練有素的精銳。問題是馬賊作戰的方式，均是一擊不中，立即遠颺。龍泉街巷縱橫，人車衆多，他們若見勢頭不對，分散竄逃，我們再多一倍人手恐仍截不到多少人。」

寇仲胸有成竹的道：「所以我們必須收窄打擊面，集中對付深末桓一個人，他們如分散逃走，就正中老子的下懷。」

可達志雙目亮起來，道：「與少帥並肩作戰，確是人生快事。只是我有點擔心，在那種戰況紛亂的情形下，如何把深末桓辨認出來，他定會喬裝改變外相的。」

寇仲道：「於情於理，拜紫亭會用馬車將我們兩個貴賓送回住處，也讓我們成爲箭矢的明顯目標。深末桓肯捨得不用他的『飛雲弓』嗎？可兄放心。」

杜興拍桌嘆道：「我操他十八代的祖宗，現在連我都覺得非是沒有作爲。」

寇仲微笑道：「在那種情況下，要殺深末桓和木玲這等高手，其實仍難比登天。但假若可兄能釘緊他，看他避到哪個洞窟去，我們可盡起人手，將他重重圍困，殺他一個措手不及。」

可達志欣然道：「此等小事，包在小弟身上。」

杜興皺眉道：「如深末桓夫婦逃進皇宮，躲到宮內伏難陀的天竺廟去，我們豈非望門興嘆？」

寇仲道：「這雖是一個可能性，但機會不大。除非拜紫亭也參與此事，又通告所有守衛宮禁的侍衛任從他兩人自出自入，否則他們絕不會避進皇宮去。無論事成事敗，他們均應逃出城外，以免遭到報復，又或牽累拜紫亭。」

杜興點頭表示有道理，道：「別勒古納台兄弟若能來助拳，我們殺深末桓一事，將更十拿九穩。」

寇仲先看徐子陵一眼，搖頭道：「我們不會有任何幫手，古納台兄弟因事遠行，怕明天仍未能回來。」

徐子陵聽得心中一震，接著湧起寒意。寇仲爲何說謊？他們根本不曉得古納台兄弟是否在回程途中，說不定能於黃昏前趕返龍泉，偏他說得如此肯定。寇仲是不會向戰友撒謊的，除非是他在懷疑杜興或可達志，究竟他們在甚麼地方露出馬腳，讓寇仲起疑防範。

他心念電轉，立即配合寇仲道：「可惜師姑娘向不捲入人世間的鬥爭仇殺，且說給她聽亦怕污她的仙耳，否則她會是很大的助力。」

杜興哈哈笑道：「我們四人聯手，難道還收拾不了區區一個深末桓？兩位只須安心做魚餌，達志負責跟躡深末桓，我和手下則作你們間的聯繫，保證深末桓活不過明天。」

可達志欣然道：「大哥肯在此事上仗義出手，我們當然勝算大增。」

杜興冷哼道：「只懂姦淫擄掠的歹徒，人人得而誅之，我早對他們看不順眼，以前是苦無機會，這回怎肯放過？」

四人商量妥所有細節後，爲掩人耳目，匆匆分手。

寇仲和徐子陵在附近一處橋底避雨商議。

寇仲神色凝重的道：「幸好有你配合，杜興這回肯定中計。」

徐子陵一臉茫然的道：「我只是順著你口氣說話，到現在仍不曉得有甚麼地方出問題？」

寇仲道：「首先杜興不該對誅殺深末桓一事表現得如此熱心，我們去找他主要是弄清楚許開山的身分，他卻有意無意的一變而爲我們的戰友。」頓了頓續道：「其次是他刻意的解釋他因頡利和突利的修好而和我們化敵為友，又深入分析因李世民擊敗宋金剛，所以頡利對我們改變態度。種種作為，並不像他一向強橫霸道，老子愛怎麼做就怎麼做的作風，適足顯示他自己心虛和使詐。」

徐子陵點頭道：「你的感覺不無道理，不過若憑此兩點斷定杜興口不對心，仍有點武斷。」

寇仲沉吟道：「還記得在山海關小桃源晚宴時，我們提及狼盜正逃往大草原一事時，感覺到杜興和許開山心內的驚慄，那是絕無虛假的。他們正是怕我們眞的追上沒有防範的狼盜，才要自己假扮狼盜，將我們引到燕原集，來個一舉兩得。」

徐子陵一震道：「我開始給你說服了。回想剛才的情況，他確在設法摸我們的底子。」

寇仲道：「今時不同往日，我們兩個都沒有甚麼籌碼和敵人周旋，倘不愼陷入重圍中必死無疑，所以不能出錯。」

徐子陵皺眉道：「你看可達志會不會有問題？」

寇仲道：「照我看可達志並非這種人，問題全出在杜興身上。他根本曉得許開山的眞正身分，更與他狼狽為奸。」

徐子陵不由想起陰顯鶴說的話，指杜興是個雙面人，表面疏財仗義，主持公道，暗裏則無惡不作，縱容許開山的北馬幫。寇仲愈來愈厲害，想騙他再不容易。道：「那應否對可達志說清楚我們對杜興的疑心？」

如若杜興眞的與許開山合作做壞事，他也大可和深末桓、呼延金及韓朝安等勾結。可達志在不知就裏下，很易著他道兒。

寇仲搖頭道：「杜興對可達志有恩有義，這關係不是憑我們幾句話可改變過來的，可能反把事情弄得一團糟。放心吧！先不說可達志有足夠自保的能力，憑他身為頡利愛將的身分，給杜興個天作膽，他也不敢拿可達志如何。且能有個像可達志這樣的人在頡利身邊為他說好話，對他有利無害。」

徐子陵忍不住嘆道：「你這小子變得愈來愈精明厲害。」

寇仲伸手摟著他肩頭，笑道：「這全是逼出來的。其實自杜興肯說出誰劫去羊皮，我已心中生疑，到說出來竟是韓朝安，實教人難以置信。杜興為何要這樣？一言以蔽之，羊皮該是狼盜下手截劫的。而馬吉則和杜興關係密切，一個負責在塞外接贓，一個在關內散貨，大做本少利厚的買賣。」

徐子陵道：「杜興會不會並不曉得許開山在大明尊教的身分，當我們說出證據時，他的震駭並非裝出來的。」

寇仲點頭道：「大有可能。」接著精神一振道：「今晚的二度刺殺必然凶險異常，我們須另覓幫手，你去找師仙子和陰顯鶴那古怪傢伙，我去找越克蓬和宋師道，然後再往皇宮赴宴，看看伏難陀如何舌粲蓮花，辯才無礙。哈！眞的愈來愈有趣哩！」

徐子陵探頭看看天色，道：「這場大雨是對我們行蹤最好的掩護，趁雨停前，我們趕快把事情辦妥。」

兩人各自打起杜興贈與的傘子，分頭行事去也。

寇仲溜進朱雀大街，冒雨朝外賓館舉步走去，街上行人大減，各式雨具則洋洋大觀，簷篷下擠滿避雨的人，酒館食店均告客滿，又是另一番情景。寇仲胸口的創傷仍隱隱作痛，幸好體內受損的經脈經調理後處於迅速的復元中。忽然想起一個問題，不由暗抹一把冷汗。杜興是半個契丹人，與同是契丹人的呼延金理應關係密切，而呼延金則曉得他們和越克蓬的關係，假若自己這樣摸上門去找越克蓬，很可能避不過杜興的耳目。自己剛才半句不提越克蓬，杜興或已生疑，現在他寇仲又匆匆去找越克蓬，杜興定想到他是另有圖謀，那今晚的計中之計將不會奏效。想到這裏，轉進橫街。

杜興有千萬個殺他和徐子陵的理由，首先倘八萬張羊皮是他和許開山劫去的，怕兩人追究，遂來個先下手爲強。其次更重要的是，杜興和許開山怕兩人支持荊抗將他們逐離山海關。假若徐子陵猜測無誤，杜興並不曉得許開山在大明尊教的身分，那杜興和許開山便是各懷鬼胎。而安樂幫慘案則是許開山瞞著杜興幹的，爲的是被安樂幫幫主發現許開山在大明尊教的身分。兜兜轉轉下，他們的思路雖曾誤入歧途，最後仍是回到最先的結論去。只有在杜興和許開山的包庇下，狼盜始能橫行無忌，行蹤如謎。亦只有像許開山這樣的財勢，才能收買安樂幫的副幫主舒丁泰。後者在飲馬驛被騷娘子殺死滅口，正因舒丁泰曉得許開山是安樂幫慘案的幕後主使者。一理通百理明，想不到與杜興一席話這麼有用。但這仍是一場豪賭。他們沒有任何眞憑實據去斷定杜興今晚會與呼延金勾結來害他們，假若錯的是他們，而杜興是無辜的，那今晚不但殺不到深末桓，還會開罪杜興和可達志。覷準左右無人，寇仲從懷裏掏出「神醫莫一心」的面具，戴到臉上，接著轉進一間成衣店，出來時搖身變成另一個人。

聖光寺的禪室內，寧靜平和，與世隔絕。大雨下個不休，打在瓦頂匯聚成無數臨時小瀑布，嘩啦啦的沿瓦面凹坑傾瀉而下。雖有傘防雨，徐子陵仍濕掉半邊身子，在傷重之後，分外有蕭條落難的感覺。可是面對師妃暄的仙容，所有這一切都變得無關重要。這回是他起床後第三次見仙子。

師妃暄坐在他旁，細審他的面容，訝道：「子陵是否受傷？」

徐子陵點頭道：「還差點丟命。」扼要的把今早遇刺的事說出來。

師妃暄著他把手舉起，溫柔的把纖指搭在他的腕脈處，徐子陵心中湧起無限溫馨時，她駭然道：「你眞的傷得很重，短時間內不可與人動手。」

又皺眉道：「寇仲到哪裏去？我現在立即和你去找他。否則若被深悉你們傷勢的敵人截著，將非常危險。」

徐子陵很想說若寇仲被宰，李世民不是少去最大的勁敵嗎？但此時當然不會說出如此大殺風景的話，還感激師妃暄對他們兄弟的關心。微笑道：「我們正在玩一個虛虛實實的遊戲，以膽搏膽，至少到此刻仍然成功，所以能安坐於此。」

師妃暄嗔怪地橫他一眼，精純無匹的眞氣從指尖輸入，助他行氣療傷，語氣卻非常平靜，淡然自若的道：「若寇仲的傷勢和你接近，你兩人根本沒資格玩任何遊戲，寇仲想逞強，你該勸阻而不是附和他。」

徐子陵道：「這叫置諸死地而後生。我們今晚有兩個目標，無論如何艱難，必須設法完成，就是殺死深末桓和石之軒。」

師妃暄沒好氣道：「你們最應該做的是躲起來好好休息，石之軒的事交由妃暄和祝后去辦。」

徐子陵堅決的搖頭道：「妃暄放心，受傷有受傷的打法，我們必須一出手就教石之軒逃不掉，否則將是白費心機，且永遠失去圍剿石之軒的機會。」

師妃暄訝道：「我不明白，你們在現今的情況下，如何應付石之軒這種魔功蓋世的高手？」

徐子陵道：「時間不容我作詳盡解釋，簡言之是我和寇仲有一套自創的聯手奇術，重傷至此仍可威脅石之軒。我想請妃暄去聯絡祝玉妍，告訴她今晚的情形，俾大家能互相配合。大事要緊，妃暄必須信任我們。」

師妃暄嘆道：「你們總愛做些出人意表的事。好吧！今晚有甚麼情況？」

徐子陵將杜興、可達志、深末桓、呼延金、韓朝安、伏難陀等人的事，包括前因後果、他和寇仲的猜想判斷，無有遺漏的說出來，然後道：「今晚即使我們不能成功誅除深末桓，至少可以證明杜興究竟是怎樣的一個人。」

師妃暄淡淡道：「倘若敵人在你們赴宴前進行刺殺，你們不單妙計成空，還要賠上性命。」

除子陵愕然道：「我們眞糊塗，竟沒想過這可能性。」

師妃暄微笑道：「人家旁觀者清嘛。唉！你這人哪，眞叫人擔心。」

徐子陵感到她源源不絕輸入腕脈內的眞氣令人渾身舒泰，大幅減去數處傷口的痛楚，更激發起體內竅穴的潛力，耳鼓則響起她關切和嗔怪的仙音，幾疑不知人間何世，一時心神皆醉，道：「我此時的腦袋似乎不大靈光，妃暄你說我們該怎辦才好？」

師妃暄道：「這要看杜興是否眞的與呼延金等人私通勾結，若實情如此，除非能有百分百把握在你們踏進宮門時設計伏殺，否則自以將計就計爲上策。」

徐子陵點頭表示明白，杜興的將計就計，是以人假冒深末桓以飛雲弓射箭，將可達志引入歧途，然後杜興這個中間聯絡人再把兩人誘往絕地，布下另一妙局加以撲殺。由於兩人傷勢未癒，兼之猝不及防，故必無倖免。

師妃暄續道：「只要你們赴宴時，露出全神戒備的狀態，例如分散而行，那敵人將不會捨易取難，作不必要的冒險。所以我並不太擔心這方面。令人憂慮的是你們的計中計全建立在假設上，如果其中任何一個假設乃自以爲是的失誤，將會弄出大岔子。」

徐子陵愛憐的審視她用心思索的動人神態，苦笑道：「所以我要來請妃暄破例出手去管管這凡塵的鬥爭仇殺。」

師妃暄輕嘆道：「妃暄不妨再多一個假設，如若可達志奉有頡利密令，借故與你們親近，事實卻是與杜興狼狽爲奸，務要置你們於死地，事後則諉過深末桓等人身上，使突利不能追究頡利，那就算我肯出手，亦是白賠，因爲敵人中有趙德言、暾欲谷等高手在內，敵我雙方實力太過懸殊。當然，問題仍在你們傷勢太嚴重，一旦被困，沒能力突圍逃走。」

徐子陵肯定的道：「可達志該不會是這種卑鄙之徒，而且昨晚我們偷聽趙德言等和周老嘆夫婦的對話，頡利暫時確無意對付我們，所以逼馬吉想辦法從拜紫亭那裏討回八萬張羊皮，以歸還大小姐。」

師妃暄白他一眼道：「你陵少尙未告訴妃暄這件事嘛！」

師妃暄嬌嗔的神態逗人至極點，徐子陵湧起把她摟入懷中的衝動，但又不敢唐突佳人，唯有壓下此念。微笑道：「對不起，是小弟的疏忽。哈！妃暄竟喚我作陵少，聽起來既新鮮又刺激。」

師妃暄嫣然一笑，再橫他一眼，垂下螓首，輕輕的道：「知道嗎？徐子陵你知道嗎？我對你的戒心愈來愈薄弱哩！」

徐子陵心中一蕩，愕然道：「你直至這刻仍對小弟有戒心？」

師妃暄回復淡若止水的神情，微聳香肩道：「我怎曉得你是否說的是一套，做的是另一套呢？言歸正傳，你想妃暄在哪方面幫忙？唉！此事必須和祝后仔細商量，看如何配合，才不致錯失除去石之軒的良機。」

徐子陵微笑道：「我先要弄清楚甚麼是說是一套，做是另一套的指責。在妃暄心中，我難道竟是個言行不一致的人？」

師妃暄「噗哧」嬌笑道：「陵少息怒，我只是在找下台階。不過防人之心不可無，你今天已是第三次來找妃暄，我生出戒心不是應該嗎？妃暄眞的很喜歡見你，和你閒話聊天，可是又怕難持正覺，使多年刻苦修行，付諸流水。妃暄已達《慈航劍典》所載『心有靈犀』的境界，對一般人的感覺分外通靈敏銳，可是若遇上喜歡的人，也特別危險。妃暄已說得非常坦白，因爲不忍瞞你，更因對你信任，希望你能體會妃暄的心境。」

接著幽幽一嘆，續道：「妃暄絕不能重蹈秀心師叔的覆轍，被迫脫離師門，那將是對敝齋最嚴重的打擊，更有負師尊對妃暄的期望，徐子陵你明白嗎？」

徐子陵感動的道：「我很感激妃暄說這番話的恩賜，會令我一生回味無窮。妃暄請放心，我絕不是說一套做一套的人。但究竟甚麼才算是『劍心通明』的境界？爲何不能與男女愛戀兼容？」

師妃暄神色靜若止水，柔聲道：「就是『看破』兩字眞訣。在劍術上，不但可看破敵人，更能看破自己，無有遺漏，圓通自在；在修行上，則是看破生命和所有事物的假象，直抵眞如。那是一種甚麼境界？臻抵甚麼層次？時到自知。妃暄仍未能看破對子陵你的歡喜眷戀，故自知仍差一著，亦使我明白正陷身感情危崖的邊緣，稍有錯失，將前功盡廢。」

徐子陵不由想起花林的一幕情景，在寇哥跟一眾敵人箭刃交加的生死威脅下，自己確臻達既抽離又無比清晰知敵的井中月奇境，不過確不能持恆地保持這種奇奧的境界。特別到龍泉與師妃暄重遇後發生不知可否說是「熱戀」的交纏，心境更是起伏難平，難以保持冷靜，甚至比之以前更有所不及。從自己的經驗看，師妃暄這番話實含至理，故她把男女之情歸諸必須看破的一環，確非用來搪塞拒絕的話，而是事實眞個如此。

徐子陵淡淡道：「懇請仙子你消除對小弟的一切戒心，把我們之間的感情完全昇華，從而進入『劍心通明』的境界。我不知事情是否可以這樣，但卻感覺到是可行的。」

師妃暄嘴角露出一絲苦澀的笑意，輕柔的道：「子陵可知你那對魔眼不經意流露的深情，甚或心內的情緒和渴望，均會令妃暄生出感應，造成衝激。我責你說的是一套，做的是另一套，並非沒有根據的。」

徐子陵啞然失笑道：「小弟知罪。我怎知你的『心有靈犀』這般厲害！」

師妃暄忽然目射奇光，凝神仔細打量著他，微訝道：「你這人眞古怪，聽了妃暄毫無虛飾的傾訴後，心境竟能提升至不著一絲塵念的空靈境地，我似乎眞的可以信任你。」

徐子陵用神沉思，好半晌後岔開話題道：「時間無多，妃暄可否扮成神祕的高手，在旁暗中助我們察敵破敵？因爲變數太多，所以預早定下計畫反而礙手礙腳。憑妃暄的才智，到時隨機應變，應爲明智之舉。」接著從懷內掏出得自楊公寶庫的面具，送到師妃暄身前。

師妃暄放開搭在他腕脈那完美無瑕的纖手，接過面具，不解道：「子陵不須妃暄爲你跟蹤眞正的深末桓嗎？」

徐子陵心頭浮現孤獨寂寞的陰顯鶴，道：「這方面我另有人選，我們更需要妃暄的……嘿！妃暄的保護。」

接著把陰顯鶴和越克蓬這兩方可能的幫手詳盡道出，以免生出不必要的誤會。師妃暄道：「你們入宮前我會與你們碰頭，交換最新的消息。」

徐子陵遂告辭離開，尋陰顯鶴去也。

寇仲運功改變體型，變成個傴僂和不惹人注意的「莫一心」，打著傘朝越克蓬落腳的外賓館走去。他和徐子陵已成僞裝的專家，不但能改變眼神，神態和走路的姿態亦不露出絲毫破綻。當他還差數步即可抵達目標的外賓館大門，忽然心生警覺，感到一對銳利的目光在對街打量他，不由心中大訝，暗忖難道自己變得像徐子陵般敏銳，能對隱蔽的眼光生出感應。正要別頭瞧去，又連忙制止這衝動，心叫好險。這肯定是監視者的詭計。他並非忽然擁有徐子陵式的靈覺，而是敵人故意施爲，功聚雙目凝注他臉上，令他生出高手應有的感應。假若他中計望去，便表示他屬這般級數的高手，從而猜到他可能是寇仲或徐子陵僞裝的，不由心中大懍。

首先是這監視者大不簡單，能以這種高明的方法測試他身分的眞僞，其次是杜興極可能確與呼延金互相勾結，才會派人監視他們會不會與越克蓬聯絡。若對方眞的肯定他是寇仲或徐子陵，說不定他離開外賓館時，會遇上雷霆萬鈞的突襲，因對方有足夠時間集中人手，將他擊殺。此刻身在龍泉，確是危機四伏。寇仲把心一橫，過門不入，改往高麗人住的外賓館步去，因爲他沒資格去冒這個險。最大的問題是若他鬼鬼祟祟的故意壓低聲音和守門的車師戰士說話，只更惹人懷疑。

當車師國人住的外賓館落到他後方時，凝注他身上的目光隨即消斂，使他曉得自己猜測無誤。唉！想不到與越克蓬碰頭這麼簡單的事竟一波三折，不能成功。現在越克蓬的整座外賓館該在敵人的嚴密監視下，明的暗的全瞞不過敵人。找宋師道似亦不宜，想到這裏，寇中暗嘆一口氣，橫過車馬道，朝對街行人道走過去。他想找出究竟是甚麼厲害人物在監視外賓館的大門。

大雨仍灑個不停，有簷篷遮雨的店鋪外站滿避雨的人，要把監視者找出來並非易事，不過寇仲自有他的辦法。在這段接近王城的大道，一邊是林立的十多所外賓館，另一邊是各式店鋪。外賓館那邊行人道由於沒有避雨的地方，故行人疏落，只要有體型類似他和徐子陵的人經過外賓館，那高明的監視者又重施故技時，必瞞不過他的感覺。

徐子陵回到四合院，大雨終於停下。

寇仲浸在溫泉池中，見徐子陵回來，欣然道：「我既沒有找越克蓬，也沒有找宋師道，但卻有一個有趣的發現，你道是甚麼呢？」

徐子陵在池旁坐下，笑道：「說吧！還要費時間賣關子嗎？」

寇仲訝道：「你的臉色大有好轉，是否仙子親以仙法為心上人療傷？」

徐子陵沒好氣道：「我們快要起程入宮，你仍要多說廢話？」

寇仲臉色轉為凝重，沉聲道：「我可能剛見過崔望。」

徐子陵愕然道：「甚麼？你可辨認出誰是崔望嗎？」

寇仲閉上雙目，在熱氣騰騰的溫泉池內夢囈般道：「若非下著大雨，我怎都想不到崔望會守在越克蓬的賓館外心懷不軌。大雨將他半邊身子打濕，他所穿是龍泉的改良漢服，衣料單薄，淋濕後隱現臂上類似狼盜的刺青。哈！可是那傻瓜仍懵然不知。若非我不宜動手，剛才即把他擒下。」

又解釋如何從他的功力高深處推測出他不是狼盜嘍囉而是首領崔望。最後道：「你猜他出現在那裏，對我們有甚麼啓示？」

說罷從池內爬出來，抹身穿衣。他胸膛的傷口奇跡地癒合，只有一個泛紅和長約寸半的傷疤，不過若因劇烈運功重新撕裂，復原時間將大幅拖長。

徐子陵凝神細想好片晌後，道：「在時間上，似乎不該是由杜興知會崔望的。除非我們找杜興時，崔望正在杜興宅內，否則時間上不容許杜興再到某處通知崔望，那怎樣都快不過你。還有是杜興怎曉得你在見他之前，沒有拜會過越克蓬呢？」

寇仲穿好衣服，坐到他旁，呆望大門片刻，點頭道：「事情愈趨複雜，更是撲朔迷離，崔望肯定與呼延金有間接或直接的聯繫，始得悉我們和越克蓬的關係。我們不妨來個大膽的假設，自今早我們遇襲受傷，由於我們掩飾得好，使敵人難知我們傷有多重，故不敢輕舉妄動。兼且龍泉終是拜紫亭的地頭，即使拜紫亭默許我們在他的地頭被殺，也不能太過張揚，甚至拜紫亭會抑壓韓朝安等人，唉！愈說愈複雜哩！」

徐子陵搖頭道：「並不複雜，簡而言之，是敵人第一次刺殺行動失敗，必須在我們完全傷癒前進行第二次伏擊。而這次更不容有失，因爲若老跋又或古納台兄弟回來，他們將痛失良機。」

寇仲笑道：「還是陵少說得扼要清楚，我的意思是崔望之所以守在越克蓬外賓館的大門外，是要看我們會不會向越克蓬求援，從而推測我們的傷勢深淺，更可看情況進行另一次攻擊。若我去找宋師道，情況亦是如此。我們現在雖弄不清楚崔望因何會呆頭鳥般站在那裏乾瞪眼睛，但至少曉得崔望可能和韓朝安、呼延金等有點關係。換過是外人，怎知我們傷重至需找人援手的地步？你那方面情況又是如何？」

徐子陵仰觀天色，仍是灰濛濛一片，卻感到藏在雲後太陽正往西降，道：「仙子沒問題，陰顯鶴卻不在他落腳的客棧裏。唉！原本還以為可請宋二哥為我們追蹤深末桓，看來這願望要落空。待會入宮前妃暄會和我們碰頭，唯有央她親自出馬。」

寇仲一呆道：「憑我們兩個傷兵，即使加上仙子，而深末桓和木玲只得夫婦兩人，我們恐怕仍沒法幹掉他們，何況他們肯定還有大批手下！」

徐子陵道：「說了又說，你的計中計有個很大的漏洞，假使杜興確與要殺我們的深末桓等人暗中勾結，那他們將一方面把可達志引開，另一方面則將我們引誘至某處，在這種情況下，深末桓哪還有空返回藏身的地方去？他只會聯同呼延金、韓朝安，至乎崔望、杜興、許開山等在某處布局襲殺我們。故跟蹤深末桓根本是沒有意義的。」

寇仲苦笑道：「我想出這計中計時，哪想過杜興會是他們的人。我的娘，你說得對，在這敵我難分的情況下，我們的計中計只是玩火，不但會燒傷自己，還會把仙子賠進去。假設許開山是那甚麼大尊或他奶奶的原子，武功只要比烈瑕更厲害點兒，只他一個已不易應付。」

徐子陵道：「我本以為找陰顯鶴去跟蹤深末桓無傷大雅，可是願望落空，只好改變計畫。眼前但求自保不失，否則若因小失大，沒法助祝玉妍與石之軒來個玉石俱焚，才不划算。」

寇仲堅決的搖頭道：「不！錯過今晚，我們再沒有這麼好的機會去殺深末桓。」

徐子陵心中同意。換過他是深末桓，假若今晚仍殺不死他們，只好立即能滾多遠就滾多遠，躲回熟悉的大戈壁去，以避開兩人傷癒後的反擊。兼且古納台兄弟對深末桓構成嚴重的威脅，還有個馬賊剋星跋鋒寒，在那種情況下，深末桓除逃走外別無選擇。

徐子陵嘆道：「我們辦得到嗎？」

寇仲道：「窮則變，變則通。敵人的失著，是被我們爭得喘一口氣的時間，使傷勢大有改善。哈！這溫泉療傷的方法，既便宜又方便。他娘的！該怎樣變才好？我要找可達志這小子攤開一切的說，讓他曉得杜興對頡利並非絕對眞誠，甚至想破壞頡利和突利的修好。」

徐子陵搖頭道：「可達志會很難接受我們的憑空猜想。而且你怎能肯定可達志確是站在我們這一方？」

寇仲道：「若可達志要殺我們，我們早該橫死街頭了，因爲即使我們沒有受傷，跟他單打獨鬥，仍沒勝算。從這點看，可達志應是眞心幫助我們。我並非要可達志一下子改變對杜興的想法，但只要他心裏有個譜兒，而非全無疑心，當可隨機應變的看清楚我們是否冤枉杜興。杜興始終有一半是契丹人，契丹人絕不願見頡利和突利修好的。」

風聲響起，一人逾牆而入，赫然是兩人苦尋的陰顯鶴。

徐子陵喜道：「陰兄是否看到小弟在你客棧內的留言，故而尋來。」

陰顯鶴仍是那副孤獨落寞，像人世間所有歡樂都跟他沒半分關係的神情，淡淡道：「徐兄在找我嗎？」

寇仲跳起來道：「陰兄請坐，要茶還是要酒？」

陰顯鶴露出一絲難得的笑意，搖頭道：「站在這裏便成，這次來是有事相告。」

兩人精神大振，洗耳恭聽。

陰顯鶴仰望天空，道：「剛才那場雨下得眞厲害，當時我正在跟蹤許開山的馬車，他離開名妓慧深的家，直馳往朱雀大街的稻香樓，那是龍泉最有名聲的酒館。我藉大雨的掩護，緊吊在他車後，自以爲萬無一失，豈料抵稻香樓時，車子變成空車一輛。坦白說，我現在眞的相信許開山是大明尊教的大尊或原子，否則豈能厲害至此。」

要知陰顯鶴實爲東北武林最出色的劍手，功力跟他們所差無幾，此人更對自己追蹤跟躡的技術非常自負，所以在這方面無論如何該有兩下子。許開山不但曉得被跟蹤，還三兩下就把陰顯鶴甩掉，在在顯示出其可怕的才智與身手，故令陰顯鶴驚怵不已，特來警告他們。

寇仲皺眉道：「許開山因何不惜顯露狐狸尾巴，也要以這種近乎炫耀的方式撇掉陰兄？哼！這傢伙定是有更重要的事去辦。」

徐子陵道：「我奇怪的卻是他爲何不索性下車找陰兄晦氣，此乃殺陰兄的一個好機會。」

陰顯鶴坦然道：「因他對你們兩位非常忌憚，一天你兩人未死，他還不敢過分放肆。」

寇仲哈哈笑道：「我猜到啦，因他很快可以解決我們，故忍其一時之氣。他娘的！陰兄的情報眞管用，令我們弄清楚很多事。老許到稻香樓前，有人找他嗎？」

徐子陵沒好氣道：「不要那麼武斷，他可以是去幹其他事情的。」

陰顯鶴道：「只有杜興來找過許開山，兩人不知因何事吵個臉紅耳熱，我因距離太遠聽不清楚，後來杜興氣沖沖的離開，接著是許開山離去。」

兩人面面相覷。

寇仲動容道：「還是陵少猜得對，杜興雖與許開山狼狽爲奸，但確不知許開山是大尊或原子的身分，故興問罪之師，這正切合杜興火爆的性格。」

陰顯鶴茫然道：「你們在說甚麼？」

徐子陵道：「這個我們稍後再向你作解釋，我們想請陰兄再幫我們一個大忙。」

陰顯鶴冷冷道：「事實上我的命運已和你們聯繫在一起，你們若被害，我陰顯鶴肯定沒命生離龍泉，但這也並非不是好事一樁。」說到最後兩句，雙目射出溫柔的神色，似像對龍泉有某種奇異的感情。

寇仲苦笑道：「死在龍泉對我來說卻只會是窩囊透頂，我絕不能容許這樣的事發生。現在我有十成把握肯定會在離宮時遇伏，他奶奶的熊，他們要殺我，我就還以顏色，一箭貫穿深末桓的咽喉要害。」說到最後，他雙目殺機大盛，精芒電射。

「咯！咯！咯！」門響。

陰顯鶴淡然道：「我不想見任何人！」

徐子陵道：「這邊走！」領他入南廳去了。

寇仲曉得子陵會趁機向陰顯鶴詳述今晚與敵周旋的細節，忙往應門。當寇仲手觸院門，心中忽然想到假若門開時數十支勁箭以強弩射進來，自己會否閃避不及而一命嗚呼。不由猛提一口眞氣，作好準備，緩緩啓門。半張人臉出現在門隙處，再隨著兩扇大門往內開盡展全貌。寇仲心神劇震，表面卻不敢洩漏絲毫心意。他奶奶的熊！這豈非剛才在越克蓬門外見過的崔望面孔？看第一眼時仍不敢肯定，因爲裝束大異，眼前的「崔望」一身軍服，活脫脫是威風凜凜的拜紫亭手下悍將的樣子。他身後尚有十多名拜紫亭的禁衛軍。當時的崔望戴的雨帽直壓至眉根，但寇仲仍清楚記得他略帶鷹鉤的鼻，粗黑的臉容，和透射陰鷙之色的眼神。究竟是怎麼一回事？車馬路處泊有一輛華麗的馬車，看情況是拜紫亭派來接他們入宮的禁衛兵隊。

果然「崔望」施過軍禮昂然道：「末將宮奇，奉大王之命，特來接少帥和徐爺入宮赴宴。」

寇仲終把門敞開，心念電轉，想到三個可能性。第一個可能性是崔望假冒拜紫亭的手下來接他們，事實上卻是個陷阱，當馬車駛至某處，將對他們發動雷霆萬鈞的攻勢，置他們於死地。第二個可能性是眼前的崔望確是貨眞價實的拜紫亭手下宮奇，這想法並非沒有其他理由支持，至少馬吉說過八萬張羊皮現時是在拜紫亭手上，烈瑕又指狼盜是拜紫亭的人。第三個可能性是眼前此君果是宮奇而非崔望，只因湊巧身有刺青，令他誤將馮京作馬涼，至於宮奇爲何會在越克蓬門外監視出入的人，可能有其他的因由。若是第一個可能性，當自己拒絕護送，說不定對方惡向膽邊生，覷準自己現在孤身一人，立即動手，那可非常不妙。

寇仲哈哈笑道：「啊！原來是宮將軍。大王眞客氣。」接著故作神祕的低聲道：「宮將軍請借一步說話。」

「崔望」略一猶豫，跨過門檻，隨寇仲移進院落，恭敬的道：「少帥有甚麼吩咐？」

寇仲對他的「猶豫」大感興奮，因可證明這「宮奇」有更大可能確是崔望，所以對他寇仲具有戒心。

寇仲面對面隔兩步凝望對方銳如鷹隼豺狼的雙目，裝作有點爲難的道：「怕要宮將軍白走一趟，唉！我們……」

宮奇愕然道：「少帥今晚不入宮嗎？大王會非常失望的。」

寇仲乾咳道：「將軍誤會哩！我們只是想自行入宮赴宴。唉！怎麼說才好呢？我們是希望把今早襲擊我們的人引出來，好好教訓他們一頓。如有你們前呼後擁，這誘敵之計將不靈光。」

宮奇雙目異光一閃，瞬又斂起，環目掃過南廳，點頭道：「末將明白。只是大王派我們前來，正是為兩位安全著想。聽大王說少帥傷勢頗為嚴重，若在途中有任何閃失，末將怎擔當得起？」

寇仲心中暗喜，從此人的神態反應，愈發肯定他是崔望。而對方能說出拜紫亭所知關於他受傷的情況，那他「宮奇」的身分亦無可懷疑。所以只要查清楚這「宮奇」是否因常要到關內「發財」而長期不在龍泉，即可肯定他既是宮奇，亦是崔望。唯一餘下的問題是崔望和他的手下均是回紇人，因何會為拜紫亭賣命？與許開山和杜興的關係又如何？

寇仲心忖老子怎敢坐你老哥的馬車，壓低聲音道：「將軍不用擔心，我寇仲別的不成，療傷卻很有一手，否則怎肯為一些卑鄙之徒拿老命去搏。將軍請回去告訴大王，我們定會準時赴宴。」

宮奇沉吟片刻，似無可奈何的道：「我們當然尊重少帥的決定，末將會回去如實稟告大王，少帥小心。」說罷施禮告辭。

直至關上大門，寇仲才放下心來，鬆一口氣。剛才在宮奇沉吟時，寇仲感到他心內殺機大盛，隨又消失，顯然是一番思量後，終於放棄立即出手。

此時徐子陵在面對大門的南廂廳內向陰顯鶴將今晚的錯綜複雜形勢扼要解釋一遍，寇仲神色興奮的進來，見到兩人站在窗後，笑道：「看到嗎？」

徐子陵道：「拜紫亭竟有這麼高明的手下，他的目光朝我們射來時，我感到他看到窗後的我們，只這功夫已大不簡單。」

陰顯鶴沉聲道：「此人名叫宮奇，是拜紫亭座下四悍將之一，相當有名氣。」

寇仲動容道：「他眞是拜紫亭的手下？」

徐子陵愕然道：「你在懷疑他？」

寇仲道：「你曾和崔望交過手，不覺得他有點眼熟嗎？」

徐子陵呆了起來，用神沉思。

陰顯鶴大訝道：「少帥怎會認爲宮奇是崔望呢？」

寇仲解釋清楚，苦惱的道：「有甚麼方法可查出當狼盜在關內殺人放火時，宮奇就不在龍泉，那我們立可肯定宮奇是崔望。」

徐子陵道：「陰兄似對龍泉的事非常熟悉。」

陰顯鶴雙目又再射出溫柔的神色，點頭道：「這是我第三次來龍泉。調查宮奇是否崔望一事，可交由我負責，至遲明天可有結果。」

寇仲喜道：「如此有勞陰兄。嘿！陰兄像對龍泉有種特別的感情。」

陰顯鶴搖頭道：「我很少在一個地方長期逗留，所以會比別人多去些不同的地方。」

兩人均知他在掩飾，只是無暇去問個究竟，更知他不會輕易透露心事。

徐子陵點頭道：「樣貌和體型均有些兒相似，你的懷疑很可能是事實。」

寇仲苦笑道：「假若離宮時，崔望請我們登車，我們該接受還是拒絕？」

徐子陵亦大感頭痛，離宮時坐馬車，是他們計畫中一個重要部分，既可令目標明顯，兩人的「聯手妙術」又較易發揮，但若宮奇是崔望，坐他的馬車卻會驟增不可預測的危險變數。

陰顯鶴像被勾起甚麼心事般，木無表情的道：「兩位必有解決方法，我就趁兩人赴宴的時間，設法查證宮奇是否有另一個身分。」說罷離廳逾牆離開。

寇仲嘆道：「我現在腦袋發脹，對今晚的事再沒有把握，陵少如何？」

徐子陵道：「我能比你好多少？」

兩人對視苦笑。

第五章 最後通牒

黃易作品集

第五章　最後通牒

兩人離開四合院，在華燈初上的街道提心弔膽的舉步前行。

寇仲回首一瞥院門，笑道：「你猜這座四合院將來會否變成龍泉一處遊人必訪的勝地？因爲我們兩個傢伙曾在這裏住宿過。」

徐子陵哂道：「只有在三個情況下或會如你所願，首先是我們今晚死不了，其次是你日後眞的成了皇帝，三則是龍泉城沒有被突厥大軍的鐵蹄輾成碎垣破片。」

寇仲道：「我跟你的分別是我做人較樂觀。你有沒有感覺奇怪，從沒有人敢到四合院來尋我們晦氣的？」

對街走過一批穿得花枝招展的靺鞨少女，見到兩人無不俏目生輝，肆無忌憚的指點談論，顯是曉得他們一是寇仲，一爲徐子陵。

徐子陵道：「會不會因這是古納台兄弟的地方，故沒有人敢來撒野？」

寇仲不理路人的目光，啞然失笑道：「你永遠比我謙虛，我卻認爲是想害我們的人怕了小弟的滅日弓。我只要躲在廂廳內，有把握射殺任何敢躍進院內的人。只有在這人來人往的通衢大道，我的滅日弓始無用武之地。」

徐子陵突感自己從喧嚷的大街抽離出去，就像在花林那珍貴的經驗般，對整個環境的感覺分外細緻清晰，曉得自己在面對生死存亡的壓力下，終從師妃暄的「迷障」中破關而出，臻達井中月的境界。此時若有任何人在跟蹤、監視至乎伏擊他們，必瞞不過他的靈覺。微笑道：「你的確比我清醒，說得對！例如深末桓就不會賣古納台兄弟的賬，又不見他前來冒犯？可知少師那把令無數塞外戰士飲恨的摺疊神弓，確令敵人喪膽。」

寇仲喜道：「陵少心情為何這麼好？竟來拍小弟馬屁。哈！順帶再問一個問題？」

徐子陵注意力落在左街坐在一間酒舖門外桌子前的男子，此人衣著普通，可是面容強悍，雙目閃閃有神，隔遠看到兩人立即把臉垂下，生怕給兩人看到的模樣。

寇仲湊到徐子陵耳旁道：「你是否在看那小子？我猜他是呼延金的手下，要不要來賭一手，看你是賭仙還是我為賭聖？」

徐子陵失笑道：「你不是有問題垂詢小弟嗎？除非你想故意遲到，否則就不要去管這些小嘍囉。」

寇仲朝那人以突厥話大喝過去道：「兄弟，替我向呼延金問好！」

那人登時色變，顯得溜既不是，不溜更不是。幸好寇仲兩人迅速去遠。

寇仲和徐子陵相視而笑，那傢伙的表情正是最佳答案。前者笑道：「我們開始能分辨契丹、靺鞨等諸類人，以前是只能憑衣飾打扮的外觀作判斷。我想問的問題其實有點唐突，使我難以啟齒。而事實上也不是甚麼大不了的事，擱下不問也可以。」

徐子陵訝道：「竟有這樣一個問題？」

寇仲的目光投向前方迎面而來的一群大漢，看衣著該是粟末靺鞨外另一部族的靺鞨人，見到兩人，隔遠恭敬施禮。

寇仲邊回禮邊道：「我和你均不是嗜血的人。嚴格來說，我要比你好鬥些，不過在祝玉妍與石之軒同歸於盡一事上，你卻比我來得積極。我不是指殺死石之軒，而是你陵少像對祝玉妍的犧牲毫無半點憐惜之心，這與你一向不願見有人傷亡的性格似乎不大合拍。」

徐子陵心中一片寧靜，輕輕道：「還記得在南陽天魁道場發生的屠殺慘劇嗎？當時祝玉妍親率手下來犯，見人便殺，你因剛巧外出，故不曾親眼目睹那種道場變屠場的情景！但我卻終身忘不掉。這次我肯和祝玉妍合作，是迫不得已下的妥協，故對她的生死，絕沒有絲毫惋惜。何況更可助仙子一臂之力，算是多番開罪她的補贖。」

寇仲恍然道：「原來如此，你說得對，人會因形勢的變化不斷妥協忍讓。想當年婠婠在我們眼前殘殺商鵬商鶴兩位可敬的老人家，我那時心中立誓要把婠婠碎屍萬段以為兩位老人家報仇，其後還不是因形勢所逼而須與婠婠妥協。這就像頡利與我們仇深如海，仍要逼馬吉把八萬張羊皮還給我們。」

徐子陵道：「說起八萬張羊皮，令我想起老跋，他為何這麼久仍未回來？」

寇仲苦笑道：「事實上我一直擔心此事，只是不敢說出來。」

一人從橫街急步衝出，來到兩人身側。

兩人目光像四道閃電般往那人投去，那人被兩人眼神氣勢所懾，渾身一震，垂下雙手，以示沒有惡意或武器，施禮道：「敝上呼延金想請兩位見個面說幾句話。」

兩人大感錯愕。呼延金竟來找他們說話？太陽是否明天會改由西方昇起？

寇仲負手緩行，淡淡道：「老兄並非契丹人，而是漢人，教我如何相信你是呼延金的手下？」

那人回復從容神態，追在寇仲身側，低聲道：「小人梁永，一向為呼延大爺負責在關內的生意，杜爺和許爺想與敝上聯絡，亦要經小人作中介人，請少帥明察。」

又乾咳一聲道：「在龍泉反而沒有人認識我，所以呼延大爺派小人來作通傳，少帥和徐爺只要隨小人稍移大駕，見到金爺便知小人沒有說謊。」

寇仲另一邊的徐子陵點頭道：「你的確沒有說謊，因爲當呼延金的手下並非甚麼光采的事，說謊該找些別的來說。」

梁永臉色微變，卻不敢發作。

寇仲聳肩道：「說謊又如何？頂多是個陷阱，我寇仲甚麼場面未見過。問題是我現在根本既沒有見貴上的心情，更沒有那種閒暇。你給我回去告訴他，明天請早。」

兩人出身市井，最懂與黑道人物打交道，甫接觸便以言語壓著對方，令對方陷於被動，不得不拿點好處來討好他們。

果然梁永道：「呼延爺這回派小人來請駕，對兩位實有百利而無一害。兩位不是爲翟大小姐被劫的貨歷盡萬水千山來這裏嗎？呼延金爺正是要和兩位商量此事，並澄清雙方間一些小誤會。」

寇仲開始糊塗起來，昆直荒不是說呼延金和深末桓聯手來對付他們嗎？爲何現在呼延金卻像要修好講和的樣子。不由求助地望向徐子陵，後者微一搖頭，表示他也弄不清楚是怎麼一回事。

梁永見寇仲毫不動容，湊近少許進一步壓低聲音道：「敝上尚可附贈一件大禮，就是包保少帥能討回今早遇襲的公道。」

兩人心叫卑鄙。只聽這句話，可知呼延金確與深末桓結盟，且雙方早擬定計畫，故此呼延金可隨時送禮，把深末桓和任何參與計畫的人「出賣」。

寇仲裝出興致盎然的樣子，訝道：「贈品？」

梁永陪笑道：「少帥欲知詳情，只要與敝上見個面，敝上自是言無不盡。」最後「言無不盡」四字他是加重語氣的說出來，企圖說服寇仲。

三人此時轉入朱雀大街，更是熱鬧繁華，充滿大喜日子來臨前的氣氛。徐子陵不禁生出感觸，他們雖與街上群衆肩碰肩的走著，似是他們的一份子，但事實卻超然在群衆之上，在某一程度上操控著他們的命運。這種「人上人」的權力，正是古往今來有志王侯霸業的人努力追求的目標。

寇仲皺起眉頭道：「他因何肯這麼便宜我？有甚麼條件？」

梁永恭敬的道：「敝上早有明言，不會有任何要求，純是識英雄重英雄，與兩位套個交情，交交朋友。」

寇仲倏地立定，轉頭望著梁永，微笑道：「回去告訴呼延金吧！我寇仲從不與馬賊打交道的。」說罷哈哈一笑，與徐子陵舉步前行，把呆在當場，臉色變得說有多難看就有多難看的梁永留在後方。

寇仲向神色平靜的徐子陵笑道：「我做得對嗎？」

徐子陵點頭道：「呼延金就像阿保甲般，因收到突利與頡利和解的消息，遂與我們講和。」

寇仲得意的道：「我拒絕他，是在逼他不要退出與深末桓對付我們的行動。何況他是大小姐指定要殺的三個人之一，我們當然不能辜負大小姐對我們的期望。」

徐子陵忽然扯著他橫過車馬往來的車馬道，朝對街斜切過去。

寇仲訝道：「前面有伏兵嗎？」

徐子陵沒有答他，踏上行人道後走逾二十步後攤開手掌，現出一個紙團，笑道：「這是仙界來的消息。」

寇仲忍著要回頭細看改裝後的師妃暄那股衝動，佩服道：「眞厲害，連我都看不破你們暗裏私通，休說其他人哩！哈！」

徐子陵無暇理他，藉行人的掩護迅快過目，然後把寫滿師妃暄清麗字體的紙摺疊起來珍而重之地納入懷囊裏，道：「妃暄聯絡不上祝玉妍，她又沒有依約定在房內留下暗記。」

寇仲失聲道：「甚麼？」

徐子陵面露凝重神色，道：「妃暄說她必須立即去找祝玉妍，著我們交由她去處理石之軒的事。她大概不能及時趕回來，所以我們須設法留在宮內，那該是龍泉最安全的地方，因爲無論拜紫亭如何狠辣，也絕不敢讓我們死在宮內。唉！這是曉得我們傷勢的人所作出的忠言。」

寇仲一時陣腳大亂，沒有師妃暄的支持，只一個陰顯鶴實不足與實力難測的敵人周旋。他們現在只能以智取勝，若正面交鋒的打硬仗，不但兩人小命不保，還要多賠上個蝶公子。

寇仲苦笑道：「我開始有些兒後悔剛才拒絕呼延金的好意。」

徐子陵井中月的境界煙消雲散，師妃暄的安危形成比他自身生死更嚴重的壓力，不過亦激起他的鬥志，沉聲道：「你要設法說服可達志，否則我們必死無疑。」

他本是反對向可達志說出他們憑空的猜測，但在別無選擇下，只好改變初衷。

寇仲同意道：「現在只能見機行事，看可達志是龍是蛇，石之軒方面如何？」

徐子陵道：「也只是見機行事此四字眞言。」

說到這裏，兩人均感有人從後方接近。在這人來人往的街道上，當然常有許多人跟在背後，但此人接近的方式卻與衆不同，時快時慢，且左右位置不住改變，故令兩人生出警惕，知是有特級高手在接近他們。只要進入某一距離和角度，即可向他們發動雷霆萬鈞的突襲。來人的氣勢正緊鎖他們，只有像寇仲和徐子陵這級數高手，不用回頭去看，亦能對來者的動靜如目睹般清晰。若在受傷之前，他們自可從容應付，甚至可在敵人出手後，始決定採取哪種方法狠狠反擊。此刻當然不能如此瀟灑，兩人肩頭輕觸，徐子陵往靠店舖一方移開，寇仲得徐子陵輸入眞氣，控制傷口的肌肉和經脈，旋風般轉過身來。

入目是大步趕至的烈瑕，只見他雙目先閃過得色，接著笑容泛臉，哈哈笑道：「兩位大哥好，愚蒙還以為會遲到，致唐突佳人，現在見到兩位，始能放下心來。大家兄弟結伴赴美人之約，不亦樂乎！不亦樂乎！」

兩人心中大罵，偏又奈他莫何。更曉得被他以高明的手法，摸出底子。若剛才能以不變應萬變，尚可保持高深莫測的假象，現在雖未致露出狼狽相，但已被試出內傷未癒，難怪這可惡的小子眼現得意神色。

寇仲壓下內心的憤怒，若無其事的道：「列兄是否剛見過大尊？所以差些誤時。」

烈瑕微一錯愕，看來極可能是給說中心事。旋即來到兩人中間，笑道：「少帥說笑啦！我只是因籌措禮物需時，故趕得這麼辛苦。你們看！」

從衣袖滑出一個長約尺半繡有龍鳳紋的窄長錦盒，落到手上。徐子陵和寇仲目光落在錦盒上，心中想的卻完全是另一回事。烈瑕在進宮前這最後一段路加入他們行列，看似是無意的巧合，但兩人均知其中另有隱情，大有可能顯示杜興與許開山這夥人，跟深末桓、呼延金、韓朝安的那一夥人，至少在刺殺他兩人一事上，是各做各的。道理非常簡單，因為有烈瑕陪他們走這段路，勢令深末桓那夥人無法在兩人入宮時發動襲擊，只能留待他們出宮時進行。假若烈瑕曉得兩人能從他陪行一事上推得這樣的結論，必然非常後悔。

寇仲隨口問道：「上一個大禮是《神奇祕譜》，這次又是甚麼娘的譜兒？」

烈瑕欣然道：「見到秀芳大家時愚蒙自會解謎。」笑嘻嘻的把錦盒收回袖內。

宮門在望。寇仲和徐子陵交換個眼神，均看出對方有在這條假的朱雀大街，比在萬水千山之外眞長安的眞朱雀大街更不好走的感覺。今晚會不會是他們最後的一夜？

「玉階三重鎭秦野，金殿四墉撫周原。」這是今晚拜紫亭宴客位於內宮西園的棲鳳閣入口處一副石雕漆金對聯，聯中描寫的是中土長安威鎭關中平原的情景，亦看出拜紫亭的抱負，是要把龍泉造就成震懾東北平原的軍事戰略據點。抵宮門後，由恭候的禮賓司帶領三人穿過皇城進入皇宮，經磚石舖築主殿前左右延伸的廊道，穿園過院的進入清靜幽雅的棲鳳閣。棲鳳閣位於西園一個引進溫泉水的人工小湖東畔，與一環湖長廊連接，四周桐木成蔭，柏樹參天，竹影斑駁，在天色逐漸好轉下，彎月在浮雲後若現若隱，景致極美。溫泉池熱氣騰升，形成煙霧纏繞的奇景，為曲檻迴廊，水榭平台，平添無限詩意，比之眞長安的太極宮，又是另一番況味。

甫進西園，烈瑕搖頭晃腦，似若忘情的半吟半唱道：「宮鶯曉報瑞煙開，三鳥靈禽拂水回。橋轉彩虹當綺殿，檻浮花鷁近蓬萊。」他沒有引吭高歌，反另有一種親切的味道。兩人雖不喜歡他，卻不得不承認他那帶點放肆和玩世不恭的腔調非常吸引人，又似隱藏著詭祕和機心，令人聯想到他獨特的邪異氣質。

尙秀芳甜美迷人的聲音從棲鳳閣臨湖那邊的平台傳來道：「烈公子來哩！」

寇仲和徐子陵交換個眼色，均看出對方心中的震駭。尙秀芳的聲音透出濃烈企盼和喜悅的情緒，透露出她渴望見到烈瑕的心境，使他們首次設身處地的感到可達志所說的危機。尙秀芳乃中土人人崇敬色藝雙絕的才女，縱使戰火燎天，可是她卻是超然於爭鬥之上，到哪裏都受到王侯般的禮遇。即使在塞外，凶殘強橫如頡利者，也要侍候得唯恐不周。她是名副其實的國賓，如讓烈瑕這大明尊教的邪人俘虜身心，是沒有人肯甘心願見的憾事。寇仲和徐子陵直至此刻，親身體會到這另一個非武力能解決的「戰場」。烈瑕最厲害的招數是與尙秀芳在音樂上志同道合，現在更表現出侯希白式的文采風流，這兩方面都不是寇仲和可達志能相媲美的，故被烈瑕後來居上，將兩人逼到被動和下風處。

烈瑕的聲音在兩人耳旁響起應道：「如斯美景，能與秀芳大家漫步環廊，憑欄賞月，河漢迢迢，談曲論藝，人生至此，尙有何求？」

寇仲和徐子陵跟在他身後，大有反擊無力之嘆，人家說得這麼詩情畫意，他們難道來句「秀芳大家你好」又或「小弟來了」嗎？根本無法置喙，更不敢胡謅獻醜。掛滿采燈本像夢境般美的棲鳳閣，忽然變成個沒完沒了的噩夢。

尙秀芳歌聲傳來，清唱道：「月宇臨丹地，雲窗網碧紗。御宴陳桂醑，天酒酌榴花。水向浮橋直，城連禁苑斜。承恩恣歡賞，歸路滿煙霞。」即景的歌詞，配合她不含半絲雜質清麗而略帶傷感的聲音，在這樣一個晚上，別具精瓷白玉般的冷凝美感，聽者誰能不爲之動容。

烈瑕一震停步，立在棲鳳閣四名宮女迎候的大門外，高吟道：「翠幌珠簾不獨映，清歌寶瑟自相依。烈瑕願永作秀芳大家的知音人。」

他身後的寇仲和徐子陵唯有相視苦笑，烈瑕走這般小小一段路，已盡顯奪取尙秀芳的功架，使寇仲和徐子陵亦要淪爲閒角。幌簾不獨映，歌瑟自相依，是兩人永遠沒法想到的示愛高明招數，但烈瑕卻如此輕鬆而漫不經意的出口成章，投尙秀芳所好。

避到一旁恭請三人入閣的禮賓司唱喏道：「寇少帥、徐公子、烈公子到！」

寇仲和徐子陵生出找個地洞鑽進去躲藏的感覺，在烈瑕的對比下，只能感到自己在這方面的窩囊。尙秀芳「啊」的一聲，聲音傳來不好意思地道：「寇少帥徐公子，請恕秀芳失禮之罪，竟不知兩位是與烈公子一道來哩！」

這番解釋，只令寇仲大感難過，而徐子陵則是替寇仲難過。

烈瑕表現出他的風度，退向與禮賓司相對的另一邊，躬身道：「兩位大哥請！」

寇仲恨不得舉手揑著他咽喉要害，逼他以後不得再惹尙秀芳，可是殘酷的現實卻不容他這般快意，還得裝出不在乎的笑容，道：「烈兄不用客氣，你先去拜見秀芳大家，我和陵少有幾句私話說。」

烈瑕道：「如此小弟先行一步。」說罷迫不及待的入閣而去。

兩人再對視苦笑，這才跨步入閣。偌大的廳堂，當中擺下一桌盛筵，杯盤碗筷無不精美考究。靠湖那邊是一排窗，外面是雕欄玉砌的臨湖平台，可達志和長腿鞅鞨女將宗湘花伴著一身素黃，美若仙子的尙秀芳，正憑欄觀賞溫泉湖雲霧繚繞的動人美景，環湖迴廊時現時隱，朝平台走出去的烈瑕就像從凡塵投身往仙界。那是種絕不眞實，又正因其不眞實而分外迷人的美。

廳內沒有侍從，禮賓司交代兩句後，退出廳外，剩下兩人。寇仲目光投往閣外平台，搖頭頹然道：

「陵少不用再擔心我移情別戀，我根本不是烈小子的對手，這小子有可能比侯希白更厲害。」

尚秀芳甜美的笑聲像薰風般從外吹進來。徐子陵皺眉道：「爲盡朋友的道義，你是否該警告尚秀芳？她不聽是她的事。」

寇仲想起今早情不自禁半帶用強親吻尚秀芳香唇的動人情景，現在卻要目睹尚秀芳和自己的敵人言笑晏晏，心中那股難受窩囊氣，實無法以言語去描述，道：「男女間事，外人很難干涉，如枉作小人，只會惹尚秀芳反感。」

徐子陵聳肩道：「你並不是外人。」

寇仲苦笑道：「問題是我已失去去追求她的條件，否則你也不會多番在此事上勸阻我。最乾淨俐落的方法仍是一刀把他宰掉。」

可達志此時不知是否想眼不見爲淨，回到廳內，雙目殺機閃閃，狠狠道：「你們看到吧！這小子公然跟秀芳大家打情罵俏，擺明不把我們放在眼裏，落我們的面子。」

寇仲冷哼道：「看他能得意到何時？」

接著回頭一瞥正門，肯定拜紫亭龍影蹤未現，正容道：「你可知你的杜大哥和我們說話後，立即去見許開山，還與他吵得臉紅耳熱氣沖沖的離開嗎？」

可達志失聲道：「甚麼？」旋即臉色一沉，道：「你們跟蹤他？」

徐子陵道：「我們沒有跟蹤他，卻有位朋友在暗中監視許開山，湊巧目睹整個情況。當時許開山正在龍泉城最紅的名妓慧深的香閨裏。」

可達志的臉色變得陰晴不定，雙目不時現出凶光，好半晌後，忽然像變成鬥敗的公雞似的，頽然道：「唉！怎會變成這樣子的，杜大哥竟這般失策。」

寇仲坦言道：「人心難測，但照我們看杜興是眞的不曉得許開山的身分。」

可達志沉吟道：「我們是錯估杜大哥火爆的性格，他這樣去找許開山，只會洩露出我和你們合作的祕密。打草驚蛇，杜大哥爲何如此不智？」

寇仲和徐子陵大感頭痛，這應是可達志能接受的極限，如何才能說服他相信杜興是個只爲自己利益不擇手段的人，表面義薄雲天，暗裏無惡不作，更可以出賣任何人，且包括他可達志在內。

可達志愕然道：「爲何欲言又止？你們不是懷疑他向許開山出賣我們吧？他絕不會做這種事的。」

寇仲苦笑道：「因爲怕說出我們的想法，你老哥會不能接受。」

可達志微一錯愕，雙目精芒大盛，不悅的盯著寇仲，堅決的搖頭道：「我認識杜興，他絕不出賣朋友。」

宗湘花客氣而冷淡的聲音在平台出口處響起，道：「秀芳大家請三位到平台相敘。」

寇仲和可達志四目交鋒，各不相讓，清楚表明雙方在對杜興的看法上的分歧。

徐子陵向宗湘花含笑道：「宗侍衛長請告訴秀芳大家，我們立即出來。」

宗湘花怎曉得寇仲和可達志劍拔弩張的背後原因，還以爲是宿敵相逢，發生衝突，道：「少帥和可將軍請看在秀芳大家面上，暫將個人的事擱在一旁，留待宴會後再說好嗎？」說罷別轉嬌軀，回平台去。

徐子陵還是首次在近處看這冷若冰霜的靺鞨美女，感覺到寇仲所說她別具一格的吸引力。

寇仲伸手輕拍可達志寬敞的肩膀，笑道：「今晚可兄幫忙的事就此作罷，因爲我怕傷了你和你杜大哥間深厚的交情。」

可達志色變道：「你當我是甚麼人，呼之即來揮之即去嗎？」

寇仲心中有氣，皺眉道：「你爲何不能往好的一面去想？我是爲你著想，故請你置身事外。麻煩你通知杜興，我再不用他出手助拳。」

可達志勃然怒道：「你們是否認爲我可達志聯同杜興來害你們？」

徐子陵見兩人愈說愈僵，正要打圓場，足音從正門傳來。三人循聲望去，均感愕然。來的竟是韓朝安和金正宗，左右伴著他們的小師姨傅君嬙。

寇仲朝進來的傅君嬙、韓朝安和金正宗迅快瞥上一眼，立即別回頭來向神色不善的可達志道：「我們可否借一步把事情說清楚。」

可達志冷笑道：「還有甚麼好說的？要說就在這裏說個一清二楚。」

寇仲勃然怒道：「在這裏？你是否要我將所有事情全抖出來，大家一拍兩散？」

可達志亦動氣道：「要一拍兩散的是你而非我！想你亦應該知道，大家再沒有甚麼好說的。」

傅君嬙在禮賓司的引路下，剛跨過門檻進入閣廳，立即感覺到廳內火爆的氣氛，更見寇仲和可達志怒目相對；她也像宗湘花般誤以爲兩人是一向水火不容，所以一言不合，發生衝突。正有點不知如何是好，韓朝安從後移前，湊近她低聲說兩句話，傅君嬙微一頷首，與金正宗和韓朝安移到門旁，一副隔岸觀火的姿態。

徐子陵見到這般情況，怕兩人真的吵起來，低聲道：「有客人來哩！待會找個機會再說好嗎？」

可達志斷然搖頭道：「不！現在輪到我要把事情說清楚。」

寇仲向徐子陵作個「你聽到啦」的表情，又轉向傅君嬙遙遙作揖道：「請恕小子無禮，待我和這位仁兄算過舊賬，再向三位請罪。」然後朝可達志道：「可兄能否容我直話直說，有哪句話就說哪句話？」

徐子陵心中暗嘆，曉得在憤怒沖昏理智下，寇仲已豁出去，再不理後果。而寇仲和可達志之所以如此激憤，皆因雙方均曾視對方爲可信任而有好感的戰友。正因此中微妙的敵友關係，演變成意氣之爭。

可達志冷哼道：「小弟洗耳恭聽。」

臨湖平台那方尙秀芳等的注意力也移到廳內來，停止說話，這色藝雙絕的美人兒更是秀眉緊蹙，對兩人在時地均不合宜的環境下發生衝突而神情不悅。

寇仲雙目精芒爍閃，點頭道：「好！你老哥先答我一個簡單的問題，就是世上爲何有那麼多人會被騙？」

只看神情，即知傅君嬙等聽得不明所以，捉摸不到爲何這對宿敵會在這樣的問題上糾纏不清。

可達志臉容轉冷，緩緩道：「你當我是三歲無知小兒嗎？會中你的奸計兜個彎來罵自己？被人騙頂多是個可憐的蠢才，但誣衊人則更是卑劣至極的小人。」

寇仲啞然失笑，豎起拇指道：「可兄果然是個不易被騙的人。我想藉此引出來的道理，就是只有你信任的人才能騙得了你。其實我們也曾錯信別人，致終身抱恨，故不願見可兄重蹈覆轍。」

他們這番對答說話，沒有蓄意壓低聲量，故遠至尙秀芳等均可聽得清楚。但除徐子陵外，所有人都聽得一頭霧水，不明白兩人在爭執甚麼。徐子陵放下心來，知寇仲回復理智，所以忽然變得從容不迫。

可達志卻毫不領情，雙目凶芒大盛，神情更顯冷酷，沉聲道：「少帥兜來轉去，最終仍是繼續在侮辱我和我尊敬的人。少帥可知大草原上沒有人比突厥人更注重聲譽？」

寇仲微笑道：「可兄若想訴諸武力來解決此場爭執，我寇仲定必奉陪。」

徐子陵心中叫糟，寇仲此刻何來資格和本錢奉陪可達志，那跟自殺實沒多大分別，但也知寇仲被可達志逼得沒其他選擇。不由暗朝韓朝安掃去，見他全神貫注的打量寇仲胸口的位置，似要透衣細審寇仲的受傷眞況。

可達志心中仍顧忌尙秀芳，先透窗往她瞧去，才道：「少帥是否在耍小弟？除非你根本沒有受傷？」

寇仲淡淡道：「這正是最精要之處，叫置諸死地而後生，敗中求勝，乃刀道修行一個不可或缺的部分。」

可達志搖頭道：「我可不領你這個人情。要動手就另覓時間地點，一切由你決定，只有你自己曉得何時能完全復元。若現在動手，名震天下的少帥寇仲只會飮恨收場。」他的話透露出強大的自信，亦充分表現出高手的風範和氣度。

寇仲正要說話，倏地一把柔和沉鬱，非常悅耳的低沉男聲在軒外響起道：「可否讓我伏難陀來作個持平之評。若兩位立即生死決戰，我猜是個同歸於盡的結局。我的道理是憑這樣作根據的，先假設兩位勢均力敵，而少帥因負傷致功力大打折扣，看似必敗無疑，但是可將軍卻因心無殺念，且有怕被譏爲恃強凌傷的顧忌，故會在戰局初展時留手。豈知少帥的井中八法最重氣勢，且在面對生死存亡的關口，一旦有機會放盡，縱使傷口不斷淌血迸裂，亦必能將可將軍逼上絕地，唯卻無法承受可將軍臨死前的反噬，致形成兩敗俱亡之局。」

他的話有條不紊，分析入微，兼之語調鏗鏘動聽，擲地有聲，充滿強大的感染力，又表現出能把兩人看通看透的眼力和才智，故人雖未至，說話已達先聲奪人的神效。包括寇仲和可達志兩個被評者在內，聽者無不動容。可達志雖被駁回所說的話，但因伏難陀這個天竺高僧並非指他武技不如寇仲，反在某一程度上暗捧他的品格，所以並不感難受。

眾人朝大門望去，三個人現身入門處。居中是臉色凝重的拜紫亭，他右邊是個瘦高枯黑，高鼻深目的天竺人，身穿橙杏色的特寬長袍，舉止氣勢絕不遜於龍行虎步的拜紫亭，頭髮結髻以長紗重重包紮，令他的鼻梁顯得更為高挺，眼神更深邃難測，看上去一時間很難確定他是俊是醜，年紀有多大？但自有一股使人生出崇慕的魅力，感到他是非凡之輩。在拜紫亭另一邊的赫然是大胖子「贓手」馬吉，臉上掛著似是發自眞心的笑容，但認識他的人均曉得只是僞裝出來的。廳內諸人紛紛施禮，迎接主人，把寇仲和可達志劍拔弩張的氣氛沖淡。

尚秀芳此時從平台回到廳內，嬌聲嚦嚦地向三人請安問好。她還是首次與馬吉、韓朝安、伏難陀等見面，遂由拜紫亭逐一引介。烈瑕亦像寇仲、徐子陵和可達志三人般，特別留心伏難陀的一舉一動。而伏難陀則像變成一座石像般肅立在拜紫亭旁，只在介紹到他時頷首微笑作應，予人莫測高深之感。

一番客套場面話後，拜紫亭轉向寇仲和徐子陵道：「兩位可否在宮內盤桓兩天，讓本王稍盡地主之誼？」

眾人聞絃歌知雅意，明白拜紫亭是向兩人提供療傷的安全地點。此話既出，寇仲和可達志之戰當然更無可能立即進行。

寇仲微笑道：「大王不是想讓人隨便把我的名字倒轉來寫吧？」他今午見拜紫亭時，曾作過若不能於今晚斬殺令他受傷的刺客，可任人把寇仲兩字倒轉來寫的豪語。

拜紫亭哈哈笑道：「少帥眞豪氣，不過若本王看得不差，少帥以身誘敵之計，不成功便成仁。還望少帥三思，好好考慮本王的提議。」

此時主人與賓客均圍攏於閣廳內筵席旁的近門處，對答說話。寇仲和徐子陵交換個眼色，均心中暗罵，拜紫亭表面雖似對他們照顧有加，關懷備至，事實上卻是把寇仲傷勢嚴重的情況洩露出去，教刺客不要錯過寇仲受傷的機會，而事後拜紫亭則可推個一乾二淨，責寇仲好勝逞強。拜紫亭、伏難陀和馬吉三人聯袂遲來，大有可能是他們因突利、頡利修好之事曾舉行緊急會議，這解釋了爲何拜紫亭跨門入廳時神色如此凝重，顯得滿懷心事。

馬吉目光掃過傅君嬙三人，皮肉不動的笑道：「少帥因何事與可將軍發生爭執？可否讓馬吉不自量力的作個和事佬？」

可達志聳肩道：「馬先生不用爲此勞心費力。我和少帥的事從關中長安糾纏到這裏，只有『一言難盡』四字可以形容。」

寇仲笑道：「可兄說得眞貼切。」

可達志雙目異芒劇盛，沉聲道：「少帥可否借一步說話？」

衆人立即眉頭大皺，可達志顯然並不賣拜紫亭的賬，仍要和寇仲私下約定決戰的日期地點，實在有點過分。

尚秀芳不悅道：「可將軍……」

可達志恭敬的道：「秀芳大家請放心。我和少帥均消了氣頭，不會再作任何令秀芳大家生氣的事情！對嗎？少帥！」

寇仲苦笑道：「我兩個知錯啦！秀芳大家大人大量，原諒則個。」

烈瑕大笑道：「天下間，恐怕只有秀芳大家能令可兄和少帥相互認錯道歉，眞令愚蒙感動。」

寇仲見可達志垂下目光，知他怕被尚秀芳看到他對烈瑕的殺機，微笑道：「可兄！我們到外面看看月夜下的泉氣。」又向拜紫亭告個罪，神態從容地領路往平台走去。可達志負手昂然隨在他背後。

徐子陵一直留意傅君嬙，見她緊盯寇仲的背影，秀眸的神色有點異樣，不像她平時看寇仲那樣憎厭中帶點鄙視的眼神，而是多了點東西，別的東西。

馬吉忽然湊近拜紫亭，後者明白他有話要私下說，向諸人告個罪，與馬吉往門外走去。韓朝安與伏難陀是素識，遂引領傅君嬙和金正宗過去跟伏難陀寒暄。

剩下徐子陵、尚秀芳、宗湘花和烈瑕四人，氣氛倏地在這奇異的兩男兩女組合中變得怪怪的。尚秀芳望向避開她目光的徐子陵，神情專注，眸神異采漣漣，動人至極。烈瑕固是看得目瞪口呆，身爲女性的宗湘花亦受她吸引，將注意力從徐子陵移到她有傾國傾城之色的俏臉去。反是徐子陵似毫無所覺的只把目光投往已走到平台邊沿長欄處的寇可兩人，待到他們停步，才別回頭來，剛好迎上尚秀芳的目光。以他的修持，仍禁不住心頭一震。

尚秀芳像早知徐子陵會有這樣的反應，嫣然一笑道：「秀芳雖和徐公子有過數面之緣，但還是首次有機會說話聊天。徐公子的傷勢沒少帥那麼嚴重吧？」

徐子陵心忖自己早和她面對面的說過話，只因當時是扮作岳山，所以她並不曉得。

正要答話，烈瑕道：「徐兄的右手有點不像平時般自然，是否曾下受傷？」

徐子陵心中暗懍，烈瑕看似在關心自己，其實是蓄意向自己顯露他高明的眼力，而他之所以如此「口不擇言」，引起他徐子陵的警覺，皆因尙秀芳對自己饒有興趣的神態引起他的妒忌。這或者是烈瑕的一個弱點。

徐子陵從容微笑，試著舉手道：「烈兄看得很準，這樣略微舉手也會令我感到非常痛楚。」

宗湘花往徐子陵瞧來，客氣中仍保持一貫的冷淡，道：「我們宮內有很好的大夫，可爲徐公子敷藥療傷。」

徐子陵婉拒後，隨口岔開話題道：「烈兄的神祕禮物，是否仍要保密呢？」

尙秀芳嬌笑道：「原來烈公子故作神祕的，竟是這管由高昌巧匠精製的天竹簫！可否託徐公子爲秀芳完成一個心願？」

徐子陵瞧著尙秀芳從寬袖內掏出烈瑕送她的長錦盒，訝道：「秀芳大家有甚麼事，儘管吩咐。」

烈瑕和宗湘花均露出好奇神色，不曉得尙秀芳有甚麼心願需徐子陵爲她完成。

可達志凝望熱霧繚繞的溫泉湖，沉聲道：「我希望少帥能答應我一個請求。」

寇仲愕然道：「有甚麼事令你老哥忽然低聲下氣的來求我，恐怕小弟難以消受。」

可達志朝他望來，銳目內再無絲毫敵意，嘆道：「假設杜大哥眞的如少帥所言般，我希望少帥能看在我份上，放他一馬。」

寇仲大訝道：「這不像可兄的一貫作風，你大可站在你杜大哥的一邊，甚至掉轉槍頭來對付我們。」

可達志搖頭道：「因爲你不但是我尊敬的敵人，更是我欣賞的朋友。或許終有一天我們仍要生死相搏，但卻絕不會在龍泉城中發生。唉！我剛才開始時是一時氣在心頭，才有言語冒犯，後來氣消意會，遂順勢裝模作樣的給拜紫亭等人看看。」

寇仲啞然失笑道：「好傢伙！」旋又皺眉道：「你是否也有點懷疑杜興呢？」

可達志沉聲道：「杜大哥這樣去找許開山，確令人生疑。不過我仍不相信他會出賣我。現在我的心很亂，少帥可教我該怎麼辦嗎？」

寇仲斷然道：「看在你老哥的面上，我們放過杜興又何妨，問題是現在佔得上風的是他們而非我們。你該比我們更清楚杜興的厲害，一個不好，我和陵少都要掉命，哪來資格談放過人。」

可達志道：「你信任我嗎？」

寇仲毫不猶豫的點頭，道：「絕對信任！」

可達志雙目閃亮起來，點頭道：「好！我可達志以本人的聲譽作誓，絕不辜負寇兄的信任。今晚應作如何應變，請寇兄吩咐。」

寇仲心中一陣感動，以前在長安，可達志給他的印象是強橫霸道，可是經過這幾天來的接觸，始看到他多情重義的一面。微一沉吟，道：「我們對敵人的構想是這樣的，韓朝安、深末桓和呼延金是一黨，你的杜大哥和許開山是另一黨，兩批人並沒有聯繫，卻有相同的目的，就是在我們傷癒前翦除我寇仲和子陵。剛才烈瑕故意陪我們走進宮的最後一段路，正是要令刺殺之舉只能在我們離宮後發生。而你杜大哥對我們的行動計畫都瞭若指掌，故可輕易從中取利。」

可達志像被判刑的道：「眞希望你猜錯。不過你若猜對，那杜大哥會詐作引路帶你們到深末桓的巢穴，而事實上那卻是杜大哥和許開山設下的死亡陷阱。唉！我眞怕面對這可能性，因爲我很可能控制不住自己，親手取杜大哥的命，我最恨是被朋友欺騙出賣。」

寇仲愕然道：「你剛才不是央我放他一馬嗎？」

可達志頹然道：「我哪想到這麼快可揭開謎底？還以爲至少拖個一年半載，甚或永遠找不到眞相。」

寇仲同情的道：「待我想想，說不定會想出個能兩全其美的方法，既可殺深末桓，又暫不須與老杜作正面交鋒。」

可達志雙目電芒亮閃，回復他那種從容自信的神態，冷然道：「方法只有一個。我們定下另一套聯絡的辦法，而深末桓又確是用飛雲弓射出他的箭，我可保證深末桓見不到明天的日出。」

寇仲開懷笑道：「與你這小子合作，確省下不少唇舌氣力。我們尚有一個幫手，那也是發現你杜大哥去與許開山大吵一場的同一個人，人稱『蝶公子』的陰顯鶴，乃中土東北出類拔萃的劍手，相當了得。」

可達志訝道：「我在甚麼地方聽過這個怪名字？」

寇仲助他一臂之力道：「是否聽杜興說的？」

可達志搖頭，旋又雙目射出奇怪的神色，道：「記起啦！宗湘花曾向秀芳大家提及這名字。」

寇仲不由別頭望向燈火通明的大廳，目光落在宗湘花修長優美的健康背影，心湖浮現出陰顯鶴這孤傲不群的劍客。他和宗湘花究竟是甚麼關係？

尙秀芳在宗湘花的幫助下打開錦盒子，一枝竹簫出現徐子陵眼前。縱使他對樂器沒有認識，也從其精美的造型與手工上，看出是簫中的精品，與中土流行的簫形製有異。

尙秀芳又把錦盒闔上，遞給徐子陵，正容道：「徐公子可否爲秀芳把這管天竹簫送予青璇小姐？她是秀芳崇慕多年的人，只恨尙未有緣拜見。」

烈瑕欣然道：「原來秀芳大家搜尋天竹簫的目的，背後有此意義。」

徐子陵恭敬地接過錦盒，訝道：「秀芳大家怎曉得我認識青璇小姐？」

尙秀芳瞟他一眼，抿嘴淺笑道：「今早秀芳因烈瑕公子慷慨贈送樂卷，往聖光寺酬謝神恩，忽得啓示嘛！」

徐子陵心中恍然，明白尙秀芳今早到聖光寺是去見師妃暄，從她那裏曉得自己是有資格到巴蜀幽林小築探訪石青璇的人。唉！師妃暄擺明是想撮合他和石青璇，卻不知石青璇對男女間事已心如枯木，根本沒有絲毫興趣。自己多見她一次，只是多心傷一次。又想起尙秀芳見過師妃暄後，回宮途中往訪寇仲，給這傢伙半強迫的親過嘴兒。當時是聽過便算，但現在面對這天生麗質的動人美女，親身體會她強大的誘惑力，對寇仲情不自禁的魯莽行爲，不由生出體諒和「同情」。當日在成都解暉城堡的小樓內，石青璇在窗台處爲他奏簫的動人美景，重現腦海，那時他也有把石青璇擁入懷裏輕憐蜜愛的衝動，只是沒像寇仲對尙秀芳般付諸實行。

尙秀芳秀眸閃閃的瞧著面容忽晴忽黯的徐子陵，有點促狹意味的微笑道：「秀芳不是勾起徐公子的心事吧？那秀芳眞是罪過哩！」

徐子陵尷尬一笑，將錦盒收進袖內，心中激起強大鬥志，暗忖今晚定不能給人幹掉，否則如何爲尙秀芳完成心願？肯定的點頭道：「秀芳大家請放心，此簫必會送到青璇小姐手上。」

烈瑕卻不放過他，笑道：「徐兄尙未回答秀芳大家有關徐兄心事的問題。」

徐子陵心中暗罵，開始明白爲何寇仲和可達志均欲幹掉這小子，因爲此人實在可惡。微笑道：「誰能沒有心事？只在肯否說出來罷了！」

尙秀芳幽幽一嘆，目光投往仍在平台說話的兩人去，螓首輕點的柔聲道：「秀芳懂得駕馭樂器，你們曉得駕馭兵器；但我們恐怕永遠都學不會如何去駕馭自己的心，那是無法可依的。」

烈瑕微微一怔，露出深思的神色。

此時拜紫亭偕馬吉回到廳內，登時把分作兩堆說話者的注意力扯回他身上去。

拜紫亭先瞥仍在平台憑欄密斟的寇仲和可達志一眼，哈哈笑道：「尙有一位拜紫亭心儀已久的貴客大駕未臨，各位如不介意，我們再等一刻鐘才入席如何？亦可讓少帥和可將軍多點說話的時間。」

尙秀芳欣然道：「大王說的貴客，是否指宋二公子？」

徐子陵這才知道宋師道在被邀之列，不過此事順理成章，因拜紫亭一向崇慕中土文化，宋師道來自堅持漢室文化正統南方最有權勢地位的門閥，自然是拜紫亭心儀的對像。但卻有點擔心，宋師道究竟被甚麼事纏身而致遲到？

拜紫亭轉向傅君嬙、韓朝安和金正宗三人道：「看三位與國師談得興高采烈的樣子，所討論的必是引人入勝的話題，何不說出來讓大家分享？」

傅君嬙欣然道：「國師論的是有關生死輪迴的問題，啓人深思，君嬙獲益匪淺。」

尙秀芳興致熱烈微笑道：「竟是有關這方面的事情，眞要請國師多指點。」

徐子陵暗中留意烈瑕，只見他望向伏難陀時殺機倏現，旋又斂去。

伏難陀悅耳和充滿感染力的聲音再度在廳內響起，徐子陵終可親耳領教這來自天竺的魔僧如何辯才無礙，法理精湛。

寇仲問道：「宗湘花說過甚麼關於陰顯鶴的話？」

可達志坦白道：「除非她們說的是烈瑕那王八蛋，否則我不會費神去傾聽。我依稀記得當時正離開宮門，秀芳大家見宗湘花特別留意道上的行人，遂問她看甚麼，宗湘花就是在這情況下提起陰顯鶴三字。」

不過他對宗湘花與陰顯鶴的關係毫無興趣，隨即道：「只要你和子陵能自保不失，我那方面可安排得妥妥貼貼，既不讓深末桓知道我跟在他身後，又可令……唉！假設杜興眞的如你所說的那樣，我會使他看不破我和你們另有大計。」

寇仲沉吟道：「現在還有一個非常頭痛的問題，如弄不清楚，我和陵少極可能沒命和你去殺深末桓。」

可達志皺眉道：「甚麼事這般嚴重？」

寇仲道：「就是崔望、許開山和拜紫亭這三個人的關係。」

烈瑕待伏難陀說過兩句自謙的話後，從容道：「大王可否容愚蒙先請教國師一個問題？」

徐子陵心叫來了，烈瑕終忍不住向伏難陀出招。若能在辯論中難倒這天竺狂僧，跟以眞刀眞槍地擊敗他沒多大分別。因為伏難陀最厲害的是他的辯才，而他正憑此成為能操縱鞅鞨族的人物。

拜紫亭深深的瞥烈瑕一眼，啞然失笑道：「有甚麼是不容說的？大家在閒聊嘛！」

烈瑕欣然道：「如此愚蒙不再客套。」

轉向正凝視他的伏難陀，微笑道：「請問國師為何遠離天竺到大草原來？」

伏難陀目光先移往徐子陵，微微一笑，再移向尚秀芳，深邃得像無底深淵的眸神精芒一閃，又回到烈瑕處，油然道：「我伏難陀一生所學，可以『生死之道』四字概括之。而談論生死之道最理想的地方，就是戰場。只有在那裏，每個人都是避無可避的面對生死，死亡可以在任何一刻發生，生存的感覺分外強烈！故這亦正是最適合說法的地方。捨此之外難道還有比生死之道更誘人的課題嗎？」

可達志大訝道：「宮奇竟會是崔望？眞教人難以猜想。我今早曾見過此人，相當精明厲害，武功方面收藏得很好，使人難測深淺，確有做狼盜之首的條件，你肯定沒看錯他的刺青嗎？」

寇仲回頭一瞥，湊到他耳旁道：「老伏開始說法哩！我們要不要返廳一聽妙諦？」

可達志沒好氣道：「虧你還有這種閒心，伏難陀其身不正，說出來的只會是邪法。假設狼盜是拜紫亭一手培養的生財奇兵，與許開山又有甚麼關係？」

寇仲道：「今天我和陵少抓著三個有九成是狼盜的回紇漢，他們都自稱是烈瑕的手下，由此可知狼盜確屬大明尊教的人。我們想不通的地方是，大明尊教與伏難陀該是敵對的，為何宮奇卻會為拜紫亭辦事？此中定有我們不明白的地方。現在我們最害怕的，是拜紫亭在宴後派宮奇送我們離開，若我們拒絕，韓朝安定會生疑，徒添不測變數。」

可達志吁出一口氣道：「我現在必須離開片刻，為今晚的事預作安排，同時設法查證宮奇是否長年不在龍泉。以少帥和陵少隨機應變的本領，今晚定可兵來將擋，水來土掩。」

寇仲提醒道：「你離開時，緊記裝出怒氣沖天跟我談不攏的樣子。不，這樣太著跡，還是表面沒甚麼事，但眼裏卻暗含殺機似的。」

可達志啞然失笑道：「放心吧！沒有人肯相信我們能像兄弟般合作的。」

尚秀芳大感興趣的道：「秀芳尚是首次聽到戰場是最宜說法的地方，國師倒懂得選擇，現在中土四分五裂，兵荒馬亂，大草原各族更是沒有一天的安寧。只不知何謂生死之道？」

伏難陀法相莊嚴，此刻從任何一個角度看他，只能同意他是有道高人，而不會聯想到他是魔僧與淫賊。

他露出傾神細聽尚秀芳說話的神色，頷首道：「生死是每一個人必須經歷的事，所以關乎到每一個人，無論帝王將相，賢愚不肖，都要面對這加諸他們身上無可逃避的命運。不過縱然事實如此，要我們去想像死亡，是近乎不可能的事。甚至生出錯覺，認為自己會是例外，不會死去，遂對終會來臨的死亡視如不見。我們若想掌握生死之道，首先要改變這可笑的想法。」

徐子陵暗叫厲害，與四大聖僧相媲，伏難陀說法最能打動人心之處，是直接與每個人都有關係，平實近人又充滿震撼性。比起來，四大聖僧的禪機佛語雖充盈智慧，但與一般人的想法終較為疏遠，較為虛無縹緲，不合乎實際所需。

此時可達志臉色陰沉的回到廳內，打斷伏難陀的法話，先來到徐子陵旁，壓低聲音道：「勸勸你的好兄弟吧！大汗對他已是非常寬容。」

徐子陵還以爲他和寇仲眞的決裂，露出一絲苦澀的笑容，聳肩作出個無能爲力的表情。這比任何裝神弄鬼，更能令人入信。尤其韓朝安等必自作聰明的以爲可達志之所以要和寇仲到平台說私話，是要勸寇仲歸附頡利，像劉武周、梁師都等人般作頡利的走狗。

可達志再向拜紫亭告罪，道：「小將有急事處理，轉頭回來，大王不必等我。」說罷逕自離閣，連徐子陵也以爲他是要把與寇仲談不攏的消息，囑手下送出去，其他人更不用說。

可達志離開後，馬吉笑道：「該輪到我和少帥說幾句話哩！」說罷穿門往仍憑欄立於平台處的寇仲走去。

衆人注意力回到伏難陀身上。

金正宗道：「國師看得很透徹，這是大多數人對死亡所持的態度，不過我們是逼不得已，因爲所有人都難逃一死，沒有人能改變這結局。與其爲此恐懼擔憂，不如乾脆忘掉算了。」

伏難陀從容一笑，低喧兩句沒有人聽懂的梵語，悠然道：「我的生死之道，正是面對死亡之道。不僅要認識死亡的眞面目，還要超越死亡，讓死亡變作一種提升，而非終結。」

烈瑕淡淡道：「然則那和佛教的因果輪迴有何分別？」

徐子陵也很想知道伏難陀的答案，假若伏難陀說不出他的天竺教與同是傳自天竺的佛教的分別，他的生死之道便沒啥出奇。

馬吉來到寇仲旁，柔聲道：「少帥在想甚麼？廳內正進行有關生死的討論。」

寇仲環視湖岸四周的美境，淡淡道：「我在思索一些問題，吉爺又因何不留在廳內聽高人傳法？」

馬吉嘆道：「俗務纏身，哪有閒情去聽令人困擾的生生死死？跋兄因何不出席今晚的宴會？」

寇仲朝他望去，兩人毫不相讓的四目交鋒。

馬吉微笑道：「少帥不用答這問題，那八萬張羊皮已有著落，少帥不用付半個子兒即可全數得回。至於平遙商那批貨，則有點困難，我仍在為少帥奔走出力。」

寇仲暗罵馬吉狡猾，他和拜紫亭的密切關係，恐怕頡利也給瞞著，要討回羊皮和平遙商那批貨，只要馬吉出得起贖金，加上有批弓矢可要脅拜紫亭，該是舉手之勞。但他偏說成這個樣子，正是「落地還錢」，希望寇仲放棄追究是誰劫去八萬張羊皮，不再為大小姐喪命的手下討回公道。

寇仲皺眉道：「我想請教吉爺一個問題，就是拜紫亭究竟有甚麼吸引力，竟可令吉爺心甘情願陪他殉城。」

馬吉色變道：「少帥這番話是甚麼意思？」

寇仲灑然聳肩道：「因為直至這刻你仍在維護拜紫亭。雞蛋般密仍可孵出小雞，何況殺人放火那麼大件事。假設突利因此不放過你，你認為頡利肯為你出頭嗎？」

馬吉不悅道：「我怎樣維護拜紫亭？少帥莫要含血噴人。」

寇仲轉過身來，輕鬆地挨在欄杆處，淡淡笑道：「我知道些吉爺以為我不曉得的事情的眞相。這可說是吉爺你最後的機會，可決定吉爺你是不得善終，還是安享晚年。現在天下之爭，已演變成頡利、李世民和我寇仲之爭，沒有人能逆料其結果，可是吉爺你卻一點也把握不到最新的形勢，只顧及眼前的利益。時機一去不復返，若讓我今晚宰掉深末桓，明天我將再沒有興趣聽吉爺說任何話。」

寇仲這番話非常凌厲，擺明不接受馬吉的討好安撫，逼他決定立場。以馬吉的老謀深算，也要招架不住，呼吸不受控制的微微急促起來，雙目卻精芒大盛，閃爍不停。

伏難陀正容道：「任何一種宗教思想，在發展至某一程度，均會變成一種權威，不容任何人質疑。我國最古老的宗教是婆羅門教，建基於《吠陀經》和瑜伽修行。可是當婆羅門教變成一種不可質疑的權威，便出現了與她對立的沙門思潮，其中包括佛祖釋伽牟尼，耆那教的大雄符馱摩耶，生活派的領袖末伽梨．俱舍羅，順世派的阿耆多．翅舍欽婆羅等開山立教的宗主。可惜他們並不能擺脫婆羅門教的陰影，例如同樣著重業報輪迴，又吸收其神祇。他們雖看到有改革的必要，但仍是換湯不換藥，使後世重蹈婆羅門崇拜多神、實行繁瑣祭祀的覆轍。」

徐子陵湧起新鮮的感覺。他雖非佛的信徒，但總感到佛是高高在上，完全超越凡人的理解。現在他親耳聽到來自天竺的人，說及同為天竺人的佛祖的生平事蹟，還作出批評，不由生出佛祖也是個人，或至少曾經是「人」的奇妙感覺。

尚秀芳不同意道：「佛教禪宗講的是『頓悟』，不重經文和祭祀，國師的指責，似乎偏離事實。」

徐子陵心中暗讚，尚秀芳並沒有因伏難陀的地位和權勢而退縮，還為自己的信念辯護。他曾接觸過禪宗四祖道信大師，對禪宗那種「直指人心，頓悟成佛」的超然灑脫、不滯於物、閒適自在的風流境界，大有好感。

伏難陀不慌不忙的微笑道：「秀芳大家說得不錯。不過禪宗是中土化了的佛教。禪的梵語是『禪那』，意即『靜慮』，發展成中土人皆有佛性的『禪』，正代表中土的有識之士，看到從我國傳來的佛教的諸般戒條缺點。可惜禪宗尚差一著，就是將個人的『我』看得太重，但已比重頌經、重崇神、重儀式高明得多。」

尚秀芳蹙起秀眉，雖未能完全接受伏難陀的論點，亦找不到能駁斥他的話。

伏難陀沒有直接回答烈瑕的問題，卻借題發揮，指出佛教的不是處，使人更希望知道他本身的思想。

拜紫亭負手立在伏難陀旁，沒有加入討論，只作壁上觀。

徐子陵終忍不住道：「若不重我，還有何可倚重？重我正代表直指本心，放棄對諸天神佛的崇拜，遠離沉重的典籍和繁瑣的禮儀，無拘無束地深入探索每個人具備的佛性眞如。」

伏難陀長笑道：「『眞如』兩字說得最好，難得引起徐公子的興致，不知可有興趣聽我趁尚有少許時間，簡說『梵我如一』之法？」

傅君嬙動容道：「大師請指點迷津。」

馬吉不眨眼的狠狠凝視寇仲，呼吸逐漸回復平常的慢、長、細，然後嘴角露出一絲帶點不屑的冷笑，淡淡道：「我馬吉在大草原混了這麼多年，從沒有人像少帥般以生死來威脅我馬吉，因爲他們都明白我只是個做生意買賣的人。少帥若想要我的命，悉隨尊便，但若要我跪地求饒，卻是休想。」言罷轉身便去。

寇仲心叫有種，更大感奇怪，馬吉在目前對他不利的情況下，爲何仍要站在拜紫亭的一方，照道理若與他性命有關，馬吉該是那種可出賣父母的人。冷喝道：「吉爺留步。」

馬吉立定離他七步許處，頭也不回的哂道：「還有甚麼好談的？」

寇仲注意到廳內的拜紫亭朝他們望來，柔聲道：「吉爺可知呼延金已打響退堂鼓，拿深末桓來和我說條件講和。」

馬吉胖軀一顫，道：「這和我馬吉有甚麼關係？」

寇仲知道自己擊中馬吉弱點，微笑道：「怎會沒有關係？若深末桓幹不掉我們，吉爺以後恐怕沒多少好日子過。這是何苦來哉？」

馬吉的胖軀出奇靈活地轉回來面向寇仲，哈哈笑道：「我從沒見過比少帥更狂妄自大的人，且是欺人太甚。要殺我馬吉的人，比天上的星星還要多，但我還不是活得好好的。仍是那句話，我的命就在這裏，有本事就來拿吧！」

寇仲失笑道：「此一時也彼一時也。以前你有頡利作後台，又與深末桓、呼延金、韓朝安、杜興等互相勾結，確沒多少人能奈何你吉爺。可惜現在形勢劇變，首先頡利再不需要深末桓這條走狗，因爲深末桓已成頡利和室韋各族修好的最大障礙。呼延金的形勢更好不了多少，阿保甲第一個想除去的人正是他。至於杜興，吉爺你自己想想吧！」

馬吉聽得臉色數變，忽明忽暗，顯示寇仲的話對他生出極大的衝擊和震撼。

寇仲神態輕鬆的道：「至於你老哥嘛！弊在立場曖昧，與拜紫亭更是糾纏不清，不識時務。明知頡利不惜一切的與突利修好，目的是要聯結大草原各族南侵中土，卻仍陽奉陰違，與拜紫亭眉來眼去。頡利不是著你無論如何要將八萬張羊皮還我的嗎？還要在老子面前耍手段弄花樣，是否眞的活得不耐煩哩！」

馬吉的臉色變得說有多難看就有多難看，肥唇顫震，欲言又止。

寇仲終使出最後的殺手鐧，說出曉得頡利命馬吉把八萬張羊皮還給他一事。要知馬吉是昨晚才從趙德言那裏接到此一命令，而寇仲卻像早曉得此事般，肯定可使馬吉疑神疑鬼，弄不清楚寇仲現時與頡利的關係，甚至有被出賣的感覺，再沒有被頡利支持的安全感。來完硬的又來軟的，寇仲幾可肯定深末桓能與呼延金聯手來對付他，全賴馬吉在中間穿針引線，否則兩方沒可能在這麼短的時間內碰頭成事。唯一他不明白的地方，是馬吉爲何明知頡利因要與突利修好暫時停止所有對付他寇仲的行動，而馬吉仍敢膽大包天般務要置他和徐子陵於死地。

寇仲柔聲道：「我寇仲說過的話，答應過的事，從沒有不算數的。我也是因尊敬吉爺才這般大費唇舌，以後大家是朋友還是敵人，吉爺一言可決。」

馬吉面容逐漸回復冷靜，雙目芒光大盛，且露出其招牌式的虛僞笑容，平和的道：「少帥從來不是我的朋友，將來也不會是我的朋友。但我亦不願成爲少帥的敵人，至於少帥怎麼想，我馬吉管不到。八萬張羊皮的事再與我無關，失陪啦！」就那麼轉身離開。

伏難陀雙目閃耀著智慧的光芒，語調鏗鏘，字字有力，神態卻是從容不迫的道：「要明白何謂『我』，先要明白『我』的不同層次。最低的一層是物質，指我們的身體，稍高一層的是感官，心意又高於感官，智性高於心意，最高的層次是靈神，謂之五重識，『我』便是這五重識的總和結果，以上御下，以內御外，靈神是最高的層次，更是其核心。」

尙秀芳一對美眸亮起來，點頭道：「秀芳尙是首次聽到有人能把『我』作出這麼透徹的分析。國師說的靈神，是否徐公子剛才說的佛性眞如？」

此時沉著臉的馬吉回到廳內，向拜紫亭施禮道：「馬吉必須立即離開，請大王恕罪。」

這麼一說，衆人無不知馬吉和寇仲談判破裂，撕破臉皮，再不用看對方情面。

拜紫亭目光先掃過徐子陵，再投往平台遠處的寇仲，然後回到馬吉身上，點頭道：「馬吉先生如此堅決，拜紫亭不敢挽留，讓我送先生一程。」

馬吉斷然搖頭道：「不煩大王勞駕。」接著轉過肥軀，朝尙秀芳作揖嘆道：「聽不到秀芳大家的仙曲，確是馬吉終身憾事。」言罷頭也不回的匆匆離去。

衆人均感愕然，不明白寇仲和馬吉說過甚麼話，令他不得不立即逃命似的離開龍泉。徐子陵則心中劇震，猜到馬吉違抗頡利的命令，已將那批弓矢送交拜紫亭，否則拜紫亭怎容他說走就走。跋鋒寒究竟到哪裏去了？

看著馬吉背影消失門外，廳內的氣氛異樣起來，寇仲神態悠閒的回到廳內，站到徐子陵和尙秀芳中間處，打個哈哈道：「國師不是正在說法嗎？小子正要恭聆教益。」

伏難陀微笑道：「我們只在閒聊罷了！」

傅君嬙冷笑道：「少帥得罪人多稱呼人少，尙未開席已有兩位賓客給少帥氣走。」

寇仲施禮道：「傅大小姐教訓得好，不過事實上我是非常努力，處處爲吉爺著想，豈知吉爺偉大至不怕任何犧牲，小弟也拿他沒法。」

烈瑕失笑道：「少帥說得眞有趣。」

尙秀芳不悅的瞥寇仲一眼，回到先前的話題道：「國師正在說關於『我』的眞義，指出『我』是由五重識構成，由下至上依次是物質、感官、心意、智性和靈神，而以靈神爲主宰的核心。」

寇仲隨口道：「這意念挺新鮮的，但那靈神是否會因人而異？爲何有些人的靈神偉大可敬，一些人卻卑鄙狡詐？」

伏難陀淡然道：「靈神就像水般純粹潔淨，只是一旦從天而降，接觸地面，便變得混濁。靈神亦然，人的慾念會令靈神蒙上污垢。」

寇仲心叫厲害，領教到伏難陀的辯才無礙，不怕問難。

拜紫亭道：「大家入席再談。」

宴會的熱烈氣氛雖蕩然無存，卻不能不虛應故事，衆人紛依指示入席。拜紫亭和伏難陀兩位主人家對坐大圓桌的南北兩方，寇仲和尙秀芳分坐拜紫亭左右，伏難陀兩邊是徐子陵和傅君嬙，烈瑕是尙秀芳邀來的，有幸坐在尙秀芳之側，接著是金正宗，居於烈瑕和傅君嬙中間處，徐子陵另一邊是韓朝安。馬吉和宋師道的碗筷給宮娥收起，只剩下可達志那套碗筷虛位以待。宗湘花在寇仲右側相陪。侍從流水般奉上美酒和菜餚。酒過三巡，在拜紫亭表面的客氣殷勤招待下，氣氛復熾。烈瑕不知是否故意氣寇仲，不時和尙秀芳交頭接耳，更不知他說了些甚麼連珠妙語，逗得尙秀芳花容綻放，非常開心，其萬種風情，只要是男人都會禁不住妒忌烈瑕。寇仲卻是有苦自己知，崇尙和平的尙秀芳肯定對他在龍泉的「所作所爲」看不順眼，遂予烈瑕乘虛而入的機會。

說了一番不著邊際的閒話後，傅君嬙忽然道：「可否請國師續說梵我如一之道？」

眾人停止說話，注意力再集中在伏難陀身上。徐子陵特別留意拜紫亭，自他和伏難陀聯袂而來，拜紫亭從沒有附和伏難陀，後者說法時他總有點心不在焉，不似傳說中他對伏難陀的崇拜，更有點貌合神離，令人奇怪。

伏難陀欣然道：「難得傅小姐感興趣，伏難陀怎敢敝帚自珍？首先我想解說清楚靈神是怎麼一回事。」

烈瑕笑道：「國師的漢語說得眞好，是否在來大草原前，已說得這麼好的？」

伏難陀微笑道：「烈公子猜個正著，我對中土語言文化的認識，來自一位移徙天竺的漢人。」

烈瑕含笑點頭，沒再追問下去，但眾人均感到他對伏難陀的來歷，比席上其他人有更深的認識。

伏難陀毫不在意的續道：「靈神雖是無影無形，形上難測，卻非感覺不到。事實上每天晚上我們均可感應到靈神的存在，當我們做夢，身體仍在床上，但『我』卻到了另外一些地方去，作某些千奇百怪的活動，從而曉得『我』和身體是有區別的。晚上我們忘記醒著時的『我』，日間我們卻忘記睡夢中的『我』。由此推知眞正的『我』是超然於肉體之上，這就是靈神。」

伏難陀說的道理與中土古代大聖哲的莊周說的「昔者莊周夢為蝴蝶，栩栩然蝴蝶也。自喻適志與。不知周也。俄然覺，則蘧蘧然周也，不知周之夢為蝴蝶與，蝴蝶之夢為周與。周與蝴蝶，則必有分矣。」可謂異曲同工，但伏難陀則說得更實在和易明。

伏難陀續道：「我們的身體不住變化，從幼年至成年、老朽，可是這個『我』始終不變，因為靈神是超乎物質之上，超越我們物質感官的範疇，超越我們心智推考的極限，觸摸不到，量度不到。生死只是一種轉移，就像甦醒是睡覺的轉移，令人恐懼害怕的死亡，只是開啓另一段生命，另一度空間，另一個天地的一道門。那不是終結，而是另一個機會，問題在於我們能否掌握梵我如一之道，也是生死之道。」

寇仲訝道：「國師的法說得眞動聽，更是發人深省。我自懂事以來，從沒想過這問題，還以爲多想無益，就如杞人憂天。這甚麼梵我如一似更像某種厲害的武功心法，不知國師練的功夫有甚麼名堂？」

衆人爲之啼笑皆非，誰想得到他一番推崇的話後，忽然轉往摸伏難陀的底子。徐子陵則心中暗懍，曉得寇仲找不到他說話的破綻，故來一招言語的「擊奇」，插科打諢，看伏難陀的反應。撇開敵對的關係，伏難陀說的法確如生命黑暗怒海裏的明燈，教迷航的人看到本來睜目如盲的天地。

伏難陀啞然失笑道：「我的武功心法無足論道之處，梵我如一更與武功無關，有點像貴國先哲董仲舒說的『天人合一』，只是對天的理解不同。梵是梵天，是創造諸神和天地空三界的力量，神並非人，而是某種超然於物質但又能操控物質的力量，是創造、護持和破壞的力量。這思想源於我國的《吠陀經》，傳往波斯發展爲大明尊教，烈公子爲回紇大明尊教的五明子之首，對這段歷史該比本人更清楚。」

尚秀芳是首次聽到烈瑕的明子身分，訝然朝他瞧去。

烈瑕目露銳光，迎上伏難陀的眼神，微笑道：「國師此言差矣，我大明尊教源於波斯『祖尊』摩尼創的『二宗三際論』，講的是明暗對待的兩種終極力量，修持之法是通過這兩種敵對的力量，由明轉暗，從暗歸明，只有通過明暗的鬥爭，始能還原太初天地未開之際明暗各自獨立存在的平衡情況，與國師的梵天論並沒有雷同之處。」

寇仲和徐子陵交換眼色，開始明白烈瑕和伏難陀間是宗教思想的鬥爭。但也更添疑惑，爲何大明尊教的狼盜崔望，會成爲拜紫亭的手下。

伏難陀不以爲忤的微微一笑，顯示出極深的城府，淡然自若道：「純淨的雨水，落到不同的地方，會變化成不同的東西，卻無損雨水的本源。梵我如一指的是作爲外在的、宇宙終極的梵天，與作爲內在的，人的本質或靈神在本性上是同一的，所以只有通過對物質、心意、感官、智性的駕馭，我們才有機會直指眞如，通過靈神與梵天結合。而駕馭靈神下四重識的修行方法，就是瑜珈修行，捨此再無他法。」

寇仲和徐子陵表面雖不露聲色，事實上均感伏難陀說的話極有吸引力，因爲他們練「長生訣」的過程，確如伏難陀說的梵我如一殊途同歸，只是沒像他所說般系統化而條理分明。兼之他們曉得換日大法，正是瑜珈修行的一種方式。由此推之，伏難陀極可能是石之軒那級數的高手。

烈瑕正要說話，步履聲起。衆人朝大門瞧去，去而復返的可達志神情肅穆的昂然而入，手上捧著一個木製的長圓筒子。只看他神情，即令人感到事不尋常，目光不由落到他手捧的木筒去。

他筆直來到拜紫亭旁，奉上木筒道：「剛接到大汗和突利可汗送來的國書，著末將立刻送呈大王過目。」

衆人同時動容，心叫不妙。拜紫亭臉色轉爲陰沉凝重，雙手伸出接過，長身而起，沉聲道：「敢問可將軍，大汗聖駕是否已親臨龍泉？」

可達志直視拜紫亭，緩緩道：「這封國書由敝國國師言帥親自送來，送書後立即離開，沒有透露其他詳情，大王明鑑。」

拜紫亭在衆人注視下緩緩拔開塞子，取出一卷羊皮書，目光投向伏難陀。伏難陀雙目立時精芒劇盛，顯示出強大的信心。拜紫亭露出一絲笑意，打開羊皮卷細看。廳內靜至落針可聞，人人屏息靜氣，各自從拜紫亭閱卷的表情試圖找出羊皮卷內容的蛛絲馬跡。

在沉重至令人窒息的氣氛下，拜紫亭終讀畢這封看來十有九成是戰書的羊皮卷，緩緩捲攏，忽朝寇仲望去，沉聲道：「這封由大汗和突利可汗聯押的信，著我拜紫亭於後天日出前，須把五采石親送出城南二十里處鏡泊平原，否則大汗和可汗的聯軍將會把龍泉夷爲平地。」

尚秀芳「啊」的一聲驚叫起來。寇仲和徐子陵均聽得頭皮發麻。五采石乃拜紫亭立國的象徵，後天日出時正是拜紫亭渤海國立國大典舉行的時刻，這封國書不啻是對拜紫亭的最後通牒，逼他放棄建立能統一靺鞨諸部的渤海國。立國之事，已是如箭上弦，勢在必發，拜紫亭如向突厥屈服，以後休想再抬起頭來做人，遑論要稱王稱霸。更嚴重的是五采石並不在拜紫亭手上。

寇仲和徐子陵下意識的望著伏難陀，前者道：「大王勿要看我，我們今早剛被美艷那妮子將五采石討回去。」

拜紫亭厲芒一閃，眼神移向伏難陀，傅君嬙、烈瑕等知情者亦把目光投向這辯才無礙的天竺魔僧，看他如何反應。

第六章

四面楚歌

第六章 四面楚歌

伏難陀仍是那從容不迫的神態，微笑道：「兩位可汗志不在五采石，而在大王。」轉向可達志道：「對嗎？」

可達志肅容道：「末將不願揣測大汗的心意。」

徐子陵和寇仲交換個眼色，均看出對方心中對突利的不滿。大家本是兄弟，在決定這麼連串的重大決定，先是與頡利修好，現在又揮軍來殲滅後天立國的渤海國，竟對他們兩人一句話都沒有，累得兩人夾在其中，既不忍見龍泉城生靈塗炭，又隨時有被拜紫亭加害的危險。

拜紫亭脊骨一挺，露出霸主不可一世的神態，仰天長笑，道：「既是如此，有請可將軍回報大汗，五采石並非在我拜紫亭手上，恐難如大汗所願。」

可達志轟然應道：「好！末將會將大王之言一字不漏轉述與大汗。」轉向尚秀芳施禮道：「秀芳大家請立即收拾行裝，我們必須立即離開。」

寇仲和徐子陵立即心中叫糟，以尚秀芳憎厭戰爭暴力的性情，怎肯接納可達志的提議。

果然尚秀芳幽幽一嘆道：「這次到龍泉來，是要爲新成立的渤海國獻藝，未唱過那台歌舞，秀芳絕不離開。可將軍請自便。」

可達志露出錯愕神色，他顯然不像寇仲和徐子陵般了解尚秀芳，目光掃過在她身旁面有得色的烈瑕，欲言又止，最後再施禮道：「末將必須立即將大王的話回報大汗，稍後再回來聽候秀芳大家的差遣。」

拜紫亭似乎一點不把突厥大軍壓境一事放在心上，漫不經意的道：「可將軍若要回來見秀芳大家，最好選在白天的時間，因爲由今晚開始，龍泉將進行宵禁，即時生效。」

宗湘花嬌叱一聲「領旨」，轉身便去。由此刻開始，龍泉將進入戰爭狀態！寇仲和徐子陵心中劇震，拜紫亭究竟憑甚麼不懼在大草原縱橫無敵的突厥狼軍？可達志亦露出疑惑神色，拜紫亭現在的行爲，等於公然向頡利和突利的聯軍宣戰，他恃的是甚麼？

他深深看拜紫亭一眼，點頭道：「縱使未來要和大王對陣沙場，但末將對大王的勇氣仍非常佩服。」目光掠過寇仲和徐子陵，退至門前，施禮後昂然離開。寇仲糊塗起來，大家不是說好要對付深末桓嗎？但現在看可達志的樣子，擺明是奉頡利之旨立即離城，這算怎麼一碼子的事？

徐子陵因不曉得兩人關係的最新發展，故沒有寇仲的疑惑，遂特別留心其他人的反應。伏難陀仍是一副沉著自然，祕不可測的神態。傅君嫱三人則表情各異，小師姨一對美眸閃閃生輝，似因突厥軍的壓境心情興奮。金正宗劍眉鎖起，神色凝重。韓朝安則嘴角隱蘊冷笑，令人生出他胸有成竹的感覺。最出奇的是烈瑕，臉色忽晴忽暗，雙目精芒爍動，看來比任何人更關心尚未成立的渤海國的存亡。尚秀芳螓首低垂，顯是愛好和平的芳心，已被以男人爲主的殘酷戰爭現實傷透。

寇仲和徐子陵各有心事時，尚秀芳盈盈起立，仍坐著的各人，包括伏難陀在內，忙陪她站起來，可見這色藝雙絕的美女，在各人的心中均有崇高地位。

拜紫亭收回望向門外的目光，投在尚秀芳身上，訝然道：「人謂今朝有酒今朝醉，明天愁來明日當，天若塌下來就讓頭頂去擋，我們今晚何不來個不醉無歸？」

尙秀芳搖頭道：「秀芳忽然有些疲倦，想回房休息。」

轉向伏難陀道：「國師所說戰場乃說生死之道的最佳場所，現在秀芳終體會到箇中妙諦，領教哩！」

緩緩離座，烈瑕忙爲她拉開椅子，柔聲道：「讓愚蒙陪秀芳大家走兩步吧！」

尙秀芳目光一瞥寇仲，眼神內包含複雜無比的情緒，搖頭拒絕烈瑕的好意，淡淡道：「秀芳想獨自靜靜的走回去。」

在衆人注視下，她輕移玉步，直抵大門，又回過頭來，面上現出令人心碎的傷感神色，語氣卻非常平靜，向寇仲道：「少帥明早若有空，可否入宮與秀芳見個面？」

寇仲連忙答應，心忖只要仍能活命，明早定會來見蓮駕。尙秀芳施禮離開，自有侍衛婢女前後護持。

宴不成宴。寇仲和徐子陵趁機告辭。

拜紫亭在兩人拒絕他派馬車侍衛送回府後，道：「那就讓拜紫亭送兩位一程吧！」兩人大感愕然，說不出拒絕的話。

拜紫亭向傅君嬙等交代兩句，又請伏難陀代他招呼傅君嬙、烈瑕等人，揮退從衛，就那麼陪兩人朝宮門方向漫步。途經之處模擬長安太極宮的殿台樓閣仍是那麼優雅華美，但寇仲和徐子陵卻完全換了另一種心情，看到的是眼前一切美景將被人爲的狂風暴雨摧毀的背後危機。

拜紫亭走在寇仲之側，沉默好一會後，忽然道：「若兩位處在我拜紫亭的處境，會怎樣做？」

寇仲嘆道：「在此事上，我和子陵的答案肯定不一致，大王想聽哪一個意見？」

拜紫亭啞然失笑道：「兩個意見我都想聽，少帥請先說你的吧！」

蹄聲隱從宮城方向傳來，看來是女將宗湘花正調兵遣將，秉宵禁之旨加強城防，可以想像城內人心惶惶。明早城開，只要拜紫亭仍肯開放門禁，可以離開的均會離開避禍，剩下來的便是支持拜紫亭的人。

寇仲淡淡道：「大王此次是有備立國，戰場講的是軍情第一，若我是大王，如到此刻仍未曉得突厥聯軍的位置和軍力，我會立即棄城逃生。只要青山尚在，自有燒不完的材料。」

拜紫亭停下腳步，深深望寇仲一眼，道：「三天前，他們的大軍仍在花林西三十里處，兵力在五萬人間，以黑狼軍為主，可是我現在眞不知他們在哪裏，不過他們只要進入我的警戒線，保證瞞不過我的耳目。」

寇仲道：「幸好這是一座城而非平野曠地，否則他們的大軍可能來得比你回報的探子還快。我們在統萬便曾領教過突厥人的戰術，抵達前無半點先兆，到曉得時，只剩下大半刻的工夫，當得上疾如風，勁如火的讚語。」

徐子陵道：「假若突厥人押後攻城，另以全力封鎖所有通往龍泉的道路，截斷水陸交通，重重圍困，使龍泉變成一座孤城，大王以為可以撐得多久？」

拜紫亭嘴角逸出一絲似是成竹在胸的笑意，道：「兩位對龍泉認識未深，故不知龍泉一向能自給自足，所以不怕圍城。我擔心的卻是突利和頡利近年來為進軍你們中土，花了很多工夫研究攻城的戰術，而趙德言正是著名的攻城兵法家，有他主持大局，眞不易抵擋。」

寇仲道：「大王有否想過以延遲立國來向突厥求和？」

拜紫亭斷然搖頭道：「這是不可能的，沒有事情能改變我於後天正式立國的決定。」

說罷領路續行，雙手負後，每一步都走得那麼穩定而有力。

拜紫亭又哈哈笑道：「我一生最愛研究古今戰役，無論大戰小戰，著名的或不著名的，都不肯放過。從中理出一個道理，就是沒有必勝的仗。戰場上有無窮盡的變數，例如我爲何要選四月立國，因爲四月是我們最多雨的季節，利守不利攻。」

寇仲和徐子陵均感有重新估計此人的必要。心想若像今天般下的那場傾盆大雨，肯定可癱瘓突厥聯軍的進攻。

寇仲道：「可是大王應沒想過頡利和突利會和好如初，聯手來攻打龍泉吧。」

三人步出宮門，來到皇城區，只見一隊隊騎兵隊，沿著貫通宮門和皇城朱雀門的寬闊御道，開出朱雀門。儘管蹄聲震天，氣氛卻出奇的平靜，顯示出拜紫亭手下的兵士無不是訓練有素的勁旅，隊形完整，絲毫不因突厥軍壓境躁動不安，又或過分緊張。

拜紫亭止步道：「不是沒有想過，所有可能性我們均反覆考慮過，只沒想過兩位會到這裏來。我想請兩位幫一個忙，希望兩位不要拒絕。」

寇仲和徐子陵心叫「來了」，前者道：「我們正洗耳恭聽。」

忽然十多騎馳至，領頭的是宗湘花，宮奇亦是其中之一，全是將領級的甲胄軍服，隊形整齊，奔至離三人丈許處，勒馬收韁，各戰馬人立而起，仰天嘶鳴之際，宗湘花等諸將同時拔出腰刀，斜指天上明月的位置，齊聲呼叫，動作劃一好看。寇仲和徐子陵雖聽不懂他們的靺鞨話，但也可猜到必是爲拜紫亭效死的誓言。氣氛熾烈，拜紫亭大聲回話。馬兒立定，衆將紛紛下馬，然後看也不看寇仲和徐子陵的魚貫進入宮城的大門，馬兒自有御衛牽走，顯然是準備與拜紫亭開軍事會議。

寇仲最愛看的是宗湘花，此時卻不得不把注意力轉放在宮奇身上，見他雙目射出狂熱的光芒，同時想到若甫出朱雀門便遇襲，理該與宮奇無關，因他爲開會議將無暇分身。徐子陵想的卻是若龍泉城的軍民均變成伏難陀的信徒，認爲死亡只是另一種提升而非終結，那將人人變成不畏死的勇士，可不是說笑的。

拜紫亭的聲音傳入兩人耳中響起道：「頡利和突利不要輸掉這場仗，否則大草原的歷史將要改寫。」

寇仲從沒想過橫掃大草原的突厥狼軍會敗在拜紫亭手上，但在此刻目睹粟末兵如虹的氣勢和激昂的士氣，拜紫亭的精明厲害，高瞻遠矚，首次想到這可能性的存在。

拜紫亭把話題岔遠道：「少帥當日以獨霸山莊的殘兵傷將，憑竟陵的城牆堅拒杜伏威的江淮雄師於城外，此役令少帥嶄露頭角，亦使杜伏威深感後浪推前浪，種下他日後臣服於李世民之果。」

寇仲大訝道：「大王怎會對中土的事清楚得有如目睹？」

拜紫亭又領兩人穿過王城，避過兵騎往來的御道，繞靠王城東的廊道朝朱雀門走去，邊走邊道：「每個月初一十五，我會接到從中土送回來有關最新形勢的報告，正如少帥所言，軍情第一，對嗎？」

寇仲和徐子陵交換個眼色，心忖拜紫亭正是頡利外另一個對中土存有野心的梟雄。若讓他稱霸草原，會對中土造成更深遠的傷害！因爲在大草原上，沒有人比他熟諳中土的政治文化。

徐子陵道：「大王剛才不是有話要說嗎？」

朱雀門在望。把門的二十多名御衛肅立致敬，齊呼鞅鞨語，想來若不是「我王萬歲」，就是「我王必勝」那類的話。兩人更在頭痛大小姐的八萬張羊皮和平遙商的財貨，於現今大戰即臨的情況下，要一個連突厥狼軍也不害怕的人，把那些東西吐出來，只是痴人說夢。

拜紫亭停下腳步，用神的打量兩人，微笑道：「明早少帥見過秀芳大家後，可否立即離開龍泉，本人將感激不盡。」

他說得雖客氣，卻是下了逐客令，且暗示若非要給尙秀芳面子，會立即令他們離開。但兩人很難怪他，他們既是突利的兄弟，又是戰績彪炳、天兵神將似的人物，不當場格殺他們可說已是仁至義盡。

寇仲苦笑道：「若我們明天仍活著，當會遵從大王的吩咐，只是秀芳大家她……」

拜紫亭仰天長笑，豪情奮發，接著笑聲倏止，面容變得無比冷酷，一字一字緩緩道：「秀芳大家是本人最心儀的女子，就算龍泉給夷爲平地，我可保證沒人能損她分毫，即使凶殘如頡利突利，也只會對她禮敬有加，少帥可以放心。請！」

寇仲和徐子陵雖有千言萬言，卻沒半句能說出來，只好施禮離開。

踏出王城外門的朱雀門，整條朱雀大街靜如鬼域，只有一隊緊追在他們身後馳出的騎兵隊遠去的背影和傳回來的蹄音，與先前喧鬧震天，人來車往的情景，像兩個完全沒有關係的人世。

寇仲嘆道：「我們的反刺殺大計肯定泡湯，老子我以後更要被人喚作仲寇，在這種情況下，刺殺只是個笑話。」

徐子陵點頭同意，像目前這般的情況，刺客在全無掩護的情況下，如何進行刺殺？只會招來巡兵的干涉。另一隊騎兵從朱雀門馳出，轉入左方的大道，還向他們遙施敬禮。誰能預測離宮時是這番情景。

徐子陵長長呼出一口氣，道：「拜紫亭絕不會讓我們活著離開龍泉。」

寇仲一震道：「不是這麼嚴重吧！」

徐子陵道：「今午他到四合院找我們時，已是心存殺機，現在更不會放虎歸山，因說不定我們會助突利來攻打龍泉。戰爭從來不講仁義道德，不擇手段，他要殺我們，今晚是最好的機會。」

寇仲不解道：「既是如此，剛才在宮內他爲何不動手？」

徐子陵道：「因爲他仍未有十足把握可收拾突利，所以不願背上殺死我們的罪名，只要我們不是死在宮內，他大可將責任推得一乾二淨，由深末桓等人背這黑鍋。」

寇仲倒吸一口涼氣道：「可達志這小子走了，仙子又到城外找祝玉妍，四合院可能有大批高手等著我們去自投羅網，城門城牆均守衛森嚴，我們等於給困在一個大囚籠內，有甚麼地方是安全的？」

徐子陵目光掃過街道兩旁的屋宇瓦面，家家戶戶烏燈黑火，奇道：「爲何不見陰顯鶴？」

寇仲頭皮發麻道：「我首次感到生死不再由自己操縱，而是決定在別人手上，現在只要任何一方的敵人全力來犯，我們都捱不了多久。」又道：「我們該不該立即逃往城外，能走多遠就走多遠？」

徐子陵斷然搖頭道：「今晚我們不但要保命，還要殺死深末桓和石之軒，受傷有受傷的打法，這可是閣下的豪言壯語。」

寇仲深吸一口氣，雙目射出堅毅不屈的神色，道：「說得對，貪生怕死絕非應敵之道，不如我們先去找越克蓬，他或者是現在唯一能幫助我們的人。」

徐子陵點頭同意，兩人邁開步子，先沿街疾行，然後轉入橫巷，轉瞬消沒在龍泉城深黑處。

與其他外賓館不同處，是別的外賓館均是燈火通明，人影閃動，顯示各國來賀的使節，因拜紫亭突然頒令宵禁一事，生出反應，充滿山雨欲來風滿樓的緊張氣氛，獨是越克蓬車師王國的外賓館不見任何人或馬兒的活動聲息，且只有大堂隱隱透出昏暗的燈火，情景詭異得令人心生寒意。兩人伏在靠鄰另一座外賓館大堂頂高處，全神觀察目標賓館的動靜。

寇仲目光巡視四方一遍，湊到徐子陵耳旁道：「仍有人跟蹤我們嗎？」

徐子陵目光不移的投往車師王國外賓館唯一透出燈光的廳堂，答道：「初時尚有些感覺，但捉迷藏的兜轉一番後，該成功撇下追蹤者。」

寇仲點頭道：「我也有這種感覺。唉！眞邪門，究竟是怎麼一回事？」

徐子陵搖頭道：「我不知道，我感應不到任何人的氣息，情況非常不妙。」

寇仲腦海中浮現今天化身爲宮奇的崔望守在賓館對街監視的情景，心中湧起極不舒服的感覺，暗忖難道越克蓬和百多名兄弟已全體遇害，又或被拜紫亭拘禁？道：「會不會是個陷阱？」

徐子陵道：「很難說，不過我卻感覺不到裏面有任何伏兵。」

寇仲苦笑道：「我現在只想掉頭離開，你的感覺該錯不到哪裏去。唉！下去看看如何？」

要知寇仲和徐子陵均爲名震天下的高手，戰績彪炳，任何人想殺死兩人，縱使他們負傷，亦必須利用環境、地利，布下絕局，始有成功可能。所以拜紫亭來個宵禁，弄得本是喧鬧繁華的朱雀大街空蕩無人，深末桓等的刺殺行動立告瓦解，故而寇仲才怕下面等待他們的是個陷阱。

徐子陵道：「有一事相當奇怪，陰顯鶴不在宮門外等待我們，還可解釋作他發現深末桓的人，跟蹤去也，可是杜興人多勢衆，做好做歹也該找個人聯絡我們，或引我們到另一個陷阱去，爲何卻全無動靜？」

寇仲抓頭道：「令人不解的事情實在太多，不過給你提醒，我忽然明白了一件難解的事，那亦使我們一子錯，全盤皆落索。」

徐子陵訝道：「是甚麼事這般嚴重？」

寇仲嘆道：「就是錯估馬吉和拜紫亭的關係，事實上管平那傢伙早清楚分明的供出來，只是我們沒放在心上。」

徐子陵一震道：「說得對。」

寇仲氣道：「馬吉根本投下重注在拜紫亭身上，所以當頡利逼他取消與拜紫亭的弓矢交易，便立即通知拜紫亭，著他遣人詐作把弓矢搶走，令古納台兄弟撲空。」

他所謂的一子錯，正是指此。如古納台兄弟仍在附近，得他們之助，他們人強馬壯，甚麼情況應付不了，何致現在般求救無門。

寇仲續道：「所以我向馬吉點明曉得他與拜紫亭同流合污，立即嚇得這小子屁滾尿流的逃之夭夭；而拜紫亭沒有阻止，是因爲弓矢已到了他的手裏。他娘的，馬吉不是突厥人嗎？爲何甘心爲拜紫亭冒開罪頡利突利之險？」

徐子陵沉聲道：「因爲馬吉認爲拜紫亭會贏這場仗。」

寇仲嘆道：「橫想豎想，也想不通拜紫亭憑甚麼去擊敗頡利突利的聯軍。若頡利仍和突利纏戰不休，馬吉和拜紫亭大膽的行爲尚可了解，可是現今兩汗言和，拜紫亭他們好該收手認錯了事。」

徐子陵道：「關鍵處可能在伏難陀，他是個非常有魅力和說服力的人，感染得拜紫亭和他的手下均變成對死亡一無所懼的人，最難搞的是拜紫亭等深信梵天站在他們那一方。」

寇仲搖頭道：「我比你更明白拜紫亭和馬吉這種人，他們必有所恃，方敢不把頡利突利放在眼裏。不過你的話有一定的道理，如能幹掉伏難陀，保證粟末大軍立即不戰自潰，那時哪由得拜紫亭不屈服？」

徐子陵苦笑道：「事情雖非常渺茫，但我眞希望能化解這次屠城慘劇，若殺死伏難陀可達到目的，我絕對會去做，也可爲蓬兄完成他的心願。」

寇仲默然片晌，口齒艱澀的道：「你是否認爲我們車師國的兄弟已遭殺害？」

徐子陵反問道：「你剛才爲何想掉頭走，不是怕滿館伏屍的可怕情況嗎？」

寇仲忽然問道：「有否感應到邪帝舍利？」

徐子陵神色凝重的緩緩搖頭。

寇仲知他在擔心師妃暄，道：「那就成了。我們下去看個究竟，無論是遍地伏屍還是空無一人，都立即離城，找個地方藏起來，靜待石之軒出現。」

寇仲和徐子陵年紀不大，卻是老江湖，不會先去碰隱現燈火的賓館大堂，取道從後院牆摸進去，由寇仲領頭探路，徐子陵留在原處居高臨下監視。如此若有伏兵，必瞞不過他超人的靈覺。

看著寇仲沒入後院暗黑處，徐子陵靈台空廣澄澈，世上似無一物可以避開他的感應，忽然間他感覺到大堂內有一個人。那感覺很奇怪，似有似無。肯定是畢玄那級數的高手，且勝過此刻受傷的寇仲，因為他能清楚感應到寇仲的位置，而那人卻像與某種超自然的力量結為一體，故如幻似眞，梵我如一。

徐子陵心中一寒，井中月的境界立時冰消瓦解，對大堂那人再不生感應。而他驚惶的原因是寇仲正從後院摸往那神祕敵人所在大堂的途中，如若自己發出任何通知寇仲逃走的信號，被此神祕大敵察覺，立即全力對寇仲痛下殺手，他可肯定在自己趕往赴援前，負傷的寇仲必捱不到那刻致一命嗚呼。正如他是師妃暄「劍心通明」的破綻，寇仲的生死亦可破掉他的井中月。大堂內的敵人，絕對是畢玄那級數的高手，明明在那裏，可是失掉井中月狀態的徐子陵卻絲毫感覺不到他的存在，就像那回面對畢玄情況的重演。徐子陵別無選擇，長生氣迅速在體內運行一遍後，騰身而起，往大堂台階前的廣場投去。

寇仲此時搜遍後方院落各大小廳房，找不到任何人的影子，忽然發覺徐子陵離開隱蔽處，往大門內的廣場投去，知道不妙，忙往徐子陵落點搶去，因兩人必須並肩作戰，始有能力應付強敵。他心中湧起非常不祥的感覺，感到陷於完全的被動和落在下風。徐子陵足踏實地，寇仲趕到他身旁，交換個眼色，目光投向大堂敞開的正門。

燈火倏滅。寇仲虎軀一震，直至此刻，他才曉得內有敵人，差點要拉徐子陵落荒而逃。這樣的敵人，實在太可怕。不過想到自己的傷勢不宜全速掠行，那只會使他們更難倖免，只好收攝心神，把希望放在兩人聯手之術上，與敵決一死戰。徐子陵和他心意相同，雙目射出一往無前的堅定神色，領頭踏上台階，來至大門處。

月色從左方窗透入，溫柔色光籠罩半邊廳堂，另一邊則陷於暗黑中。一人負手背門而立，直有君臨天下，睥睨衆生的超然氣度。穿的仍是橙杏色的寬闊長袍，頭紮重紗，不是天竺來的「魔僧」伏難陀尚有何人？只憑他能在這裏恭候兩人大駕，已知此人對兩人的心意情況瞭若指掌。

伏難陀緩緩轉過身來，枯黑瘦癯的面容露出一絲令人莫測高深的笑意，悠然道：「大王請本人來爲兩位說最後一台法事，你們的傷勢可瞞過任何人，怎瞞得過達至梵我如一的人，透過梵天，我不但可看清楚你們身體的狀況，更可看到你們心內的恐懼。」

「鏘！」寇仲掣出井中月，仰天笑道：「到此刻仍要妖言惑衆，我敢肯定你這次來殺我們，拜紫亭是絕不知情，你究竟把越克蓬和他的人如何處置？」

伏難陀的枯槁容顏不透露分毫內心的祕密，從容對抗寇仲發出的刀氣，淡淡道：「你們若能殺死我伏難陀，再問這問題不遲。」

徐子陵皺眉道：「找誰去問？」

伏難陀微笑道：「若你們能把我殺死，龍泉立時軍心渙散，再無力抗拒突厥的聯軍，那時你們要甚麼，怎到拜紫亭不答應？」

兩人暗呼厲害，伏難陀提醒兩人此一實情，是要逼兩人決一死戰，不作逃走的打算。否則兩人若分散逃命，必有一人可脫出他的魔掌。

寇仲雙目殺機大盛，勉力催發刀鋒透出的殺氣，不過由於顧忌體內的傷勢，頂多只有平常五成的功力，連自己也曉得不能對伏難陀構成任何威脅。冷笑道：「國師可以開始說法哩！」

伏難陀微一頷首，道：「修行之要，在於內觀，那就是所謂禪定或瑜伽，把自我的心作爲觀察宇宙的支點和通路，脫離現實所有迷障，把自我放在絕對沒有拘束的自在境界，實現眞實的自我，臻達梵我如一的至境，始能捕捉自我的眞相，把握到解決所有問題的關鍵。」

寇仲哂道：「你倒說得好聽，但假若在現實生活中姦淫劫奪，根本不算是個人，就算說得如何動聽亦是廢話。看刀！」

他口說「看刀」，實際上全無動作，只是加重催發的刀氣，把對方鎖牢。

伏難陀像把他看通看透般，不被他言語所惑，繼續淡定的緩緩道：「在宇宙仍處於混沌的時代，沒有光暗，沒有虛無，更沒有實體，只有『獨一的彼』，那就是梵天，萬有能發生的一個種子。若我們不認識梵天的存在，就像迷途不知返的遊子，永遠不曉得家鄉所在處。」

兩人雖對他的人沒有好感，卻不得不承認他的「法」非常動聽和吸引。寇仲感到鬥志正不斷被削弱，可是對方依然不露絲毫破綻。尤可懼者是這魔僧真的像與梵天合為一體，令一向悍勇的他，竟無法主動攻出第一刀。如此魔功，確已達畢玄、石之軒的驚人級數。縱使兩人沒有受傷，一對一恐怕也只能是飲恨收場之局。

徐子陵在這面對生死的時刻，心境逐漸平復下來，精神緩緩提升，微笑道：「國師的梵我如一該仍未臻大成，否則怎會被我察破人在廳內？」

伏難陀面容仍無動靜，瞳孔卻收縮斂窄，顯示徐子陵的話命中他要害。他剛才本打定主意先攻擊寇仲，待徐子陵來援前把寇仲擊斃，以亂徐子陵的心，然後把他收拾。豈知徐子陵竟高明至看破他的圖謀，使他打不響如意算盤。寇仲立生感應，狂喝一聲，井中月化作黃芒，劃過雙方間兩丈許距離，照伏難陀面門擊去。徐子陵則朝伏難陀左側搶去，雙手法印變化，牽制伏難陀為寇仲助攻。兩人均知遇上勁敵，全力出手，毫無保留。

伏難陀一動不動，似是對兩人的夾擊全不放在眼裏。忽然間伏難陀全身袍服無風狂拂，整座廳堂立即陷進一個風暴裏，最奇怪所有家具桌椅全不受影響，兩人卻像逆風艱苦前進，耳際狂風呼嘯，全身如被針戳般刺痛。如此魔功，確是駭人聽聞。

井中月劈至。伏難陀像一塊木板般微往後仰，寇仲一刀登時劈空，心叫不妙時，伏難陀在背脊離地只餘尺許之際，忽然把身子扭側，一足柱地，身子回彈，另一足向寇仲小腹閃電踢來。寇仲因傷勢牽累，根本無力變招，更想不到伏難陀的瑜伽法厲害至此，完全超離人體結構的限制，刀勢已老下，避無可避，正要硬捱伏難陀可能令他送命的一腳，徐子陵橫移過來，硬撞肩頭將他送離險境，寶瓶印下封，力擋伏難陀的殺招。豈知伏難陀竟能在徐子陵封擋前不可能地疾縮回去，接著整個人彈起收縮塌陷，雙膝屈曲貼胸，雙手抱膝，頭卻塞進兩膝間，活像人球。這般的防守招數，肯定尚有厲害後著，以徐子陵作戰經驗的豐富，應變的靈活，仍失去方寸，不知該選擇進擊還是後撤。

伏難陀在徐子陵猶豫間「滾」至兩人上方處，接著四肢擴張，左右腳分向寇仲右耳側和徐子陵面門踢來。寇仲心知要糟，徐子陵寶瓶印氣欲發無功，必會引發他體內傷勢，兩人要擋伏難陀這兩腳並不困難，問題是必被伏難陀硬將兩人分隔，那時只要他全力攻打其中一人，憑他可怕的魔功和難以揣摩的招數，必可重創他們之一，餘下另一人亦只有待宰的份兒。寇仲把心一橫，閃電疾移，同時矮身避過伏難陀的左腳，井中月往伏難陀胯下刺去。徐子陵見狀急忙配合，暗捏內外縛印，表面是雙掌齊往伏難陀切去，只要能接觸到對方左腳，最理想是把伏難陀硬從空中扯下來，至不濟也能將他留在半空原處，讓寇仲能對他展開刀勢。哪想得到伏難陀冷哼一聲，高喧他們聽不懂的梵語，接著兩腳收起，變成盤膝凝坐半空，兩手往上虛抓，接著就那麼盤坐翻觔斗，落往廳堂的大門處。兩人駭然轉身。

伏難陀從容自若的攔著大門出路，道：「『自我』以生氣爲質，以生命爲身，以光明爲體，以空爲性，以梵爲本原，遍布一切，貫通一切，其細小處如米黍，大處比天大，比空大，比萬有大。但在本性而言則毫無所異，皆因梵我不二。故死前之念最爲關鍵，如能還梵歸一，發見眞我，將是兩位最大的福份。」

雖同是說梵我如一之法。可是在伏難陀顯示出絕世魔功後說出來，兩人的感受大是不同。事實上兩人施盡渾身解數，仍沾不著伏難陀半點邊兒，早難受得要命，負傷的身體更是血氣翻騰，差點吐血。

寇仲雙目射出堅定不移的神色，哈哈笑道：「原來你老哥尚未達到梵我不二的境界，難怪開口梵我如一，閉口梵我如一，分明是聊以自慰。」

徐子陵勉強提氣，小心翼翼的不觸動創傷，心神進入井中月的境界，登時感到壓人的勁氣是伏難陀經三脈七輪透過小腹發出，形成令他們呼吸困難，似暴風般的氣罩，哈哈一笑，肩膊往寇仲撞去，喝道：「小腹！」

寇仲一聲長嘯，人刀合一，得徐子陵送入眞勁下，施出擊奇，朝伏難陀攻去。井中月在短短兩丈的距離下生出微妙玄奧的變化，把伏難陀完全籠罩在內。伏難陀一對眼亮起來，雙袖拂迎。生死勝敗，將決定在這一刀，若寇仲和徐子陵仍不能爭取主動，他們會陷於捱打的局面，直至落敗身亡。

伏難陀天竺魔功的高明奇詭，大出寇仲和徐子陵意料之外，而且戰術策略，更是針對兩人的傷勢，務要兩人生出有力難施、白花氣力的頹喪無奈感覺，以削弱兩人拚死之心，爲生命奮發的鬥志。高手相爭，尤其是寇仲和徐子陵這層次的高手，講究的是氣機交感，氣勢的對峙，以全心全身的力量把對方鎖緊，從中爭取主動，搶佔上風，決定成王敗寇。但受傷的寇仲和徐子陵由於功力大打折扣，無法辦到這點。

伏難陀的厲害處，在於看破兩人間不怕為對方犧牲的兄弟深情，更明白兩人合作無間，故以此消耗戰術，牽著兩人鼻子走，直至他們力盡不支。寇仲現在的任務，就是在徐子陵送入眞氣的支援下，把這令他們必敗無疑的形勢扭轉過來。眼看伏難陀雙袖迎上寇仲的井中月，伏難陀又施奇招，身體像變成上下兩截，上的一截往左側拗去，枯黑的兩手從袖內滑出，有如能拐彎尋隙的兩條毒蛇，十指撮成鷹喙狀，從外側繞擊寇仲沒有持刀的左手和左脅；下一截則踢出左腳，疾取井中月鋒尖。這些本該人體承擔不來的怪異動作，他卻奇蹟似的輕鬆容易辦到。

寇仲胸前的傷口開始迸裂淌血，這最嚴重傷口傳來的痛楚，令其他傷口的疼痛均變成無足輕重。沒有多少血可流的他等於同時面對兩個敵人，任何一路的進攻，均可要他老命。寇仲拋開一切，心神進入井中月的境界，無驚無懼，還哈哈一笑，倏地後退，竟來一招不攻。以往他施展此招，均在開戰之始，以之試敵誘敵，但用在交戰正酣之際，還是第一次。只見他井中月似攻非攻，似守非守，卻是無隙可尋，全無破綻。變化之精奇奧妙，恰到好處，教旁觀的徐子陵亦要嘆為觀止。徐子陵當然不會閒著，正不斷提聚功力，隨時接替寇仲，準備以消耗戰對消耗戰，因為無論他或寇仲，此時都沒有持久作戰的資格與能力。

在伏難陀眼中，寇仲被徐子陵輕撞一記肩頭，立時脫胎換骨地變成另一個人，刀氣劇盛，立即將他籠罩緊鎖，逼他不得不作全力硬拚。不過這亦正中他下懷，他是天竺數一數二的武學大宗師，精通梵我不二的瑜伽精神奇功，不但清楚感應到徐子陵把眞氣輸入寇仲體內，更知先前不與對方全力作戰的高明策略，已成功大幅削弱兩人的鬥志和信心。所以只要覷機擊潰寇仲的攻勢，再趁徐子陵尚未完全提聚功力之際，重創寇仲，那時還不勝券在握。可惜徐子陵一句「小腹」，破壞了他的戰略計畫。首先，伏難陀生出被徐子陵看通看透的可怕感覺，其次是他以爲寇仲會以他小腹作爲攻擊目標，故所用招數亦針對此而發，豈知全不是那回事，落得連番失著，反落下風。奇變迭生，以伏難陀之能，亦禁不住心內猶豫，究竟是變招再攻，抑是後撤重整陣腳。

伏難陀所有動作斂消，釘子般釘在地上，身子卻不斷擺動，似往前仆，又若要仰後跌，怪異至極點。如此招數，兩人尙是首次得睹，心中生出詭奇古怪的感覺。寇仲更感到對方似眞的與他所謂的梵天，聯成渾然不分的一股力量，若再向他強攻，等於向整個祕不可測的梵天挑戰。「不攻」再使不下去，寇仲井中月疾出，劈往伏難陀身前四尺許空處。以人弈劍，以劍弈敵。棋弈。井中月帶起的勁風狂飆，波浪般往兩旁捲湧，螺旋般的勁氣，另從刀鋒湧出，朝眼前可怕的敵人湧去。笑道：「這招大概該叫梵我如一吧！」這比諸以前的棋弈，是更上一層樓，不但能惑敵制敵，控制主動，更能在這特殊的情況下破敵。只要能逼得伏難陀只餘往後傾之勢，他這招「天竺式」的「不攻」，勢被破掉。

伏難陀果然立定，單掌直豎胸口作出問訊的姿態，化去寇仲的螺旋刀氣，朗聲道：「我是梵，你是他；你是梵，我是他。梵即是我，我即是他，他即是梵。如蛛吐絲，如小火星從火跳出，如影出於我，若兩位能明白此義，當知何謂梵我如一。」

寇仲雙目精芒大盛，胸口的血漬開始滲透衣服顯現出來，哈哈笑道：「果然是個堅持在戰場一邊想殺人一邊說法渡人的古怪魔僧，看刀。」

刀化擊奇，劃過空間，朝對方咽喉彎擊而去。若有選擇，他絕不會如此倉卒出手，問題是他沒有堅持下去的本錢，必須愈快愈好的爭奪主動權。徐子陵同時配合移動，搶往伏難陀右側，牽制對方，使他在分神顧忌下難對寇仲全力還擊。豈知伏難陀閃電後移，退到大門外兩步許處，徐子陵的威脅立即失去作用，只餘正面寇仲在氣機牽引下窮追不捨的獨攻。三方面均為頂尖的高手，除在功力招數方面互爭雄長，還在戰略、心理各層面上交鋒較量，精采處使人目不暇給。

井中月的鋒尖變成一點精芒，流星般破空往伏難陀咽喉電射而去，呼嘯聲貫耳轟鳴，聲勢凌厲。螺旋眞勁貫徹刀梢，鋒銳之強，氣勢之盛，誰敢硬攖其銳。寇仲曉得這一刀是決定他和徐子陵的生死，只許成功，不許失敗。如能把伏難陀逼出門外，他將得以放手強攻，加上徐子陵，展開聯擊之術，始有些微勝望。伏難陀實在太可怕了。

就在徐子陵也以為伏難陀除後撤再無他途之際，奇變突起，伏難陀的身子竟像一根枯黑木柱般往前直挺挺的傾來，變得頭頂天靈穴對正寇仲井中月刺來的鋒尖。寇仲當然曉得伏難陀不是要借他的寶刀自盡，而是能把脆弱的頭頂罩門化為最堅強攻擊武器的天竺奇功，不過此時已無法作出任何改變，事實上他多麼希望能換氣改進為退，再看看伏難陀仆在地上的可笑樣子，如若他仍要乘勢追擊，則讓虎視一旁的徐子陵以他的手印好好招呼他。可是身上的傷口和一往無回的刀勢絕不讓他這般如意。刀尖在刺中伏難陀天靈要穴三寸許的空隙餘暇間，伏難陀斜仆的身子雙腿忽曲，把與寇仲刀鋒的距離扯遠少許，然後雙腿撐個筆直，才迎上刀鋒。就是這精微的變化，使寇仲吐勁拿捏的時間失去準頭，差之毫釐，謬以千里。「蓬！」眞勁交擊。無可抗禦的力量，像根無形鐵柱硬撼刀鋒，沿井中月直搗進寇仲經脈內。

這一記頭撞，聚集伏難陀全身經穴所有力量，絕非說笑。寇仲手中井中月「嗡嗡」震鳴，全身劇震，往後踉蹌跌退，潰不成軍，身上大小傷口迸裂，形相慘厲。伏難陀亦渾身一顫，雙手卻虛按地面，似欲要趁勢窮追猛打寇仲，取他小命。伏難陀的天竺魔功，與畢玄的赤炎大法確是所差無幾，奇招層出不窮，這樣的一記硬拚，清楚說明寇仲即使沒有負傷，純比內力，仍遜此魔僧一籌。徐子陵卻知道伏難陀雖成功令寇仲傷上加傷，但並非不用付出代價，本身亦被寇仲反震之力狠創。値此生死關頭，他完成進入井中月的至境，既能抽離現場，又對現場一切無有遺漏，萬里通明。雙腳離地彈起，寶瓶氣積滿待發，截擊伏難陀，時間角度妙若天成，無懈可擊。「啪！」

「轟！」寇仲先壓碎一張小几，然後背脊重重撞上另一邊的牆壁，力度的狂猛，令整座大堂也似晃動，掛牆氈畫鬆脫，掉了下來，情況的混亂可想而知。「嘩！」寇仲眼冒金星，渾身痛楚，喉頭一甜，幸好噴出一蓬鮮血，胸口一舒，回復神智。此時他唯一想的事，就是在伏難陀殺死徐子陵前，回復出手作戰的能力。今天縱使拚掉性命，也要拉這惡毒狡猾的天竺魔僧作陪葬。

騰空而起的伏難陀心中暗嘆，計算出絕難避過徐子陵的截擊，尤其對方積滿而未發的拳勁，使他更不得不全力應付；臨急應變，他借力腳撐大門框邊，改向凌空而來的徐子陵迎去。徐子陵心平如鏡，伏難陀雙手雖幻化出虛實難分的漫天爪影，鋪天蓋地的往他罩來，他卻能清楚把握到敵手的眞正殺著。最令他安心的是伏難陀因被自己看透心意，再不能保持梵我不二的精神境界，使他非是無機可乘。「砰！」兩人在大堂半空錯身而過。寶瓶氣發，氣勁爆炸，粉碎漫天爪影。殺氣凝堂。為免觸發右脅的傷口，徐子陵只憑左手對雙爪，在接觸前以精妙的手印變化，著著封死伏難陀輕重急緩的無定魔爪，到最後以拳擊中他的右爪，高度集中的寶瓶印氣驟發，令伏難陀空有無數連消帶打的後著，亦無從施展，被徐子陵以拙破巧，以集中制分散，無法佔得半分便宜。如非伏難陀仍未從寇仲的反擊力回復過來，徐子陵恐亦難有此驕人戰果。縱是如此，伏難陀攻來的眞氣確深具妖邪詭異的特性，寒非寒，熱非熱，似攝似推，無隙不入，陰損至極，令他離痊癒尚遠的經脈捱得非常辛苦。

兩人分別落在相對的遠處，寇仲則位於兩人旁邊的靠牆處，仍在閉目調息。徐子陵旋風般轉過身來，淡然一笑，右手負後，左手半握拳前探，拇指微豎虛按。一指頭禪。伏難陀同一時間觸地旋身，雙手合什，一眨不眨的注視徐子陵的拇指，首次露出凝重神色。使他吃驚的不是徐子陵的一指頭禪，而是徐子陵的精神境界。他再感應不到徐子陵的狀態。自梵功大成後，他尚是首次遇上這樣一個對手，逼得他不得不對兩人重新估計。只徐子陵已足可把他纏上好一會，若讓寇仲回復作戰的能力，他將再沒有殺死兩人的把握。在一輪血戰後，強橫如伏難陀，信心終於受挫。

寇仲此時已成功壓下翻騰的氣血，緩緩運氣提勁，井中月艱難的舉起，眼睛睜開，射出拚死力戰，一往無前的神色。伏難陀心中大懍，怎也想不到寇仲回氣的速度快捷如斯，不過他已陷入勢成騎虎之局，拚著損耗眞元，冒被殺傷之險，亦要除去兩人，否則待他們完全康復後，日子將非常難過。徐子陵生出感應，曉得伏難陀在再找不到自己任何破綻下，會被迫冒險全力出手，因而更是靈台清明，嚴陣以待，要藉此良機，重創眼前可怕的大敵。伏難陀口發尖嘯，全身袍服拂動，接著雙腳離地，像鬼魂般腳不沾地，朝徐子陵移去，兩手隔空虛抓。狂飆倏起。

就在這要命時刻，徐子陵澄明通透的心境浮現出邪帝舍利，接著湧現師妃暄的如花玉容，井中月的境界登時煙消雲散。石之軒竟於此千鈞一髮的要緊時刻，以邪帝舍利引祝玉妍去決戰，慘在徐子陵和寇仲此刻自身難保，遑論分身往援，而馳援的師妃暄當然要冒上非常大的危險。這想法頓時使他像被石塊投進本來沒有波紋的井水，登時激起擾亂心神的漣漪。伏難陀立生感應，加速推進，在氣機感應下，右手爪化爲拳，往徐子陵轟去。徐子陵像從九霄雲端墜下凡塵，伏難陀的拳頭立時擴大，變成充塞天地的一拳，從無而來，往無而去，後著變化，他再不能掌握。

高手決戰，豈容絲毫分心。徐子陵心知要糟，又不得不應戰，勉力收攝心神，一指頭禪按出。拳指交擊。如果徐子陵能摸清楚伏難陀出拳的所有精微變化，由於一指頭禪是更集中的寶瓶印氣，專破內家氣勁，故不懼對方功力比自己高強。但此刻當然是另一回事，徐子陵只能卸去對方七成眞勁，其他的照單全收。悶哼一聲，徐子陵應拳斷線風箏地往後拋飛，舊傷迸裂，口中鮮血狂噴，重重掉在窗下的牆角處。

寇仲一聲不吭的閃電撲至，井中月全面開展，狂風暴雨的朝伏難陀攻去。伏難陀心中叫苦，想不到寇仲絲毫不因徐子陵受重創而失去冷靜，兼之徐子陵反震之力令他內傷加重，在沒有喘一口氣的空隙下，一時只能見招拆招，再次落在下風。寇仲「唰唰唰」連環劈出十多刀，黃芒大盛，刀勢逐漸增強，一刀比一刀重，有如電殛雷劈，螺旋氣勁忽而左旋，忽而右轉，選取的角度弧線刀刀均教人意想不到，刀刀以命搏命，不顧自身安危，水銀瀉地的朝伏難陀攻去，凜冽的冰寒刀氣，裂岸驚濤似的不住衝擊敵人。他將徐子陵是生是死的疑問置於思域之外，只知全力以赴，與敵偕亡。可是從傷口滲出的鮮血把他的衣服染得血跡斑斑，所餘無幾的眞元迅速消耗，無論他的死志如何堅決，戰意如何昂揚，始終不能突破體能的限制，漸到了由盛轉衰的階段。

伏難陀妙著連出，爭回少許主動，心中暗喜，知寇仲成強弩之末，立即展開一套詭異莫名的身形手法，身體作出種種超越正常人體能的古怪動作，以對抗消滅寇仲凌厲無匹的刀勢。寇仲冷哼一聲，井中月在空中畫出大小不一的七、八個圈子，每個圈子均生出一個螺旋氣渦，鋪天壓地的完全籠罩突襲對手，以伏難陀之能，亦應付得非常吃力。假設徐子陵在旁目睹，當可猜到這是寇仲「井中八法」最後一式，第八法的「方圓」。寇仲在螺旋氣勁助攻下，似退非退，似進非進，倏地一刀刺出，看似簡單，卻有方中帶圓，圓中帶方的氣機，玄妙至乎極點。伏難陀竟不知該如何招架封格，駭然後撤。刀是直刺，但螺旋氣勁卻是方圓俱備，既似一堵牆般往敵手壓去，核心處仍是圓圓的螺旋勁，刀法至此境界，實盡奪天地的造化，教他如何能擋。此招「方圓」，是給逼出來的，以前寇仲雖想到有此可能，卻未練成過，故從未以之應敵，值此生死關頭，終成功使出來。

寇仲噴出小口鮮血，無力乘勢追擊，行雲流水的往後飄退，挾起徐子陵，破窗而出，落到房舍和高牆間的側園處。

伏難陀閃電穿窗追來，大笑道：「少帥想逃到哪裏去？」

寇仲左手摟緊徐子陵，感覺到自己這位兄弟仍在活動的血脈，迅速仰首瞥一眼天上夜空，只見星月蔽天，無比迷人，一陣力竭，心忖難道我兩兄弟今晚要命喪於此奸人之手？

就在此時，一道刀光從牆頭電射而下，筆直迎向正朝寇仲背後殺至的伏難陀擊去，帶起的淩厲刀氣，有若狂沙拂過炎旱的大漠。「蓬！」伏難陀早負上不輕的內傷，兼之事出意外，偷襲者又是級數接近的高手，猝不及防下，慘哼一聲，給刀勢衝擊得從窗戶倒跌回屋內。

可達志一招得手，卻不敢追擊，來到寇仲身旁，喝道：「隨我來！」

寇仲關心瞧著盤膝床上療傷的徐子陵，問道：「如何？」

這是可達志在龍泉一處祕密巢穴，不用他說明兩人亦猜到是供突厥探子在此作藏身之所，位於城東里坊內一所毫不起眼的平房。

徐子陵微微頷首，道：「還死不去。」

他們換上可達志提供的夜行勁裝，除臉色難看，表面並沒甚麼異樣。

可達志訝道：「子陵的療傷本領確是不凡，這麼快便能運功提氣，不過若不好好休息一晚，將來會有很長的後患。唉！」

寇仲道：「為何唉聲嘆氣？」

可達志道：「我怕你老哥以後要任人將名字倒轉來寫。」

寇仲兩眼亮起來道：「找到深末桓在哪裏嗎？」

可達志道：「仍是未知之數，我之前第一次離宮，先派人通知杜興，告訴他取消今晚的行動，唉！希望他能醒覺！」

寇仲苦笑道：「好小子！對你的杜大哥，你這小子真是好得沒話可說。」

可達志這麼做，是有點不想面對現實，害怕杜興確如寇仲所料，被揭破不但欺騙寇仲，還欺騙他可達志。

可達志拍拍寇仲肩頭，接著右手輕搭寇仲寬肩，道：「然後我找著潛伏一旁的陰顯鶴，那傢伙比我想像中更易辨認，請他設法跟躡任何像木玲的人，因她比較容易辨識，而我則負責你們的安全。後來我詐作離城，但離開的只是我的手下，我則折返來跟在你們的背後，看看誰會暗中對付你們。」

寇仲愕然道：「那為何不早點出現？說不定可合我們三人之力，一舉宰掉那愛在兵來刀往之際說法的混蛋魔僧。」

可達志苦笑道：「還說呢，你們兩位大哥閃個身就把我撇甩，幸好我憑你們傷口的血腥味，終成功跟蹤到那裏去。真想不到伏難陀的天竺魔功厲害至此，我一刀即試出無法把他留下，否則豈容他活命離去。」

寇仲恨得牙癢癢的道：「眞是可惜，縱使陰顯鶴成功尋得深末桓所在，我們卻要眼睜睜錯過。」

徐子陵睜眼道：「你和可兄放心去吧！我有足夠自保的力量，伏難陀短時間內亦無法查出我藏在這裏。」

他並沒有告訴寇仲感應到邪帝舍利一事，因怕影響他療傷的效果。

寇仲卻沒忘記此事，問道：「你究竟有沒有感覺？」

可達志雖見他問得奇怪，仍以爲他在詢問徐子陵的傷勢。

徐子陵違心的搖頭道：「一切很好，你放心去吧！千萬小心點，你的情況不比我好多少。」

寇仲猶豫片晌，斷然點頭道：「我天明前必會回來，你最要緊甚麼都不想，全神療傷。」說罷與可達志迅速離開。

徐子陵曉得兩人必會徹查遠近，直到肯定沒有尋到這裏來的敵人，始肯放心去辦事，所以爭取時間療傷，在一盞熱茶的時間後悄悄動身，往邪帝舍利出現的方向趕去。

可達志回到藏在樹林邊沿的寇仲旁，與他一起卓立凝望月夜下龍泉城北的大草原，道：「若我沒有猜錯，深末桓應躲在拜紫亭的臥龍別院內。道理很簡單，深末桓既托庇於韓朝安之下，而韓朝安的高麗則全力支持拜紫亭，由此可推知深末桓實爲拜紫亭的人，又或是臨時結盟。」

寇仲嘆道：「是不是找不到陰顯鶴留下的暗記？唉！眞教人擔心，這小子不會那麼不濟吧？」

可達志微笑道：「敵人愈厲害，就愈刺激，我會倍覺興奮。要不要試試一探臥龍別院，若陰兄被他們宰了，我兩個就血洗該地。」

寇仲聽得心中一寒，這麼愛冒危險的人，若成爲敵人，亦會是危險的敵人。淡淡道：「那臥甚麼別院，是否那座位於龍泉北唯一山谷內的莊園？」

可達志訝道：「你也知有這麼一處地方，它三個月前建成，是個易守難攻的谷堡。」

寇仲道：「你可知我和陵少離宮時，給拜紫亭扯著向我們大吹大擂，一副成竹在胸的模樣，這對你有甚麼啓示？」

可達志冷哼道：「這種不自量力的傢伙，可以有甚麼啓示？」

寇仲沉聲道：「見你剛救過小弟一命，我就點出一條明路給你走。拜紫亭絕非不知天高地厚、妄自尊大的傢伙，而是高瞻遠矚，老謀深算的精明統帥。只看他揀在雨季的日子立國，當知此人見地高明，如此一個人，豈能輕視？」

可達志顯然記起今天那場傾盆豪雨，又感受到腳下草原的濕滑，點頭道：「拜紫亭確是頭狡猾的老狐狸，我會放長眼光去看，看他能耍出甚麼花招來。」

寇仲搖頭道：「你若持此種態度，只能成爲衝鋒陷陣的勇將，而非運籌帷幄的統帥。所謂知己知彼，百戰百勝。告訴我，在甚麼情況下無敵大草原的狼軍會吃虧呢？」

可達志皺眉道：「小長安終非眞長安，城高不過五丈，像我們般剛才突然發難，便可逾牆而出，拜紫亭憑甚麼令我們吃敗仗？」

寇仲微笑道：「憑的就是你們的錯估敵情。拜紫亭之所以這麼有信心，不懼一戰，必有所恃。」

可達志一震道：「你是否指他另有援軍？這是不可能的，現在唯一敢助他的是高麗王高健武，他正處於我們眼線的嚴密監視下，任何兵員調動，休想瞞過我們。其他靺鞨大酋也是如此，全在我們密切注視下。」

寇仲道：「你忘記杜興提起過的蓋蘇文嗎？還說韓朝安與他勾結，若我沒猜錯，蓋蘇文就是拜紫亭的奇兵。試想當你們全力攻打龍泉的當兒，忽然來場大雨，『五刀霸』蓋蘇文親率精兵冒雨拊背突擊，拜紫亭則乘勢從城內殺出，猝不及防下你們會怎樣？」

可達志道：「這確是使人憂慮的情況，蓋蘇文若乘船從海路潛來，會是神不知鬼不覺，我們會留意這方面的。」

寇仲搖頭道：「不用費神，若我所料無誤，蓋蘇文和他的人早已抵達，藏身的地方正是最近建成的神祕莊院『臥龍別院』。」

可達志動容道：「我現在開始明白大汗和李世民因何如此忌憚少帥，此事我必須飛報大汗，著他提防。嘿！小弟眞的非常感激。」

接著嘆一口氣道：「想起將來說不定要與少帥沙場相見，連小弟也有點心寒。」

寇仲道：「有些話你或者聽不入耳，爲了秀芳大家，也爲龍泉的無辜平民，可否只逼拜紫亭放棄立國，拆掉城牆，交出五采石了事。那和打得他全軍覆沒，把龍泉夷爲平地沒甚麼分別。」

可達志沉默片晌，嘆道：「我明白你的意思，不過此事必須大汗點頭才成，我自問沒有說服他照你意思去辦的本領。」

寇仲道：「便由我去說服他。首先我們要多掌握確切的情報，就由臥龍別院開始。」

可達志駭然道：「明知有蓋蘇文坐鎭，我們闖進去跟送死有何分別？你老哥又貴體欠佳，想落荒而逃也辦不到。」

寇仲笑道：「不是敵人愈厲害愈刺激嗎？你也不想我被人把名字倒轉來寫。何況陰顯鶴正等我們去救他。他娘的！我愈來愈相信拜紫亭、深末桓、馬吉、蓋蘇文，你的杜大哥，大明尊教、呼延金等各方人馬，結成聯盟，要藉渤海國的成立扭轉大草原的形勢。深末桓和呼延金兩個混蛋該是後來加入的，因爲此兩混蛋走投無路，故行險一搏。」

可達志愕然道：「大明尊教理該因信仰關係與伏難陀勢不兩立，爲何肯與拜紫亭合作？」

寇仲道：「道理很簡單，首先化身爲崔望的宮奇肯定是大明尊教的人，其次是拜紫亭派宮奇劫去大小姐的八萬張羊皮，不但是引我和陵少到這裏來的陷阱，更是助大明尊教盟友榮鳳祥除去生意競爭對手的手段，因爲大小姐冒起極快，生意愈做愈大，說不定有一天會取榮鳳祥北方商社領袖的地位而代之。有財便有勢，招兵買馬更在在需財，爲了求財立國，拜紫亭只好不擇手段。」

可達志搖頭道：「這實在教人難以置信，大明尊教支持拜紫亭有甚麼好處？馬吉更是突厥人，杜大哥起碼是半個突厥人，拜紫亭若冒起成新的霸主，他們哪還有容身之所？你是否過度將事情二元化？」

寇仲道：「換個角度去看，你客觀點的去瞧這件事，貴大汗頡利是否過於霸道？他爲何與突利交惡？突厥因何會分裂成東西兩個汗國？」

可達志臉色忽晴忽暗，沉吟好半晌頹然道：「你的話不無道理。我們大汗爲著擴軍，對各小汗和要看他臉色做人者確有很多要求。唉！就算他不高興，我也要提醒他這方面的問題和後果。」接著冷哼道：「這都是趙德言成爲國師後的事，他奶奶的！」

寇仲又道：「拜紫亭和伏難陀是兩回事。照我看他們已是貌合神離，原因極可能是因拜紫亭與大明尊教勾結。這夠複雜了吧！只要多了一個人，就會發展出錯綜複雜的關係，何況是多方面人馬，又牽涉到各自的利益，你的杜大哥可能因許開山而捲進此事內。大明尊教原想藉貴大汗的手幹掉我們，豈知偷雞不著蝕把米，反促成貴大汗和突利的修好。只從這點看，馬吉這個穿針引線的人，肯定與大明尊教和拜紫亭暗中勾結。」

說到這裏，寇仲渾身輕鬆，很多以前想不透猜不通的事，此刻都像有個清楚的大概輪廓。

可達志苦笑道：「我一時仍未能消化你的話，只好暫時不去想，我會安排你與大汗見個面，說個清楚。」

寇仲一拍背上井中月，道：「來吧！我們充當探子，來個夜探臥龍別院，看看裏面是否藏著千軍萬馬。若實情如此，只要我們攻破此處，拜紫亭就只餘乖乖受教聽話的份兒。」

徐子陵翻下城牆，落在牆邊暗黑處，幸好龍泉城沒有護城河，否則以他目前傷疲力累的狀態，又要大費手腳。他憑著過人的靈覺，覷準守兵巡兵交更的空隙，神不知鬼不覺的逾牆而出，否則若讓守兵纏上，將不易脫身。此時他再感應不到邪帝舍利所在，不知是因功力減退，還是其他原因。他更不知道趕去能起甚麼作用，但爲了師妃暄，他要不顧一切的這麼去做。正如他是師妃暄劍心通明的破綻，師妃暄也是他拋不開的牽掛。他剛才首次向寇仲說謊，因爲他不願拖累寇仲，讓他去冒這個險，何況此事不宜讓可達志曉得。他也像寇仲和可達志般隱約猜到深末桓已和拜紫亭結盟，正因殺他們的責任落到拜紫亭身上，所以深末桓等人沒有出現。

徐子陵調息停當後，朝鏡泊湖的方向不疾不徐的馳去。他必須利用這行程好好調息，那至少在見到石之軒時有一拚之力，死也可死得漂亮點。平時在任何情況下，他也不用爲師妃暄擔心，但對手是石之軒，則成另一回事。誰都不知道祝玉妍的「玉石俱焚」，是否眞能如她所言般，與石之軒來個同歸於盡。徐子陵心中突感一陣煩躁，大吃一驚，知自己因心神不寧引發內傷，若任這情況發展下去，隨時可能倒斃草原上，忙拋開一切雜念，把注意力集中緊守靈台的一點清明，邊飛馳邊行氣療傷，倚仗以三脈七輪爲主的換日大法獲取神效。壯麗迷人的夜空下，他的心神緩緩進入井中月的境界。出奇地他仍未感應到邪帝舍利的所在，究竟是怎麼一回事？

就在此時，他感到有人從後方迅速接近。徐子陵只從對方的速度，立知是武功不在他處於正常狀態之下的第一流高手，但心中卻無絲毫驚懼。他必須把來者不善的跟蹤者撇下，否則不但到不了鏡泊湖，且沒命知道師妃暄的吉凶。

對方離自己尚有兩里許的遠距離，沒有一盞熱茶的工夫，該仍追不上他，這樣一段時間足夠他做很多事。他沒有回頭去看，沒有加速，只偏離原來路線，朝右方一片密林投去。入林後他先往西北走，到出林後再折回來，藏在叢林邊緣一棵大樹的枝葉濃密處。一道人影迅速來到，赫然是他的「老朋友」烈瑕。抵達樹林邊緣處，烈瑕雙目邪光閃閃的四處掃射，又仰起鼻子搜索徐子陵身體傷口血腥殘留的氣味，這才匆匆入林，一絲不差的依徐子陵適才經過的路線追進林內去。徐子陵暗呼好險。他不知烈瑕爲何追在自己身後，但總不會是甚麼好事。不過若烈瑕發覺受騙，掉頭追回來仍有重新趕上自己的可能。想到這可能性，徐子陵勉力提氣輕身，騰空躍起，落到三丈外另一棵大樹的橫梢上。只有在樹上高空處，才能令烈瑕這擅長跟蹤的高手嗅不到他的氣味。在大草原上，出色的獵人均懂得利用鼻子追敵察敵。徐子陵再提一口氣，連續飛躍，遠離原處近二十多丈時，忽然一陣暈眩，差點從樹梢墜落地上，連忙抱著樹幹。風聲響起，不出他所料，烈瑕去而復返。徐子陵再沒有能力作任何事，抱樹跌坐橫幹處，默默運功，大量的失血，使他的長生氣亦失去療傷的快速神效。

破風聲起。烈瑕躍上他原先藏身的大樹上，當然找不到他，但他心中卻無歡喜之情，因爲烈瑕隨時可找到他這裏來，這傢伙太厲害了，因此這可能性非常大。徐子陵忽然把心一橫，行氣三遍後，一個翻騰，橫越五丈的距離，落到林外的空地上。逃既逃不掉，唯有面對，還有一線生機。

可達志「咦」的一聲，加速前進，並俯身探手從地上撿起像某種動物身上鱗甲似的一塊小薄片，這薄片一邊尖一邊寬。

寇仲追到他旁，問道：「這是甚麼？」

可達志把甲片遞到他眼下，晃動光滑的一面，反映著天上的月光，閃閃生輝，欣然道：「這是我交給陰顯鶴那怪人的小玩意，給他在城外之用，撒在草原上，只要爬上高處，隔兩三里也可看到它的閃光，以尖的一端指示方向，所以看來陰顯鶴並沒有被害。但爲何他不是依約定把第一片放在城牆附近，而是放在離城近五里的地方來，教人費解。」

寇仲目光掃過草原，前方是一片樹林，林內隱傳河水流動的聲音，神色凝重的道：「希望不是敵人從他身上搜出來後，丟一個到地上引誘我們就好哩！」

可達志雙目殺機一閃，道：「也有可能是陰小子發覺有敵在背後跟蹤，到這裏才成功撇下敵人，只好在這裏丟下第一片。」

寇仲倒抽一口涼氣道：「我卻沒你那麼樂觀，另一個可能是老陰現被深末桓、韓朝安、呼延金等整夥的人，追得上氣不接下氣，無法可施下，只好丟下甲片，讓我們循跡去救他。」

可達志微一錯愕，但顯然認爲寇仲的話不無道理，陰顯鶴正是那種非到最後關頭，不肯求人的怪胎。

突然一個縱身，借雙腿撐地的力道，筆直射上天空，到離地達七、八丈的驚人高處，來個旋身，再輕鬆降回寇仲身旁，興奮的指著西北方道：「我找到第二片，果然是依約定的每里一片，尖的一端指示方向，這樣看，我手上這一片確是他親手丟的。」

寇仲道：「那爲何還要多說廢話，走吧！」

領頭朝第二片甲片的方向馳去，可達志怪嘯一聲，追在他背後。他們再沒有隱蔽行藏的必要，當務之急就是循甲片追上敵人，啣尾殺他們一個措手不及，落花流水。

徐子陵這次可說是一場豪賭，賭注是自己的生命，賭的是烈瑕在沒有十成把握下，絕不敢出手殺他，所憑的是剛從伏難陀處領悟回來的「梵我如一」。那是人與大自然合一的境界，天人合一的至境。也是所有坐禪修佛者追求的目標。它可以有不同的名字，例如「梵我不二」、「劍心通明」、「井中月」，說的仍是同一件事，隨個人的經驗、智慧和修爲而有異。大明尊教對他兩人採取的策略，是表面和善、暗裏陰損，因爲不願被人識破與拜紫亭暗中勾結。再則若拜紫亭失敗，大明尊教將遭到突厥人的報復，那時大草原雖大，將再無立足之地。若可殺死徐子陵，當然萬事俱了，可是一個不好，讓徐子陵逃掉，烈瑕和大明尊教將吃不完兜著走。突利怎肯放過殺自己兄弟的仇人，那並非說笑的一回事。徐子陵正是看準烈瑕的心理，又曉得逃過他鼻子搜索的機會微乎其微，遂行險一搏。

徐子陵雙腳觸地，烈瑕從林內撲出，落在他身前兩丈許處，雙目邪光迸射，灼灼打量徐子陵。

徐子陵一手負後，另一手擺出一指頭禪的架式，從容微笑道：「烈兄終忍不住露出狐狸尾巴，想來要小弟的性命，閒話休提，讓我看看你是否有此本領？」

烈瑕虎軀一顫，雙目凝重，全神評估徐子陵的眞實情況，搖首道：「子陵兄誤會啦，愚蒙只是想趕上來看看有甚麼可幫忙的地方，怎會有相害之意？」

徐子陵心神進入井中月的境界，感到自己與天地合而爲一，再沒有這個「自我」的存在，故亦無驚怖、無恐懼，對烈瑕的動靜更是瞭若指掌，知道在這種情況下，對方完全把握不到自己的虛實，看不破他是不堪一擊。忽然間，他感到自己經脈內的眞氣竟開始自然凝聚，身體的情況大有改善，渾渾融融，傷口雖仍傳來痛楚，卻與他要昇至某一層次的精神意識再無直接的關係。淡淡道：「既是如此，烈兄請立即回去，我現在不需任何人跟在身旁。」

烈瑕踏前兩步，裝作往四處看望，道：「爲何不見少帥與子陵兄同行？」他這兩步踏得極有學問，要知徐子陵正嚴陣以待，對他的進逼自然而然該生出反應，他便可以從徐子陵氣場的強弱，從而推知得出徐子陵作戰的能力，以決定進退。

烈瑕儘管低垂雙手，以示沒有惡意。但誰都曉得這位大明尊教文采風流、出類拔萃的人物，隨時可發動雷霆萬鈞的攻擊。

徐子陵卓立如山，一對眼睛精芒閃閃，語氣卻出奇的平靜，道：「我徐子陵雖非好鬥的人，卻再沒興趣聽你的胡言亂語，動手吧！」

烈瑕忙道：「唉！子陵兄眞的誤會，我絕沒有動手的意思，不阻子陵兄啦！」說罷往後飛退，剎那間變成在月夜下草原上的一個黑點，沒入右方一片疏林內。

徐子陵心知肚明他仍在暗裏隔遠觀察自己，因爲在正常情況下，任何人如此提氣凝勢，必損耗眞元，實非身負內傷的人負擔得起。豈知徐子陵的「梵我如一」，只是一種精神境界，不需內力的支援，且對傷勢大有裨益。假若烈瑕以氣勁和徐子陵作對峙，自是另一回事，徐子陵想不露出馬腳也不行。幸好烈瑕在弄不清楚徐子陵傷勢深淺下，不敢輕舉妄動。

徐子陵利用剛結聚得來的眞氣，倏地閃身，沒進林內，接著一跤跌倒地上，前方是蜿蜒流過樹林的一道小河。只是這下橫掠近八丈的身法，足可嚇得烈瑕不敢再跟來。小小代價，買回小命，怎都是划算吧！

寇仲追在可達志背後全速飛馳，奇異地內傷不但沒因提氣運勁加深加重，反愈奔愈見好轉，氣血愈是暢行無阻。就像他初練長生氣，須邊走邊練的情況。早在起步之時，寇仲因一心一意與可達志同往援救陰顯鶴，故得而拋開一切，進入無人無我的至境。假若他是獨自一人，又或和徐子陵在一起，由於要動腦筋，必因此心神分散，不能如此刻般心凝意聚。最妙是追蹤之責全在可達志身上，他只須緊追在可達志背後，一切妥當。可達志數度回頭瞧他，怕他不能支持，豈知竟見他能不即不離的追在身後，禁不住露出奇怪神色，不明白因何寇仲竟能絲毫不受傷勢牽累。寇仲卻是無暇理他，更清楚自己又在長生訣、和氏璧、邪帝舍利合成的先天眞氣領域中，再作突破。

在伏難陀的生死威脅下，爲了徐子陵，他成功使出「井中八法」最後一式「方圓」，使他對自己的能力有進一步的了解。於使出「方圓」的一刻，在他心中再無生死勝敗或任何擾人的雜念，人、刀和宇宙聯成一個不可分割的整體，天地精氣在他施刀時貫頂而下，將不可能的事變成可能。這大概該是伏難陀所說的梵我不二吧！草原在腳下飛退，雙腳似能吸收融渾的地氣，而先天精氣則緩慢實在的貫頂而來，古人所謂「奪天地之精華」，也不外如是。只須少許眞氣，他便如能永遠在草原上滑翔，直至宇宙的盡頭。寇仲心靈似像提升上虛空的無限高處，與星月共舞同歌，有種說不出的自在和滿足。閉塞的經脈逐一被打通，迸裂的傷口迅速癒合，完全是個沒有人能相信的神蹟。

可達志倏地止步。寇仲像從一個美夢醒來般，回到眼前的現實世界。

可達志一震道：「糟糕！我們中計哩！」

寇仲定神一看，兩人身處在丘坡之頂，前方橫亙著丘陵起伏的山地，被濃密的樹林覆蓋，蹄聲轟天響起，數百戰士從林內衝出，潮水般朝他們殺來。在平坦的草原上，沒有人能在長途奔跑下快得過馬兒的四條腿，這次他們是逃無可逃，避無可避。對方中只要有深末桓、木玲那類高手助陣，他們必死無疑。

「鏘！」可達志掣出狂沙刀，雙目射出堅定不移的神色，語氣平靜至近乎冷酷的道：「我死也要找深末桓來陪葬。」

敵騎不住接近，把距離減至不到半里，直有搖山撼岳的驚人威勢。

寇仲回頭一瞥，見到左後方地平遠處有大片樹林，一拍可達志肩頭道：「隨我來！怎也要賭這一場！」

徐子陵躺在岸旁泥濘濕潤的草地上，全力行氣調息。忽然破風聲再起，自遠而近，不用說也是烈瑕改變主意，不肯錯過這能在神鬼不知下幹掉他的天賜良機。這次無論如何嚇唬他也起不了作用。徐子陵暗嘆一口氣，翻身滑進清涼刺骨的河水裏，貼著深只八、九尺的河床順水潛往下游。口鼻呼吸封閉，內呼吸天然替代，徐子陵感到渾身輕鬆起來，竟暫時把烈瑕忘掉，就那麼隨水而去。

敵騎愈追愈近，快到箭矢能射及的近距離，兩人仍亡命奔馳。目標樹林只在兩里許外，但這卻可能是他們永遠不能抵達的地方。只要拉近至敵人箭矢可及的距離，他們除了掉頭迎戰，再無他法。

一把暴烈憤恨的聲音在後方以突厥話喝道：「你們這兩個沒膽鬼也有今天，有種的就停下來！」

寇仲催氣加速，向可達志喘著氣道：「說話的小子肯定思想幼稚如孩童，這是我兒時在揚州最常聽到的兩句話。」

可達志回頭一瞥，笑道：「這小子該是深末桓，還能挺下去嗎？」

「錚！錚！」弓弦聲響，兩枝勁箭破風而來，落在兩人身後五丈許處。兩人同時想起一事，駭然色變。射程比普通強弓遠上一倍的飛雲弓，豈非可把他們當成活靶？

徐子陵在河水中緩緩潛游，不敢弄出任何撥水的聲響。超人的靈覺，使他曉得敵人正沿河追來，像烈瑕那級數的高手，雖說在密林內，只要借點月色星光，也肯定可發覺他在河水裏。心中叫苦時，忽然發覺河底靠岸壁處有塊大石，石下似有空隙，忙朝此游去。果然天無絕他徐子陵之意，石下空隙剛好容身。

才藏好身體，破風聲起，倏又停止。徐子陵心叫不妙，難道烈瑕厲害至此，竟曉得他藏在石隙內嗎？風聲再起，接著是有人從空中降到岸旁草地的聲音。

烈瑕的聲音道：「有甚麼發現？」

一把如銀鈴鐘音般好聽的女聲苦惱道：「完全沒有氣味和痕跡，難怪這小子每次被人追捕，最後均能脫身。」

她的漢語字正腔圓，是道地的北方漢語，徐子陵雖是第一次聽到她的聲音，卻敢肯定她是漢人。且若她是回紇人，應該和烈瑕說自己的言語。她會是誰呢？更醒悟到烈瑕去而復返，是因多了這個幫手。即使自己不受傷勢影響，仍逃不出他們的毒手。由此推知，此女武功應與烈瑕非常接近，甚或不在他之下。難道是祝玉妍提過「五類魔」內武功最高的「毒水」辛娜婭？

烈瑕嘆道：「我本以爲他借水遁，可是追到這裏仍不見他的蹤影，這麼看他的傷勢並不嚴重。他究竟要到甚麼地方去，寇仲那傢伙爲何不與他在一起？」

徐子陵心忖烈瑕該不曉得伏難陀曾與他們交手，否則當知道他和寇仲傷勢加重。

女子沉聲道：「就讓他們多活一天，有大尊和善母親自在此主持大局，豈容他們橫行無忌，我們走！」

風聲遠去。徐子陵從石隙浮出來，到水面轉身仰躺，呼吸著林木的氣息，任由河水把他帶往下游，心神進而與萬物冥合，務求藉此別出心裁的療傷法，爭取最迅快的復原。

「嗤！」破風聲至。寇仲勉力往橫移，避開第一枝從飛雲弓發射的奪命勁箭。身法因而一滯，登時落後可達志近半丈。此時兩人離目標樹林不到一里，但卻像永難逾越的鴻溝。只要有十來把弓能直接威脅他們，加上飛雲神弓，他們就算改變主意回身迎敵，恐怕仍難逃箭矢穿身的厄運。尚未回氣，「颼」

的一聲，另一枝飛雲箭又電疾射來。

寇仲心想我也有今日了，以前以滅日弓射殺敵人，不知多麼痛快，現在深末桓以牙還牙，他卻毫無反擊之法。可達志倏地退到寇仲身後，狂沙刀反手後劈。「噹！」刀鋒正中箭鋒，硬將勁箭擋飛。可達志一掌拍在寇仲背後，助他加速，自己則箭矢般追上寇仲，與敵人的距離拉遠少許。

寇仲再難邊走邊療傷運氣，登時大爲吃力，把心一橫道：「可兄得爲我報仇。」

正要回頭迎敵，豈知可達志一把扯著他衣袖，帶得他縱身而起，掠過近丈的距離，怒道：「現在豈是逞英雄的時候，要死就死在一塊兒。」

寇仲心中一陣感動，想不到可達志這表面冷酷，處事不擇手段的人，如此有情有義。

樹林只在前方半里處。可是兩人拚命狂奔，又費力躲擋飛雲箭，早是強弩之末。敵人又逐漸趕上來。只聽一把尖銳的女聲厲叱連連，說的是室韋話，雖聽不懂，總曉得是催促手下追上他們。可達志一聲尖嘯，扯著寇仲衣袖，發力加速。寇仲心中叫苦，曉得可達志拚著損耗眞元，也要抵達樹林，但如此一來，即使他們眞能逃入樹林，恐怕能否站穩也成問題，遑論繼續逃命。

樹林只在四十丈外。驀地樹林內殺聲震天，數也數不清的奔出大群戰士，往他們迎來。兩人心叫吾命休矣，哪能想到敵人竟高明至另有伏軍藏在這一邊。

第七章 玉石俱焚

黃易 作品集

第七章　玉石俱焚

徐子陵離開小河，登岸續行，整個人有煥然一新的感覺。沒有一種經驗比潛泳水中，更有回歸大自然的感覺，適才他在絕對的鬆弛下，進入深沉而清醒的半睡眠狀態，思維意識仍在活動，身體卻處於休息的情況，體內眞氣如日月運行，周遊流轉，先天氣由左右湧泉穴分別湧注，左熱右寒，陰陽調和，令他的內傷立即大有起色。迎著清寒的夜風，他雖衣衫濕透，並沒有寒冷的感覺，且由於催氣療傷，水氣被蒸發，當鏡泊湖林區在望，他的衣衫已經乾爽。雖連番遇挫，致傷上加傷，但卻能令他的療傷心法更上一層樓，將臥禪推展至新的境界。更隱隱感到自吸取邪帝舍利的精華後，到此刻才徹底地與體內眞氣融合。他不敢去想師妃暄，怕會因而心浮氣躁，只決定抵達邪帝舍利的位置，再作打算。

徐子陵穿林而過，心忖這豈非是位於湖旁鏡泊亭的位置？自然而然地朝他昨夜與師妃暄和寇仲暗裏遠遠監視鏡泊亭時的高大樹幹摸去。驀地師妃暄盤膝於大樹橫幹上的倩影映入眼簾，這仙子回首往他瞧來，秀眉輕蹙，不用說話，徐子陵清楚體會出她「你這人哪！爲何仍要趕來呢？」的心意。徐子陵喜出望外，又大惑不解。

寇仲和可達志仍保持最快速度的衝刺，怕的是深末桓的飛雲弓。

寇仲拔出井中月，向可達志長笑道：「殺一個歸本，殺一雙有賺，這生意划算啊！」

可達志回頭一瞥，露出不解神色。寇仲亦感到有異，原來深末桓那方面的戰士紛紛勒馬，弄得馬兒嘶啼仰身，情況混亂。

兩人停下步來，另一邊的騎士漫野衝來，看清楚點，寇仲一震道：「是我的兄弟古納台的人。」一把聲音傳來道：「少帥別來無恙！」

寇仲聞聲大喜道：「老跋你究竟到哪裏去哩！害得我們瞎擔心了好幾天。」

領頭者除別勒古納台、不古納台，尚有多時不知蹤影的跋鋒寒。

五百多名戰士旋風般馳來，扇形散開，與深末桓一方結陣的三百多名戰士成對峙之局，強弱之勢，清楚分明。寇仲和可達志絕處逢生，撿回兩條小命，自是欣喜莫名。

跋鋒寒和古納台兄弟馳至兩人身前，三人目光灼灼的打量可達志，寇仲連忙引介。

跋鋒寒躍下馬來，以古納台兄弟聽得懂的突厥話哈哈笑道：「見面勝過聞名，任我跋鋒寒想破腦袋，也想不到你兩人爲何會走在一塊兒。不過此事遲些再告訴我，處置深末桓比任何事更重要。」

識英雄重英雄，雖是敵友難分，別勒古納台兄弟對可達志仍表現得很友善。

可達志對跋鋒寒特別注意，道：「有機會定要領教跋兄的斬玄劍。」

跋鋒寒微笑道：「那小弟將求之不得。不過斬玄再非斬玄，已易名爲偷天。」

移到寇仲旁，歡喜的摟著他肩頭道：「你這小子眞命大，我們守在這裏並非因曉得你會給人追殺，而是準備伏擊和截劫老拜那批弓矢，交給我的事，小弟定會給你辦妥。」

接著雙目殺機大盛，投往約千步外的敵陣，沉聲道：「這次該用甚麼戰術，方可殺敵人一個片甲不留呢？」

別勒古納台皺眉道：「我們雖比對方多上二百多人，大勝可期。可是深末桓最擅遁逃，若給他逃進樹林，極可能落得功虧一簣。」

寇仲內察體內傷勢，發覺已回復六、七成功力，傷口亦大致癒合，心中大喜，暗忖這飛馳療傷之法，肯定是由自己所創得的曠古絕今的療傷奇功。道：「小弟有個提議，包保深末桓不會拒絕，但問題是只能殺死深末桓，卻要放過其他人。」

可達志一震道：「這怎麼行，深末桓不是只懂繡花的娘兒，你又內傷未癒，太冒險哩！」

跋鋒寒愕然望向寇仲，道：「誰能傷你？小陵呢？」

寇仲笑道：「此事說來話長，遲些再向你老哥稟報。」

轉向古納台兄弟道：「我若代你們只把深末桓幹掉，可有異議？」

別勒古納台道：「只要能幹掉他便成，其他人無足輕重，木玲一向不能服眾，不會有甚麼作爲，但……」

寇仲打斷他道：「不用擔心，我似是蠢得把寶貴生命甘心獻給深末桓的人嗎？」

先拍拍可達志肩頭，著他安心，始踏前三步，以突厥話大喝過去道：「深末桓，有膽與我寇仲單打獨鬥一場嗎？」

緊凝的沉默，好一會後，深末桓的聲音傳過來道：「寇仲你是在找死嗎？哈！這樣的狡計我也有得賣，你不過想纏著我後，再揮軍進擊。哼！休想我會中計，有種的就放馬過來，大家明刀明槍對陣，看誰更爲強硬。」

寇仲暗罵一聲「以小人之心度我君子之腹」，哈哈笑道：「這麼說，你是打定主意落荒而逃，又或教手下爲你送死，自己卻逃之夭夭。」

深末桓怒道：「我豈是這種人。」

別勒古納台幫腔喝道：「既然如此，你就和少帥決一死戰，假如勝的是你深末桓，我以祖宗之靈立誓，日出前任你逃跑，絕不干預。」

原野上一片沉默，只有夜風呼呼作響，雙方人馬靜待深末桓的反應。寇仲卻是不愁深末桓不答應，深末桓比任何人更清楚他傷勢的嚴重，此正是取他寇仲之命的千載一時良機，且又可全軍安然撤走，有甚麼比這更划算的。

深末桓和身旁的木玲交頭接耳一番後，果然大喝回來道：「你寇仲既然不想活，我就成全你。」

雙方戰士同時吶喊，一時殺氣凝聚，決戰的氣氛籠罩草原。

只要有仙子在旁，就像能離開充滿仇殺氣氛的殘酷現實，抵達仙界的洞天福地。往亭子方向看去，祝玉妍赫然背著他們面湖安坐，凝然不動。馬吉營地一方不見燈火，顯是大胖子已倉皇撤離。徐子陵糊塗起來，亦放下心事，因她們顯然尚未遇上石之軒。

師妃暄在他湊近時柔聲道：「寇仲呢？」

徐子陵道：「他去尋深末桓的晦氣，並不曉得我會到這裏來。」

師妃暄秀眉輕蹙道：「你怎曉得要到這裏來？」

徐子陵道：「我感應到舍利的邪氣。」

師妃暄的眉頭皺得更深，訝道：「難道祝后在騙我，她說一直感應不到舍利的所在。」

徐子陵一呆道：「竟有此事。不過我也只曾在某一刹那感應到舍利，之後再也沒有感應。」

師妃暄沉吟片晌，輕嘆道：「我忽然有很不祥的預感。」

徐子陵問道：「你們爲何會在這裏？」

師妃暄道：「我找到祝后，她收到石之軒的便條，約她今晚二更在此解決他們間的恩怨。啊！來哩！」

徐子陵定神瞧去，一條小船緩緩朝鏡泊亭划來，高昂瀟灑的石之軒立在艇尾，輕鬆的搖動船櫓，唱道：「人生天地間，忽如遠行客。斗酒相娛樂，聊厚不爲薄；驅車策駑馬，游戲宛與洛。」

徐子陵聽得發呆，石之軒不是要殺祝玉妍嗎？爲何卻似來赴情人的約會。祝玉妍文風不動，似對駕舟而來的石之軒視如不見，對他充滿荒涼味道的歌聲充耳不聞。

深末桓一身夜行裝，手提他的蛇形槍，大步踏出，來到兩陣對壘正中間的位置，朝寇仲以突厥話大喝道：「寇小子滾出來受死！」

跋鋒寒等來到寇仲左右兩旁，可達志湊近寇仲低聲道：「這傢伙信心十足，你得小心點。」

跋鋒寒訝道：「可達志你何時變成寇仲的朋友或兄弟？」

古納台兄弟亦露出注意神色，顯然對此大惑不解。

可達志嘆道：「此事眞是一言難盡，不過我們敵對的立場尚未改變，除非少帥肯歸順大汗。」

寇仲卻在凝望五百步外的深末桓，不放過他任何微小的動作，任何不起眼的表情，沉聲道：「若我十刀內殺不掉他，你們立即揮軍進擊，同時設法救我的小命。」

不古納台失聲道：「十刀，少帥有把握在十刀內宰掉他？少帥勿要輕視此人，他的蛇矛名震戈壁，否則也不會縱橫多年，無人能制。」

跋鋒寒微笑道：「我賭寇仲八刀內可把他幹掉，誰敢和我賭？」

可達志苦笑道：「若是受傷前的寇仲，我絕不敢和你賭，現在卻是不想賭，因爲不希望贏。」

寇仲深吸一口氣，淡淡道：「那就八刀吧！倘不成功，你們還是不用來救我爲佳，因爲這會令我的心志不夠堅定，他娘的！讓你們看看甚麼是我寇仲壓箱底的本領吧！」說罷昂然舉步。

看著他的背影，大草原上聲名最著的四大年輕高手，均露出尊敬的神色，寇仲的氣度確令人心折。

深末桓只是中等身材，面容陰鷙，予人冷狠無情的感覺。雙目則神采飛揚，閃閃有神，在窄長的臉孔上，分外懾人，是那種長期縱橫得意的人獨有的神采。他把蛇形矛槍收在背後，槍尖斜斜從左肩露出，站得穩如泰山，顯示出無可置疑的高手風範，全沒破綻可窺，一瞬不瞬的凝望逐漸接近的寇仲。

寇仲卻是有苦自己知，他因曾誇下海口，聲言要在今晚殺死深末桓，故此縱使拿命去搏，也要以井中月斬殺對方。而且因時日無多，他必須儘速趕回中土去，設法死守洛陽。但如讓深末桓今晚逃掉，他若不多花些時日務必幹掉這傢伙，如何向箭大師交代？幸好剛才在狂馳逃命間悟出他獨有的吸收天地精華的療傷大法，所餘無幾的眞元不但沒有損耗，還回復至平時六、七成的水平。可最大的問題是失血過多，那並非短短一晚時間內回復和補充得到的。氣血兩者互爲關連，表裏相依，他定下十刀之限，正是逼自己速戰速決，因爲他實在支持不了太長的苦戰。第一刀最是關鍵，他必須把主動搶到手裏，再全力展開刀勢，把對方控制得無法爭取主動，始有在八刀內斬殺武功高強如深末桓者的可能。跋鋒寒賭他八刀內勝，並不是隨口說說，而是一個提示，提醒他只要將「井中八法」全力使出，深末桓會飲恨當場。

寇仲腳步加速，井中月遙指前方，似攻非攻，似守非守，刀鋒隨著行步之勢不斷加強對敵手的威脅。第一式「不攻」。此招如此使來，再非守式誘敵，而是進手主攻的厲害招數。深末桓顯然看不破寇仲此招玄虛，臉上露出凝重神色。長槍移到身前，兩手輕握蛇形槍的一端，槍尖顫震，伺隙而發。到寇仲步入丈半的距離，他狂喝一聲，蛇形槍電疾刺出，直搠寇仲咽喉，試圖憑蛇形槍丈三的長度，不理寇仲的井中月，先一步刺殺對方。在深末桓後方的木玲尖喝一聲，衆手下立時齊聲呼喊，爲首領打氣助威，人聲轟鳴大地。

儒生打扮的石之軒閒適自得的飄飛上岸，左手提著一罈酒，緩步入亭。

師妃暄嬌軀輕顫，湊到他徐子陵耳旁道：「這就是遇上秀心師伯前的石之軒，能談笑間下手殺人，說的話愈好聽，下手愈是狠辣無情，殺人前後均可保持滿臉笑容。」

徐子陵聽得目定口呆，也看得目定口呆。眼前的石之軒絕對和患上性格分裂的石之軒大相逕庭，在長安他遇上的石之軒，一是冷酷無情只懂殺人沒有人性的妖魔，一是深情自責的傷懷君子，從不是現在這瀟灑的神情模樣。

只見他面帶微笑，直抵亭內石桌前，在祝玉妍對面背湖坐下，悠然把酒擱在桌面，柔聲道：「爲了張羅這罈美酒，好與玉妍對月共酌，致累玉妍久等，石之軒罪過罪過。」

祝玉妍默然片晌，由於她背向兩人，所以看不到她的表情，只猜祝玉妍大概會像他們般對石之軒戲劇性的轉變生出疑懼。

石之軒訝道：「玉妍不是很愛和我說話嗎？夜深人靜時，我們總有說不完的話題，回想當年溫馨甜蜜的日子……」

祝玉妍冷冷打斷他道：「閉嘴。」

石之軒不以為忤道：「對！對！過去的讓它過去，一切由今天重新開始，聖舍利就當是見面禮，請玉妍笑納。」

魔門人人夢寐以求的聖舍利從他寬袖內滑出，滾到桌面，到桌心倏然而止。晶石仍是黃光湛然，但徐子陵再感應不到它內蘊的邪氣異力。他的心像忽然沉往萬丈深淵，更愧對身旁仙子。石之軒成功了，舍利的邪氣異力已盡歸他所有，治好他的精神分裂症，使他變回遇上碧秀心前那談笑殺人的邪魔。他公布退出江湖一年之期，極可能是惑敵之計。不！我拚死也要助祝玉妍將他除去。

祝玉妍嬌軀一顫，語氣卻出奇的平靜，似是早知如此般柔聲道：「之軒啊！你不是要張羅這罈美酒而遲到，而是為吸盡舍利剩餘的聖氣遲到。唉！時至今日，為何仍要對我謊話連篇呢？」

徐子陵虎軀一震，醒悟過來，先前與伏難陀對戰正值緊張關頭之際，感應到舍利的邪氣，定是與此有關。後因舍利之邪氣與石之軒融合，故再沒法感應得到。而石之軒完成吸取邪氣的地方，大有可能就在附近的湖水深處。

師妃暄湊近徐子陵道：「祝后要出手哩！」

石之軒苦笑道：「說謊？唉！有些事不說謊怎行。因為謊言才是最好聽和最美麗的，所以誰都愛聽。人說一夜夫妻百夜恩，我們纏綿恩愛的日子豈止一晚，念在昔日之情，我們何不捐棄成見，攜手合作，重振聖門聲威，澤被大地。隋楊已破，天下紛亂不休，實我聖門之人久等近千年的難得機遇。」

祝玉妍嬌笑道：「你美麗的謊言人家早聽厭哩！」

石之軒朝兩人藏身的濃密枝葉處漫不經意的瞥上一眼，看得自以爲隱藏得全無破綻的徐子陵和師妃暄遍體生寒，知道瞞不過他，偏又毫無辦法。

祝玉妍當然曉得石之軒的心意，柔聲道：「沒辦法啦！邪王你想殺玉妍，怎都該冒些風險吧！」一指戳出，點向桌心的舍利晶球。大戰如箭脫弦，不得不發。

寇仲倏地換氣，剎止衝勢改爲橫移之勢，避過刺喉長槍，井中月側劈槍尖盡處，只要毫釐之差，便會劈在矛尖前空處，最妙至毫巔的地方，是掌握到對方槍勁因刺空而急欲變招，氣勢由盛轉衰的剎那。所以此刀雖只有寇仲平常六、七成功力，效果卻與功力十足時無異。正是井中八法另一式「擊奇」，以奇制勝。「噹！」深末桓渾體劇震，刀鋒擊中的雖是槍尖，承受的卻是他全身的氣血經脈竅穴，有如給螺旋疾轉而至的大鐵錐硬刺胸口，難過得差點吐血墜跌。不過他亦是非常了得，急往後撤，蛇形矛搖擺震晃，形成槍網，務令寇仲難以乘勢追擊。支持寇仲的一方立時爆起歡呼喝采，而另一方則人人呆若木雞。誰想得到受傷的寇仲，刀法仍能精妙凌厲如斯。

寇仲事實上亦給深末桓反震之力弄得血氣翻騰，並不好受。而且他此刀犯了「天刀」宋缺所傳心法的一個大忌，就是沒有留有餘力，因爲他根本無力可留。剛才的一刀，他已盡得宋缺所言「身意」的法旨，純憑心神合一後的超然狀態，任由身體去作出最精微的反應。他的心仍是靜若月照下的井水，無驚無懼，拋開成敗得失。「蹼！蹼！蹼！」連跨三大步，在雙方衆目睽睽下，看似比不上急退的深末桓的速度，竟能趕到深末桓左側槍勢的空處，揮刀疾砍，無聲無息的劃向深末桓左脅。高手如古納台兄弟、跋鋒寒、可達志之輩，都看出這三步大有學問，不但跨出的距離不一，急緩有異，最厲害是其縮地成寸的玄奧作用，令深末桓無法及時反擊。

深末桓怒叱一聲，扭旋身體，蛇形槍化作漫天顫動的異芒，迎著寇仲罩去，但誰都曉得是他看不破寇仲的刀勢，更欺寇仲內傷未癒，無法可施下逼寇仲硬拚。寇仲哈哈笑道：「老深啊！這招叫『用謀』，你中計哩！」說話間，一個旋身，刀勢不改，卻變成向深末桓後頸斬去，極具移形換影之妙。井中月由沒有聲息變成破空呼嘯，黃芒大盛，到此全場始知他剛才用的竟是虛招，眞正的力量集中於此旋身疾砍的一刀。跋鋒寒等無不嘆爲觀止。要知若先一刀是注足功力，後一刀絕不能像如今的凌厲驚人，倉卒變招只能予敵可乘之機。說到底仍是他的步法生出作用，令虛招成爲深具威脅的必殺一刀，使深末桓不得不全力反應。亦正因是由虛變實，才讓對方看不破摸不透。「噹！」深末桓施盡渾身解數，勉力以槍尾挑中寇仲必殺一刀的刀鋒，但螺旋勁再侵體而來，深末桓慘哼一聲，往前跌退，寇仲哈哈再笑，搶到他身後。兩人位置交換，除非能擊殺對方，否則再難退返己陣。

那邊的木玲從陣內搶出，尖叱連聲，隔遠向丈夫提點說話，本是艷麗的玉容青筋暴現，猙獰可怖，寇仲自是聽不懂她的室韋話。深末桓一個旋身，擺開架勢，力圖反攻。寇仲大喝道：「棋弈來啦！」就那麼一刀劈在空處，生出的氣勁狂飆，捲起一蓬塵土，形成一個像天魔大法的氣勁力場。深末桓生出要往刀仆跌過去的駭人感覺，在寇仲一招比一招精奇，一招比一招出乎人意料之外的凌厲刀法下，他本是十足的信心所餘無幾。狂喝一聲，蛇形槍疾刺而去，取的是寇仲刀勢朝下露出的上身。寇仲嘲笑道：「都說是棋弈哩，怎能亂下子呢？」刀往上挑。「鏘！」

寇仲文風不動，深末桓卻往後跌退。這並非受傷後的寇仲功力仍比深末桓強，而是寇仲用上卸力借勁打勁的奇法，深末桓哪能不吃虧，最妙是寇仲仍保留借來的部分勁力，以備下招殺著之用。寇仲至此總共使了四刀，離八刀之數尚有四刀。他雙目不眨的注視退移開去的敵手，到對方終於站定，大聲以漢語喝道：「非必取不出衆，非全勝不交兵，緣是萬舉萬當，一戰而定。」說罷化繁爲簡，一刀劈出。在衆人瞠目結舌下，寇仲人隨刀走，一縷輕煙般越過與敵手間的距離，朝敵照頭照臉的劈去。深末桓茫然不知被寇仲借去勁氣，只知交拚一招後變得氣虛力怯。最要命是從交手開始，主動全操控在對方手上，要他往前他往前，要他退後他退後。寇仲這看似簡單的一刀，刀勢卻把他完全籠罩，氣勢緊鎖下，他是避無可避，只能硬拚。先前他是逼寇仲硬拚而不得，此刻則是在絕不甘心情願的心態下被牽著鼻子去硬拚。槍刀交擊。深末桓雄軀劇震，再退三步。

寇仲暗呼可惜，若自己在平常狀態，加上借來的勁氣，至少可令深末桓吐一口血，此刻只能把對方震退三步。作出個要往深末桓左側搶去的姿勢，他這動作深具說服力，包括跋鋒寒等在內，在他姿勢形成的剎那，誰都以爲他是重施故技，想移至深末桓槍勢弱處另組攻勢。深末桓也有這錯覺，但他和旁觀者不同，因是性命攸關，必須爭取時間先一步作出反應，立即側身運槍，希望能對寇仲迎頭痛擊。寇仲心忖能否大功告成，還看此招，大笑道：「中計哩！小弟『戰定』後好該來個『兵詐』吧！」動作由往側變成朝前，勁貫刀鋒，照深末桓頸側割去。全場鴉雀無聲。深末桓急怒下倉皇變招，再沒有交手前沉穩如山嶽的高手風範。寇仲倏地衝前，似是投進深末桓的矛影內送死，偏是身形能毫無阻滯的穿槍影而過，在不聞刀槍交擊聲下，抵達深末桓身後。全場靜至落針可聞。

「鏘！」寇仲還刀鞘內，忽然雙膝一軟，坐倒地上，喘著道：「老跋贏啦！只是六刀。」「蓬！」深末桓傾金山、倒玉柱的直挺挺仆往地面，揚起塵土，鮮血橫流。寇仲一方爆起轟天采聲，五百多騎齊發，往敵陣殺去。木玲悲叱一聲，要衝前拚命，給手下硬拉回去，四散落荒而逃。草原被追與逃的戰士蝗蟲般覆蓋。

就在祝玉妍指尖戳中失去異力的邪帝舍利同一剎那，石之軒後發的左手同時輕拍晶球。「噗！」的一聲，魔門著名奇異的聖舍利變成碎粉，祝玉妍嬌軀一顫，忽然幽靈般飄起，動作似緩實快，倏忽間立足石桌上，裙下雙腿連環踢向石之軒面門，招數狠辣迅快，令人防不勝防。

徐子陵一顆心直沉下去，遍體生寒。他曾和石之軒數度交手，對他的功力比任何人更清楚。在長安的石之軒，由於受到精神分裂的困擾，總有可乘之隙，且動手時似像一根拉緊的弦線，終欠了像畢玄那般級數高手的風範。但現在眼前的石之軒，卻是脫胎換骨的變成另一個人，臨敵從容，神態悠閒，動作瀟灑完美，面對祝玉妍迅雷疾電的攻勢，仍是一派遊刃有餘的架勢。

祝玉妍打開始就落在下風，她本意圖先發制人，把晶石擊炸成粉末催襲石之軒，最理想當然是傷殘他雙目，至不濟亦可逼他離桌躲避，接著乘勝追擊，殺他一個措手不及，豈知竟給他輕易化解。桌面上的碎片，沒有半塊掉到桌下，可知祝玉妍的天魔指勁完全被他封擋規限，只是這一手，已知眼前的石之軒在成功吸取邪帝舍利的異力後，厲害至甚麼程度。石之軒就那麼安坐石凳，雙掌翻飛，嘴角含著一絲微笑的見招拆招，擋格祝玉妍變化無窮的腳踢。

石之軒長笑道：「玉妍這是何苦由來？你眞正的敵人並非坐在這裏的石某人，而是外面人世間當道的虎狼。大家若能捐棄成見，天下將是你我囊中之物。」

祝玉妍拔身而起，一個翻騰，直抵三丈高空，變成頭下腳上，雙掌朝石之軒頭頂按去，厲叱道：「我曾錯信你一回，累得師尊含恨而終，絕不會一錯再錯。今天不是你死，就是我亡。」

石之軒露出啞然失笑的神色，離桌沖天而起，雙拳迎向祝玉妍雙掌。縱使身在遠處的徐子陵和師妃暄，也感到氣流的改變，曉得祝玉妍正全力展開天魔大法，務要憑最後一式「玉石俱焚」，與石之軒來個同歸於盡。視當世高手爲無物的石之軒，亦不得不全力應付。

祝玉妍那看似簡單的掌擊，實是畢生功力所聚，沒有變化中隱含變化，凌厲無匹，徐子陵可想像到若換過自己身當其鋒，當會發覺所處空間凹陷下去，被天魔勁場籠罩綁縛，有力難施。可是石之軒卻不受任何影響，針對祝玉妍的掌勢作出最凌厲的反擊。

師妃暄甜美的聲音在他耳旁響起道：「非到最後關頭，你千萬不要出手。」

「蓬！」拳掌交擊。祝玉妍應拳上升，再一個斜掠翻騰，落在亭頂。

石之軒笑道：「玉妍中計啦！」

出乎徐子陵意料之外，接過祝玉研掌勁的石之軒不但沒向下墜，反仍有餘力的在空中打個觔斗，「颼」的一聲亦往上斜飛，掠往立在亭頂的祝玉妍上方，宛似卓立虛空，神采飛揚。師妃暄閃電搶出，先落在四丈外另一棵大樹近頂的橫枝上，借力人劍合一，化作長芒，色空劍朝正在半空下擊祝玉妍的石之軒刺去。時間、角度、速度，均是精采絕倫。祝玉妍左右袖內分別射出天魔帶，左帶直衝石之軒雙腳、右帶現出波紋狀，繞彎捲往石之軒頭側。一時破風之聲大作，遠處的徐子陵也感到嘯聲貫耳，彷如厲鬼悲泣。設身處地，徐子陵暗忖即使自己沒有受傷，在這一老一少，一邪一正兩大高手夾擊下，他除了逃命閃避外，再無他法。

師妃暄雖不像祝玉妍般熟悉不死印法，但石之軒卻一直是她的頭號大敵，故曾下過一番參究的工夫，看過不死印卷，琢磨出許多攻守之道。故石之軒要同時應付她的色空劍，當非易事。

石之軒值此生死關頭，竟從容笑道：「賢姪女忍不住出手了，清惠齋主近況如何？」

色空劍在半丈之外，驚人和高度集中的劍氣將他完全籠罩，他卻仍是好整以暇，看似漫不經意的飄身下降，同時腳尖下點，正中祝玉妍帶端。徐子陵暗叫不妙，他從婠婠那裏認識到天魔飄帶可和天魔場配合得天衣無縫，飄帶制敵縛敵，令敵人無法脫出氣場之外，就像蜘蛛織網，獵物陷身網內，只有待吞噬的份兒。祝玉妍那表面看來似要迎刺他腳心的飄帶，眞正的作用是絞纏他雙腿，使他的不死印法難起作用，最後的殺著是上拂的帶式。現在縛腳的飄帶給他點中，對他的威脅自然大幅消滅。不過他仍想不到在這種情況下，石之軒如何應付師妃暄橫空擊至的一劍。答案立現眼前。驀地石之軒憑著足點帶端之力，陀螺般急旋起來，緩緩昇起，情況怪異到極點。「噗」的一聲，色空劍明明命中變成一股龍捲旋風般的石之軒，偏無法戳破他氣牆，劍刃往外滑開，師妃暄只能錯身而過，投往鏡泊湖的方向。祝玉妍攻向他頭側的天魔飄帶亦無功而還，硬給震開。兩大高手的凌厲攻勢，全被瓦解。

石之軒發出震天長笑，道：「玉妍可知與梵清惠的徒弟合作對付石某人，乃欺師滅祖之事。」說話間往右旋開，降到亭旁空地。

師妃暄落到岸旁，祝玉妍已如影隨形，從亭上往石之軒撲去，天魔帶幻出無數帶影，朝這令她愛恨交纏的邪王疾捲。塵土飛揚，草樹斷折。帶勢把石之軒完全籠罩，氣勁交擊之聲不絕於耳，魔門最頂尖的兩個人物，終於展開生死力戰。在漫空帶影中，石之軒宛若鬼魅般化作一縷輕煙，兔起鶻落的左右閃移，活動的範圍被祝玉妍的狂攻嚴厲限制，但始終能守穩那半丈許的地盤，以指掌拳腳應付從四面八方攻來的天魔帶。祝玉妍顯示出高踞魔門首席的功夫，眞氣似是無盡無窮，催動招招奪命的駭人攻勢，忽左忽右，上攻下襲，其詭奇變化，非是目睹難以相信。師妃暄移到戰圈旁，沒有插手，亦根本無從插手，只能嚴陣以待，防止石之軒逸出戰圈。

至此徐子陵才明白祝玉妍因何說只有她才能與石之軒偕亡。石之軒的不死印法實是融合佛門和魔道武學大成的巔峰之作，曠古絕今，一般的功法不能對他造成任何威脅。即使面對武學大師如寧道奇、四大聖僧，他至不濟也可來個全身而退。只有祝玉妍飄帶與勁場配合的天魔大法，才有可能把他纏死，直至最後的「玉石俱焚」。顧名思義，祝玉妍這令石之軒戒懼的一著，必是犧牲自己以求與敵同歸於盡，不用說連石之軒亦無從估計其威力。而石之軒唯一殺死祝玉妍的方法，就是在她施展此招之前將她殺死，但也要冒上面對此招「玉石俱焚」的風險。照目前的情況，祝玉妍的天魔飄帶一旦全面開展，強如石之軒也只能緊守不失，難以扭轉局面。假如石之軒能抵擋祝玉妍的「玉石俱焚」而不死，當然毫無疑問躍升為中土魔門第一人，更會成為再無人能制的外道邪魔。

看得徐子陵驚心動魄時，石之軒哈哈笑道：「玉妍技止此耳。」

倏地左右掌分別劈出，命中兩帶。祝玉妍嬌軀劇顫，帶影一滯。師妃暄一聲不響的揮劍攻去，劍尖顫震，似圓欲方，去勢凌厲無匹，人和劍予人一個不可分割的整體，渾然天成，似要刺往石之軒後方空處，偏又令石之軒不得不全神對付。

石之軒目露訝色，喝道：「好！」右手揮灑自如的畫出個圓圈，往劍鋒套去，另一手握拳擊打祝玉妍。

徐子陵心知師妃暄進入劍心通明的至境，看通石之軒的後著，故能後發制人，破去石之軒一個重創祝玉妍且可從容脫身的機會。見時機已至，滑落地面，提聚功力，往戰圈潛去。

寇仲從深末桓的屍身撿到這惡貫滿盈的人從箭大師處偷得的飛雲弓，始稍覺安慰。到塞外後，他們看似縱橫得意，威風八面，但若從所負任務的角度去看，可說「一事無成」。現在深末桓伏屍授首，總算可向箭大師交代。

跋鋒寒和可達志在他身旁甩蹬下馬，前者笑道：「我的亡月弓應改回原名爲射月，你的則是刺日，對嗎？哈！好小子！好一個井中八法。」

可達志欣然道：「少帥的刀法確令我大開眼界，心癢得緊，可惜看不到最後兩刀。」

寇仲把飛雲弓張開把玩，嘆道：「最好不要看到，唉！將來若要和你老哥對陣，怎辦才好。」

可達志苦笑道：「公歸公，私歸私，有些事最好不去想。」

寇仲把弓摺疊收好，望向跋鋒寒道：「你這幾天究竟滾到哪裏去？」

跋鋒寒遙觀古納台兄弟率領手下追殺敵方四散逃走的敗軍，答非所問的道：「如非見你受傷，就算我還得窮追千里，也要把木玲和她的手下逐一斬殺，寸草不留，以免後患。」

可達志拍拍寇仲肩頭，道：「小弟必須立即去見大汗，希望明天黃昏前能趕回來和你喝酒。」

寇仲微一錯愕，旋即醒悟過來，道：「可兄眞夠朋友，大恩不言謝，請！」

可達志哈哈一笑道：「告訴古納台兄弟我借他們此馬一用，明天物歸原主。」飛身上馬，迅速去遠。

跋鋒寒凝望他遠去的孤人單騎，頷首道：「這是個難得的朋友，也是非常可怕的敵人。」

寇仲點頭同意，可達志知情識趣，看出跋鋒寒不想在他面前吐露這幾天的行蹤，他更曉得衆人要去截劫那批馬吉從頡利處買來的箭矢，知自己不宜捲入此事，遂選擇立即離開，日後可對頡利詐作不知此事，等於幫他們一個大忙。

跋鋒寒移到寇仲背後，雙掌按他背心，輸入眞氣助他療傷，道：「長話短說，這兩天我施盡法寶，包括嚴刑逼供，才查探到弓矢的下落，豈知仍給拜紫亭派出的人先一步搶走，正要回來找你們幫忙，幸好遇上古納台兄弟，布下天羅地網。豈知弓矢未至，卻遇上你這鴻福齊天的人，使我愈來愈相信冥冥之中，確有定數。」

寇仲一震道：「不會因此錯過截劫弓矢的機會吧？」

跋鋒寒笑道：「可以放心，由於弓矢沉重，故敵人運送車隊速度緩慢，應該尚在途中。算木玲她走運，若非有此要務在身，古納台兄弟絕不肯讓她活著離開，他們回來哩！」

古納台兄弟率衆凱旋而歸，人人意氣昂揚。

寇仲以突厥話笑道：「弓是我的，首級是你們的。」

別勒古納台道：「到剛才我才眞正見識到少帥名震天下的刀法，確是精采。」

不古納台嘆道：「到現在我仍不相信深末桓會擋不過八刀。」

跋鋒寒沉聲道：「木玲是否逃掉？」

別勒古納台目光落在深末桓伏屍處，點頭道：「正事要緊，讓她去又如何？她尙能有多少日子好過？」

寇仲想起生死未卜的陰顯鶴，暗嘆一口氣，道：「說得對，正事要緊，我們立即去辦。」

色空劍青芒橫空，劍光爍閃，連環十多劍，每劍均令石之軒不得不全神應付，每劍均是樸實古拙，偏又有空山靈雨，輕盈飄逸的感覺。且招招均針對石之軒的身形變化，似是把他看通看透，以石之軒之能，應付起來仍是非常吃力，再不像剛才般揮灑自如。這並非說師妃暄比祝玉妍更高明，而是她覷準時機，甫入戰圈立即以養精蓄銳的一劍，搶得先機，故能控制主動。她秀美出塵的玉容仍是恬靜閒雅，不會像一般人在狠拚時瞬眉突目，咬牙切齒。仙子畢竟是仙子。

祝玉妍壓力大減，使出另一套帶法，飄帶彷似重若千斤，舉輕若重，而看石之軒的情況，似對他有重大的威脅。劍光帶影，分由兩方向他強攻猛打，可是石之軒竟凝立不動，純以精奇玄奧的手法，著著封擋，沒有露出絲毫敗狀。有如任由怒潮急浪衝擊的深海巨礁，永能屹立不倒。氣勁漫空，呼嘯連連。徐子陵從石之軒身後潛至，到抵達三丈許的距離立定，不住提聚功力，準備以寶瓶印氣，對石之軒作出致命一擊。他的心神進入井中月的境界，靈台清明，無有遺漏。祝玉妍的天魔勁場不住收窄縮緊，籠罩以石之軒為核心的方丈之地，攻勢由四方八面襲向對手，改為正面強攻，因為師妃暄精微的劍法成功封鎖石之軒所有後著，故這邪人雖空有幻魔身法，卻是無從施展。祝玉妍和師妃暄的武功路數走的是完全不同的路子，經脈運氣路線更是截然有異，聯手起來卻別具威力，恰又可針對石之軒的不死印法。兼之兩人深識不死印法的威力，氣勁緊束，令他借無可借，卸無可卸，除非肯冒險硬撼對方的劍或帶。這當然要冒極大的風險，但石之軒畢竟是石之軒，在兩大頂尖高手夾攻下，仍能守得固若金湯，無懈可擊。

天魔場收窄至半丈的範圍。徐子陵受氣機牽引，一步一步緩慢而穩定的向石之軒移去，他無形而有質的威脅，使石之軒生出感應，兩手使出大開大闔的招數，精采處層出不窮，應付兩方湧來的攻擊。雙腳仍像釘子般凝立鏡泊湖岸旁的草地上，踏出深入土中達三寸的痕跡。師妃暄憑她的劍心通明，在祝玉妍的配合下，始成功破去他的幻魔身法。可是石之軒似有無垠無涯的潛力和耗之不盡的眞元，若非祝玉妍有最後一著的「玉石俱焚」，師妃暄和祝玉妍大有可能精疲力竭，仍未能致他於死地。眼前這形勢，是全賴師妃暄的無上智慧和超凡劍術心法爭取回來的。祝玉妍一人之力，確沒法把石之軒困死留下，直至玉石俱焚的地步。天下間根本沒人能把石之軒困得不能脫身，使他的幻魔身法不起作用，寧道奇和四大聖僧亦沒成功辦到。但祝玉妍的天魔場和師妃暄的色空劍，終成功辦到。

祝玉妍和師妃暄閃電疾移，狂撼穩固似山岳的石之軒，兩動一靜，情景詭異非常。天魔場不住收縮。徐子陵逐漸接近，謹愼地不入侵祝玉妍的氣場，以免激起意想不到之變，削弱天魔場對石之軒的糾纏。他因未癒的內傷，只有一擊之力，所以必須小心行事。寶瓶氣勁逐步積蓄至巔峰狀態，同時無有遺漏地掌握石之軒的情況，他要以集中破分散，擊破並削減石之軒的護體眞氣，讓祝玉妍有機可乘。祝玉妍目射奇光，瞳孔紫芒劇盛，天魔飄帶愈趨緩慢，帶起的呼嘯聲卻不斷增強。石之軒失去掛在嘴角的笑意，面容寒若冰霜，雙手招數仍是那麼狠準精奇，深沉陰鷙。師妃暄花容靜如止水，進入無人無我的通明境界，色空劍來去無痕，招招均是妙至毫巔的傑作。看似隨意，但無不是最能針對敵手的高明劍招。

就在這忘情激戰之際，祝玉妍忽撮嘴尖嘯，發出天魔音。不論是敵人的石之軒，戰友的師妃暄和徐子陵，耳鼓均塡滿她驚天動地的尖嘯聲，就像在長途跋涉的荒漠旅途上，狂猛風沙忽至，在四方咆哮怒號，開始時已是短促有勁，刺激耳鼓，接著天魔音變成無隙不入，似有實質的沙石，沒頭沒腦舖天蓋地的襲來。徐子陵感到在魔音侵襲下，視線也變得模糊不清，天地似若旋轉，魔音像狂風怒濤般把他淹沒。更駭人是天魔勁場倏地以石之軒為中心收縮，細窄至近一點，卻有種擴充爆炸的趨勢，若依此情況發展，不但石之軒會首當其衝，連他和師妃暄亦會被波及。

祝玉妍玉容逸出一絲淒然無奈的笑意，驀地把天魔音提至極限。師妃暄雙目射出堅決神色，仍是義無反顧的向石之軒狂攻。石之軒身子旋動，由緩轉快，面對徐子陵的方向時，似對他視如不見，雙手仍著著封擋兩大高手的色空劍和飄帶。值此最吃緊的關鍵時刻，天魔場以「一點」作玉石俱焚發生前的積蓄之際，徐子陵猛然醒悟過來。祝玉妍實是用心狠毒。她之所以邀徐子陵、寇仲合作對付石之軒，又肯和大敵的門徒合作，實是不安好心、一石數鳥的卑鄙奸計。既可藉他們之力困死石之軒，俾她能施展玉石俱焚，與石之軒同歸於盡，更可同時拉他們上路。如能一舉除去寇仲、徐子陵、師妃暄、石之軒至乎跋鋒寒，對以後由婠婠領導的陰癸派自然是大大有利，比之目前的情況完全是兩回事。可是她千算萬算，仍未能算到寇仲缺席，而徐子陵則因傷只能作出一擊，故此刻仍位於天魔場的直接影響之外。

徐子陵曉得自己必須立即作出決擇，在保他和師妃暄之命，與殺死石之軒間作出選擇，否則他和師妃暄均要陪祝玉妍和石之軒一起上路。師妃暄由於一直陷身天魔場內，雖非被天魔場針對，卻如掉落蛛網般無法脫身。石之軒則因師妃暄而被祝玉妍鎖死不放，只能硬捱祝玉妍的玉石俱焚。徐子陵猛下決心，一聲長嘯，倏地閃過石之軒，朝擲劍直刺的師妃暄撲去。只有他才不受天魔場的影響。

祝玉妍厲叱道：「太遲哩！」

驚人的真勁，從一點爆開，以驚人的高速擴散波及達兩丈方圓的空間。塵草往四外激濺。徐子陵能做的事不多，只能把寶瓶印氣收回，廣布背部形成抵擋的氣牆，氣勁的呼嘯瘋狂提升加劇，像成千上萬的飛箭般襲至。模糊中他感到師妃暄收回變成朝他刺來的色空劍，他卻摟著師妃暄香軟的嬌軀。致命的氣勁把一切淹沒。「轟！」祝玉妍爆作漫天精血碎粉，身體奇蹟般消失得無影無蹤。徐子陵再看不到石之軒如何化解和抵擋祝玉妍毀去自身的邪門大法，只知與師妃暄雙雙離地凌空撤走的當兒，一股渾和氣勁的精血襲至，鐵鎚般轟散他護背的氣牆。他和師妃暄硬被拋向遠方，似狂風吹襲下輕飄無力的兩個稻草人在地上翻滾，完全迷失方向。接著噴出鮮血，昏迷過去。

不知過了多久，徐子陵醒轉過來，發覺仍未死去，躺在師妃暄香懷內，渾身酸痛無力。天上繁星滿天，明月降至地平線上。他從未與師妃暄如此親近過，心中湧起就那麼直躺至宇宙終了的意願。

師妃暄的玉容從他的角度看上去像嵌進了壯麗的星空，平靜寧恬，秀眸射出海漾深情，愛憐地審視著他，語氣卻平淡無波，柔聲道：「她去哩！」

徐子陵誤會她的意思，喜道：「終收拾了石之軒嗎？」

師妃暄輕搖螓首，搖頭道：「我指的是祝玉妍，她害人害己，只能重創石之軒，照我看沒有一年半載的時間，石之軒休想能復原。」

徐子陵苦笑道：「眞令人失望。」

師妃暄微笑道：「人世間每天發生無數的事，怎會事事盡如人意。幸好你的長生氣與祝后的天魔功性效相似，否則必送命無疑。來！坐好身體，讓妃暄爲你療治內傷。」

徐子陵在師妃暄協助下坐起來，讓師妃暄一對溫柔的玉掌按在背心。眞氣輸入體內，徐子陵渾渾融融，不到半晌已能運氣行血，說不出的受用。

師妃暄的聲音在耳旁輕響道：「石之軒復原之日，將是石青璇遭劫之時，子陵勿要忘記此事。」

徐子陵心中一震，醒悟到師妃暄諸事已告一個段落，爲自己療傷後，將會告別江湖，返回靜齋潛修天道，故提醒自己對石青璇的責任。一線曙光，出現在鏡泊湖的水平線上。悠長的一夜，終於過去。

寇仲和跋鋒寒在城門開啓不久入城。龍泉的守衛明顯加強，街上塞滿離開的人，城衛得到指示，客氣地讓兩人進城，對其他想入城者則嚴密盤查，不是本城居民，禁止內進。他們無暇理會其他事，直抵徐子陵養傷的平房，始發覺人去樓空。

寇仲駭然道：「不好！陵少定是因感應到邪帝舍利，不顧傷勢的趕去援手。唉！怎辦好呢？」

跋鋒寒冷靜的道：「事情已發生，急也急不來。我現在到城外設法找他，你則去見拜紫亭依計行事。」

寇仲想起尚秀芳之約，嘆道：「我給陵少弄得六神無主，石之軒豈是易與？像陵少昨晚的狀態，恐怕經不起老石一個指頭。我的娘！怎辦才好？」

跋鋒寒道：「只有甚麼都不去想，腳踏實地的去做。你也要小心點，因你尚未回復平時的狀態。」

寇仲行氣一遍，點頭道：「若陵少有甚麼三長兩短，老子第一個要殺的人就是伏難陀。他奶奶的熊，若非他使陵少傷上加傷，陵少至不濟也該有自保之力。」

跋鋒寒拍拍他肩頭，道：「你最好在這裏調息一會，待腦筋清醒才去找拜紫亭攤牌，我先走一步啦。」

跋鋒寒去後，寇仲關心徐子陵生死的心不但未能平復，反更心煩意亂，嘆一口氣，離開該處。茫然穿街過巷，不知不覺切進往宮城正門的朱雀大街。大街已是另一番情況，再沒有尋熱鬧的遊人，路人均腳步匆匆，似要趕往某處去。馬道上則不住有戰士押送裝載輜重糧食的騾車牛車，往宮城方向開去。一派大戰將臨的緊張氣氛。

宮城朱雀大門在望時，有人在後方叫他道：「少帥！少帥！請留步！」

徐子陵緩緩張開眼睛，燦爛的春光下，鏡泊湖寧靜的在眼前擴展。鏡泊湖或者不及江南水鄉湖泊的瀲灩多姿，卻擁有東北草原的自然樸素，粗獷中顯出純眞秀麗。一群天鵝翩然飛過湖面，點水即起，充滿大自然的野趣。

師妃暄走了！他並沒有失落神傷，反而感到前所未有的充實，心中充滿她那溫柔的滋味，她芳香的氣息仍纏繞他的觸覺感官。這是他平生的第一段情。沒有山盟海誓，沒有卿卿我我，但他卻清楚感受到海枯石爛，此情不渝的戀愛滋味。就像眼前碧波微瀾的湖水，綠萍浮藻，隨風蕩漾，襯著藍天上的白雲，本身已是幅絕妙的動人畫卷。水聲輕響。湖水中忽然冒出一個人頭，朝他泅至。

徐子陵被扯回現實裏，定神一看，大訝道：「顯鶴兄爲何如此有興致，大清早竟到鏡泊湖來暢泳？」

穿著夜行衣的陰顯鶴濕漉漉的躍上岸來，來到他身前學他般盤膝坐下，苦笑道：「我像游早泳的樣子嗎？」

徐子陵見他一副精疲力竭的樣子，歉然道：「我剛調息醒來，神智不太清醒。究竟是怎麼一回事？可達志說過陰兄會跟蹤深末桓的。」

陰顯鶴道：「我很想告訴徐兄幸不辱命，可惜事實並非如此，還差點送命。少帥呢？」

徐子陵想起昨晚發生的事，頗有再世爲人的感覺，答道：「他和可達志去找你，看來該是白走一趟。究竟發生甚麼事？」

陰顯鶴不曉得寇仲因伏難陀傷上加傷，心想有可達志和他在一起，甚麼事亦能應付，便道：「我依計行事，尋到跟蹤的目標，直追出城外，現在回想起來，實在過分容易，可見是敵人精心布下的陷阱。」

徐子陵一震道：「不好！」

陰顯鶴抹去臉上殘留的水跡，愕然道：「寇仲加上可達志，該不用爲他們擔心吧！」

徐子陵苦笑道：「若在昨晚前我也會像陰兄般想，但你若知我們昨晚所經歷諸般不幸的遭遇，將改變想法。雖說我和寇仲負傷，但伏難陀確是厲害得教人難以相信。他單獨出手已令我兩人差點送命，要靠可達志出手救我們。而連他都不敢去追已負傷的伏難陀，只此可見一斑。」

素無表情的陰顯鶴動容道：「伏難陀終出手啦！」

徐子陵難解憂色道：「最怕是許開山向他們出手。我現在有八成把握許開山就是大尊，此人的武功，會是石之軒的級數。」

陰顯鶴一震道：「邪王石之軒？」

徐子陵訝道：「你認識石之軒嗎？」

陰顯鶴若無其事的道：「石之軒這名字現在天下誰人不識？誰人不曉？長安一戰，石之軒獨戰正邪兩道的代表人物，已使他名傳天下。首次認識他的，才曉得天下間竟有能令白道與魔門同時畏懼的人物。」

徐子陵苦笑道：「這或者就是紙包不住火，又或雞蛋那麼密亦可孵出小雞，但陰兄可知石之軒長安之戰的因由？」

陰顯鶴道：「這方面恐怕沒多少人清楚，聽說當時你們也在場。」

徐子陵想起昨夜的石之軒，忽然渾身劇震，腦際靈光乍現。石之軒的不死印法根本是無敵的。天下三大宗師合起來雖可擊敗他，卻休想能殺死他。他只有一個破綻。這次師妃暄的塵世之行，最終目標當然是希望天下統一，人民不用再受戰禍荼毒。但亦是針對「邪王」石之軒的行動。碧秀心和師妃暄分別是慈航靜齋兩代最出類拔萃的高手，與石之軒展開史無先例的鬥爭，誰佔上風現在仍難以逆料。碧秀心雖被石之軒害死，卻爲他生下女兒，並使他因過度內疚而陷於精神分裂。石之軒一手促成大隋的覆滅，昨夜又借邪帝舍利復原，可是慧質蘭心的師妃暄亦找到他唯一的破綻。石之軒的破綻就是石青璇。

即使他變回認識碧秀心前談笑殺人的石之軒，石青璇仍是他的破綻，唯一的破綻。師妃暄曾多次提到石青璇，並非一意要撮合他們，而是看出石青璇在與石之軒鬥爭上的重要性。她更曉得自己不宜介入徐子陵和石青璇的微妙關係間。至於怎樣才能除去石之軒，恐怕師妃暄也沒有定計，她只憑著異乎常人的預感，隱隱感到徐子陵與石青璇的微妙關係會是主要關鍵。石之軒應是把徐子陵視作女兒心儀的男子，因此才有長安河道之遊，向徐子陵洩露心中悔疚。所以她不但向徐子陵直接指出石青璇是石之軒唯一破綻，指出石之軒會殺害女兒，臨走前更千叮萬囑他勿要忘記此事。她斷然決定返回靜齋，是一種充滿智慧和犧牲自己的行爲。假若他們昨夜能成功除去石之軒，說不定她會留下來長伴他旁。

唉！這些念頭電光石火的閃過腦海，最後化爲一聲嘆息。

陰顯鶴見他顏容忽晴忽暗，滿懷心事，訝道：「徐兄在想甚麼？」

徐子陵心忖這麼複雜的事，要向寇仲解釋清楚亦需大費唇舌，何況不明內情的陰顯鶴，岔開話題道：「此事一言難盡，先說陰兄昨夜的遭遇如何？」

陰顯鶴逐漸從疲累回復過來，精神轉佳，道：「昨晚我追著木玲的一夥人到城外，依可達志之計丟下能反映月色的甲片，豈知旋即給啣尾追來的十多名蒙面敵人追殺，幸好我熟悉這一帶的形勢，成功逃往鏡泊湖脫身。這眞是螳螂捕蟬，黃雀在後。不但跟不上木玲，還差點掉命。」

若寇仲在此，當知他甲片留跡之法被敵人識破，還利用來布下對付寇仲和可達志的死亡陷阱。

徐子陵倒抽一口涼氣道：「難道是杜興一方的人？」

陰顯鶴搖頭道：「我看不到杜興的霸王斧，兵器一式是斬馬刀，作風很似狼盜。」

徐子陵一震道：「狼盜？」

旋又想起昨夜離宮時，宮奇正等待送他們至朱雀門的拜紫亭舉行軍事會議，故肯定追殺陰顯鶴的人中，沒有宮奇在內。

解釋一遍後，陰顯鶴仍深信自己的看法，道：「我對狼盜曾下過一番研究工夫，覺得這批鬼鬼祟祟的人是狼盜的可能性非常大。」一頓後續道：「我們現在該怎麼辦，要發生的事早發生了。」

徐子陵長身而起，背後涼颼颼的，始知背後衣服破碎。道：「我們回城看看情況吧！」

喚他的人是平遙商布行存義公的歐良材和蔚盛長的羅意，兩人神色慌惶，把他扯到一旁的巷內說話。

羅意道：「形勢不妙，我們必須立即離開。」

寇仲訝道：「拜紫亭肯讓你們走嗎？」

歐良材慘然道：「他的人逼我們簽下欠單，我們急於離去，別無選擇下只好依他們的意思做。」

寇仲暗叫慚愧，若非自己辦事不力，羅意他們何致如此任人魚肉，又記起沒有荊抗從中弄鬼，他們根本不會到龍泉來。肅容道：「不用擔心，你們的貨已有著落，我現在正是要入宮向拜紫亭替你們討回公道。兩位可否勸其他人安心等候消息，我轉頭回來找你們，保證你們可安然離去。」

羅意頹然道：「少帥的見義勇爲，我們非常感激，不過錢財只是身外物，我們出門做生意的人，早預見有意外的損失，只祈求能保平安，此事不如就此作罷。」

寇仲大吃一驚道：「現在形勢紛亂，路途不安，你們既是漢人，又沒有保護自己的能力，這麼長途跋涉的回山海關去，實在不智。信我吧！給我兩個時辰，我還可央求我的兄弟突利護送你們安然回去。」

歐良材拉羅意到一旁商量一番後，回來後羅意道：「如此就麻煩少帥。但你最好不要動武，我們回去等候少帥的好消息，正午才起程離開。」

寇仲心忖自己現在哪有動武的資格，除非是助頡利、突利大破龍泉，但那更非自己所願。再安慰兩人幾句後，繼續行程。

徐子陵和陰顯鶴伏在龍泉城西的一座樹林內，目送一隊近千人的靺鞨兵馬從西門馳出，神色匆匆的朝西北方趕去，領隊的正是長腿女將宗湘花。陰顯鶴一眨不眨的注視宗湘花，雙目射出奇異的光亡。

徐子陵沒有在意他的神色，皺眉道：「他們要到哪裏去，黑狼軍該沒這麼快來到。」

陰顯鶴仍目光不捨的目送去遠的宗湘花，沒有答話。城南的方向擠滿離城的車馬，此是意料中事，他們並不奇怪。

徐子陵忽然心中一動，道：「有氣力跑兩步嗎？」

陰顯鶴微一錯愕道：「無論他們去做甚麼事，我們追上去亦難起任何作用，只會追得筋疲力竭。」

徐子陵點頭同意道：「但我總覺事不尋常，放過有些可惜。」

陰顯鶴道：「好吧！也可能與少帥有關，我們可隔遠吊著看看是怎麼一回事。」

兩人哪敢延誤，飛身掠出，藉樹林邊緣掩飾行藏，全速跟去。

寇仲抵達朱雀大門，曾接待過他的文官客素別正在恭候大駕，客氣有禮的道：「秀芳大家在內宮西苑等候少帥，大王命我在此候駕引路。」

寇仲心知肚明是怎麼一回事，客素別明是接待，實則監察他離開龍泉。殺他不成，只好把他瘟神般送走。上一次亦是由這文武雙全的人代拜紫亭招呼他，可知他就算不是拜紫亭的心腹，也是拜紫亭信任的人，有一定的本領。

客素別領他步入王城，看似隨意的問道：「因何不見徐公子同行？」

寇仲給他觸及心事，內臟緊抽一下，表面不敢露出任何神色，道：「他知我是去見秀芳大家，故不肯陪我。哈！我可否見大王一面，因有十萬火急的事要和他商量。」

客素別皮笑肉不笑的道：「眞巧！大王也想與少帥說幾句話，看看可否討回些屬於我們的東西。」

寇仲心兒一顫，隱感不妙，只看客素別的神色，可知拜紫亭手上另有討價還價的籌碼，他寇仲不是一定可佔上風。

客素別領他穿過內宮側院的月洞門，指著在花木濃蔭中的一座雅緻平房，道：「秀芳大家就在那裏，少帥請！」

靺鞨軍隊分出小股人馬，離開往西北馳去的大隊，馳往東北，取的是疏林區的路線，若徐子陵和陰顯鶴緊跟隊尾，說不定會受愚被騙，他們因遠遠落後，又沿疏林區邊沿地帶前進，反聽到似開小差的小隊伍遠遠傳過來的蹄音。

徐子陵躍上樹巔，遙望過去，赫然發覺十多名騎士裏竟有宗湘花在其中，躍下地上欣然道：「這叫若要人不知，除非己莫爲，定有非比尋常的事，否則宗湘花値此突厥大軍壓境之時，哪有分身餘暇？」

陰顯鶴乃跟蹤的高手，凝神細聽，道：「如我所料無誤，他們該是往渤海小龍泉方向馳去，那是龍泉附近最大的海港，是最重要的海防重鎭，宗湘花到那裏幹甚麼呢？」

徐子陵笑道：「跟著去看看不是一清二楚嗎？」

陰顯鶴雙目射出令徐子陵難解的神色，點頭道：「由我這識途老馬領路吧！包保不會被她發覺。」

第八章

愛情承諾

第八章　愛情承諾

從廳堂傳出來的箏音竟是如此動人，沒有任何虛飾，宛如天生麗質的美人卸下盛裝，益發清麗脫俗。寇仲本是煩躁和沾滿塵俗的心靈，因受箏音滌洗，竟在他不自覺下升至忘憂無慮的境界，差點連徐子陵也忘掉。心忖音樂練至如此層次，天下間恐怕只有石青璇的簫音差可比擬。他捨正園而取橫過花圃，來到廳堂側的槅窗，朝內瞧去，只見尚秀芳一人席地坐在廳心，專心的撫箏，奏出簡單而無比豐盛的音符，不知他寇仲正飽餐其秀色，作她的知音人。

坦白說，直至今天他寇仲仍對音樂一竅不通，在這方面他的靈性和愛好亦稍遜徐子陵。可是當他把箏和尚美人兒視爲一體，登時魂爲之銷，像喝著最香醇的水稻米酒般，有無比酣暢和飄飄然的感覺。在這充斥戰爭仇殺的年代，再無一片樂土的人間世，這厭惡戰爭的美女，彷似荒旱大漠中一股清冽的流泉，超然於惡劣的環境之外，悠然自得的追尋她藝術的理想，要以她的音樂打動千萬人枯萎的心靈，受折磨的精神。寇仲首次湧起配不上她的感覺。

宋玉致也是愛好和平的人，所以寧願違反心意拒絕寇仲的追求，怕的是宋缺和他聯手去爭霸天下，帶來嶺南人民的災難。唉！我並非偏好戰爭，只是要通過戰爭去一統天下，達致和平。問題是李世民。很多人均視他爲統一天下的明主，但說到底他只是大隋的舊臣，更非李淵指定的繼承人，將來若當皇帝的是李建成，那不如由他寇仲來當家作主更佳。

寇仲聳身穿窗而入，緩緩移至尚秀芳身後坐下。尚秀芳雙手奏出連串清音，倏地收止，輕嘆一口氣，道：「少帥終於來哩！」

寇仲感到她說話的語氣聲調，有種見外陌生的味道，心中暗嘆，再說不出調皮話來，苦笑道：「死不掉自然要來聽秀芳的訓誨。」

尚秀芳別轉嬌軀，清麗脫俗的絕世玉容泛起幽怨神色，秀眉輕蹙的再嘆一聲，道：「少帥的人生目標除了擊敗敵人，尚餘甚麼呢？」

寇仲微一錯愕，頓悟道：「原來我在秀芳眼中，只是個好鬥的人，我還可以怎樣解釋？」

尚秀芳凝望著他，搖頭道：「我只是在昨晚才對少帥生出這種想法，以前在秀芳心中對少帥的印象並非如此。」

寇仲心中一震，暗忖難道她眞的愛上烈瑕，所以對自己改變想法，立時湧起忿忿不平的失落感，旋又把這惱人的情緒拋開，心忖罷了，自己因宋玉致的關係，已失去得到她的資格，既然她移情別戀，自己只好乘勢抽身而退。問題是若她眞的愛上烈瑕，肯定不會有甚麼好結果，自己怎容此事發生在她身上？

寇仲矛盾得差點喊救命，無可奈何的道：「小弟從沒有改變過，一直身不由己扮演寇仲這個角色。秀芳有哪回見小弟不是打打殺殺，與人鬥個你死我活的？」

尚秀芳白他一眼，像會說話的眼睛清楚傳出「虧你敢說出來」的心意，淡淡道：「你少帥不想做的事，誰敢逼你或惹你。」

寇仲搔頭道：「秀芳的話很新鮮，我倒從未想過這問題。這麼說我應是四處惹事生非的人，弄得天下大亂的禍首。」

尚秀芳「噗哧」嬌笑，有若鮮花盛放，看得寇仲一呆時，又橫他千嬌百媚的一眼道：「少帥生氣啦！好吧！人家說些你愛聽的話吧，假設少帥捨棄爭霸天下，秀芳願長伴君旁，彈箏唱曲爲你解悶兒。」

寇仲虎軀劇震，不能置信的呆瞪著這色藝雙全，能傾國傾城的人間絕色，一時間連宋玉致都忘記。尚秀芳瞟他一眼，幽怨的眼睛像在說「有甚麼好看的，你這大傻瓜」，然後垂下螓首，那種不勝嬌羞的動人女兒情態，可把任何鐵石心腸的人溶化打動。如能和她雙宿雙棲，享受眞正琴瑟之樂，天下間哪還有比這更愜意的美事。只可惜……唉！只可惜自己已深陷塵網之中，一手創立的少帥軍正等著他回去領導參與統一天下的鬥爭，且還有宋缺對自己的期望，以及其他數也數不清的人事糾纏，豈是說退就退。更何況還有宋玉致。

寇仲暗嘆一口氣，苦笑道：「秀芳是否明知我辦不到，故說出這番話來耍我呢？」

尚秀芳嬌軀輕顫，迎上他的眼神，語氣出奇的平靜，柔聲道：「是秀芳不好，當秀芳沒說過這話吧！從小開始，秀芳早立下志向，要窮一生的精力時間，全心全意鑽研音律曲藝之學，再無閒暇去理會其他。」

寇仲聽出她說話間暗含的怨懟，偏是無法安慰解釋，難受至極點，只好岔開問道：「突厥大軍即來，秀芳一向討厭戰爭，何不及早離開這是非之地，以免捲入戰爭無情的漩渦去。」

尚秀芳淡淡道：「你根本不明白我，少帥只管自己的事好嗎？秀芳有自己的主張。」

寇仲心中苦嘆，道：「頡利雖非好人，拜紫亭又能好到哪裏去，我只是爲秀芳著想。唉！我對秀芳……」

尚秀芳打斷他，微笑道：「少帥可知口說無憑？好聽的話秀芳早聽夠聽厭，寇仲啊！你可知秀芳欣賞你甚麼呢？」

寇仲老臉一紅，道：「以前或許尚有些優點，現在該已蕩然無存，只留下惡劣的印象。」

尚秀芳沒好氣的搖頭道：「少帥錯哩！秀芳仍是那麼欣賞你，因爲你是個不折不扣的傻瓜、獃子和大混蛋。」

寇仲聽得目瞪口呆，「傻瓜、獃子和大混蛋」雖是罵人的話，但吐自她的香唇，以她動人的聲音說出來，卻是情意綿綿，誘人至極。

尚秀芳別轉嬌軀，雙手撫箏，弄出連串音符，若無其事的悠然道：「沒事啦！不再阻少帥的時間，你去辦你的大事吧！」

寇仲頭皮發麻，進退兩難，招架乏力。

尚秀芳收回撫箏的玉手，安坐箏前，柔情似水的道：「少帥有很多閒暇嗎？」

寇仲不能控制的伸手撫著尚秀芳香肩，感覺著她動人的血肉，把臉孔湊在她天鵝般優美的香頸後，頹然道：「秀芳！我很痛苦。」

尚秀芳文風不動，亦沒有拒絕他的冒犯，輕輕道：「秀芳並不比少帥好過。」

寇仲嗅吸著她的髮香體香，心內卻在滴血，忽然坐直虎軀，放開雙手，一字一字緩緩道：「我要送秀芳一份小禮物，以報答秀芳對我寇仲的恩寵，那是我寇仲永誌不忘的。」

尚秀芳玉容平靜，唇角逸出一絲苦澀的笑意，搖頭道：「罷了！少帥請！」

寇仲失去理性的激動道：「秀芳你怎能這樣把我趕走？」

尙秀芳別過俏臉，凝視他好半晌後，柔聲道：「是秀芳趕你走嗎？秀芳怎捨得呢？」

接著望著前方，美目異采漣漣，像陷進令她魂斷神傷的回憶般道：「我第一次認識少帥，是在洛陽王世充府內，少帥和其他人均不同，多出他們沒有的坦誠和率直，更好像天下間沒有任何困難可把你難倒。你看人家目光直接，不會有任何隱瞞，現在仍是那樣。要說的話秀芳全說出來啦！」

寇仲呆頭鵝般說不出話來，心兒給激烈的情緒扭曲得發痛。

尙秀芳又回過頭來，抿嘴笑道：「你要送甚麼禮物給秀芳，何不說來聽聽？」

寇仲雖矛盾痛苦得想自盡，仍不由被她多采多姿的風情傾倒，道：「倘若我能化解龍泉這場戰爭，秀芳可肯笑納，並暫緩對小弟判極刑？」

尙秀芳秀眸采芒大盛，迷人至極點，喜孜孜的道：「少帥哄人家的話眞厲害，你可不要騙人，此事你怎能辦到？」

寇仲心中稍定，又暗罵自己作孽。問題是他縱使犧牲性命，亦不願尙秀芳傷心難過，嘆道：「確是難比登天，卻非絕無可能。人說傾國傾城，只爲博美人一笑，我只好來個反其道而行，救回龍泉無辜的百姓，讓秀芳可在和平安樂的環境下闡揚仙姿妙樂。」

接著把大頭湊過去，愛憐地在她香滑嬌嫩的臉蛋香上一口，哈哈笑道：「就當是秀芳給小弟的獎賞和鼓勵吧！」

尙秀芳橫他一眼，嬌羞的垂下頭去。寇仲長身而起，心中百感交集，眼前明明是自己心愛的玉人，但他卻因種種原因，不能拋開一切令她幸福快樂。徐子陵說得對，他根本不應見尙秀芳，可是若時間能倒流，事情能重演，他仍禁不住要見她接近她。眼前情景實在太動人。

寇仲轉身離開，直抵大門。尚秀芳的話從後方像輕風般拂來道：「少帥何時再來見秀芳？」

寇仲答道：「只要我有空便來，縱使要過五關斬六將的殺進來，我也要見到秀芳才肯罷休。唉！又是鬥爭哩！秀芳定不愛聽，不過事實如此，我更沒有誇大，請秀芳見諒。」說罷大步踏出。

來到堂前花園，客素別迎上來道：「大王正恭候少帥大駕。」

寇仲依依不捨的回道一瞥，深吸一口氣道：「請帶路！」

客素別領路前行。寇仲仰望晴空，想起不知去向的徐子陵，生死未卜的陰顯鶴，壓境而來的突厥大軍和自己爲討美人歡心的承諾。暗嘆一口氣，邁開步伐。

小龍泉並非一座城，只是龍泉東渤海灣以碼頭和造船廠爲重心的小鎮，沿海設有七、八座望樓，海上交通往來亦不見繁盛，連剛出海的一艘船在內，徐子陵兩人眼見的不過二十艘大船，漁船倒有數十之衆，與中土像揚州那類重要海港，實有小巫大巫之別。其防守力量是建於離岸半里許處的一座石堡，可容數百兵員，以之對付海盜、馬賊或許綽有餘裕，遇上突厥軍或外族大舉來犯則只能應個景，恰供攻打龍泉前熱身之用。在海港西北方有一列軍營帳幕，兵力在千人間，以他們抵擋突厥人的進犯，亦與螳臂擋車無異。

徐子陵和陰顯鶴在西面的一座叢林內，遙觀形勢。各碼頭活動頻繁，一艘泊在碼頭的大船有數十壯丁忙著把貨物搬運上船，一副準備揚帆出海的姿態。徐子陵想起在美艷夫人手上的五采石，忽然之間，他清楚掌握到此石的關鍵性。自五采石落到他們手上，攜石而來，最後又給所謂原主的美艷夫人沒收，他對此石雖曾作過思量，但在這與師妃暄熱戀的數天之內，一切都糊裏糊塗，只有在面對危急存亡的時刻，始從迷惘中清醒過來。現在師妃暄已像雲彩那樣一去無跡，他也如從一場春夢醒過來般腦筋回復平常的靈動性和活躍。

突利見五采石立即放棄追擊頡利，還接納畢玄的提議與頡利修好，正足看到此石對靺鞨諸族的影響力。只要拜紫亭戴上嵌有五采石的帝冕，不論是支持他的靺鞨部落又或反對他的族人如鐵弗由者，均無法不承認他成爲靺鞨諸部大君的合法性和地位。加上鄰國高麗的支持，將會成爲挑戰突厥的最大力量。引發徐子陵思路的是眼前的海港，當這海港發展成另一制海大城，拜紫亭的力量將會以倍數增加，物資源源而至，那時拜紫亭將肆無忌憚的擴展軍力。大小龍泉互補互助下，深悉中土城戰的拜紫亭，會是塞外最善用這形勢的人。拜紫亭之所以不擇手段的斂財，是在這情勢下沒有選擇的做法；一方面要壓低賦稅，以吸引人到這裏做生意開拓事業，另一方面卻要迅速發展初具規模的城市海港和建造貿易用的大船，在在需財，不能以正當手法得之，只好用卑劣手段求之。五采石本身頂多是稀世的珍寶，但其象徵的意義卻主宰著東北各族的命運。所以拜紫亭即使有五采石在手，亦絕不肯乖乖的交出來，在精心計畫下，他早打定主意冒此大險。

陰顯鶴道：「宗湘花是來接船，甚麼東西如此重要？」

宗湘花一行十多人，來到其中一個沒有泊船的碼頭處。三艘大船，出現在海平線的遠處，揚帆而至。碼頭上還有一群二十多人的粟末兵，由另一將領領隊，此時那將領正向宗湘花報告說話，宗湘花仍是那副冷冰冰的神態，只聽不語。忽然另一群人從那艘正在上貨的船走下來，往宗湘花處奔去，帶頭者赫然是昨夜宣布離開的馬吉。徐子陵醒悟過來，難怪馬吉如此有恃無恐，原來早安排好退路，就是坐船離開，那頡利和突利亦奈他莫何。他可以到高麗暫避，也可去任何地方匿藏，待這裏形勢安定下來，他再決定行止。拜紫亭、馬吉、伏難陀，至乎韓朝安、深末桓、呼延金、烈瑕、杜興、許開山等全是冒險家，他們要改變塞外的形勢，改變頡利對大草原的控制，從突厥的暴政解放出來，自然要冒上被頡利大軍掃蕩之險。而引發這危機是因頡利採納趙德言和暾欲谷的進言，意圖殺死突利，顯示他要把權力全集中到自己手上。所以馬吉和杜興等雖是突厥人，仍在不同的參與程度下，助外人來反抗頡利。

陰顯鶴凝望遠在碼頭的宗湘花，雙目射出奇異的神色。

徐子陵終留意到他古怪的神情，訝道：「陰兄是否與宗湘花有交情？」

陰顯鶴微一搖頭，冷冷道：「我從未和她說過話。」

徐子陵欲言又止，因明白他的性格，不敢尋根究柢，岔開話題道：「馬吉肯定是知道狼盜內情的人，若能把他抓過來，可省去我們很多煩惱。」

馬吉此時抵達宗湘花旁，對進入海港的三艘大船指點說話，只看其姿態，可知這三艘船與他大有關係。

陰顯鶴道：「馬吉的手下有個叫拓跋滅夫的高手，此人對馬吉忠心耿耿，要抓馬吉，單是他那一關已非常難過。憑我們兩人之力，還是不打這主意爲妙。何況馬吉本身亦非易與之輩。」

徐子陵記起那晚在馬吉帳內見過的黨項年輕劍士，心中同意，更感奇怪，問道：「想不到陰兄對塞外東北的人事如此熟悉。」

陰顯鶴沒有答他，道：「值此大戰即臨的時刻，能使宗湘花和馬吉這麼緊張的在這裏接船，船上裝載的必是與龍泉存亡大有關係的物資，故不出糧食、兵器、弓矢等物。龍泉藏糧豐富，故以後者的可能性最大。」

徐子陵雙目亮起來，微笑道：「陰兄的猜測，雖不中亦不遠矣。陰兄可否幫小弟一個忙，就是立刻回龍泉找到寇仲，告知他這裏發生的事。」

陰顯鶴一呆道：「徐兄留在這裏幹甚麼？」

徐子陵心忖這或者是逮著馬吉的唯一機會，怎肯錯過？但當然不能貿然說出來，要陰顯鶴陪自己冒這個大險，答道：「我留在這裏監視事情的發展，寇仲自有找到我去向的方法。」

陰顯鶴怎想得到徐子陵在騙他，點頭答應，悄悄離開。

拜紫亭接見寇仲的地方是在皇宮另一邊，與尚秀芳的西苑遙遙相對的東苑，位於西御花園正中，周圍草木小橋溫泉環繞，景致頗美。宮內的氣氛和以前並沒有不同，可見人人早有突厥大軍早晚來犯的心理準備，故不顯驚惶失措。寇仲心知肚明與拜紫亭已瀕臨正式決裂的地步，隨時可一言不合拚個你死我活，因爲拜紫亭連頡利和突利也不怕，何況他區區一個寇仲，孤掌難鳴，能有甚麼作爲？

來到東苑的白石台階前，客素別有禮的道：「大王在梵天閣內恭候少帥，少帥請！」

寇仲微笑道：「在中土揚州的說書先生，最愛說廊外兩旁各埋伏五百個刀斧手，希望貴王不會連故事內的情節也來個照本宣科，否則小弟情願留在這裏浸溫泉哩！」

客素別尷尬的道：「少帥眞愛說笑，大王明言單獨接見少帥。」

寇仲哈哈笑道：「君無戲言，如此小弟放心。」又環目掃視道：「這御園的圍牆特厚特高，不適合埋伏刀斧手，來百多個神射手就差不多，恐怕我的鳥兒也飛不出去。」

客素別仍不動氣，啞然失笑道：「少帥令我想起大王，大王每到一地，必會細察形勢，作出兵法的評論。」

寇仲心中暗懍，拜紫亭肯定對兵法下過一番苦功，至少是個勤力的軍事家，在戰場碰上他時必須小心在意。客素別也是個高明人物，說話不卑不亢，又能恰到好處地化解自己的言語冒犯。

寇仲哈哈一笑，踏上石階，朝入口走去，還不忘回頭揮手笑道：「不知待會是否亦由客大人押我離城呢？」

客素別爲之氣結，乏言以對。

寇仲跨步入廳。兩邊均爲槅窗，陽光和園境映入，彷彿像置身一座大花園內，廳堂和花園再無分彼此。活像秦始皇復活的拜紫亭傲立對正大門的另一端，哈哈笑道：「少帥確是勇者不懼，劫去我拜紫亭的弓矢，還有膽單人匹馬的來見我？」

寇仲含笑往他走去，淡然道：「你劫我，我劫你，人與人，國與國間就是這麼的一回事。我敢來不關有膽沒膽的問題，而是看事情有否和平解決的可能？」

拜紫亭待寇仲在半丈許外停步，微笑道：「少帥還我弓矢，我就送一個小禮給少帥。」

寇仲心叫糟糕，究竟有甚麼把柄落到拜紫亭手上，所以一副不愁你不聽話的模樣呢？旋即想起越克蓬和他的兄弟。

苦笑道：「大王的確厲害，小弟甘拜下風，究竟是甚麼禮物如此值錢？」

拜紫亭雙手負後，往向西那邊槅窗邁步直抵窗前，凝望花園某處，嘆道：「爲何少帥不是我的朋友而是敵人？少帥確是個不平凡的人。」

寇仲移到堂心的桌旁，一屁股坐下，淡然道：「坦白說！我對大王的高瞻遠矚亦非常欣賞。是否因置身於大草原，看東西亦能看遠點，故能夠在今天計算幾年或數十年後的事；但是否又會因此而忽略眼前的形勢呢？」

拜紫亭傲然道：「這方面毋庸少帥擔心，只有掌握今天，始能計畫明天。少帥請移貴步，到這裏看本王為少帥準備的小禮物。」

寇仲暗嘆對方正以行動來嘲諷自己，教自己面對眼前殘酷的現實！無奈下起立移到拜紫亭旁，往外望去。全身五花大綁的宋師道，被兩名慓悍的御衛高手押著，出現在二十多丈外靠牆的小徑處，置身在春天鮮花盛放的美麗花園和濃蔭的樹叢下，旁邊尚有「天竺狂僧」伏難陀，面無表情的盯著寇仲。宋師道身上有數處血污，神情萎靡，顯是經過一番激戰後遭擒，內外俱傷，但態度仍是倨傲不屈的向寇仲展露一個苦澀的笑容。

寇仲氣往上湧，拜紫亭的手段實在卑鄙！由此更想到昨晚伏難陀出手對付他兩人，應是得拜紫亭首肯，並且趁宋師道來宮廷赴宴，設伏將他擒下，如能殺死寇仲和徐子陵，便將宋師道一併處決，一網打盡，乾乾淨淨。現在因兩人成功突圍，又劫走弓矢，故以手上籌碼來向寇仲交換。千辛萬苦才得到的弓矢，眼睜睜又要送回給拜紫亭！但為拯救宋師道，寇仲只有這條路走。

拜紫亭哈哈一笑，道：「事非得已，開罪之處，請宋公子見諒。」

宋師道唇角飄出一絲不屑和鄙視的表情，眼睛往伏難陀轉過去，微一搖首，再閉上雙目。寇仲明白他的意思，知是伏難陀親自出手制服他，並表示伏難陀高明至極，提醒寇仲勿要魯莽逞強。

寇仲回復冷靜，淡淡道：「有機會定要再領教國師的天竺祕技，或者是今晚，又或是明早，哈！想想也教人興奮。」

伏難陀並不答話，只舉單掌回禮，一副有道高僧的模樣，此人城府極深，絕不會因任何人的說話動氣。至此刻寇仲仍弄不清楚拜紫亭和伏難陀的眞正關係。

拜紫亭向寇仲微笑道：「宋公子是生是死，少帥一言可決。」

寇仲聳肩道：「大王似乎忘記宋公子的父親大人是誰？若有人敢殺害他的兒子，即使在萬里之外，又或是天王老子，最終的結局也只能是命喪於他的天刀之下！」

他可非虛聲恫嚇，如若「天刀」宋缺不顧自身生死，全心全意去刺殺一個人，確有極大成功的機會。

拜紫亭啞然失笑道：「少帥剛才尚在提醒本王不要只顧將來而忽視眼前，現在卻又有此要重視未來的警告，是否前後矛盾？失去那批弓矢，我的龍泉上京覆滅正在眼前，我哪有餘暇去思量未來茫不可測的事？況且宋公子的生死並非由我掌握，而是歸少帥決定。」

寇仲搖頭嘆道：「我直至剛才一刻，仍只是視你老兄爲一個交易的對手，但現在你已成爲我寇仲的敵人，這是何苦由來？不過事情並非沒有轉機，只要你拜紫亭除宋公子外，一併交還八萬張羊皮和平遙商人那筆應付的欠賬，大家仍可和氣收場。」

這是寇仲最後的努力，如談判破裂，一切將以武力來解決。縱使沒有突利支持，寇仲仍對龍泉有一定的破壞力。

拜紫亭仰天長笑道：「少帥怕是太高估自己哩！我拜紫亭絕不做賠本的買賣，既然一條人命可換回弓矢，我不會多付半個子兒。」

寇仲哈哈笑道：「好！」轉向伏難陀喝道：「國師能否回答本人一個問題，車師國使節團的人到哪裏去？」

伏難陀從容笑道：「現在尚未是時候，該讓少帥知道時，少帥自會清楚。」

寇仲心中湧起五湖四海也洗不清的屈辱和對兩人的深切仇恨，冷喝道：「好！今天未時中我們在城北二十里處的平原作交易，雙方只限五百人，一手交人，一手交貨，否則取消交易。」

心中暗嘆，若不能救回越克蓬等人，他們將陷於完全被動和捱揍的劣勢。

拜紫亭欣然道：「少帥快人快語，就這麼決定。少帥勿要耍甚麼花樣，這裏是我的地頭，一旦出事，不但宋公子要賠上一命，恐少帥亦難倖免。」

寇仲哈哈笑道：「多謝大王提醒，惡人我見過不少，似未有人比得上大王，我們走著瞧吧！」

大步轉身離開，抵達大門處停下，淡淡道：「忘記告訴大王一個消息，深末桓已被我親手幹掉。」

拜紫亭露出震動神色，接著回復平靜，沉聲道：「那就恭喜少帥不用把姓名倒轉來寫。」

寇仲背著他一拍背上井中月，傲然道：「大王何不來個一不做二不休，索性將我寇仲留下來，那說不定可多換點金銀珠寶？」

拜紫亭嘆道：「非不欲也是不能也，少帥是為赴秀芳大家之約而來，我怎能不給秀芳大家這點面子？」

寇仲一聲長嘯，盡洩心中不平之氣，大步離開。客素別出現前方，領路而行。寇仲心神回復澄明清澈，像井中月的止水無波。自出道以來，他從未陷身於如此錯綜複雜，又是絕對被動的劣勢中，但反激起他的鬥志，務要與拜紫亭周旋到底，取回八萬張羊皮和平遙商的欠賬，拯救遇難的朋友兄弟，同時完成對尚秀芳的諾言，保著龍泉城無辜平民的生命。這種種難題如何解決？待會如何向歐良材和羅意交代？時間更是難以解決的問題。一旦突厥大軍壓境，一切休提，只能以其中一方被殲滅作事情的終結。若有徐子陵在旁商量就好多哩！

徐子陵潛至靠近碼頭一座倉庫旁，躲在一堆雜物後，碼頭旁有數十個各式各樣的貨倉，由開放式的竹棚至乎眼前木構建造的大倉庫，應有盡有。而他之所以選擇這密封的貨倉，皆因馬吉的人正不斷從倉內提貨運往船上去。碼頭活動頻繁，近三百名腳伕忙於起貨運貨。趁宗湘花、馬吉等人的注意力集中在駛進海港來三艘大貨船的當兒，徐子陵自可放手而爲。他覷準其中一個肩托木箱的腳伕步出貨倉的時刻，發出一縷指風，射在那腳伕關節處，腳伕應指前仆，重甸甸的木箱往前拋下。徐子陵不慌不忙，再發另一股拳勁，於木箱墜地的刹那，重擊木箱。「砰！」木箱登時四分五裂，裏面的貨物立即原形畢露，赫然是一張張的羊皮。

在旁監督的馬吉手下看不破是徐子陵在暗處搞鬼，以爲是腳伕失足，剛巧這木箱又特別釘綁不牢，只懂喝人把掉在地上的羊皮撿拾起來。徐子陵差點要掉頭去追陰顯鶴，又不得不把這念頭壓下，因誰也不曉得馬吉的船何時開行，所以他必須獨自處理此事。眼前的事實告訴他，不管是馬吉向拜紫亭將這批屬於大小姐翟嬌的羊皮買到手上，抑或是拜紫亭送給他或託他運往別處謀取厚利，總而言之羊皮確是拜紫亭派人搶劫回來，他們再不用爲此猜估。這批羊皮是一筆龐大的財富，能令翟嬌傾家蕩產，更可使馬吉發大財。

卸下桅帆的「隆隆」聲中，三艘大海船緩緩靠岸。徐子陵凝神瞧去，船上雖沒有掛上旗幟，但看船上船伕的衣著模樣，可肯定是高麗人。徐子陵心中一動，猜到馬吉的羊皮是要賣到高麗去，在高麗此等苦寒之地，上等的羊皮確是價比黃金。想到這裏，徐子陵不再遲疑，往後退開，溜到海港無人處投進冰涼的海水中，從海底往馬吉的大船泅去。

朱雀大門處有一隊全副武裝的騎士，二十多個靺鞨戰士，人人冷靜沉凝，可肯定是百中挑一的好手，在宮奇的指揮下，高踞馬上等候寇仲。

客素別湊近寇仲微笑道：「少帥勿要見怪，我們這些做臣下的只能奉旨行事，大王的意思是希望少帥立即離城。」

寇仲像沒聽到有人向他說話，只瞅著在馬背朝他冷視的宮奇，輕鬆的道：「宮將軍在過去一年有多少日子是在這裏度過的呢？」

宮奇瞳孔收縮，神光閃閃，按著腰上的馬刀，沉聲道：「少帥此語意有所指，可否說得清楚些？」

寇仲來到他馬頭前半丈處昂然立定，淡然自若的哈哈笑道：「宮將軍請勿誤會，只因我聽宮將軍的漢語帶點中土東北的口音，聯想起在山海關一個非常有趣的人，捨此沒有其他的意思。」

心想若是拜紫亭要在城外殺他，作用是振奮軍心，日後的說書說到這段歷史，會是甚麼「拜紫亭龍泉門外斬寇仲」，藉殺他來向本族和其他靺鞨部族公布此舉是破釜沉舟，不惜戰至最後一兵一卒，也要反抗突厥人的勇氣和決心，以激起將兵的死志，來個置諸死地而後生。若他這種不惜一切的精神能感染整個靺鞨部，加上五采石的神話，蓋蘇文的奇兵，說不定眞能創造奇蹟，令靺鞨部取突厥代之，成爲新一代草原霸主。拜紫亭熟悉中土的戰役，當然不會漏掉名傳千古的「破釜沉舟」，殺寇仲後，與突厥再無轉圜的餘地。寇仲這猜測並非因身處險境而疑神疑鬼，皆因押送他離城的是眼前此君，明為宮奇暗為崔望的凶人。而他身後的手下，若他們肯脫下軍裝，肯定是滿身刺青的回紇狼盜。在拜紫亭的地頭，要把他逐離龍泉只需客素別和隨便一隊靺鞨兵已足夠有餘，何須出動宮奇和他的狼盜手下。

宮奇靜心聆聽，眸神轉厲，寒聲道：「沒有其他意思？少帥並不是第一天到江湖來混，該知說話不能含糊，若關及他人清譽，更該解釋清楚。」

他二十二名手下同時握住刀把，擺出一言不合，立即動手的姿態，氣氛轉趨緊張和充滿火藥味。把守朱雀大門的御衛均朝他們望來，人人目露凶光，更添殺氣騰騰的味道。

寇仲旁的客素別從容道：「宮將軍請冷靜點，照下官看只是一場誤會。敢煩少帥說兩句話，以釋宮將軍之疑。」

寇仲聞言更肯定自己的猜測，正因宮奇和他手下是「客卿」的身分，客素別只能用這態度勸宮奇，著他不用急在一時，到城門外才動手殺寇仲，因那是拜紫亭的吩咐。在宮門殺寇仲，只是寇仲與拜紫亭的個人恩怨，拜紫亭便難向尚秀芳交代；在城門殺寇仲，則與整個龍泉全體軍民有關，象徵意義大有分別。

寇仲一邊思量為何拜紫亭似不將那批弓矢放在眼裏，兩名御衛牽著一匹空馬兒朝他走來，馬兒見到寇仲，立即仰首昂嘶，跳蹄歡躍，寇仲暗嘆一口氣，迎過去一把將愛駒千里夢垂向他的馬頭摟個結實。拜紫亭真厲害，不聲不響的把整個形勢一手控制，千里夢於此時回到他身旁，正表示朮文和他的室韋兄弟全給他拘捕扣留。當然還有徐子陵和跋鋒寒的愛騎。哈哈一笑道：「有甚麼好解釋的，若宮將軍清清白白，怎會因小弟的聯想而介懷？」言罷飛身躍上千里夢馬背，雙目一眨不眨的凝望宮奇。

宮奇眼睛掠過濃烈的殺機，冷酷的容顏露出一絲充滿惱恨和殘忍的笑意，道：「如此請少帥上路。」

寇仲明白他的仇恨來自大批兄弟被他們在山海關幹掉。啞然一笑，策騎緩步跑出朱雀門。

出現在眼前的情景，以他一貫見慣大場面亦嚇了一跳。整條朱雀大街行人絕跡，店舖關閉，粟末兵排在兩旁，形成兩條往南城門延展的人龍，見寇仲走出朱雀門，立即轟然齊喝：「渤海必勝，大王萬歲。」聲撼全城，沖天而上，膽小者肯定會給駭得從馬背掉下來。寇仲感到自己變成被押往刑場斬首的囚犯，若不能改變這種形勢，自己只有在城門外被處死的結局。

宮奇一眾騎士左右前後把他夾在中間，蹄聲「的答」地在朱雀大街響起。留在宮門的客素別揚聲道：「少帥保重，恕下官不送啦！」寇仲暗底下苦笑，怎想得到與拜紫亭攤牌攤成這樣子？連與羅意等說句話也不成。若他能再見他們，第一句說的話必是著他們立即能走多遠就走多遠。宮奇來到他身旁並騎緩馳，神情嚴肅，閉口無言。寇仲眞氣運行，同時轉動腦筋，激起死裏求生的鬥志。拜紫亭既然要把我趕絕，我寇仲怎能沒有回報！

徐子陵神不知鬼不覺的從海水冒出頭來，倏地貼著船身往上疾升，一個觔斗，翻進艙窗，縱在光天化日之下，若非全神留意，就算看到徐子陵在眼前閃過，也只會以為是自己眼花。

徐子陵落在大有可能是馬吉自用的艙房中，環目一掃，立即肯定自己所料無誤，頗感自豪。他從結構建築學的方法入手，尋得船上景觀最好，最不受風浪影響的艙房，判斷出是馬吉的房間。此艙房應是船上最大的宿處，前廳後房，以竹簾分隔，地氈掛飾，均極為考究，金碧輝煌，正是馬吉喜好的那種低俗的奢華品味。就像他馬吉的帳幕給從陸上搬到這裏來，何況廳內地氈上放著大盤馬吉最喜愛的鮮果，床鋪均被薰上香料，濃濁得令徐子陵差點想閉氣。

徐子陵透簾外望，小廳旁放著一排三個大鐵箱，全上著鎖，可肯定內裏必是特別貴重的物品，否則誰都不願放三個這樣笨重的鐵箱在布置講究的地方。徐子陵穿簾出廳，沒有去碰三個鐵箱，全神留意遠近動靜。艙房在頂層艙尾的一端，所以房和廳均有窗戶，他從靠海的窗鑽進來，此時移到另一邊的窗往外面的碼頭瞧去。三艘高麗商船泊在岸旁，與馬吉此船相鄰，徐子陵心中一動，想到八萬張羊皮可非一個小數目，馬吉的船載上二萬張已非常吃力，所以大有可能在高麗商船卸下貨物後，即把這八萬張羊皮運回高麗。甚或整件事是以貨易貨的交易。卸貨上貨須時，且高麗的海船經過海上的旅程和風浪，當要補充糧食用水和維修，今天內肯定不會啓碇開航。

宗湘花、馬吉和似是船隊指揮者的高麗人在一旁低聲說話，不時仰頭觀天。由於相隔甚遠，以徐子陵之能，也偷聽不到半句話。徐子陵曉得他們都是觀察風雲天色的專家，留神一看，發覺天上的雲移動得比先前迅快，白雲被較灰暗的雲替代，逐漸把陽光遮蔽，正是風雨欲來的前奏。徐子陵心中好笑，凡事有利有弊，拜紫亭揀雨季立國，固是有利守城，但在不適當時機驟來大雨，卻會阻礙他備戰的進度。

果然馬吉向手下喝道：「下雨哩！停止搬貨。」

徐子陵心忖該是離開的時候，當他再回來時，將會是凶暴流血的場面，因爲若要得回八萬張羊皮，這將是唯一的選擇。「轟！」遠處天際先是閃電裂破天空，接著驚雷震耳，倏地那邊天際變成翻滾混濁的黑雲帶，往這邊鋪掩過來。碼頭上立時形勢混亂，腳伕在馬吉手下的喝令中慌忙把未能送上船的貨搬回貨倉去，宗湘花和馬吉則隨那高麗人匆匆登上其中一艘高麗商船。徐子陵迅速離去。

寇仲一邊調息行氣，一邊思量在城門外等待他的會是甚麼高手？會不會是拜紫亭本人和「天竺狂僧」伏難陀。拜紫亭此人極工心計，該是從呼延金那裏知他寇仲愛馬如命，所以特別在這情況下將千里夢交回給他，使他難以捨棄愛駒憑身法逃進民居，倘若如此，最後即使拜紫亭能把他搜出來殺掉，亦要大耗人力時間，且失去轟烈哄動的震撼效應。所以他若想和千里夢一起離開，只能待出了城門後再打算。寇仲感到千里夢的血肉和他緊密的連在一起，要他捨棄無私地忠於自己的馬兒，讓牠陷於遭人殺死洩憤的險境，他縱使能從死中逃生，亦不肯如此做。要死就死在一塊兒。

南城門出現前方。宮奇木無表情的在他旁策騎緩行，兩邊的靺鞨兵停止呼叫吶喊，人人眼睛射出堅定狂熱的神色，寇仲毫不懷疑他們肯爲拜紫亭犧牲性命。寇仲的心逐漸平靜，把生死拋開，進入井中月的境界。忽然感到宮奇的身體不安地扭動一下，同時往天空瞧去。

寇仲忙往上望，哈哈笑道：「大王說得不差，四月果然是龍泉的雨季。」

天色很快昏暗下去。宮奇往他瞧過來，雙目凶光閃閃，又往左右轉動，看他的情況，顯是正猶豫是否該改在城內殺他。若讓寇仲出城，又來一場像昨天的狂風暴雨，寇仲說不定能突圍脫身。

寇仲心叫不妙，如讓宮奇及時發出關閉城門的命令，他必死無疑。忙道：「宮兄不是回紇人嗎？爲何會爲拜紫亭辦事，還喬扮崔望幫他打家劫舍，草菅人命？」

他並非要觸怒對方，只是想分他的心神，使他在尙未作出決定下暫忘發出關閉城門的命令。城門口兩邊城樓密密麻麻擠滿守城的箭手，城門處更是守衛重重，在一般情況下即使以寇仲這級數的高手，也難闖關離開，但若來一場滂沱大雨，寇仲逃生的機會將大幅增加。

宮奇果然被他擾亂思路，勃然怒道：「少帥若不能拿出眞憑實據……」

寇仲截斷他道：「哈！這樣說只表示你老哥作賊心虛，否則會直斥我胡說八道，又或表示聽不明白小弟的說話。哈！只因你心內正在猜測我憑甚麼瞧穿你是崔望，所以衝口就是他奶奶的有否眞憑實據，可笑啊可笑！」

他說個不停，正是要宮奇沒法分神多想。他的手下人人目露凶光，卻因宮奇沒有指示，故仍按兵不動。論才智，宮奇與寇仲實差上一大截，寇仲就像他肚內的蛔蟲，每句話都是針對他心裏的想法而說，使他感到似赤身裸體盡露人前般的難受！一時忘記風雨即臨，冷然道：「死到臨頭，仍要逞口舌，你……」

此時已抵達南門外，只要穿過三丈許的門道，就是城外的世界。本是排列在城門前的一衆城衛，往兩旁退開讓道。

寇仲心忖一句「死到臨頭」，此子終於洩密。眼看成功在即，哪容對方有思索的餘暇，再次打斷他的話胡謅道：「外面等我的是否有呼延金的份兒，難得你大王肯給小弟這個方便，小弟索性割下他的臭頭才走。」

宮奇又再愕然，至此始知寇仲瞧破會在城門外殺他。

忽然雄軀一震，望往上空，大喝道：「閉關！」

當他喝出能決定寇仲生死的命令時，一道電光劃破烏雲密布的天空，驚雷爆響，震耳欲聾，把宮奇的喊叫完全掩蓋，只寇仲一人聽到他的話聲。「嘩啦啦！」狂風捲至，大雨灑下，雷電交替，地暗天昏，來勢之猛，比昨天那場雷暴有過之無不及。

寇仲心忖生死成敗，還看此刻。趁混亂之際兩腳左右踢出，狠著心踢在宮奇和他手下的馬腹處，同時眞氣輸入千里夢體內，施展「人馬如一」之術，朝城門道衝去，大嚷道：「下雨哩！快避雨！」

左邊的宮奇，右邊的狼盜，連人帶馬往外倒下去，加上雷雨狂風，整個押送寇仲的兵團立即亂作一堆，沒有人弄得清楚正發生甚麼事。

宮奇在馬倒地前躍起，大喝道：「截住他！」可惜又給另一聲雷響把他的呼叫淹沒。

寇仲此時策騎衝出城門。電芒劇閃，照得人人睜目如盲，再看不見任何東西。

大雨橫掃無邊無際的汪洋，同時鋪天蓋地的席捲整個龍泉平原，狂暴的雷電在低壓厚重的黑雨雲間咆吼怒號，有搖山撼岳、地裂天崩的威勢，顯示出只有大自然本身才是宇宙的主宰。電光劃破昏黑的天地，現出樹木在從四方八面打來的暴風雨中狂搖亂擺的景況。「轟！」一道電光擊中徐子陵身前一株特高大樹，登時像中了火鞭般枝斷葉落，著火焚燒，旋給滂沱大雨淋熄，剩下焦黑的禿樹幹。

徐子陵渾身濕透，全力狂奔，心中想的卻是師妃暄。上一場大雨她仍在，這次下雨她已遠去，避世不出。「家在此山中，雲深不知處。」抑壓的情緒像被風雨引發，再不受他控制，緊攫著他的心神，讓痛苦和失落的感傷將他徹底征服。他很想停下來痛哭一頓，盡洩心中的絞痛，並答應自己，哭過這次後，會遵照師妃暄的教誨把失視爲得，把無視爲有。就只哭這一次。可是他卻沒有哭，他必須立即找到寇仲，盡起人馬，趁馬吉仍在，把八萬張羊皮搶回來。

忽然又想起石青璇。他已很久沒有在獨處時想起她，因爲她是他不敢碰的一個內心創傷，直到此刻，傷口仍未癒合。師妃暄並非另一個傷口，而是一段令人神傷魂斷的美麗回憶。她陪他玩了一個精采絕倫的愛情遊戲，純粹的精神愛戀，卻比任何男歡女愛更使人顛倒迷醉，刻骨銘心。他終嚐到愛情的滋味，被愛和愛人的動人感覺。草原荒野，一切一切都被雷雨裹在裏面，渾成茫茫一片，迷糊混亂。徐子陵感到與大自然渾成一體，再無分內外彼我。心內的風暴與外面的風暴結合為一，淚水泉湧而出，與雨水溶和，灑往大地。

寇仲在第二道閃電前，與千里夢人馬合一箭矢般竄出龍泉城南門，在門道內至少撞倒五名守兵，沒入城外漫天的風雨中。「轟隆！」電閃雷轟。一道金箭般的激電，在頭頂一晃而沒，狂風暴雨迎面打來，接著霹靂巨響，把人叫馬嘶完全蓋過。一時間甚麼都聽不到，看不見。寇仲環目一掃，心叫好險，若自己現在是給宮奇一夥人押著出來，又或自己在雷雨驟發前闖門衝出，只有陷身重圍力戰而亡之局。

在令一切變得模糊不清、天地渾茫、有如噩夢深處的狂暴雷雨下，以百計本應是隊形完整恭候他大駕的龍泉軍，像被敵人衝擊得潰不成軍的樣子。旗幟固是東倒西歪，騎士則設法控制被雷電駭破膽，跳蹄亂蹦的戰馬。電雷交替，閃裂、黑暗、轟鳴，在這種大自然狂暴的力量施威下，人變得渺小而微不足道。在極度的混亂中，寇仲見到全副軍裝的拜紫亭和仍是一襲橙色寬袍的伏難陀領著一隊近五十人的親兵朝他衝過來，拜紫亭還張口大喝，似在命令手下圍截寇仲，不過他的呼叫完全被雷雨掩蓋，連寇仲也聽不到他在叫甚麼。豪雨像瀑布般朝大地無情的鞭打肆虐，光明和黑暗交替地將天地吞沒，閃亮時令人睜目如盲，黑暗時對面不見人影，龍泉城外只有震耳欲聾的可怕霹靂聲和滂沱風雨的吵音。寇仲心叫老天爺保佑，策馬轉左，避開拜紫亭一夥，往草原逃去。十多名持矛步兵攔在前方，往他攻來。寇仲哈哈一笑，風雨立朝他口內灌進去，一抽韁，千里夢得他勁傳四腿，撐地彈跳，如神人天馬般跨空而過，敵人只攔得個空。「鏘！」寇仲拔出井中月，寶刀前探疾挑，另兩名攔路的長槍手立告槍折人跌，往兩旁倒去。風雨茫茫的前方，隱見大隊騎士橫亙列陣。

驀地一股尖銳的氣勁從左上方似無形箭矢般襲至，寇仲看也不看，心隨意轉，體依意行，瞧似隨便的一刀挑去，同時一夾馬腹，千里夢朝前疾衝之際，「噹」的一聲，把拜紫亭挾著漫天風雨攻來的凌厲一劍，挑個正著，如有神助，大笑道：「大王不用送小弟哩！」螺旋勁發，以拜紫亭之能，由於憑空無處著力，硬給寇仲挑得倒翻而回，痛失攔截寇仲的最後一個良機。寇仲整條右臂也給他震得發麻，暗呼厲害。狂風從後捲來，寇仲不用回頭去看，知來襲者是伏難陀，明是攻人，實爲襲馬，哈哈一笑，勁往下傳。千里夢已在急速衝刺的勢子中，再在寇仲勁力催策下，騰空而起。

寇仲刀交左手，身往後仰，朝後狂刺，氣勁捲起風雨，龍捲風般往凌空追來的伏難陀胸口撞去，大笑道：「還當我是昨晚的寇仲嗎？」伏難陀哪想得到他有此厲害招數，更錯估馬兒的快疾動作，倉卒間雙掌封擋。「蓬！」雨點激飛。寇仲渾身一震，硬捱對方掌勁，同時卸力化力，就像是伏難陀以掌勁相送般，人馬加速越過近八丈的遙距，落入敵騎陣內。伏難陀功力雖勝他一籌，仍去勢受挫，墜落地面，還要後退半步。

那是一組近二百人的騎兵，若在晴朗的天氣下，只射箭足可令寇仲無法突圍，可是在一片迷茫狂風暴雨中，根本不曉得寇仲早已出城，待到寇仲天降神將般落到他們陣中，還未弄清楚是怎麼一回事時，寇仲早左衝右突，寶刀翻飛，見人斬人，遇敵砍敵，殺出重圍外。

拜紫亭和伏難陀分別趕至，大喝道：「追！他逃不遠的。」衆人如夢初醒，勒馬往沒入風雨深處的寇仲追去。

寇仲策馬亡命飛奔，自然而然朝別勒古納台兄弟藏身處逃去，心中仍在咀嚼爲何拜紫亭會說他逃不遠。他終是內傷未癒，適才奮盡餘力，施展非常損耗眞元的人馬如一奇術，又分別硬擋拜紫亭和伏難陀兩大頂尖高手全力一擊，殺出重圍，已到了氣窮力盡的境地，再無法助千里夢一腳之力，只能憑愛駒健腿，載他逃出生天。寇仲一邊調息回氣，只要捱到他能再展人馬如一之術，即可撇甩追兵。幸好千里夢神駿之極，不是那麼容易被追及。蹄聲在雷雨聲中從後方隱隱傳來，寇仲回頭一瞥，立即大吃一驚。敵人數百騎兵分三路，以拜紫亭、伏難陀爲首的窮追在後，另兩路左右包抄，竟是愈追愈近。寇仲心忖怎麼拜紫亭的馬會跑得快過千里夢時，駭然發覺愛駒露出吃力的神態，敵騎是愈跑愈快，牠卻愈跑愈慢，眼耳口鼻還滲出血絲。寇仲大罵卑鄙，心中湧起前所未有的對一個人的仇恨悲憤，再不顧自身的安危，將僅餘的眞力，送入千里夢體內，助牠驅毒保命。不用說卑鄙無恥的拜紫亭把千里夢還他，不但是要令他不肯孤身逃走，另外還有一個後著，就是預先給千里夢餵下慢性毒藥，現在終於發作。只恨此時有弓無箭，否則寇仲必賞拜紫亭一箭。

拜紫亭一夥把距離縮至二百多丈，不住逼近。寇仲的長生氣源源輸進千里夢體內，將毒藥從牠皮膚逼出，讓雨水沖洗，千里夢口鼻沒有再滲出可怖的血絲，速度漸增，但當然仍達不到平時的快速。追騎的蹄聲不住在耳鼓擴大增強，有如催命的符咒。電光照耀下，整個大平原全被無邊無際的暴雨籠罩，傾瀉下來的雨水，在草原上形成無數流竄的臨時大小水窪，在雷暴的猖狂肆虐下，天像崩塌下來，全無節制的傾洩，無情地向大地人畜原野鞭撻抽擊。寇仲心叫我命休矣，猛咬牙齦，從馬背翻下，同時一指刺向馬股，自己則往旁奔出。千里夢吃痛朝前直奔。

寇仲心想再會無期，滿懷感觸。千里夢是一頭高貴的馬兒，是屬於大自然的，卻因他寇仲捲入人世間的醜惡鬥爭。現在他寇仲小命難保，再不願千里夢陪他一起遭人殘害，只好讓牠獨自逃生，由自己引開敵人，承受一切。寇仲運起僅餘的氣力，半盲目的朝西北方掠去，耳聽蹄聲逼至。寇仲回頭一看，只能搖頭苦嘆，原來是千里夢掉頭往他這主人追來。

寇仲翻身再上馬背，哈哈笑道：「好馬兒，大家死在一塊兒吧！」

此時後方全是重重騎影，敵人追至百丈之內。寇仲改朝附近地勢最高的一座小山丘馳去，心神進入井中月的境界，全力調息，暗下死志，當抵達丘頂時，就是他回身捨命應戰的時刻。殺一個歸本，殺兩個有賺。

「鏘！」寇仲拔出井中月，衝上丘坡。驀地丘坡上現出大群戰士，於馬背上彎弓搭箭，朝他的方向瞄準。

寇仲定神一看，大喜嚷道：「越克蓬！」竟是車師國的兄弟。

越克蓬一馬當先，馬刀往前高舉下劈，喝出命令。百箭齊發，越過寇仲頭頂，穿透狂瀉下來的傾盆大雨，往拜紫亭等勁疾灑去。事起突然，拜紫亭一方不及掣出擋箭盾牌，加上視線模糊，前排三十多騎紛紛中箭倒地，一時人墜馬嘶，混亂至極。寇仲策騎馳至坡頂，第二輪勁箭又飛蝗般往敵陣投去，再射倒十多人。拜紫亭一方不敢推進，慌忙後撤，留下滿地人骸馬屍。淌在草地上的鮮血，迅速被雨水沖走溶和。

寇仲絕處逢生，喘著叫道：「左邊！」

不待他說完話，越克蓬早發出命令，著手下向從左側包抄攻來的敵騎射去。右方另一支抄擊隊伍馳至坡下，形勢仍是危急。寇仲深吸一口氣，提聚功力，井中月回鞘，探身從越克蓬的箭囊拔出四根箭，另一手拔弓張弓，箭矢從刺日弓發出，連珠往敵騎射去。五騎先後中箭，滾下坡丘，由於大雨濕滑，登時把後來的騎士撞得人仰馬翻，亂成一團，攻勢頓被瓦解。餘騎不敢冒進，紛紛後撤。

拜紫亭此刻又再重組攻勢，取出籐盾護人護馬，在左右兩翼戰士後撤當兒，從正前方殺將上來。寇仲哈哈一笑，箭矢在刺日弓連環勁射，籐盾像紙糊般被穿破，命中多名敵人，仰後拋跌，滾到坡底。車師國戰士士氣大振，百箭齊發，硬把拜紫亭等逼回丘下。蹄聲從左方遠處傳來。古納台兄弟和一眾室韋戰士五百餘騎，冒雨殺至。號角聲起，拜紫亭終發出撤退的命令。

雷電逐漸稀疏放緩，淋漓大雨仍是無休止的從天灑降，徐子陵穿過昏黑如夜的草林，朝龍泉上京方向馳去。他的心平復過來，一片寧靜。前方出現兩道人影，徐子陵功聚雙目，定神一看，登時喜出望外，同時放下心事。竟是陰顯鶴陪著跋鋒寒來會他。

跋鋒寒隔遠大笑，加速趕來，一把將他肩頭抓個結實，嘆道：「我現在才曉得甚麼是恍如隔世，今早入城見不到你，我和寇仲擔心得要叫救命呢。」

徐子陵反手抓著他，笑道：「你擔心我，我也擔心你，這兩天你究竟到甚麼地方去了？」

陰顯鶴來到兩人側，訝道：「徐兄不是留在小龍泉監視馬吉嗎？」

徐子陵欣然道：「我回來是要招集所有兄弟人馬，因爲馬吉要把羊皮運往高麗，而高麗那三艘商船載的貨，肯定是兵器弓矢一類的戰爭必需品。」

跋鋒寒劇震道：「不好！」

兩人吃了一驚，愕然瞪著他。

跋鋒寒臉色變得非常難看，解釋道：「寇仲今早去向拜紫亭攤牌，要憑劫來的弓矢向他交換羊皮和平遙商的欠賬。現在拜紫亭既有從高麗來的供應，自然不受寇仲威脅，只看他任得馬吉把羊皮運走，便知他不會妥協交易。」

徐子陵雙目殺機大盛，道：「若寇仲有甚麼三長兩短，我絕不會放過拜紫亭。我們立即到龍泉去。」

兩軍在丘頂會合。

寇仲為雙方引介後，越克蓬以突厥話解釋道：「昨晚龍泉實施宵禁後，拜紫亭便派軍隊將我們的賓館圍困，沒收我們的兵器弓矢，指我們對他心懷不軌，驅逐我們離城，限令我們連夜回國。幸好我們早有預備，把一批弓矢兵器埋在城外，詐作遠離然後疾潛回來，恰巧遇上少帥被拜紫亭追殺，出了這口惡氣。」

別勒古納台不解道：「拜紫亭難道不想要回弓矢嗎？為何竟要置少帥於死地？幸好我們的探子發覺拜紫亭在南城門外布兵，我們知道不妥，立即來援。」

寇仲仰臉任由雨水擊打臉龐，嘆道：「我直到遇上拜紫亭，終於眞正明白甚麼是卑鄙無恥，不擇手段。唉！老拜不但要殺我立威示衆，還把朮文和『天刀』宋缺的兒子扣起來。」

不古納台勃然大怒道：「明知朮文是我們的人，少帥是我們的朋友，拜紫亭仍敢如此膽大妄為？我操他的娘，此事我們絕不罷休。」

別勒古納台雙目電芒激閃，冷冷道：「他在逼我們站到突厥人的一邊，想不到他愚蠢至此。」

寇仲大感頭痛，他曾向尚秀芳拍胸膛承諾，要免龍泉上京的無辜百姓於戰禍，問題是拜紫亭四處挑起火頭，擺明不惜任何犧牲，此事如何善罷？

越克蓬的副手客專突然大叫道：「看！」

眾人循他指示瞧去。漫天風雨中，三道人影朝他們奔來。寇仲大喊一聲，歡欣若狂的朝來人奔下丘坡去。

第九章 對決龍泉

黃易作品集

第九章　對決龍泉

風雨將天、地之間的所有景物統一爲一個整體，從小龍泉西南的樹林朝海港方向瞧去，只是一片迷茫。雷電雖斂，稍減天地之威，可是吃力地在風雨中搖擺的草樹，仍令人感到大自然狂暴的一面。

陰顯鶴把徐子陵拉到一旁，淡淡道：「我想請徐兄幫個忙。」

徐子陵心中大訝，有甚麼事能令高傲如他者，開口求助。忙道：「陰兄請說，小弟必盡力辦妥。」

陰顯鶴默然片晌，木無表情的道：「我想請你們放過宗湘花。」

徐子陵愕然卻沒有絲毫猶豫地答道：「這個包在我身上，我可以性命擔保她絕不會受到任何傷害。」

此時那邊的寇仲等人從樹梢躍回地上，交換觀敵的心得，寇仲喝過來道：「兩位大哥還不過來，研究攻陷整個渤海的戰略，他娘的！陰兄懂不懂突厥話？因爲古納台兄弟均不懂漢語。」

跋鋒寒代陰顯鶴笑答道：「少帥放心，在山海關一帶混的漢人，多少也懂幾句突厥話，何況陰兄縱橫塞內外，怎能不精通我們的話。」

寇仲咕噥道：「我不是不知道，不過陰兄長年說不上幾句話，怕他是唯一的例外。」

陰顯鶴臉上露出古怪的表情，顯是不慣被人調笑，沒有回應，只向徐子陵低聲道：「徐兄確是我的朋友。」

徐子陵心中一陣溫暖，曉得冷漠如陰顯鶴者，亦因自己沒有追問情由，一口把放過宗湘花的事攬到身上，生出感激。在無情冷酷的戰爭中，要不傷害對方的指揮將領，談何容易，但徐子陵沒有絲毫猶豫的答應。

徐子陵拍拍陰顯鶴的肩頭，朝寇仲、跋鋒寒、古納台兄弟、越克蓬和客專走去，來到寇仲旁，以突厥話低聲道：「勿要大驚小怪，陰兄弟有命，不得傷損宗御衛長半根毫毛。」

除寇仲外，衆皆露出錯愕神色，所謂擒賊先擒王，若不針對敵人統帥作部署，這場仗如何取得全面勝利？幸好徐子陵有「勿要大驚小怪」之言在先，否則衆人必齊聲反對。

寇仲哈哈笑道：「陰兄有命，小弟當然不敢有違。拜紫亭雖不義，我們卻非不仁，靺鞨族若給擊垮，對室韋和車師絕沒有好處。」

陰顯鶴獨自一人遠遠站開，在風吹雨打中凝望海港的方向。

別勒古納台舉手抹掉臉上的雨水，點頭道：「少帥說出我兩兄弟心中的矛盾。」

越克蓬皺眉道：「我們連宗湘花所在的位置亦一無所知，如何避重就輕，不與她作正面衝突？」

跋鋒寒微笑道：「不與她正面交鋒怎行？我們只要設法把她生擒活捉，然後交給陰兄處理，仍是如陰兄所願。」

寇仲顯已完全回復一貫的鬥志信心，雙目閃閃瞧著位於他們和碼頭之間，象徵關係小龍泉安危和操控權的大石堡，道：「我本想趁敵人被大雨弄得眼盲耳聾的當兒，以奇攻快打，一舉攻佔小龍泉，那就算拜紫亭的兵力在我們百倍之上，值此狼軍隨時壓境的時刻，他也奈我們莫何，不敢來犯。那時我們要拜紫亭跪下喚我們作大爺，他也只有乖乖照辦，現在當然要改變策略。哈！有哩！」

不古納台欣然道：「有少帥在，沒有問題是不能解決的。」

別勒古納台微笑道：「既非擒賊先擒王，是否來個制敵先擄船呢？」

衆人同時會意。

寇仲笑道：「別勒老哥確知我的心意，敵人兵力在一千至一千五百人間，我們只及敵人一半，奇兵突襲雖可穩操勝券，但我們傷亡難免。宗湘花乃拜紫亭重用的將領，怎都該有兩下子，加上馬吉和高麗方面來的高手，若我們只能慘勝，將無法抵擋拜紫亭的反擊，戰利品最後唯有拱手回饋。所以必須避重就輕，讓宗湘花知難而退，我們只擒下馬吉那混蛋了事。」

徐子陵淡淡道：「別忘記那三艘大船來自高麗，可以是蓋蘇文的船，也可以是高麗王的人。」

寇仲苦笑道：「這是另一個頭痛的問題，我們絕不能殺小師姨的人，否則傅大師不會饒過我們。」

別勒古納台等聽得大惑不解，經徐子陵扼要解釋後，寇仲道：「我們若能控制高麗和馬吉的幾條大船，再攻佔石堡，宗湘花的軍隊只餘退走一途，別無他法。」

徐子陵道：「碼頭方面由鋒寒兄、陰兄和我負責，只要有百多個精通水性的兄弟，出其不意，敵人必著道兒。石堡方面必須小心行事，如讓敵人先一步發覺，我們將吃不完兜著走。」

越克蓬微笑道：「在這方面小弟可以作些貢獻，來十多套靺鞨兵的軍服如何？這是我們刺殺伏難陀的道具。」

寇仲喜出望外道：「大雨加僞裝，哪到敵人不中計，事不宜遲，若大雨停下，將輪到我們受苦。」

各人各自準備當兒，寇仲拉著徐子陵朝陰顯鶴走去，來到他旁，寇仲把進攻大計告訴陰顯鶴，道：「這安排蝶公子是否同意？只要蝶公子搖頭，小弟可另想辦法。」

陰顯鶴直勾勾的瞧著風雨中的石堡，沉聲道：「假若宗湘花在石堡內避雨又如何？」

寇仲從容道：「小弟會親手把她擒下，再交由陰兄處置。」

陰顯鶴嘆一口氣道：「這是沒辦法中的辦法。我本以為少帥是那種為爭天下而不顧一切的人，現在知道我估量錯哩！」

寇仲很想乘機問他與宗湘花的關係，終於忍住，處理其他事去。

徐子陵低聲道：「我們去找老跋先談妥進攻的策略，只要能拿住馬吉，可揭破狼盜和安樂慘案之謎。」

徐子陵、跋鋒寒、陰顯鶴、不古納台和八十多名精通水性的室韋戰士，潛至海港的另一邊，只要游渡半里許的距離，即可抵達馬吉和高麗那四艘大船。風雨勢子仍劇，小龍泉海港內波高浪急，泊在碼頭二十多艘大船和其他近五十艘中小型的船隻被波浪舞動拋擲得像沒有主動權的玩具。各碼頭上不見人蹤，所有人均躲進有瓦遮頭的避難所去，沿海望樓雖有守軍，但均避到下層躲雨。

陰顯鶴沉聲以突厥話道：「馬吉肯定不在船上。」

徐子陵和跋鋒寒等點頭同意，馬吉一向在陸上過慣講究奢華的生活，有時雖會以舟船代步，但只限在平靜的河湖間。如眼前般怒濤洶湧的大海風浪，他絕受不了，所以只會躲在岸上某處。

跋鋒寒道：「可以下船的都會離船避風浪，所以我們登船後該不會遇到太大的反抗。如此我們不妨對自己的要求嚴格一點，在敵人不覺察下先控制四艘船，然後再到岸上尋馬吉的晦氣。」

不古納台欣然道：「這個沒有問題，我和眾兄弟最擅長的是突擊戰，況且人人只顧躲在艙內避雨，只要我們封閉船隻的所有出入口，以雷霆萬鈞之勢一舉把留在船上的人制伏，就算有人及時叫嚷，叫聲也難驚動岸上的人。」

跋鋒寒道：「風從大海的方向吹來，這四艘船因負重吃水極深，若我們張帆駛離碼頭，要冒上被風浪把船翻轉的危險，故此我們只須把戰利品控制在手以配合另一邊的行動，倘能守穩四條船，可令敵人失去方寸，牽制對方。」

徐子陵提醒道：「記著儘量不要傷人。」

不古納台笑道：「徐兄放心，我的兄弟配備馬索，擒馬擒人都是那麼拿手方便。走吧！」

衆人投進海水，迅速往目標潛過去。

換上鞢鞨兵裝束的寇仲、越克蓬、客專、別勒古納台和三十多名室韋族與車師國的精銳戰士，拉著馬在林內耐心等待，計算時間。

別勒古納台道：「石堡主要的防守力量是上層的八座箭樓，只要我們能逼至近處，撲登上層，可從樓道往堡內殺進去，全力控制石堡出入的唯一大門，那時石堡將是我們手中之物。」

寇仲道：「若碰上宗湘花，請交由小弟一手包辦，讓陰顯鶴可以有個完整的長腿大美人。」

越克蓬道：「少帥小心，聽說宗湘花劍法高明，勿要輕敵。」

別勒古納台笑道：「你若見過少帥在六刀內斬殺深末桓，當不會有此擔心。」

寇仲哈哈笑道：「輕敵乃兵家大忌，不獨是我，大家都應小心。時間差不多哩！兄弟們！一切依計行事。」

眾人同時翻身上馬，一陣風般從林內捲出，全速投進林外的狂風暴雨去。後方四百多名室韋和車師戰士，分作兩組，亦推前移至有利出擊的位置，準備支援進襲。

寇仲跑在前頭，千里夢健蹄如飛，馱著他往石堡馳去。如何能完成對尚秀芳的承諾，消弭這場能把龍泉夷爲平地、塗炭生靈的戰爭，他再無半分把握，只能見一步走一步，儘量增加手上的籌碼，令拜紫亭知難而退，而他則憑對突利的影響力，達致雙方均可接受的和議。唉！這是何等困難艱苦的一回事！宋師道和朮文等人仍在拜紫亭手上，加上和小師姨的恩怨糾纏，大明尊教與拜紫亭的曖昧關係，呼延金、杜興等的在旁作梗，蓋蘇文可能存在的伏兵，伏難陀的影響力，令事情更趨複雜，更難解決。而明早就是突厥人對拜紫亭定下獻寶的最後期限，他只餘半天一夜的時光。他對尚秀芳的承諾並非在一時衝動下的決定，而是曉得這亦是徐子陵的心願，所以不論如何困難，他都要設法達到。

蹄聲驚擾防守石堡的衛士，只見其中兩座箭樓現出守兵，朝他們的方向瞧來。

越克蓬加速越過寇仲，以學得唯肖唯妙，帶點粟末口音的地道龍泉漢語大嚷道：「突厥狼軍來哩！大王有令！立即迎戰！」

位於石堡上層正中的鐘樓，立即響起示警的鐘聲。

鐘聲傳來，徐子陵一方剛把四艘目標大船置於控制之下，出乎意料的警報鐘鳴，令他們不敢輕舉妄動去找馬吉算賬，只能留在船上靜觀其變。在一切混合模糊的狂風暴雨中，以跋鋒寒、徐子陵等的眼力仍看不清相隔近半里石堡那邊的情況，只猜敵人可鳴鐘示警，寇仲那方的行動將非順風順水。位於碼頭北駐軍的營地像蜂巢被搗般群兵蜂擁而動，人馬奔走列隊，準備迎戰，迅快而不亂，顯示出粟末兵確是大草原東北的精鋭勁旅。

敲響第十下鐘聲時，號角聲起，第一隊百人騎兵馳出軍營，朝石堡方向開去，看得衆人眉頭大皺。

不古納台當機立斷，跳起來大喝道：「蒙兀室韋不古納台在此，粟末小賊快來受死。」

他的手下聞呼在船上齊聲發喊，傳遍整個海港區，把風雨聲也暫時掩蓋過去。營地方面的粟末兵聞聲一陣混亂，把守望樓的侍衛此時才曉得四艘船落入敵人手上，忙一股勁的也把望樓的報警鐘敲響。「噹！噹！噹！」鐘聲此起彼落，遙相對聞，把小龍泉送進腹背受敵的噩夢去。營地的守軍只分出一小隊前往支援石堡，其他人全朝碼頭這邊馳來，可見指揮將領權衡輕重下，仍以奪回四船爲首要之務。

不古納台雙目神光閃閃，暴喝道：「兄弟們！準備迎戰！」

衆室韋戰士箭矢上弦，齊聲吶喊。

跋鋒寒取出射月弓，大笑道：「來一個殺一個，來兩個殺一雙！」

「颼！」勁箭從射月弓疾射而出，橫過千多步的距離，命中最接近的一座望樓上的守衛，貫胸而入，守衛慘叫一聲，墮往望樓下。室韋箭士立時士氣大振，歡呼喝采。箭矢戳破風雨，各自瞄準的往衝來的敵人射去，有如暴風雨內另一股不守規矩的風雨。

徐子陵留心陰顯鶴，見他木無表情的掃視碼頭一帶從船廠貨倉慌忙奔出奔入察看情況的人，知他在搜尋宗湘花的倩影，心中暗嘆。值此火熱血戰即要展開的當兒，他的心神卻飛到遠在中土一個從未踏足只能想像的小谷內。身處的船兒蕩漾在大海上，把他和中土的大江連繫起來，只要他願意，即可揚帆駕舟，沿岸南下，直抵位於大江海口的揚州東都，然後沿江逆流往西，載他到石青璇隱居避世的幽林小谷去。自離開成都後，心灰意冷下，他把對石青璇的愛意努力壓抑下去，不願想她，不敢想她。可是在龍泉與師妃暄決堤般的精神苦戀，不但燃起他對師妃暄的愛火，更撩起他對石青璇的思念和愛憐。師妃暄在時，他的心神全貫注在她身上，對石青璇的思憶只像浮雲掠空。師妃暄終於離開他，還三番四次囑咐他照顧石青璇，使他對石青璇本變得有如寒灰的心活躍起來。何況懷中尚有一枝奉尚秀芳之命贈送給她用油布包裹好的天竹簫。失正是得。自己是否為一個從不為己身的幸福努力爭取的人呢？

「颼！」一枝勁箭從頭頂掠過，徐子陵驚醒過來，只見碼頭前全是往船上狂攻過來的粟末戰士，儘管在室韋戰士的箭網下人仰馬翻，仍是奮不顧身，前仆後繼的殺來。血淋淋的殘酷戰爭，把他因石青璇而沉湎於溫柔銷魂滋味的天地硬扯回來。拜紫亭說得對，大雨確是利守不利攻，縱使對方人馬多上幾倍，亦難施全力。徐子陵大喝一聲，雙拳齊出，把兩個剛要撲上船來的粟末戰士轟到海水中。

陰顯鶴大喝道：「馬吉在那邊！」

徐子陵又起腳踢飛另一名敵人，偷空瞧去，只見馬吉和三十多名手下從營地策騎馳出，望北而去。

跋鋒寒喝道：「子陵和陰兄去追馬吉，這裏交給我和不古納台。」言罷騰身而起，投往敵人集中力量攻奪的高麗船去。

當是見勢不妙，想落荒逃走。

徐子陵和陰顯鶴撲上碼頭，登時令敵人陣腳大亂，以為他們下船來反擊。哪知兩人斬瓜切菜的擊倒十多個敵人後，翻上奪來的兩匹戰馬，朝馬吉方向追去。攻打龍泉的突擊戰，在漫天風雨中全面展開。泊岸的其他大小船隻紛紛開離碼頭，以免遭池魚之殃。在碼頭負責搬運上下貨的腳伕，只恨爹娘少生一雙腳，能上船的上船，來不及上船的只好往附近叢林逃去。號角聲、喊殺聲和風雨聲混為一片。

把守石堡的士兵第一個反應竟是鳴鐘示警，確出乎寇仲等意料之外，幸好沒有箭矢射來，否則將要功虧一簣，硬被阻於石堡外。由於突厥大軍來犯，整個粟末族人就似一條繃得緊緊的弦線，稍有風吹草動，立即全面動員，倒非識破寇仲等人的偽裝。

守兵不住擁上城樓箭堡，有人大喝下來道：「報口令！」

寇仲超越眾人，大笑道：「忘記問拜紫亭哩！」

就從千里夢背上彈起，井中月化作一團刀芒，護著前方，像投石機擲出的石彈，往石堡上層投去。敵人此時才知來的是敵非友，慌忙彎弓搭箭，卻遲了一步。井中月刀光展開時，別勒古納台、越克蓬、客專和身手最強横的三十多名室韋、車師戰士，紛紛騰身離開馬背，奮攻城樓上尚在不知所措的守軍。埋伏於林內兩支各達二百人的戰士，同時殺出，阻截從軍營來援的敵人。他們的策略是要令小龍泉的守軍誤以為來犯的是突厥大軍，心理上生出難以抵擋的致敗因素而進退失據。猛烈的攻擊，配上狂風暴雨，確有點突厥大軍奇襲的味道。

寇仲井中月到處，敵人不死即傷，幾下呼吸間，石堡上層城樓落在他們的控制下。別勒古納台一馬當先，左右手雙斧如車輪急轉，朝從下層殺上來的守兵揮壓砍劈，擋者披靡，踏著敵屍硬闖向下層。寇仲至此才領略到他斧法的凌厲，難怪能稱雄額爾古納河，被譽為無敵高手。他立與別勒古納台並肩作戰，井中月配合雙斧，逢敵殺敵，一級一級的殺進堡內去。

小龍泉亂成一片，喊殺聲分從石堡和碼頭方向傳出。在風雨和恐慌的無情鞭撻下，腳伕、船廠工人、來不及登船的商旅和失去方寸的守兵四散逃竄，活像末日來臨。地暗天昏下，徐子陵提著隨手奪來的長槍，與陰顯鶴策騎朝馬吉逃走的方向追去。馬吉乃狼盜事件的關鍵人物，只要將他擒拿，眞相便有可能水落石出。

驀地橫裏殺來一隊過百人的粟末兵，衝破風雨截住去路，領頭者赫然是拜紫亭座下侍衛長宗湘花。只見她手舞長劍，髮辮飛揚，秀眸含煞，厲喝道：「殺無赦！」

徐子陵心中暗嘆，在戰場上不是殺人就是被殺，既曾答應陰顯鶴不能傷害宗湘花，此戰唯有避之則吉，眼睜睜放走馬吉。一勒馬頭，向陰顯鶴招呼道：「這邊走！」策馬往左，改向石堡方面衝去。陰顯鶴領會他的心意，慌忙追隨。宗湘花一聲嬌叱，領著手下在後方窮追不捨。

蔽天遮空的傾盆大雨中，倏地前方一股人馬風捲而至，赫然是室韋和車師的聯軍，聲勢如虹的殺來。徐子陵別無選擇，與陰顯鶴掉頭往宗湘花的追兵迎去。「鏗鏗鏘鏘！」徐子陵展開槍法，把狀如瘋虎的宗湘花截著來個馬上廝鬥，這美女雖奮不顧身，兼且劍法高明，可是跟徐子陵仍有一段距離，被他巧妙運用長槍的長度，纏緊不放，進退不能，陷於苦戰之局。陰顯鶴明白他的心意，與來援聯軍同心合力，只一下子藉著高昂的士氣和優勢的兵力，把宗湘花的隨員衝個七零八落，四處奔逃。

石堡方面蹄聲轟鳴，另一支聯軍以鋪天蓋地的威勢殺至，領頭者正是寇仲、別勒古納台和越克蓬三人。任誰都曉得此戰大局已定，宗湘花率領頑抗的戰士，擋不住攻勢，死的死、傷的傷，有些則落荒逃去，只剩下這位長腿女將仍在拚死。「噹！」長劍墜地。徐子陵藉長槍發出寶瓶眞勁，一下比一下重，宗湘花終虎口震裂，寶劍脫手墜地。寇仲等任由徐子陵獨自處理宗湘花，逕自往碼頭方面掩殺過去。

陰顯鶴勒馬回頭，來到徐子陵旁。宗湘花的戰馬仍在噴氣跳躍，她卻呆如木雞的坐在馬背上，神情悲愴。

徐子陵再嘆一口氣，道：「侍衛長請回去告知貴上……」

宗湘花厲叫道：「我跟你拚了！」策馬朝兩人衝去。

兩人左右避開，宗湘花撲了個空，勒馬回頭悲呼道：「殺了我吧！為何不殺我？」

在風吹雨灑的混亂響聲中，她的話音似近而遠，如在噩夢中。

徐子陵從心底湧起對戰爭仇殺的厭倦，想起昨晚才同席舉杯言笑，今天卻你死我活的各不相讓，苦笑道：「若貴上不是欲置我們於死地，大家怎會兵戎相見？勝敗乃兵家常事，只要談妥條件，我們可把小龍泉歸還，小不忍則亂大謀，宗侍衛長回去吧！」

宗湘花默然片晌，目光轉向陰顯鶴，射出深刻的恨意，叫道：「好！好！」然後勒轉馬頭，放蹄投進茫茫風雨去。陰顯鶴略一遲疑，向徐子陵打個招呼，朝她背影追去。

風雨逐漸平靜，卻意猶未盡、餘威仍在似的代之為漫空飄飛的纖細雨粉，把整個海灣區籠上如霞如霧的薄紗，粉飾戰場殘酷的眞相。攻奪戰來得突然，完結得迅速，留下遍地的死傷人馬。到一道陽光衝破雲縫而下，照在四艘泊在岸旁的戰利品上，天上烏雲像帷幔被拉開般顯露出後面蔚藍的美麗天空，似是把剛才的狂暴完全沖刷淨盡。

寇仲呆坐在碼頭一座繫紮船纜的石礅上，陪徐子陵凝望睽違已久的大海洋，瞧著陽光再度君臨眼前的天地。他們終於得回八萬張上等羊皮。高麗船載的全是弓矢兵器和各式各樣的守城工具。拜紫亭眞厲害，若這些東西落到他手上，配合蓋蘇文可能親率的奇兵，確可令突厥的無敵雄師大吃一驚，甚或栽個大觔斗。馬吉船上廂房內大鐵箱裝的是價值連城的金銀珍寶，夠普通人狂花十輩子，正可用作賠償平遙商人之用。大半問題一下子解決了。

寇仲回頭一瞥後方清理戰場的室韋和車師戰士，搖頭苦笑道：「我對戰爭也開始厭倦哩！只恨別無選擇，只好硬撐下去。」

徐子陵嘆道：「你的硬撐似乎並不太硬，我甚至覺得你是有點不敢面對現實。」

寇仲雙目露出沉思神色，緩緩道：「現實的確非常殘忍，令人不忍卒睹。我寇仲爲王爲寇，就要看能否守洛陽守贏李小子。唉！他娘的爲王爲寇，偏老子正是姓寇，犯了名忌。將來若我伏屍洛陽，你記得把我的骸骨問李小子要回來，葬在娘的山谷內，讓我乖乖的爲娘作伴。」

跋鋒寒來到兩人身後，聞言道：「既是如此，不如任得王世充那老狐狸自生自滅，少帥則全力奪取東都，那是你們的老家，怎都比李子通這外人佔得地利的便宜。」

寇仲道：「若有選擇，誰願陪王世充一道上路？只恨李閥與巴蜀各大小勢力訂有協議，若唐室能攻下洛陽，巴蜀會向李淵俯首稱臣。那時李家不但得到巴蜀的銅鐵糧食，還可利用長江天險，迅速動員攻打兩岸敵人，加上老爹杜伏威在中流的支援，天下誰與爭鋒？所以洛陽是不容有失。」

跋鋒寒尚是首次與聞此由師妃暄爲李家爭取回來關係重大的協議，默然半晌後嘆道：「明知必敗無疑，何不把少帥軍解散，我們三兄弟並肩修行，嘯傲天下，豈不快哉！」

寇仲雙目神光迸射，哈哈笑道：「問題是戰無常勝，世上沒有必敗這回事。正因事情的艱難，更激起我的鬥志。我寇仲就押上小命去賭舖轟轟烈烈的。」

接著目光投向馬吉那艘被俘的大海船，沉聲道：「明天不論頡利是否肯放過拜紫亭，我和陵少在此間的事情了結後，將從海路把羊皮先送往山海關，之後我兼程趕返洛陽，看看老天爺是否要我寇仲殉城陪葬。你老哥有甚麼打算？」

跋鋒寒目注海平面盡處，兩眼射出堅定不移的神色，淡然自若道：「現在我唯一的目標，是要擊敗畢玄，我會給自己一年的時間作擊敗畢玄的修行，洛陽該是一個理想的地方，不過我是絕不會殉城的。」

寇仲大喜道：「有你老哥幫忙，將是另一回事，說不定……唉！你還是到別處修行吧！我眞不想拖累你。」

跋鋒寒仰天笑道：「你沒有拖累我，只是我不想放棄千載難逢的機會，參與名懾天下的寇仲與所向無敵的李世民爲洛陽展開生死攻防的決戰而已！」

寇仲轉向徐子陵道：「陵少行止如何？」

徐子陵苦笑道：「你想我怎樣呢？」

寇仲正容道：「就算你要陪我到洛陽，我也絕不容許。假若我眞能守住洛陽，令李世民吃一次眞正的大敗仗，你再來找我喝酒談心好啦！」

徐子陵默然片晌，嘆道：「眞是別無選擇嗎？」

寇仲斷然搖頭道：「不是別無選擇，而是我心甘情願選擇這條路，到現在更沒法回頭。若唐室的太子是李世民而非李建成，我或會依從你的意思，現在只能堅持我的選擇。」

此時別勒古納台等處理妥當，前來與三人進行戰後會議，衆人改以突厥話交談。

不古納台報告道：「俘虜共三百二十五人，其中二百五十四人是高麗王的武士和船伕，其他是粟末族的士兵和在船廠工作的粟末人，全給關在其中一座船廠內。」

寇仲大感頭痛，若這三艘高麗船是屬於蓋蘇文的，該有多好。可惜事與願違，與小師姨傅君嬙舊怨未解，又添新仇。

別勒古納台道：「拜紫亭的大軍隨時來攻，我已派出探哨。假如那情況出現，我們必須於現在決定，是死守還是乘船開溜？」

這裏有一座石堡可供死守，只要能捱一個晚上，拜紫亭因顧忌突厥大軍來犯，必會退兵。問題是他們能否捱到那一刻？

越克蓬道：「我們若要乘船開溜，須立即動程，否則若對方以戰船堵塞出海口，我們將插翼難飛。」

眾人目光不由朝海港出口望去，左右山勢伸展下，把海洋環抱而成深闊的港口，出海口寬約百丈，若敵人有十來艘戰船，可輕易把海港封鎖。

跋鋒寒見寇仲沉吟不語，知他正大動腦筋，問道：「陰兄到哪裏去了？」

徐子陵見眾人目光落在自己身上，苦笑道：「他去追趕宗湘花。」

跋鋒寒不解道：「他和宗湘花究竟是甚麼關係？」

徐子陵聳肩表示不知道。

寇仲終於說話，道：「若我們的目標只是向拜紫亭討回被囚禁的人，最上之策莫如把船開走，再向他討價還價。只是我們的目的不止於此。首先誰都不願見粟末滅族，其次是蓬兄負有殺伏難陀以雪深仇的重任，所以我們絕不能棄守小龍泉。我有九成把握拜紫亭不敢來犯。各位看看小弟有否料錯，頡利的實力比他強得多，仍有赫連堡之敗，老拜是精通兵法的人，絕不會重蹈頡利的覆轍。」

別勒古納台同意道：「少帥之言有理，換作我是拜紫亭，亦不敢犯險。我們怕拜紫亭，拜紫亭則怕突厥大軍，變成互相牽制，大家均是動彈不得。」

跋鋒寒頭痛的道：「我是突厥人，比你們更明白頡利和突利的心態。他們既下戰書著拜紫亭於明天太陽出來前交出五采石，如不能達到這要求，只餘血洗龍泉一途，否則他們在大草原上辛苦建立的威信將蕩然無存。」

五采石正在美艷手上，在這麼短的時間內能否尋得美艷是一個問題，而能否從她手上取回五采石又是另一個問題。更何況拜紫亭若不肯屈服，他們儘管好心代拜紫亭交出五采石也將是多此一舉。

越克蓬嘆道：「殺妖僧一事並非急在一時，可容後再作處理。」

寇仲捧頭道：「誰能告訴我美艷和伏難陀的眞正關係？」

當然沒有人能給他答案。

徐子陵冷靜的道：「這眾多難題事實上互有關連，只要我們能令拜紫亭感到全無勝算，就只有屈服投降，甚至助我們去尋找美艷。」

不古納台笑道：「我們扣起這兩批弓矢兵器的補給，哪到拜紫亭不投降認輸。」

寇仲搖頭道：「拜紫亭是天生的冒險者，沒有補給雖對他構成嚴重打擊，卻非致命一擊。除非我們能攻陷臥龍別院，令拜紫亭變得孤立無援，他才肯乖乖聽話。最理想當然是肯把伏難陀交出來，讓蓬兒把他的首級帶回吐魯蕃去。」

徐子陵微笑道：「蓋蘇文深淺難測，我們對他的兵力更是一無所知，不過只要讓拜紫亭曉得我們知道他有此奇兵，那蓋蘇文可能存在的軍隊將失去作用。」

別勒古納台搖頭道：「拜紫亭可通知蓋蘇文移師別處，仍能構成威脅。」

寇仲拍腿道：「有哩！」

衆人均知他智計百出，目光全投在他身上。

寇仲長身而起，掃掃仍未乾透的衣服，道：「我要去和拜紫亭喝酒談心，順道見見杜興和許開山，誰陪我去？」

跋鋒寒笑道：「不危險的事你不會去幹，我和陵少陪你去見識一下如何？那是決定抓住小龍泉不放，對嗎？」

寇仲點頭道：「不但要死守小龍泉，還要把藏在別處的那批弓矢送到這裏來，藏在石堡中，同時派人監視臥龍別院。我這條計又是虛者實之，實者虛之，只要拜紫亭中計將蓋蘇文的伏兵移到別處，我們就成功啦。」

接著向徐子陵道：「誰最適合爲拜紫亭傳話呢？」

徐子陵點頭同意道：「大有可能是伏難陀，如杜興沒有說謊，伏難陀與蓋蘇文的關係該比拜紫亭更密切。」

越克蓬和客專兩對眼睛同時明亮起來。

寇仲哈哈笑道：「我們還是首次手上的籌碼比拜紫亭多。唉！希望平遙諸位大哥尚未離開龍泉。」

蹄聲從西南方迅快接近。

寇仲循聲望去，一震道：「比拜紫亭更難應付的人來哩！我的娘！」

在金正宗的陪伴下，傅君嬙含怒而至，一副要找寇仲和徐子陵算賬的樣子。不過無論是嫣然淺笑，輕顰微鎖，又或像這刻般鼓著腮兒，秀眉帶煞，他們的小師姨仍是那麼洋溢著她那種充滿青春清新氣息的美麗，仍是那麼動人可愛。

跋鋒寒道：「我佩服金正宗。」

眾人明白他的意思，跋鋒寒佩服的是金正宗的膽量，要知寇仲一方高手如雲，一言不合動起手來，吃虧的必是傅君嬙一方無疑。傅君嬙乃「弈劍大師」傅采林關門弟子，除非自問不怕傅采林尋晦氣，否則絕不敢動她。對金正宗卻沒有人會特別寬容。只是被扣起來作人質，即足令金正宗大不好受。

眾戰士知他們不是來動手作戰，更見頭子沒有表示，任由他們長驅直入。傅君嬙隔遠盯牢寇仲，策馬領先馳至，嬌叱道：「寇仲、徐子陵你們滾過來。」

跋鋒寒是第二次見到傅君嬙，第一次在山海關只是驚鴻一瞥。一邊細意欣賞她的容貌神態，邊道：「不如交由我來應付她。」

寇仲搖頭道：「你老哥絕受不了她的氣，讓我和陵少去吧！」

大步踏前，徐子陵苦笑隨後。

傅君嬙和金正宗跳下馬來，前者戟指怒道：「你兩個雖想方設法砌詞狡辯，但我早識破你們是寡情薄義的卑鄙之徒。實在太過分哩，竟敢殺我的人，搶我們的船。」

寇仲來到她身前一揖到地，當然暗裏防她一手，恭敬道：「小師姨暫且息怒，我們沒有殺半個小師姨的族人，也沒有搶小師姨的船，只是完封不動的留在原地吧！」

傅君嬙怒不可遏的扠腰叱道：「還敢喚我作小師姨？我弈劍門沒有你這種不肖弟子，師尊絕不會放過你們。」

徐子陵移到寇仲旁，淡淡道：「傅姑娘請平心靜氣。我們這次是情非得已，但下手很有分寸，貴族的人均安好無恙，請姑娘明察。」

傅君嬙環目一掃，道：「他們在哪裏？」

寇仲道：「他們在其中一座船廠中休息，只要你一句話，我們立即把人交還。」

金正宗插入道：「那三艘船和貨又如何？」

寇仲苦笑道：「兩位可知拜紫亭要殺我？」

傅君嬙狠狠道：「活該！誰教你們做突厥人的走狗？」

對著成見已深的傅君嬙，寇仲能作出甚麼解釋，轉向金正宗道：「金兄知不知道拜紫亭以卑鄙手段扣押宋二公子的事？」

金正宗愕然道：「竟有此事？我們還以爲宋公子和你們在一起。」

傅君嬙沉聲道：「胡說！拜紫亭怎敢如此膽大妄爲？」

徐子陵心平氣和的道：「說這種最易被拆穿的謊言於我們有甚麼好處？」

寇仲心中有氣，冷然道：「你們貨已送到，且由拜紫亭的人親手接收。我們只是從拜紫亭處拿走，與傅姑娘再沒有關係。」

傅君嬙杏目圓睜，怒視寇仲道：「你竟敢嚼舌頭和我說這種搪塞的話？」

徐子陵打圓場道：「敢煩傅姑娘通知拜紫亭，只要肯把扣押的人全部釋放，我們可把貨物歸還。」

寇仲哈哈笑道：「先送小師姨一個大禮。」

轉向立在碼頭處的別勒古納台等嚷道：「將客人全體請出來，讓他們隨傅姑娘回龍泉去！」

傅君嬙飛身上馬，怒容忽斂，笑吟吟道：「寇少帥啊！我們就走著瞧，你們欠我們的，終有一天我們會要你兩人本利歸還。」

抽韁向金正宗喝道：「我們回高麗去。既不要管他們在這裏的事，也不須再爲拜紫亭這種人操心。」夾馬就去。

金正宗登馬追去，揮手揚聲道：「少帥若眞有放人誠意，讓他們自行乘船回國吧！」

兩人轉瞬去遠。

寇仲向徐子陵無奈嘆道：「你看到吧！與師公的仇結定哩！」

徐子陵苦笑道：「唯有瞧老天爺如何安排。」

跋鋒寒來到兩人旁，目光追著變成兩個小點的傅君嬙和金正宗，笑道：「如何能在弈劍大師的劍下保持不勝不敗，恐怕要比擊敗他更困難，這會是對兩位的最大考驗。」

別勒古納台道：「那些俘虜如何處置？」

寇仲道：「將高麗人和粟末人分開處理。高麗來的讓他們擠在一條船回國，橫豎開罪弈劍大師，索性一不做二不休，借他們兩條船來運載羊皮。粟末族的則任由他們回龍泉去，這樣一來，拜紫亭對我們的動向更難揣測。」

不古納台大聲應道：「領命！」

寇仲啞然失笑道：「你這小子也來耍我，大家兄弟嘛！」

寇仲、跋鋒寒和徐子陵在龍泉西南一座密林邊緣勒馬停下，他們故意繞一個大圈，避開龍泉軍的哨探。龍泉城南門外的著名「燈塔」仍是高聳入雲，在這午後雨過天晴的時分，燈塔散發著懶洋洋的味道。

徐子陵道：「昨晚我就是在這裏遇上烈瑕和可能是『毒水』辛娜婭的女子。」

兩人聽過他昨晚的經歷，跋鋒寒微笑道：「烈瑕是我的，兩位勿要和小弟爭。」

寇仲目注再沒有商旅離開的南門，道：「恐怕你得要可達志同意才行。值此兵荒馬亂之際，以他的爲人作風，絕不會放過烈瑕。」

徐子陵道：「拜紫亭確是個人物，吃了小龍泉這麼大的虧，仍裝作若無其事的樣子。」

寇仲欣然道：「到俘虜集體被放回來，紙將包不住火，會狠狠打擊和動搖龍泉城軍民的信心。」

跋鋒寒笑道：「原來你的釋俘有此妙用，不負少帥的智名。」

徐子陵道：「少帥狀態如何？」

寇仲昂然道：「當然是大勇狀態，昨晚六刀劈殺深末桓後，我的信心全恢復過來，比受傷前更厲害。陵少怎樣？」

徐子陵活動一下左手，微笑道：「不知師仙子在我身上做過甚麼手腳，內外傷痊癒得七八成，剛才策馬而來，乘機調息，現在該可應付任何場面。」

寇仲翻下千里夢的馬背，大笑道：「那就讓我們三兄弟硬闖龍泉，看拜紫亭敢對我們玩甚麼花樣。今早差點給他趕盡殺絕那口氣憋屘得我太難受哩！」

三人並排往城門口走去，登時令守城的將領大爲緊張，城牆箭樓上的守軍彎弓搭箭瞄準三人，城門擁出過百戰士，領頭的粟末將士大喝道：「停步！」

寇仲隔遠喝道：「給我去通知拜紫亭，我要面對面和他談一宗交易。」

守將不敢怠慢，吩咐手下回城飛報拜紫亭。

三人移到遠處道旁一處草坡悠然坐下休息，養精蓄鋭以應付任何可能出現的危險。

跋鋒寒閒聊道：「子陵尚未說出龍泉事了後會到哪裏去？」

徐子陵道：「我或到巴蜀打個轉，完成尙秀芳託我把天竹簫送到石青璇手上的任務。」

寇仲向跋鋒寒打個曖昧的眼色，眉開眼笑的道：「看來以後我們若要探望陵少，只有到幽林小谷去。」

徐子陵沒好氣哂道：「少點胡思亂想吧！」

寇仲哈哈大笑，又問道：「你剛才說過我不敢面對現實，意何所指？」

徐子陵灑然聳肩道：「沒有甚麼，只是指你硬要陪我去探大小姐，而不去好好訓練和領導正在彭梁的少帥軍，故感到你是不敢面對現實，一副拖得一時就一時的逃避心態。」

寇仲叫冤道：「我只是不想這麼快和你分手，況且我此行得益良多，不但學曉看天色，更得傳人馬如一之術，又領教到塞外騎射戰的厲害，可說是滿載而歸。」

跋鋒寒道：「你最大的收穫，照我看並非這些東西，而是在大草原建立的人脈關係，就以古納台兄弟爲例，他們均是桀驁不馴之輩，若非你能令他們心折，他們豈肯全力助你？」

寇仲微笑道：「是我先當他們是兄弟，又拚死爲他們幹掉深末桓，他們感動下當然支持我。唉！我總覺得別勒古納台這人頗具野心，城府深沉，不像他的弟弟不古納台般率直坦白。」

跋鋒寒哂道：「能成一族之主，不但講手段，更講性格修養。突利又如何？我們為他打生打死，轉個頭便去和頡利講和修好，事前有徵詢過我們的意見嗎？我跋鋒寒以後再不當他是兄弟！」

寇仲愕然道：「我明白你的感受，不過反應卻沒你老哥般強烈。我會設身處地的為他設想，他不能只因考慮個人的問題，而置龐大族人的利益不顧，對嗎！」

跋鋒寒微笑道：「你是絕不會明白我眞正的感受，因為你沒有我的經歷。況且你曾和突利同生共死，跟他的感情比我和他深厚得多，所以會設法為他開脫。但我和你是不同的，我和突利分屬兩個敵對的階層，他有的是權，我有的只是一把想偷天的劍。兄弟！勿說我沒有警告在先，終有一天突利和頡利會聯袂揮軍南下，你們最好做妥準備。」

寇仲苦笑道：「陵少你怎麼看？」

徐子陵嘆道：「一天畢玄未死，這可能性一天存在。」

跋鋒寒雙目神光大盛，低聲吟道：「畢玄！」

寇仲不想因辯論而加深跋鋒寒對突利的不滿，岔開道：「陵少不是說過須遠離中土，以免聽到關於我的任何消息，否則會忍不住來救我？」

徐子陵想起石之軒，苦笑不語。

密集的蹄音從城門內深處隱隱傳至，寇仲朝城門瞧去，淡淡道：「伏難陀是我的，你們不要和我爭。」

跋鋒寒哈哈大笑，借用他的話道：「我明白你的感受。」

蹄聲倏止。

三人相顧愕然，只見客素別從城門馳出，來到三人近處勒韁下馬，從容道：「大王恭請三位入城見面。」

寇仲等想不到拜紫亭有此一著，城內見和城外見當然是完全不同的兩回事。若他們不敢入城見拜紫亭，在氣勢上怎都矮去一截。

寇仲哈哈笑道：「大王眞好客。」

向跋鋒寒和徐子陵各瞥一眼，跋鋒寒微一頷首，徐子陵則聳肩表示不在乎，他一拍背上井中月長身而起道：「我還有件羊皮外袍留在城內修補，想不入城也不行。」

南城門雖是守衛森嚴，城樓城牆站滿粟末兵，可是城內的氣氛並不緊張，除了巡軍增多外，仍有疏落的行人點綴廣闊的朱雀大街，部分店舖照常營業。可見直到此刻，拜紫亭仍是信心十足，與這樣心態的人交手談判肯定不是容易的事。假若城內千軍萬馬的迎接他們，他們的心反會安定和更有把握些。

客素別領他們穿過深長的城門拱道，來到最接近南門一家食店門外，恭敬的道：「大王在裏面恭候三位大駕。」

寇仲打趣道：「大人是否忙著去領兵來把我們重重包圍，所以無暇陪我們進去？」

客素別乾咳一聲，尷尬道：「少帥眞愛說笑。」接著壓低聲音道：「受君之祿，擔君之憂，希望少帥明白下官的處境。」

徐子陵心中一動，問道：「客大人官居何職？」

客素別微一錯愕，答道：「下官的職位是右丞相。」

寇仲動容道：「那是很大的官兒。」

三人均知不宜與客素別多說下去，舉步入鋪。食店內堂寬敞，擺下近二十張大圓桌，拜紫亭居於正中的一張，神色平靜的瞧著三人進來。「天竺狂僧」伏難陀坐在他右方，仍是那副高深莫測的神態；宮奇居左，恰是三個人對三個人，再沒有其他人。桌上擺放六個酒杯和一罈響水稻米酒。

拜紫亭倏地起立，呵呵笑道：「少帥藝高膽大，果是名不虛傳，佩服佩服，請坐！」邊說邊親自爲六隻空杯斟酒。

寇仲三人昂然坐下，到香氣四溢的美酒注滿六隻杯子，拜紫亭坐下舉杯敬酒道：「與跋兄尚是初次碰面，這一杯就爲跋兄將來擊敗畢玄而喝的。」

六人舉杯對飲，若有不明白眞相的人看到這情景，會以爲是老朋友敘舊喝酒。

寇仲拭去唇角酒漬，目光先落在宮奇臉上，微微一笑，然後轉往伏難陀，欣然道：「國師的『梵我不二』確令小弟大開眼界，可惜昨晚本人身體狀況欠佳，未能盡興，哈！」

伏難陀從容一笑道：「難得少帥這麼有興致，希望本人不會令少帥失望。」

拜紫亭放下酒杯，淡淡道：「少帥請開出條件。」

寇仲仰天笑道：「好！大王終有談交易的興趣。不過我可先要問大王一句話，大王對與突厥狼軍之戰，現在尚有多少把握？」

拜紫亭神態自若的道：「未到兩軍交鋒，誰能逆料勝敗？我們早知小龍泉無險可守，故小龍泉的得失並不放在我們心上。至於損失的補給，只是不能錦上添花，並不能對我們造成關係到成敗的打擊。自三年前本王矢志立國，我們一直爲此役作準備，否則我拜紫亭今天只能千方百計把五采石討來，跪獻頡利的牙帳前。」

這番話說得豪氣沖天，一副不怕任何威脅的模樣，確是談判高手的氣魄風度。

宮奇插入道：「少帥手上有貨，我們手上有人，以貨易人，乾脆俐落，大家可免去不必要的麻煩。」

寇仲像聽不到宮奇的話般，向拜紫亭微笑道：「大王的所謂三年備戰，是否包括縱容狼盜搶掠斂財，對各地商旅巧取豪奪，勒索敲詐？」

拜紫亭雙目殺機大盛，冷然道：「少帥要知口舌招尤之忌。我拜紫亭既敢不把突厥人放在眼裏，早存寧爲玉碎，不作瓦全之心。」

「砰！」跋鋒寒一掌拍在檯上，六隻杯子同時似被狂摔地面般破裂粉碎，酒罈卻神奇地完好無缺，仰天長笑道：「好豪氣，我跋鋒寒最喜歡的就是像你老哥般的硬漢子。大王對小龍泉失守不放在心上，只不知對臥龍別院若亦不保有何感受？」

拜紫亭三人同時瞳孔收窄，臉色微變。寇仲等心中叫好，跋鋒寒突如其來的一著，先顯示經「換日大法」改造後更上一層樓的精純內功，震懾對方，再揭破對方致命的弱點，命中對方要害。

寇仲微笑道：「小弟有個很有趣的提議。」

拜紫亭愕然往他瞧來，沉聲道：「說吧！」

寇仲雙目精芒大盛，凝望伏難陀，語調卻是平和冷靜，柔聲道：「不如我們豪賭一場，請大王賜准小弟與貴國國師作一場生死決戰，若死的是我寇仲，我的兄弟絕不會糾纏下去，立即以貨易人，且額外加送小龍泉。敗的若是國師，除以貨換人外，還要賠出平遙商那筆欠賬，大王意下如何？」

跋鋒寒心中叫絕，若要殺死伏難陀，確沒有比這著更精采。之前寇仲雖有把伏難陀誘往臥龍別院之策，一來完全被動，二來縱使對方中計，以伏難陀天竺魔功的變化無窮，在曠野之地，只要一個不好，讓他逃進樹林，誰有把握攔截他。但現在只要拜紫亭點頭，伏難陀將不得不起而應戰，至死方休，當然比任何其他計策更高明，更穩妥。徐子陵卻是大吃一驚，除寇仲外，沒有人比他更清楚伏難陀可怕的實力，雖說經一晚半天的調息，他和寇仲在長生氣神蹟般的功效下內傷外傷已告復原，但失去的血卻仍需一段時間補充。值此重傷初癒之時，與伏難陀進行決戰，這個險冒得太大。寇仲從小時開始就是個愛冒險的人，自昨晨受傷後的種種挫折，令他憋下滿肚冤屈不忿之氣，現在見到拜紫亭和伏難陀，再忍不住爆發出來。加上時間無多，只有殺死伏難陀，才可令拜紫亭和龍泉軍失去信心，使他踏出完成對尚秀芳所許諾言的最關鍵性的一步，更可讓越克蓬快意地回國交差。他不是不曉得伏難陀的厲害，但這個險卻不能不冒。

伏難陀聞言仰天長笑，接著肅容道：「大王請賜准此戰。」

拜紫亭目光閃閃的打量寇仲，顯是龍心大動，點頭道：「少帥確是膽色過人，不把生死放在眼裏。好吧！此戰就在外面大街進行，不過何用分出生死，只要勝敗分明，我們依約定交易。少帥請！」

在拜紫亭指示下，城兵把這一截的朱雀大街兩端封鎖，在禁止進入的範圍內所有店舖立即關門。守南門的士兵哄動起來，城上城下擠得水洩不通，爭看這場有關龍泉存亡的大戰。一方是粟末人的精神導師，來自天竺精通瑜伽術的玄門大師，人稱「天竺狂僧」的伏難陀。一邊是來自中土，名懾中外，連頡利和畢玄亦不放在眼裏的「少帥」寇仲。

寇仲立在街心，神態輕鬆的向仍伴在左右的徐子陵和跋鋒寒道：「不用擔心，照我看他仍未從昨晚一戰回復過來。」

徐子陵苦笑道：「我的大爺，別忘記『換日大法』正是從天竺來的，人家療傷的方法會比你差嗎？」

跋鋒寒冷哼道：「子陵說得雖然對，因爲瑜伽追求的正是超越人體的極限，所以這狂僧的體質肯定異乎常人，既不易受傷，即使受傷也比人快復元。不過管他內傷是否痊癒，昨晚他在十拿九穩下仍奈何不了你們，而寇仲這麼快敢向他單挑獨鬥，對他的信心肯定會有重大打擊，少帥只要把握此點，將可把他的魔心制住，大有機會勝此一仗。」

寇仲凝望正陪伏難陀步往對面街心的拜紫亭，微笑道：「這叫英雄所見略同，要殺伏難陀，此實千載一時之機。」

忽然唸頌道：「精者身之本，兩精相搏謂之神，隨神往來謂之魂，並精出入謂之魄，心之所倚謂之意，意之所存謂之道。天人交感，陰陽應象。」

兩人聽得動容。

寇仲微笑道：「這是寧道奇那次出手教訓小弟臨走時說的，小弟一直一知半解，似明非明。到昨晚伏難陀擊倒陵少，想取他命時，我忽然間明白了，來個他娘的天人交感，陰陽應象，成功使出井中八法最後一式『方圓』，刀法至此始眞臻大成之境。因而昨晚能有負傷斬殺深末桓的壯舉。他奶奶的熊，想起小陵差點給他宰掉，老子絕不肯放過他。」

徐子陵心中一陣感動，少時寇仲比他長得粗壯，每逢徐子陵被人欺負，寇仲必挺身出頭，就算明知敵不過對方，亦絕不退縮。現在只不過是歷史重演。

宗湘花此時和一群將領飛馳而至，顯是聞風趕來觀戰，益發令人感到此戰的重要。

拜紫亭踏前三步，朗聲道：「少帥是否準備妥當？」

寇仲哈哈笑道：「隨時可以動手。」又低聲向徐子陵和跋鋒寒道：「我絕不會比伏難陀先死的，放心！」

兩人退到一旁。拜紫亭再走前五步，來到兩人對峙中間的位置，稍作橫移，到可同時看到雙方的位置，環目一掃，大喝道：「開始！」再往後退，至行人道止，與另一邊的徐子陵和跋鋒寒遙遙相對。

決戰的大街一端是擠滿南門城樓上下以百計的粟末兵，一端是宗湘花、宮奇等十多名將領，決戰者左右兩邊行人道上分別是拜紫亭和徐跋兩人，人人默不作聲，氣氛沉凝緊張。伏難陀仍是那襲招牌式的橙黃色寬袍，兩手隱藏袍袖內，神色從容自然，傲立如山如岳，雖沒有擺出任何迎戰的架式勢子，可是不露絲毫破綻，就像與天地渾成一體，超越人天的限制。

跋鋒寒尚是初次感受到「梵我如一」的境界，首次擔心起來，低聲道：「這傢伙的信心似乎沒受影響。」

徐子陵嘆道：「此仗將是寇仲出道以來最艱苦的一戰。」

寇仲先把雙目睜得滾圓，神光電射的凝望對手，接著把眼睛瞇成只剩一線隙縫，就像天上浮雲忽然遮去陽光，變化神奇之極，也令目睹此景的宗湘花等一眾將領生出震撼的感覺。同一時間寇仲脊挺肩張，上身微往前俯，登時生出一股凜冽的氣勢，越過近三丈的空間，朝神祕莫測的伏難陀迫湧過去，伏難陀的橙色長袍立即應勁拂動，使人曉得他正在承擔寇仲氣勁驚人的壓力。高手相爭，不用刀來劍往，足使人看得透不過氣來，更猜不到下著如何？誰會先出手？場中最了解寇仲的徐子陵和跋鋒寒均有點意料不到寇仲的武功進步到如斯境界。因爲他發出的氣勁並非只是一股眞氣，而是如有實質的一堵氣牆，處處平均，可令對手難以避重就輕的化解進擊。比之以前的他當然更爲高明。天人交感，陰陽應象。寇仲先是臉罩寒霜，接著顏容放鬆，嘴角逸出一絲笑意，淡淡道：「大師可以開始說法哩！」

「鏘！」井中月離背而出，遙指對手。一注圓渾的刀氣，從刀尖以螺旋的奇異方式江河暴漲地狂湧而出，往伏難陀攻去。氣牆爲方，刀勁爲圓，竟是隔著三丈的距離發出井中八法中最後一式「方圓」。刀法至此，確已臻天人合一的至境。方爲陽，圓爲陰；陰爲方，陽爲圓。陰陽應象，天人合一，再不可分。

跋鋒寒和徐子陵交換個眼色，都看出對方心裏的驚異。寇仲擺明是一出手就是雷霆萬鈞之勢，務於數刀內與伏難陀分出勝負，免去應付伏難陀出人意表，層出不窮的天竺瑜伽奇術。伏難陀再難保持他與天地渾成一體的梵我不二，左右袍袖環抱拱起，抵擋寇仲的方圓奇招。「蓬！」兩氣相交，響徹全場。伏難陀再非無懈可擊。拜紫亭哪想得到寇仲厲害至此，面容立即陰沉下去。

寇仲被伏難陀的反擊震得上身往後微晃，大笑道：「生死之道非是沉迷，而是超越和忘記，我有說錯嗎？請國師指點。」

伏難陀冷哼一聲，往前踏步，左袍袖看似隨意的畫出一個方整的圓，枯黑的右手從袍袖探出，朝寇仲遙抓過去，道：「沒有沉迷何來超脫？少帥勿要思路不清。」

寇仲心神進入井中月的通明境界，感到伏難陀看似隨意的揮圈子，事實上卻把自己的氣牆卸到一旁，還帶得他生出橫跌的傾向，厲害非常。而遙施攻來的一抓，五指分別發出勁氣，將自己緊裹其中，只要他一個應付不好，對方的殺著會接踵而至，殺他一個措手不及，至死方休。寇仲卻是不驚反喜，他和徐子陵昨天的負傷迎敵，死裏求生，實是修行上無比珍貴的經歷，在生死的威脅下，逼得他們窮智竭力，把潛能釋放出來，與敵周旋。例如在察敵一項上，以前他寇仲雖非粗心大意，但總不及負傷時專心細意。因為既沒籌碼犯錯，更沒有補救的能力，故每一著進攻退守，必須達至百分百的精準。現在傷勢大致痊癒，但這些從負傷迎敵時身體力行領悟回來的妙諦，已成為他的一部分。

寇仲長嘯一聲，身子旋轉起來，井中月與他合而為一，再分不清人在哪裏，刀在哪裏，往「天竺狂僧」伏難陀旋轉過去。拜紫亭、宗湘花、宮奇、客素別等和一衆將領士兵，因深悉伏難陀的本領，所以縱使寇仲名氣如何大，在兩人交手前對伏難陀仍是信心十足，從沒有想過伏難陀會有輸的可能性。可是行家一出手，便知有沒有。寇仲的刀法有如天馬行空，燕翔魚落，打開始就搶在主動，終於令他們要為伏難陀擔心起來。龍泉軍的信心有大半是建立在伏難陀身上，若他落敗身亡，哪到拜紫亭等不擔心？徐子陵和跋鋒寒卻是嘆為觀止。想不到寇仲能以遙距式的方圓，破去伏難陀本是無隙可尋的梵我如一，否則寇仲將陷攻無可攻的劣境。而隨著施展這招的攻勢更是凌厲，人旋刀轉，輕輕鬆鬆的從對方的卸勁脫身出來，又化解抓勁，兼仍保持主攻之勢。當寇仲旋至適當距離，井中月可從任何角度劈出，豈是易擋。

在雙方觀戰者看得緊張刺激之際，寇仲龍捲風般旋進離伏難陀一丈內可隨時出刀的危險範圍。伏難陀一眨不眨的注視著寇仲的接近，他是場內看破寇仲這招眞正厲害處的寥寥可數幾人之一。寇仲看似全速旋轉，事實上每一下轉身和旋進的速度均有輕微差異，身法巧妙至此，已達神乎其技的至境。伏難陀冷笑一聲，往橫移開，兩手收入袍袖內，袍袖倏地鼓張，然後塌縮，就像青蛙的腮子，忽脹忽縮的往攻來的寇仲拂去。兩人迅速接近。眼看寇仲要朝伏難陀一刀劈出，忽然刀鋒竟變成刀柄，先重重敲中伏難陀拂來的右手鼓漲的袍袖處，發出「蓬」一聲的勁氣交擊爆響，接著拖刀畫向伏難陀連珠攻來，袍袖塌縮貼手的左掌處，發出另一聲激響。

寇仲哈哈大笑道：「國師的瑜伽術到哪裏去哩？」

正要錯身而過時，伏難陀下半身仍保持前衝之勢，上身卻像違背下身般出乎任何人意料之外的向後拗曲，把本無可能的事變成可能，兩手從袖內探出，一取寇仲左頰，另一疾掃寇仲後背，既詭異莫名，又陰損至極點。龍泉將士終爆起震天的采聲。

寇仲早領教過他能人所不能的瑜伽奇術，仍有餘暇叫道：「國師中計哩！」

猛換一口眞氣，改移遠爲移近，由左旋變成往右旋，反方向移回來，井中月貼身施展，一時刀光四射，像黃蛇般繞體纏動，整個人給緊裹在精芒耀目的刀光中，看得人人驚心動魄，又不得不佩服寇仲出人意表的身法，令人折服的膽色。天下間除徐子陵外，恐怕只有寇仲能以轉換眞氣的奇功去應付伏難陀的天竺瑜伽法。伏難陀尚是首次領教到在剎那間改變眞氣運轉方向的絕技，感到寇仲只是藉位置的轉換，不但避重就輕的使自己的殺著變得搔不著癢處，若給他「嵌入」自己因全力進攻而露出的空門，後果實不堪想像。大喝一聲，上身回拗，變回身體正常的部位，隨著雙腳疾往旁飄，力圖遠避開去。主動眞正落到寇仲手上。

寇仲出奇地沒有乘勝追擊，旋止立定，井中月遙指退開的伏難陀，體內眞氣積蓄凝聚，逐漸推上巔峰狀態。徐子陵和跋鋒寒心中叫絕，要知純以功力論，寇仲仍遜伏難陀一籌。論修養，伏難陀的梵我不二更可將寇仲拋離。最糟是比到招式變化，伏難陀的瑜伽奇術比之寇仲的井中月更難防難擋。在這種種不利的情況下，寇仲憑的是以奇制奇，以高明的戰略爭勝。有如兩軍對壘，對方雖在兵員的質素和數目上佔盡優勢，卻因遇上高明的戰略而把雙方的差異扯平。寇仲先以井中八法最後一式「方圓」遠距施展，逼伏難陀反擊，在近距交鋒時再憑體內眞氣迅換令伏難陀要變招退避。但假若他乘勢追擊，誰能料到精通瑜伽術的伏難陀會以甚麼詭異的手法反撲？所以寇仲遂以不變應萬變，任由對方退開，自己則全力部署下一波的攻勢，在我長彼消下，以最佳的狀態硬撼處於被動的伏難陀，拉近雙方在功力上的差距。他的刀氣遙鎖伏難陀，對方停下的一刻，就要面對他氣勢蓄至最盛的一刀。

觀戰者無不生出難以呼吸的緊張，全神靜待戰事的發展。伏難陀驀地立定，鐵釘般釘緊離寇仲三丈許遠處，人人均以爲寇仲要發刀之際，他竟像狂風拂吹下的小草般，左右狂搖擺動。最駭人是他的身體變得像草原上的長草般柔軟，擺動出只有長草才能做出迎風搖舞的姿態來。寇仲積蓄至極限的一刀，在對上如此見所未見，聞所未聞的守式下，竟是無法施展，因爲他根本不知該攻何處，刀落何點？拜紫亭首先帶頭轟然叫好，引起他的一方震天喝采聲。徐子陵和跋鋒寒也看得目瞪口呆。這才是伏難陀的眞功夫，瑜伽術的極致，自然之法的制敵奇招。令人攻無可攻，更不知所守。寇仲立時陷進決戰開始後最大的危機，倘判斷稍爲失誤，必惹來伏難陀排山倒海似的反攻。

寇仲生出失去伏難陀的感覺。這天竺來的武學大師仍是活勾勾站在眼前，可是他已與梵天合一。幸而寇仲心神仍是澄明空澈，不著一絲雜念，心知止而神欲行，哈哈一笑，踏前一步，一刀劈在空處，正是井中八法的棋弈。積聚至頂峰的氣勁，從刀鋒山洪暴發般洩出，形成一波又一波的氣勁，如裂岸的驚濤般舖天蓋地往這可怕的敵手湧去。伏難陀擺動得更急更快，就像風暴中不堪摧殘的小草。可是其狂搖亂擺的動作再非無跡可尋，在刀氣的波捲下，寇仲的刀像長出可透視他虛實的無差法眼，循著某一超乎平常感官的直覺，自然而然的往伏難陀攻去。驟見寇仲狂喝一聲，騰身飛掠，往伏難陀發出驚天動地的一擊。

拜紫亭一方人人看得大惑難解，皆因若依寇仲現在撲擊的方向，攻擊點只能是伏難陀左方三尺許空處，而觀寇仲一往無前的前掠之勢，絕無可能在中途變招或改向的。伏難陀終於立定，全神貫注於寇仲的來勢上，他和其他旁觀者的分別，是看不破就要吃虧。高手對陣，最怕是摸不清對手虛實。從天竺到中土，一直以來憑著他令人難測虛實的心法「梵我不二」橫行無制，豈知遇上詭變百出的寇仲，以彼之道還治其身，竟成功的令他失去對敵手的掌握，並使他既能惑敵又善測敵的無上心法，終被打開隙縫，露出破綻。伏難陀首次生出不知如何是好的不安感覺，只好嚴陣以待，看寇仲有甚麼花樣。

三丈距離，轉瞬減半。寇仲凌空換氣，施展從雲帥那裏領悟回來的迴飛之術，刀隨人走，在空中畫出一道美麗的弧線，往伏難陀彎擊疾砍，帶起的勁風凝而不散，有增無減，將對手鎖緊鎖死。人人鴉雀無聲，拜紫亭等無不露出驚懼神色，天下間竟有如此神奇的身法和凌厲的刀招？寇仲尚是第一次以迴飛身法使出井中八法裏的「擊奇」，且在氣勢積蓄至頂峰之際施展，確有三軍辟易，無可抗禦的威脅。身當其鋒的伏難陀終捉摸到寇仲的刀勢，竟是直衝自己而來，非是行險使詐，但已遲了一線，就算能勉力擋格，在我消彼長下，吃虧自是必然，且接著來的刀招會更是難擋。

值此刀鋒眨眼攻及的一刻，伏難陀全身骨節「噼卜」連響，就像燒爆竹的緊湊響聲，接著整個人往後彎折，變成個「人圈」似的物體，並往後迅速滾開去。如此怪招，包括寇仲在內，沒有人想過可以在對仗時發生。但寇仲的井中月已是箭從弦發，在氣機牽引下，倏地加速，以肉眼也要看得疑幻疑眞的驚人高速，迅速追上伏難陀的人圈。「噹！」寇仲眼看刺中伏難陀，卻給伏難陀從人圈裏一腳踢出，足尖點在井中月鋒尖上，一股強大無匹的力量透刀而入，震得寇仲攻勢全消，血氣翻騰，劇震退開。伏難陀則由人圈變成直挺挺的貼地平飛，到三丈遠外再以一個美妙的動作重新立穩，黑臉抹過一陣煞白後回復正常，雙目魔光大盛，牢盯寇仲。

衆人看到大氣不敢呼出一口。拜紫亭首次後悔批准此戰，本以爲是可光明正大殺死寇仲的良機，藉此立威振軍心，豈知寇仲的厲害大出他意料之外，伏難陀竟吃虧受傷。不過他眼力高明，看出伏難陀是拚著被刀氣損傷，務要扯平寇仲佔得的上風和優勢，否則如此下去伏難陀必敗無疑。

寇仲橫刀而立，哈哈笑道：「國師現在面對死亡，不知對生死之道有甚麼新的體會，何不說來聽聽，讓我們分享國師的心得？」這番話在此時說來，充滿嘲諷的意味。

在旁觀戰的跋鋒寒湊到徐子陵耳旁道：「老伏動氣哩！再不能保持他奶奶的甚麼梵我如一。」

伏難陀露出一絲滿盈殺機的笑意，令人覺得這才是他眞實的一面，搖頭道：「年輕人切忌自滿，因爲死可變生，生可變死，生死本是無常，勝敗亦是無常，戰無常勝。少帥若有甚麼遺言，最好現在交代清楚。」

寇仲灑然笑道：「我有一大筐的遺言，卻無須在今天說，因爲你的底給我摸得一清二楚，尙未有殺我的資格。哈！國師好像並不把大王的指示放在心上，大王說過只要分出勝敗便成，國師你老人家剛才卻說要取我之命，把大王之話當作耳邊風，眞古怪。」

伏難陀聞言微一錯愕，同時醒悟到自己因動嗔怒至不能保持梵我如一的心境，但已遲了一步。

寇仲看似談笑風生，事實上正不斷尋找進攻的良機和對手的破綻，伏難陀被他的話命中要害，心神稍分，他立時生出感應，豈肯錯過，喝道：「先勝而後求戰，故我專而敵分，因敵而制勝。國師已痛失一著，還憑甚麼要我留下遺言？」

揮刀疾劈。他朗誦的是曠古絕今的天下第一兵法大家孫武的論據，雖是東拉一句，西扯一句，合起來剛好是對伏難陀目前處境最精確的寫照。伏難陀雖明知是蓄意分他心神的話，可是字字屬實，仍不能不受影響，難以回復狀態。拜紫亭終於色變，寇仲此子能縱橫中外，不但因其蓋世的刀法，更因他高明的才智見識。孫子兵法十三篇只五千九百餘字，但卻博大精深，內容精采，寇仲隨意擷取，恰到好處，可知他把十三篇參透通明，智珠在握，還將之融入刀法內。井中月在空中畫出一道令人難以形容的玄奧線路，似是平平無奇，又似千變萬化。腳下只像輕描淡寫的踏出兩三步，偏是縮地成寸的越過近兩丈的遠距離，那種距離的錯覺，配合他玄奧的刀法，無論身受者和旁觀諸人，均感到他此刀妙若天成，有令天地變色的駭人威勢。

跋鋒寒暴喝道：「好！」

他的喝叫含勁吐出，若平地起轟雷，聽得人人心神悸動，亦令敵方聯想起他和徐子陵乃與寇仲同等級數的威猛人物，而跋鋒寒更是連畢玄也殺他不死的高手，登時更增添寇仲本已威霸天下此一刀的氣勢。善出奇者，無窮如天地，不竭如江河，營而離之，並而擊之。雖仍是井中八法的擊奇，剛才是配以迴飛之術，現在則是趁「營而離之」的成功情況下，以雷霆萬鈞之勢直取敵人。至此可知「天刀」宋缺對寇仲影響之大。若非有宋缺親自指點，現身說法，寇仲絕創不出此能令天地變色、鬼哭神號的井中八法。但這仍是經歷無數生死血戰，單打群鬥，於死亡邊緣掙扎求生，他的刀法始能臻達如此鬼神莫測的境界。伏難陀終屬大師級數，值此生死關頭，倏地收攝心神，身體在窄小的空間變幻出無數虛虛實實的位置，右手中指伸出，似要點出又非點出，其虛實難測處，看看也教人目眩，只要寇仲一下錯失，摸不清他的虛實，所佔上風將要盡付流水，拱手讓人。

高手交鋒，正在此一著半著之爭。攻得好，守得更好。拜紫亭等喜出望外下，齊聲喝采。剛爲寇仲打氣的跋鋒寒、徐子陵，也禁不住佩服伏難陀此一守式的高明，寇仲井中八法中的擊奇，最厲害處是逼敵硬撼火拚，若要破此一招，唯一之法是不與他硬撼。在這情況下，必須先令寇仲攻無可攻，被迫中途放棄變招，那寇仲的氣勢將慘受重挫。伏難陀此守式正含此妙用，虛實難測，使寇仲找不到刀鋒應落的一點。

兩人心中叫糟時，寇仲竟然衝勢全消，凝然倏止，傲然停步於離伏難陀一丈近處，擊奇化作不攻。似攻非攻，似守非守。那由極動轉化爲極靜的感覺，充滿戲劇性的震撼力。兩方人衆登時寂然無聲，更大幅加強這種奇異的感覺。井中月遙指伏難陀，發出凜然迫人的刀氣，籠罩對手。伏難陀瞳子收縮，射出集中強烈的魔芒，顯然是他比其他人更受到震撼衝擊，心神被奪，再不能保持與梵天的聯繫。他不再保持守勢，在把握不到寇仲招勢的變化下，倉皇進攻。

跋鋒寒和徐子陵均看得目眩神迷，想不到寇仲的擊奇和不攻竟可倒轉來使，因爲以前他總是先不攻後擊奇。不攻正是要強迫對手由守變攻，或由攻變守，把戰局扭轉過來。一著之差，寇仲再度把伏難陀迫到下風，不予他任何機會。無恃其不攻，恃吾有所不攻。拜紫亭、宗湘花等眼力較高明者，均現出吃驚的神色。

伏難陀騰空而起，飛臨寇仲上方，兩手兩腳像與身體骨骼失去正常的連繫般，水銀瀉地無隙不入的往下面的寇仲狂攻猛打，凌厲至極點，等於有四件兵器同時齊心合力的強攻寇仲。

寇仲哈哈笑道：「國師的梵我不二到哪裏去啦？是否給對死亡的恐懼嚇走了？」

井中月黃芒暴漲，刀勢舒展，以迅雷疾電的速度往上砍劈，似是隨意施展，又像有意而爲，大巧若拙，似拙實巧，那種有意無意之間的瀟灑自如，像長風在大草原上拂捲回盪，刀光疾閃的迎上敵手狂風暴雨般的激烈攻勢，正是「非必取不出衆，非全勝不交兵，緣是萬舉萬當，一戰而定」，井中八法中第六法的戰定。和以往不同的是每一刀均深合宋缺天刀刀法之旨，刀勢去留無跡，總在著意與不著意之間，又如寧道奇傳的法訣，陰陽應象，天人交感。

井中月與伏難陀手腳對上，發出勁氣交擊的聲音，連珠爆發地密集響起。伏難陀把瑜伽術發揮到極致，在空中起伏升壓，從上而下對寇仲強攻重擊，偏是寇仲上則刀光幻閃，下則腳踩奇步，每一移位均能避重就輕，閃虛擊實，應付自如。不知就裏的龍泉軍尙以爲伏難陀搶得上風主動，忙爲伏難陀打氣喝采，叫得震天價響，更惹得城民趕來圍觀。

跋鋒寒低聲道：「老伏已是強弩之末，絕捱不了多久，開始時我尙爲寇仲有少許擔心呢！」

徐子陵點頭同意，伏難陀展開凌空下擊的攻勢，擺明在逼寇仲以硬碰硬，希望憑著較寇仲深厚的功力和瑜伽術能人所不能的層出不窮奇招，一舉將寇仲摧毀。豈知寇仲的井中月已到隨心所欲的境界，看似漫不經意，事實上或卸或黏，或虛或實，一時硬砍狂掃，一時避重就輕，有驚無險的擋過伏難陀氣勢如虹的強攻，憑腳踏實地之利漸進式的操控著凌空撲擊的伏難陀，消耗他的眞元體力，令伏難陀的內傷加深加重。

寇仲大喝一聲，把為伏難陀喝采的聲音全部蓋過，誦道：「用兵之法，以謀為本，是以欲謀疏陣，先謀地利；欲謀勝敵，先謀固己。國師嘗嘗老子這招用謀如何？」

拜紫亭一方上上下下，都聽得心驚肉跳，寇仲的井中八法玄奧精奇，又與中土軍事家的理論結合，將千軍萬馬決勝於沙場的兵法，渾融入刀法之中，本來已具有祕不可測參透天地的至境。此時見他再事先張揚的來另一招用謀，哪能不為伏難陀擔心。沒有人呼叫說話，只有不自覺的緊張喘息和呼吸。伏難陀心知肚明凌空下擊的戰略再難奏效，一個不好還會給寇仲鎖在上方，不能脫身，忽然蜷曲如球，往寇仲撞去，心忖無論你用謀或不用謀，對著這處處破綻反成沒有破綻的一招，亦將有力難施。

寇仲倏地橫移避開，任他落往地面，搖頭嘆道：「國師又中計哩！我這招既名用謀，更已穩佔地利，何用出手？只是口頭說說罷了！」

觀者無不愕然。跋鋒寒和徐子陵卻知戰事到達結束的最後階段，因為伏難陀不單被破掉他的天竺心法梵我不二，更是心志被奪，亂了方寸，陷於完全被動捱打的劣勢，勝敗再不由他作主，連一半的反擊之勢都沒有。

拜紫亭終忍不住，大喝道：「住手！」

伏難陀發出驚天動地的一聲怒吼，四肢舒展，左足尖點地，整個人陀螺般旋轉起來，雙手幻出漫天掌影，旋風般往寇仲捲去。

寇仲於他足尖點地的同一刹那，井中月吐出奪魄驚心的駭人黃芒，喝道：「國師第二次違背王命哩！看老子的速戰速決。」

說話間，黃芒暴漲，運刀疾刺，時間角度拿捏得精準無匹，刀鋒彷似貫注全身功力感情，充滿一去不返的慘烈氣勢。旁觀者全生出透不過氣來的感覺，感到勝負將決定於眼前剎那之間。就在兩人對上之前一刻，寇仲的井中月竟於不可能變化中再生變化，將井中八法中的速戰化爲兵詐，長刀往後迴收，旋身拖刀，與伏難陀擦身而過。包括跋鋒寒和徐子陵在內，沒有人看到兩人間發生甚麼事，只聽氣勁爆激的響音，兩人反方向的旋轉開去。全場靜至落針可聞。

寇仲首先立定，井中月刀鋒遙指仍旋向至五丈外靠南門一端的朱雀大街的對手，哈哈笑道：「用兵不用詐，猶如有弓無箭，有船無舵。國師雖武功過人，心法獨特，可惜卻不知用兵之道，不明白勇怯在乎法，成敗在乎智的道理。勇怯在謀，強弱在勢。謀能事成則怖者勇，謀奪勢失者則勇者怯。」

這番話在他此時仗刀八面威風下說出來，自有一種唯我獨尊，成敗在握的味道。

伏難陀終於旋定，面向寇仲，左手單掌豎在胸前打出問訊手勢，右手負後，表面看不出受創的痕跡。但高手如徐子陵、跋鋒寒、拜紫亭之輩，均曉得他輸掉此仗。

雙方眼神交觸，一眨不眨互相凝視。寇仲的說話不是爲誇耀自己，而是進一步打擊伏難陀的鬥志，令他無力作垂死的反撲。雖相隔超過五丈，但旁觀者不論武功高低，均感到寇仲的寶刀把伏難陀鎖緊罩死，隨時可在閃電間竄過五丈距離，予伏難陀奪命的一擊。

伏難陀的身體忽然顫震起來，胸前衣衫破裂，心臟的位置現出一道刀傷血痕，鮮血滲出，雙目卻異芒劇盛，冷哼道：「好刀法，不過你仍未夠資格殺死精通瑜伽生死之法的人，這一刀終有一天我會向你討回來，大王別矣！」倏地飛退往南門的方向。拜紫亭出奇地沒有喝止。

「鏘！」寇仲還刀鞘內，發出一下清越鳴響，在場者無不感到心臟像給重鍾敲打一記，生出不同程度的難受和不安。徐子陵聽得心領神會，所謂近廟懂拜神，這招鞘響實是他眞言印法的變奏，不同處是充滿殺傷力。瞧來簡單，卻是發自寇仲的全心全靈，並貫注他整體的精神，非只是要弄出一下震懾全場的清音。伏難陀應聲劇震停下，臉上現出古怪至極的神色。

拜紫亭一聲長嘆，道：「國師安心去吧，拜紫亭絕不會辜負國師的期望。」

龍泉軍民大吃一驚，此時才知伏難陀不但中刀慘敗，且是傷重至死的地步。伏難陀仍狠狠盯著寇仲，接著眼神黯淡下去，嘴角流出一絲可怕的鮮血，滴到地上。在千百對眼睛注視下，這天竺來的武學大師，頹然倒地。包括拜紫亭在內，龍泉軍民人人呆若木雞，不能相信的瞧著伏屍小長安朱雀大街上的伏難陀。

《大唐雙龍傳》（全套二十卷）卷十四終

新人間叢書⑫①

大唐雙龍傳修訂版〈卷十四〉

作　者—黃易
主　編—葉美瑤
編　輯—邱淑鈴
校　對—余淑宜．黃易．林瑞霖
企　畫—王嘉琳
董事長
總經理—趙政岷
總編輯—余宜芳
出版者—時報文化出版企業股份有限公司
10803台北市和平西路三段二四〇號三樓
發行專線—（〇二）二三〇六—六八四二
讀者服務專線—〇八〇〇—二三一—七〇五．（〇二）二三〇四—七一〇三
讀者服務傳眞—（〇二）二三〇四—六八五八
郵撥—一九三四四七二四　時報文化出版公司
信箱—台北郵政七九～九九信箱
時報悅讀網—http://www.readingtimes.com.tw
電子郵件信箱—liter@readingtimes.com.tw
印　刷—盈昌印刷有限公司
初版一刷—二〇〇二年十一月十八日
初版九刷—二〇一六年七月二十二日
定　價—新台幣二五〇元
⊙行政院新聞局局版北市業字第八〇號

國家圖書館出版品預行編目資料

大唐雙龍傳修訂版／黃易著．--初版．-- 臺北市：時報文化，2002〔民91-　〕
冊：　公分．--（新人間：121）

ISBN 978-957-13-3799-4（卷14：平裝）

857.9　　91013842

ISBN 978-957-13-3799-4
Printed in Taiwan

編號：AK0121	書名：大唐雙龍傳〈卷十四〉
姓名：	性別：＿＿＿＿ 1.男　2.女
出生日期：　年　月　日	身份證字號：

＿＿＿＿ **學歷：** 1.小學　2.國中　3.高中　4.大專　5.研究所（含以上）

＿＿＿＿ **職業：** 1.學生　2.公務（含軍警）　3.家管　4.服務　5.金融　6.製造　7.資訊　8.大眾傳播　9.自由業　10.農漁牧　11.退休　12.其他

地址： ＿＿＿＿縣（市）＿＿＿＿鄉鎮區＿＿＿＿村＿＿＿＿里

＿＿＿＿鄰＿＿＿＿路（街）＿＿＿段＿＿＿巷＿＿＿弄＿＿＿號＿＿＿樓

郵遞區號＿＿＿＿＿＿

（下列資料請以數字填在每題前之空格處）

＿＿＿＿ **您從哪裡得知本書／**
1.書店　2.報紙廣告　3.報紙專欄　4.雜誌廣告　5.親友介紹
6.DM廣告傳單　7.其他＿＿＿＿

＿＿＿＿ **您希望我們為您出版哪一類的作品／**
1.長篇小說　2.中、短篇小說　3.詩　4.戲劇　5.其他＿＿＿＿

您對本書的意見／
＿＿＿＿ 內　　容／1.滿意　2.尚可　3.應改進
＿＿＿＿ 編　　輯／1.滿意　2.尚可　3.應改進
＿＿＿＿ 封面設計／1.滿意　2.尚可　3.應改進
＿＿＿＿ 校　　對／1.滿意　2.尚可　3.應改進
＿＿＿＿ 翻　　譯／1.滿意　2.尚可　3.應改進
＿＿＿＿ 定　　價／1.偏低　2.適中　3.偏高

您的建議／

＿＿＿＿＿＿＿＿＿＿＿＿＿＿＿＿＿＿＿＿

＿＿＿＿＿＿＿＿＿＿＿＿＿＿＿＿＿＿＿＿

＿＿＿＿＿＿＿＿＿＿＿＿＿＿＿＿＿＿＿＿

請沿虛線撕下後對折裝訂寄回，謝謝！

請沿虛線摺下裝訂，謝謝！

廣　告　回　信
台北郵局登記證
台北廣字第2218號

時報出版
CHINA TIMES PUBLISHING COMPANY
尊重智慧與創意的文化事業

地址：10803台北市和平西路三段240號3樓
讀者服務專線：0800-231-705・(02)2304-7103
讀者服務傳眞：(02)2304-6858
郵撥：19344724 時報文化出版公司

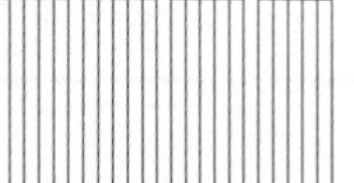

請寄回這張服務卡（免貼郵票），您可以——
●隨時收到最新消息。
●參加專為您設計的各項回饋優惠活動。

新人間

新感覺・新人間・文學的新版圖

寄回本卡，掌握新人間系列的最新訊息